JO SIMMONS

VAMPIRKÖNIGIN
wider Willen

FAKE IT
till you
MAKE IT!

Roman

Aus dem Englischen von
Johanna Wais

SCHNEIDERBUCH

1. Auflage 2023
Deutsche Erstausgabe
© 2023 Schneiderbuch in der
Verlagsgruppe HarperCollins Deutschland GmbH, Hamburg
Alle Rechte für die deutschsprachige Ausgabe vorbehalten

© 2022 by Jo Simmons
Originaltitel: »The Reluctant Vampire Queen«
Erschienen bei Hot Key Books, an imprint of Bonnier Books, UK
Satz: Fotosatz Amann, Memmingen
Druck und Bindung: CPI books, Leck
Printed in Germany · ISBN 978-3-505-15130-9

www.schneiderbuch.de
Facebook: facebook.de/schneiderbuch
Instagram: @schneiderbuchverlag

Für meine wunderbaren Jungs, George und Dylan

1. Kapitel

Mo Merrydrew raste mit dem Fahrrad durch ihr Heimatdorf Lower Donny. Ihr schwarzes Haar flatterte im Wind, sie trampelte so schnell, dass die Umrisse ihrer langen Beine verschwammen, und sie atmete Wölkchen in die kühle Abendluft. Mit einer Hand lenkte sie, mit der anderen hielt sie sich das Handy ans Ohr.

»Hi, Lou. Ich bin's, Mo.«

»Du klingst gut gelaunt«, sagte Lou. »Warst du wieder in der Bibliothek?«

»Jep«, sagte Mo, »und ich habe superviel zusätzlichen Lesestoff für die Naturwissenschaftsarbeit geholt, unter anderem ein neues Buch über Bandwürmer, das der Bibliothekar für mich zur Seite gelegt hat. Toll, oder?«

»Juchhu«, sagte Lou unbeeindruckt.

»Außerdem habe ich eine Biografie der ersten schottischen Schweißerin und ein Buch über Amazonen mitgenommen.«

»Die Frauen, die bei Amazon arbeiten?«, hakte Lou nach.

»Nein, die Kriegerinnen aus der griechischen Mythologie.«

»Was ist mit den Mini-Muffins?«, fragte Lou.

»Die habe ich dabei«, sagte Mo. »Ups! Schafe! Gerade noch mal gut gegangen.«

»Mo, telefonierst du beim Fahrradfahren? Im Stockdunkeln? Das ist supergefährlich!«

»Quatsch, da passiert nichts«, schnaufte Mo. »Das ist kein Problem für mich. Ich bin eine kluge, unabhängige Frau, ich bin eine Expertin darin, gleichzeitig Fahrrad zu fahren und zu telef... Aaaaaaaah!«

Lou hörte Mos Bremsen quietschen und dann ein Rascheln.

»Mo? Mo?«

»'tschuldigung, bin in die Hecke gefahren«, erklärte Mo. »Mach die Tür auf, ja?«

»Welche Tür?«

»Deine! Ich stehe davor.«

Lou rannte die Treppe hinunter, und tatsächlich wartete Mo vor ihrer Haustür.

»Du hast mich angerufen, während du auf dem Weg zu mir warst?«, fragte Lou. »Obwohl du mir das alles hättest erzählen können, nachdem du angekommen bist, und außerdem nicht in die Hecke hättest krachen müssen? Für eine intelligente Person bist du ganz schön dumm.«

»Selber dumm«, gab Mo zurück.

»Nein, du bist dumm«, sagte Lou. »Und du hast Zweige in den Haaren.«

»Zweige in den Haaren sind cool«, sagte Mo.

»Als ob du auch nur die geringste Ahnung davon hättest, was cool ist«, sagte Lou, umarmte ihre Freundin und ging dann voraus nach oben. Mo folgte Lou in ihr Zimmer, ließ den Rucksack mit den Büchern auf den Boden fallen und sich selbst rückwärts auf Lous Bett, die Arme ausgebreitet wie ein Seestern.

»Können wir jetzt ein paar Mini-Muffins essen?«, bat sie. »Ich kann nicht lange bleiben. Ich wollte dir nur das Bandwurmbuch vorbeibringen. Muss gleich noch für NaWi lernen.«

»Du musst mal Pause machen, sonst gar nichts«, sagte Lou. »Du siehst müde aus. Ich gehe heute Abend mit Nipper zum Hundetraining. *Nipper!*«

Nipper blieb, wo er war.

»Siehst du, Rückruf funktioniert überhaupt nicht«, sagte Lou. »Komm doch mit. Nimm dir einen Abend frei. Das wird bestimmt lustig.«

»Du klingst wie meine Eltern. Ständig am Nörgeln, dass ich weniger lernen soll.«

»Du brauchst mehr Menschen in deinem Leben«, fuhr Lou fort.

»In Büchern sind auch Menschen.«

»Echte Menschen wie mich.«

»Ich kann nicht, Lou, es tut mir leid. Ich habe zu viel zu tun«, sagte Mo und setzte sich auf. Sie sah ihrer Freundin in die großen blauen Augen, die sie zusammen mit ihrem runden Gesicht wie einen Manga-Hamster aussehen ließen. Sie strich Lous Pony glatt und steckte ihr liebevoll eine ihrer blonden Strähnen hinters Ohr.

»Außerdem muss ich das Protokoll vom heutigen Treffen des Debattierklubs schreiben.«

»War irgendjemand da?«, fragte Lou.

»Nein, aber ich sollte trotzdem ein Protokoll schreiben. Ich bin schließlich die Vorsitzende. Und Gründerin.«

Lou öffnete die Packung mit den Mini-Muffins und gab Mo einen, ohne sie anzusehen.

»Sei nicht sauer«, sagte Mo. »Wir sind immer noch beste Freundinnen – das sind wir schließlich schon seit dem Kindergarten. Weißt du noch, wie unsere Augen sich über dem Sandkasten trafen? Du hast mit Marco Pettini um einen Plastikdinosaurier gekämpft; ich bin mir ziemlich sicher, dass es ein Diplodocus war. Jedenfalls habe ich euch beide dazu überredet, ihn auch mal abzugeben.«

»Ja, damit fing unsere Freundschaft an«, sagte Lou, und ein Lächeln breitete sich auf ihrem Gesicht aus.

»Damit fing wahrscheinlich auch mein Interesse an Konfliktlösung an«, fügte Mo hinzu und biss in ihren Muffin.

»Und mein Interesse an Marco Pettini, ganz klar«, sagte Lou. »Ich war so verknallt in ihn. Wie er jetzt wohl aussieht? Bestimmt richtig gut.«

»Ich habe ewig nicht mehr an Marco Pettini gedacht, seit er aus Lower Donny weggezogen ist«, sagte Mo.

»Er hatte wunderschöne dunkle Augen«, fuhr Lou fort. »Ich stehe total auf dunkle Augen bei Jungs. Du auch?«

»Darüber habe ich noch nie nachgedacht«, sagte Mo.

»Mo, du bist wie ein Roboter«, sagte Lou, und dann mit einer Computerstimme: »*Scanne nach Gefühlen. Negativ. Fehler bei der Berechnung.*«

»Ich nehme bloß meine Bildung ernst«, sagte Mo. »Wissen ist Macht. Dafür nutze ich mein Gehirn. Nicht dafür, über Marco Pettini nachzudenken, der übrigens immer eine Rotznase hatte. Jetzt muss ich aber wirklich los.«

Mo schnappte sich ihren Rucksack, und die beiden Mädchen gingen nach unten.

»Bis morgen«, verabschiedete sich Mo, und die Freundinnen umarmten sich.

Lou nickte, öffnete die Tür und sah zu, wie sich Mo auf ihr Fahrrad schwang und davonradelte.

2. Kapitel

Bis zu Lou nach Hause war es nicht weit: einmal um die Wiese mit dem Ententeich und den Sitzbänken, am Lebensmittelgeschäft und der Dorfkneipe »Zur ersoffenen Ratte« vorbei in Richtung der weiten, flachen Felder auf der anderen Seite von Lower Donny, wo Mos Haus, gesäumt von ein paar Pappeln, einsam dastand. Mo bekam den Weg kaum mit, so vertraut war er ihr, doch als sie in die ruhige Gasse bog, die zu ihrem Haus führte, sog sie scharf den Atem ein und trat in die Bremsen … gerade noch rechtzeitig. Ein Mann war vor ihr auf den Weg getreten. Getreten? Eher aus dem Nichts (oder vielleicht der Hecke) aufgetaucht. Ein Fremder. Mo kannte jeden Einwohner von Lower Donny, und diesen Mann hatte sie noch nie gesehen. Er sagte kein Wort, stand vollkommen still da und starrte Mo aus schwarzen, tief liegenden Augen an. Sie bekam eine Gänsehaut.

»Entschuldigung, darf ich?«, murmelte sie und wollte ihr Rad um ihn herumlenken, doch er stellte sich wieder vor sie und versperrte ihr den Weg.

»Kann ich Ihnen helfen?«, fragte Mo.

»Ja, indem du Vampirkönigin wirst«, sagte der Mann mit einer tiefen, klangvollen Stimme. »Du bist Auserwählte.«

Mo blinzelte heftig.

»Wie bitte? Die Auserwählte? Auserwählt wofür?«

»Dafür, gesamtes Land als Königin aller Vampire zu regieren.«

»Was für Vampire? Ich wusste nicht, dass es überhaupt irgendwelche Vampire gibt.«

»Vampire sind überall«, sagte der Mann. »Sie leben unter euch

Menschen, am Rand des Lebens, in dunklen Ecken und flackernden Schatten.«

»Echt?«, fragte Mo.

»Ja, echt«, antwortete der Mann etwas schnippisch. »Und du bist auserwählt, sie zu regieren. Mit dir als Anführerin kann es mehr Vampire, bessere Vampire geben. Dieses Land kann große, glorreiche Vampirhochburg werden! Stolze Heimat von Vampire! Du kannst alles etwas aufpeppen, ja?«

»Aber es gibt keine Vampire«, sagte Mo und schüttelte den Kopf. »Das ist ein Witz, oder? Ein Streich?«

Sie sah über die Schulter und rechnete beinahe damit, dass hinter ihr jemand mit einer Kamera stand, um diesen überaus grandiosen Scherz festzuhalten.

»Kein Witz«, antwortete der Mann. »Ich bin Bogdan, oberster Gesandter von großem, mächtigem Vampirkönig des Ostens. Es ist mir eine Ehre, dich kennenzulernen, Mo.«

Oh Gott, er weiß, wie ich heiße, dachte Mo. Woher weiß er, wie ich heiße?

»Der Vampirkönig hat mich beauftragt«, fuhr er fort, nun etwas gesprächiger. »›Bogdan‹, hat er gesagt, ›geh nach Großbritannien und schau, was dort los ist. Es ist so weit weg, und das Wetter ist mies, aber es muss da auch ein paar Vampire geben. Sieh es dir an. Wenn du der Meinung bist, dass es sich lohnt, das Land an mein Gebiet anzuschließen, finde einen König, der es an meiner Stelle regieren kann.‹ Und das habe ich getan.«

»Moment mal, Sie haben ›König‹ gesagt. *Finde einen König*«, wandte Mo ein. »Und Sie haben mich gefunden. Eine fünfzehnjährige Schülerin.«

»Nun ja, traditionell sind Vampirkönige männlich, aber wir können Ausnahme machen.«

Mo sträubten sich die Nackenhaare. »Auch Frauen können Führungspositionen einnehmen, wissen Sie. Wir befinden uns im einundzwanzigsten Jahrhundert. Schon mal was von Gleichberechtigung gehört?«

Bogdan zuckte die Achseln.

»Also, wenn Sie einen König wollten – so typisch übrigens, einen Mann für die Position zu suchen –, wie sind Sie dann auf mich gekommen?«

»Ich sehe etwas in dir«, antwortete Bogdan.

»Da sind Sie der Erste«, sagte Mo. »In den meisten Fällen werde ich komplett übersehen.«

»Ich bin schon eine ganze Weile auf Welt und habe mit vielen mächtigen Vampiren gearbeitet. Ich habe Talent dafür, Auserwählte zu entdecken«, sagte Bogdan. »Olaf der Sauger, der hier im achtzehnten Jahrhundert regiert hat? Habe ich gefunden. Bran der Durstige? Auch ich. Geronimo der Unauslöschliche? Auch.«

»Alles Männer«, murmelte Mo.

»Alle außergewöhnlich«, antwortete Bogdan nachdrücklich. »Ich wusste vom ersten Augenblick an, dass sie auserwählt waren. Und dasselbe gilt für dich, Mo. Tief in dir ist eine Stärke, eine Kraft, das spüre ich. Ich kann sie beinahe riechen.«

Er beugte sich zu Mo vor und atmete tief ein. Sie wich vor seinem blassen Gesicht und den stechenden, dunklen Augen zurück.

»Sind Sie sicher, dass ausgerechnet ich es sein muss? Ich meine, es gibt doch bestimmt jede Menge andere potenzielle Vampirköniginnen. Warum schalten Sie keine Anzeige für die Stelle und schauen, wer sich bewirbt? Ich könnte Ihnen bei den Vorstellungsgesprächen helfen.«

»Nein!«, widersprach Bogdan heftig, und Mo fuhr zusammen. »*Du* bist Auserwählte. *Du* musst Vampirkönigin werden. *Du* allein. Nutze deine Macht, Mo. Nutze sie! Werde Königin, wie es deine Bestimmung ist!«

Dann streckte er die Hand aus und krümmte die Finger, als würde er etwas melken.

»Du wirst so viel Macht haben. Mehr Macht, als du dir vorstellen kannst. Und du kannst so skrupellos sein, wie du willst!«

»Herrschende sollten gerecht sein, nicht skrupellos«, murmelte Mo.

»Und noch dazu du wirst ewig leben. Gut, ja?«

»Wahrscheinlich«, sagte Mo. »Ich will ziemlich viel erreichen. Studium, ein Praktikum bei den Vereinten Nationen und dann in die Politik gehen oder Menschenrechtsanwältin werden ...«

»Ja, ja«, sagte Bogdan, Mos Worte ungeduldig beiseitewischend. »Ich rede von einem Leben mit *echter* Macht, mit Reichtümern und Untertanen, die dich fürchten. Nicht zu vergessen enorme körperliche Kraft. Willst du nicht das?«

Mo zuckte mit den Schultern.

»Du könntest jemandem den Kopf abreißen.« Bogdan schnippte mit den Fingern. »Einfach so!«

»Das ist eine furchtbare Idee. Warum sollte ich das tun wollen?«

»Probieren geht über Studieren«, sagte Bogdan lächelnd und zwinkerte ihr zu. »Komm schon. Verlasse dieses traurige, feuchte, armselige kleine Dorf ...«

»Lower Donny ist nicht traurig und armselig!«

»Doch, glaube mir, das ist es«, sagte Bogdan. »Ich muss es wissen. Ich habe in meinem Leben schon einige traurige, armselige Dörfer gesehen. Egal, genug davon! Verlasse dieses schäbige, jämmerliche ...«

»Ich bin hier geboren, wissen Sie«, schnaubte Mo. »Ja, ich freue mich darauf, erwachsen zu werden und eines Tages wegzugehen, aber trotzdem. Wie können Sie es wagen, buchstäblich aus dem Nichts aufzutauchen und gemeine Dinge über mein Heimatdorf zu sagen?«

»Haha, ja! Genau das!«, rief Bogdan grinsend und klatschte in die Hände. »Dieses Temperament! Diese Kampfeslust! Das ist exakt, was wir suchen. Deshalb bist du auserwählt. Besteige Thron,

14

wie es dir gebührt, und führe dieses Land in neues Zeitalter vampirischer Größe. Nur ein Biss, und du bist vollkommen verändert. Majestätisch! Unbesiegbar! Unaufhaltbar!«

Bogdan breitete die Arme aus, legte den Kopf in den Nacken und lachte. Es klang, als würde jemand eine Krähe zerquetschen. »Nun?«, fragte er schließlich. »Das ist ziemlich cool-geniales Angebot, oder? Was sagst du?«

Mo atmete tief ein, verschränkte die Arme vor der Brust und runzelte die Stirn. Ihre Augen huschten über Bogdan, sein intelligentes, blasses Gesicht, seine schmalen Hände und gepflegten Fingernägel. Dann sprach sie.

»Ich würde gerne einen Ausweis sehen, bitte.«

»Einen Ausweis?«, antwortete Bogdan. »Was ist das?«

»Eine Karte, mit der Sie sich identifizieren«, sagte Mo. »Woher soll ich wissen, dass Sie wirklich der oder das sind, was Sie zu sein behaupten?«

»Ich bin Bogdan!«, sagte Bogdan. Er wirkte verletzt.

»Sie sehen gar nicht aus wie ein Vampir«, sagte Mo. »Ich sehe keine Reißzähne.«

»Oh, Entschuldigung, ich habe hier hinten am Hals kleines Schalter, das macht, dass sie herunterfahren.« Er griff sich an den Hinterkopf und fummelte kurz in seinem Haar herum. Dann brach er in Gelächter aus.

»Ich mache nur kleines Spaß mit dir«, sagte er. »Nein, es gibt kein Schalter. Ha, ha, ha! Menschen fallen immer darauf herein. In Wahrheit kommen die Reißzähne automatisch hervor, wenn ich sie brauche, um jemanden anzustechen. Sonst normale Zähne, siehst du?« Er grinste.

»Aber Ihre Kleidung sieht so gewöhnlich aus«, sagte Mo.

»Du meinst, weil ich keinen Umhang trage? Das tue ich nie. Die sind total sechzehntes Jahrhundert«, antwortete Bogdan naserümpfend. »Außerdem ist das Gepäck mit meinen besten Kleidern noch unterwegs hierher aus dem Osten. Mein treuer Gefährte bringt es mir mit.«

»Aber warum ein Anzug? Und dazu noch ein schmutziger. Da ist ein Fleck auf dem linken Revers«, sagte Mo und zeigte auf die Stelle. »Sieht aus wie Ketchup.«

»Als ich ankam, war ich mir nicht sicher, wie ich mich kleiden sollte«, erklärte Bogdan. »Also habe ich mich nach großem, mächtigem Menschenmann umgesehen, um zu schauen, was so eine gebieterische Gestalt trägt. Er nannte sich Gebrauchtwagenkönig. Ah ja, habe ich mir gesagt, so muss ich mich kleiden.«

»Der Gebrauchtwagenkönig? Sie meinen Clive Bunsworth aus Middle Donny? Der, von dem Plakate an allen Bushaltestellen hängen?«, fragte Mo und unterdrückte ein Lächeln.

»Clive, jawohl«, sagte Bogdan. »Ein köstlicher Mann. Korrekter Mann, meine ich.«

»Und er hat Ihnen seinen Anzug gegeben?«

»Nicht unbedingt *gegeben*«, sagte Bogdan und lächelte verlegen. »Sagen wir, er benötigt den Anzug nicht mehr.«

Mo schauderte. Ihre Augen wanderten wieder zu dem Ketchup-Fleck ...

»Wie auch immer!«, rief Bogdan, plötzlich ungeduldig. »Genug von Clive Bunsworth! Vergiss Clive Bunsworth. Clive Bunsworth ist nicht wichtig für uns. Reden wir über dich, die Auserwählte. Vampirkönigin dieser Insel zu werden ist dein Schicksal.«

»Ich denke eher, mein Schicksal ist es, einen hervorragenden Schulabschluss zu machen und dann an einer exzellenten Universität zu studieren.«

»Unsinn!«, widersprach Bogdan energisch. »Zu herrschen ist dein Schicksal. Nimm es an!« Er starrte Mo durchdringend an. Seine Augen leuchteten, und das Mondlicht ließ sein graues Haar schimmern.

Mo räusperte sich. »Ähm, vielen herzlichen Dank für das freundliche Angebot, Mr. Bogdan«, sagte sie. »Unaufhaltbar und majestätisch zu werden klingt natürlich sehr interessant, aber ich bräuchte etwas Zeit, um darüber nachzudenken. Es ist schließlich eine große Entscheidung. Könnten Sie morgen wiederkommen?«

Bogdan seufzte. »Ernsthaft? Das ist super-hervorragendes Angebot. Wo ist Problem?«

Mo ließ sich nicht beirren.

»Na gut, wenn es sein muss«, sagte Bogdan. »Ich erwarte dich morgen an diese Stelle. Ach, und du kannst alten Vampir übrigens ruhig duzen.«

Er verbeugte sich tief, schnippte mit den Fingern und verschwand, als hätte er sich in Luft aufgelöst.

Mo atmete auf. Sie lachte nervös und blickte sich um. Hatte sonst noch jemand diesen Vampirtypen gesehen? Was für ein Witz! Aber da war niemand. Sie war allein. Vielleicht hatte sie geträumt. Oder zu wenig getrunken. Sie war zu lange in der Bibliothek gewesen und hatte nicht genug Wasser dabeigehabt. Das erklärte es, oder?

Vampire existierten schließlich nicht. Tatsache. (Mo liebte Tatsachen.) Sie gehörten in den Bereich von Folklore, Film und Fernsehen. Und in all der Folklore, den Filmen und dem Fernsehen waren Vampire fremdartig und verführerisch, und deshalb erlagen die Menschen ihrem Charme innerhalb von zwei Sekunden. Niemand fragte sie nach einem Ausweis, und sie kleideten sich nicht wie Gebrauchtwagenhändler. Also, folgerte Mo (Mo liebte Schlussfolgerungen), da die Person, der sie gerade begegnet war, sich kein bisschen verhielt oder so aussah, wie ein Vampir sich verhalten und aussehen sollte, konnte es definitiv auf gar keinen Fall einer gewesen sein.

Und doch … Und doch … Während Mo sich selbst erzählte, dass das, was gerade geschehen war, nicht geschehen sein konnte, war es geschehen. Es hätte nicht geschehen sollen, aber es war … geschehen. Tief im Innersten spürte Mo, dass sie einem Vampir begegnet war. Das war unerwartet, schwer zu glauben und ganz bestimmt nicht Teil irgendeines Plans – und genau das war das Problem, denn Mo liebte Pläne.

Der Plan, den Mo am meisten liebte, hegte und pflegte, war der, den sie sich für ihr Leben überlegt hatte: DER PLAN. Sie arbeitete auf eine wundervolle, vollkommen von ihr selbst geschaffene Zukunft hin. Dies erforderte, Tracey Caldwell zu ignorieren, wenn sie Mo als Streak bezeichnete. (»Das ist eine Mischung aus Streber und Freak«, hatte Lou ihr mit einem entschuldigenden Lächeln erklärt.) Es bedeutete, nicht auf ihren Vater zu hören, wenn er sagte, sie solle nach ihrem Abschluss in seiner Teppichbodenfirma anfangen, oder auf ihre Mutter, die fand, Mo solle Lower Donny niemals verlassen, »weil es da draußen zu gefährlich ist«. Es bedeutete, den Kopf einzuziehen, fleißig zu lernen und der Welt zu zeigen, wie stark, klug und talentiert sie war.

Was es ganz und gar nicht bedeutete und noch nie bedeutet hatte, war, sich auf eine Zukunft als Vampirkönigin einzulassen, eine Zukunft, die ihr an einem Dienstagabend im Oktober ein angeblich untotes, möglicherweise aus der Hecke gesprungenes Geschöpf der Nacht in einem verdächtigen Anzug angetragen hatte.

Mo schüttelte den Kopf, doch das Wort »Auserwählte« war wie in ihr Gehirn tätowiert. Das ist verrückt, dachte sie. Jeden Tag versuche ich, unbemerkt zu bleiben, mein Leben voranzutreiben und mich an den PLAN zu halten, und dann – BÄM! – werde ich plötzlich entdeckt, gewählt, auserwählt. Ich! Mo Merrydrew. Das ist doch total absurd!

Absurd und falsch, sagte sich Mo schnell. Ja, falsch. Und ungerecht. Um es im Leben zu etwas zu bringen, muss man hart arbeiten. Das war es, woran sie glaubte. Das war es, worum es bei dem PLAN ging. Man konnte nicht einfach willkürlich ausgesucht werden und in eine Spitzenposition katapultiert werden. So funktionierte das nicht. Es wäre nicht richtig.

Mit diesem Gedanken setzte sich Mo den Fahrradhelm fest auf den Kopf und schloss mit leicht zitternden Fingern ihre Neon-Fahrradweste. Dann richtete sie ihren Blick auf die Lichter ihres Zuhauses, die durch die Bäume vor ihr schienen, und fuhr dorthin so schnell sie konnte.

3. Kapitel

»Ich habe mich heute wieder schiefgelacht über Bill«, sagte Mos Mutter.

Sie stand am Herd und rührte in einem Topf mit Nudelsauce. Ihre braunen Locken hatte sie zu einem losen Pferdeschwanz zusammengebunden, und sie trug noch die rosa Uniform von dem Pflegeheim, in dem sie arbeitete.

»Er hat mir erzählt, wie sie als Kinder im Obstgarten des Donny-Under-Oak-Guts immer Äpfel geklaut haben«, sagte sie. »Der Gärtner verfolgte sie dann schimpfend mit einem Rechen. Bill hat ihn nachgemacht, auch sein Fluchen. Mrs. Kumari hat ihr Gebiss auf ihr Kreuzworträtsel gespuckt, so wüst war das.«

Mo lächelte schwach, während sie das Besteck für das Abendessen auslegte.

»Was ist los?«, fragte ihre Mutter, kam zu ihr herüber und strich ihr über den Arm.

»Nichts«, sagte Mo.

»Sicher? Du bist so ruhig. Probleme in der Schule? Mit deinen Freunden?«

»In der Schule ist alles in Ordnung«, sagte Mo, »und ich habe eigentlich keine Freunde, also in der Mehrzahl – nur Lou, und mit der ist auch alles gut.«

»Okay, aber du weißt, dass du mir alles erzählen kannst, Liebes, oder?«, sagte ihre Mutter.

»Danke«, antwortete Mo und dachte: Äh, nein, heute bestimmt nicht.

Die Haustür wurde aufgestoßen, und Mos Vater kam herein,

legte seinen Schlüsselbund in eine Schale auf der Arbeitsplatte und küsste sie auf die Stirn.

»Was gibt es zum Abendessen? Ich bin am Verhungern«, sagte er und gab auch Mos Mutter einen Kuss. »Harter Tag. Wieder Lieferprobleme. Wir haben kaum noch Unterlage, das ist ein Problem. Ich weiß, ich habe es schon mal gesagt, aber die Teppichwelt kann körperlich und emotional sehr fordernd sein.«

»Ja, das hast du schon einmal erwähnt«, sagte Mos Mum und zwinkerte Mo zu.

»Aber es ist eine tolle Branche, Mo. Du solltest es dir wirklich einmal durch den Kopf gehen lassen. Du kannst reisen und bleibst fit. Siehst du diese Muckis?« Stolz spannte er seine Armmuskeln an. »Als Menschenrechtsanwältin bekommst du die nicht.«

Mo verdrehte die Augen, und ihr fiel auf, wie anders als ihre Eltern sie war – ihre Mutter, die im Umgang mit Menschen so selbstsicher und ungezwungen war, und ihr kräftig gebauter, starker Vater. Sie setzten sich an den Tisch, und Mos Vater wechselte das Thema.

»Habt ihr gehört, dass Clive Bunsworth verschwunden ist?«, wollte er wissen.

»Der Gebrauchtwagenkönig?«, fragte Mos Mutter.

»Anscheinend hat er gestern irgendeinen Typen auf eine Testfahrt nach Upper Donny mitgenommen und wurde seitdem nicht mehr gesehen.«

»Sucht die Polizei nach ihm?«, fragte Mos Mutter.

»Ja, sie betrachten die Angelegenheit als verdächtig.«

Mo glitt die Gabel aus der Hand, und sie fiel klappernd auf den Teller.

»Alles okay, Mo?«, fragte ihr Vater. »Du bist ganz schön blass geworden. Blasser als sonst. Was ist los?«

Mo hätte sagen können: »Ich bin gerade einem Vampir begegnet, der sagte, ich sei die Auserwählte, und der mir Unsterblichkeit und grenzenlose Macht als Vampirkönigin anbot.«

Aber sie tat es nicht.

Stattdessen sagte sie: »Ich habe keinen Hunger.«

Sie hätte hinzufügen können: »Es scheint, als habe dieser Vampir Clive Bunsworth etwas sehr Unschönes und möglicherweise Tödliches angetan.«

Aber sie tat es nicht.

Stattdessen sagte sie: »Ich muss für eine wichtige NaWi-Arbeit lernen.«

Sie hätte *außerdem* sagen können: »Ich muss entscheiden, ob ich der Untotengemeinde Großbritanniens angehören und sie anführen will.«

Auch das sagte sie nicht.

Stattdessen sagte sie: »Ich mache mich mal an meine Hausaufgaben.«

»Iss wenigstens noch auf«, sagte ihre Mutter. »Komm, ein paar Bissen noch, bevor du anfängst zu lernen. Wenn du überhaupt noch lernen musst. Du bist immer so fleißig. Du solltest zwischendurch auch einmal entspannen.«

»Deine Mutter hat recht«, sagte ihr Vater. »Es ist wichtig, einen Ausgleich zu haben. Leg dir ein Hobby zu, treibe Sport. Sonst bekommst du noch einen Burn-out.«

»Das sagst du ständig, Dad«, sagte Mo und merkte, wie ihre Wangen heiß wurden. »Dauernd redest du über Burn-out.«

»Ich mache mir eben Sorgen um dich«, sagte er. »Deine Mutter auch.«

»Danke, aber ich komme schon zurecht«, sagte Mo, stand auf und ging zur Tür.

Typisch, dachte sie, als sie die Treppe hinaufrannte. Ich muss entscheiden, ob ich eine Vampirin werden will – nebenbei bemerkt eine gewaltige Entscheidung –, und meine Eltern wollen nur wieder darüber diskutieren, wie viel ich lerne und wie hoch mein Burn-out-Risiko ist.

In ihrem Zimmer zog Mo schnell und ohne einen Blick nach draußen zu werfen die Vorhänge zu und setzte sich dann an den Schreibtisch. Sie öffnete ihr Biologiebuch, konnte sich aber ausnahmsweise nicht konzentrieren. Sie fragte sich, ob sie wegen Clive Bunsworth die Polizei kontaktieren sollte, aber dann stellte sie sich das Telefonat vor.

»Hallo, Polizei, ich glaube, die Person, die Sie im Zusammenhang mit dem Verschwinden von Clive Bunsworth suchen, ist ein Vampir ... Ja, korrekt ... Ja, sein Name ist Bogdan ... Ungefähr 1,75 Meter groß, graue Haare, tief liegende Augen ... Was soll das heißen, ›guter Witz‹?«

Stattdessen räumte Mo ihre Schreibwarensammlung auf, sortierte ihre Stifte nach Farben, stapelte ihre Haftnotizen um (die rosafarbenen nach oben) und spitzte ihre vielen Bleistifte an. Trotzdem war sie nach wie vor unruhig. Sie begann, im Zimmer auf und ab zu gehen. Dabei dachte sie über Bogdans Angebot, über die Macht und Autorität als Vampirkönigin nach. Nicht als Vampirprinzessin oder Dritte in der Thronfolge oder vampirische Assistentin der Geschäftsführung der Vampirkönigin. Die echte Königin. Chefin. Herrscherin. Big Boss. Eine Frau in einer Machtposition. Das war gut, oder?

Dann wanderten Mos Gedanken zu den praktischen Dingen, doch da tat sich eine besorgniserregende Wand aus unbekannten Fakten auf. Wie waren die Arbeitszeiten? Wahrscheinlich nachts. Wo würde sie leben? Vermutlich in einem Schloss, aber vielleicht konnte sie auch ihr Zimmer zu Hause behalten. Schließlich war dort gerade erst neuer Teppichboden gelegt worden. Wie war die Kleiderordnung? Sie schaute hinunter auf ihre Schuluniform – ein langweiliger grauer Pullover mit V-Ausschnitt, eine kastanienbraune Nylon-Krawatte und ein Faltenrock. Wäre bestimmt ganz schön, etwas, nun ja, Königlicheres zu tragen. Etwas, das angemessener für eine Auserwählte war.

Auserwählte. Schon wieder dieses Wort. Es tobte in ihrem Kopf herum wie ein sechsjähriges Kind, das zu viel Zucker gegessen hat. Bogdan hatte etwas in ihr gesehen, eine Macht, eine Stärke. Hatte er womöglich recht? Konnte das sein? Mo blieb vor dem Spiegel stehen und betrachtete sich – was sie normalerweise nicht gern tat. Während Tracey Caldwell von Spiegeln angezogen wurde wie ein Hund von einem heruntergefallenen Döner, ging Mo ihnen lieber aus dem Weg. Sie sagte sich: »Was zählt, ist, wer du bist, nicht, wie du aussiehst«, aber in ihrem tiefsten Inneren war sie bloß kein großer Fan ihres blassen Gesichts und ihrer rabenschwarzen Haare, die keine Ähnlichkeit mit den braunen Locken ihrer Mutter oder den dichten grau-schwarzen Wellen ihres Vaters hatten.

»Ich bin albern. Ein Spiegel wird mir nicht helfen, Recherche schon. Bevor du eine wichtige Entscheidung triffst, machst du deine Hausaufgaben«, sagte sie sich.

Sie ließ sich wieder am Schreibtisch nieder, klappte den Laptop auf und tippte »Vampir« in die Suchmaske. Hunderte Bilder wurden angezeigt. Vampire mit bleichen Gesichtern, spitzen Vorderzähnen und Blut, das ihnen von den Lippen tropfte. Alle wirkten wütend, als hätten sie ein Aggressionsproblem und jemand hätte gerade ihre Mutter beleidigt.

Keiner dieser Vampire hatte graues Haar und ein schiefes Grinsen wie Bogdan. Bogdan, der den ganzen Weg aus dem Osten nach Großbritannien auf sich genommen hatte, um sie zu finden. Sie konnte sein Angebot nicht einfach wegen ein paar geschmackloser Bilder ablehnen. Sie musste mehr erfahren.

Die Fakten häuften sich schnell. Vampire können getötet werden, indem man ihnen einen Holzpflock ins Herz treibt, oder durch Köpfen.

»Ja, ja, das ist nichts Neues«, murmelte Mo. »Sie fürchten außerdem Kruzifixe und Sonnenlicht. Auch bekannt. Oh, Moment mal, hier steht, sie haben kein Spiegelbild. *Das* wusste ich nicht. Endlich etwas, das ich nachvollziehen kann.«

Mo las weiter.

»Historisch gibt es viele Vampirfiguren. Ihre größte Gemeinsamkeit ist, dass sie sich von der Lebenskraft eines lebendigen Wesens ernähren«, las sie laut, und ihr stellten sich die Nackenhaare auf.

Hier war es, das eine Detail, das sie ignoriert hatte. Die eine praktische Angelegenheit, der sie nicht ins Gesicht sehen wollte. Keine Mini-Muffins mehr, wenn sie ihrer Verwandlung zustimmte. Stattdessen würde auf ihrem Speiseplan menschliches Blut stehen.

Mo klickte sich zu den Bildern zurück und sah wieder die blassen Gesichter mit den stechenden Augen. Manche Vampire wurden dargestellt, wie sie ihrem wehrlos daliegenden Opfer in den Hals bissen. Sie dachte kurz an den nach wie vor vermissten Clive Bunsworth. War es das, was ihm zugestoßen war? Durch Bogdan? Rasch klappte sie den Laptop zu und stand auf.

»Ich kann nicht Teil dieser Welt werden. Das passt nicht zu mir«, sagte sie. »Sie ist gewalttätig. Schrecklich. Und definitiv ungeeignet für eine Vegetarierin.«

Sie schnappte sich ihren ältesten Teddy, Mr. Bakewell, und drückte ihn an sich. Dann schrieb sie Lou eine Nachricht:

Morgen Bus? Muss mit dir reden.

GROSSE Neuigkeiten.

Lou schrieb zurück: Du hast einen Freund?

Mo antwortete: **Ich will keinen Freund,**

schon vergessen?

Eine Freundin?

Auch nicht. Größere Neuigkeiten.

Lou textete: OMG, es gibt nichts Größeres als das.

ERZÄHL ES MIR SOFORT!!

Mo schickte ihr ein 😴 und schrieb: **Bis morgen.**

Sie schaltete ihr Handy stumm und kroch ins Bett.

4. Kapitel

Während Mo an der Bushaltestelle wartete, wehte ihr der kalte Wind das Haar ins Gesicht, und es sah aus, als würde es winken. Sie kuschelte sich in ihren Mantel. Sie hatte nicht viel geschlafen. Vampire waren durch ihre Träume geschwebt, hatten sie Flure entlanggejagt, die sich ausdehnten wie Gummi. Ein Vampir hatte Ähnlichkeit mit Mos Mathelehrer Mr. Chen in einem seiner selbst gestrickten Cardigans gehabt. Ein anderer hatte ausgesehen wie ein süßer Baby-Koalabär, doch als Mo ihn hochgenommen hatte, hatte er gefaucht und seine riesigen Zähne aus Plastikbesteck gezeigt.

Der Bus kam an die Haltestelle gefahren. Mo stieg ein und atmete den vertrauten Geruch nach muffigen Veloursledersitzen, penetrantem Körperspray und den Käse-Zwiebel-Chips, die ein Kind namens Emir immer zum Frühstück aß, ein. Tracey Caldwell saß auf ihrem gewohnten Platz ganz hinten, von wo aus sie den ganzen Bus im Blick hatte, wie ein römischer Kaiser im Kolosseum.

»Ach, da kommt ja der Streak, die blasse Bohnenstange«, rief sie.

Mit gesenktem Kopf eilte Mo zu Lou und setzte sich neben sie.

»So, dann erzähl mal deine Neuigkeiten«, sagte Lou, und ihre Manga-Augen funkelten. Bevor Mo den Mund aufmachen konnte, wurde sie gestört.

»Habe ich dir erlaubt, meinen Bus zu betreten?«

Tracey Caldwell war durch den Gang zu ihr stolziert und ragte nun bedrohlich über ihr auf. Mo versuchte, sie zu ignorieren. Das war gar nicht so einfach, denn Tracey stach mit ihrem Zeigefinger in Mos blasse Wange.

»Hast du etwa das Schild vorne am Bus übersehen? ›Keine Streber. Keine Freaks.‹ Nicht gesehen? Großes Schild mit gelben Buchstaben.«

Mo starrte in ihren Schoß und schwieg. Tracey Caldwell schien das Licht zu verdrängen und allen Sauerstoff aufzusaugen. Sie war groß und kräftig – ihr Partytrick war es, mit bloßen Händen einen Apfel zu zerteilen –, und ihre üppigen braunen Locken fielen ihr über die Schultern wie ein Schokoladenwasserfall.

Sie sah proper und anständig aus, wie ein Mädel vom Lande aus einem viktorianischen Roman, das mit nicht pasteurisierter Milch und ehrlicher Arbeit auf dem Feld groß geworden war. Doch an dem, was aus ihrem Mund kam, war nichts proper oder anständig. Tracey beherrschte fließend die Sprachen Klatsch und Tratsch (über ihre Freunde) und Beleidigungen (über Mitmenschen, die weniger Tracey-mäßig waren als sie).

»Du verdirbst mir meinen Schulweg, weißt du, Merrydrew«, sagte Tracey.

»Lass sie in Ruhe«, sagte Lou.

»Ist sie stumm, oder was?«, fragte Tracey schnippisch.

»Sie will nicht mit dir reden«, sagte Lou.

Mo tippte Lous Oberschenkel an, damit sie aufhörte. Es war lieb, wie treu Lou sie verteidigte, aber es machte alles nur noch schlimmer.

»Tja, stell dir vor, Lou Townsend, und ich will nicht mit dir reden. Ich will mit dem Vogel reden, nicht mit dem Wurm.«

Tracey begann, Strähnen von Mos schwarzem Haar in die Hand zu nehmen und zu betrachten, als würde sie ein besonders grausiges Beweisstück in einem Mordprozess in die Höhe halten.

»Hau ab, Tracey«, sagte Mo und zuckte innerlich zusammen. *Hau ab …* Etwas Besseres fiel ihr nicht ein? Ernsthaft?

»Trace, warum verschwendest du deine Zeit mit der?«

Es war Jez Pocock, der bestaussehende, beliebteste Junge der Stufe und manchmal Traceys Freund, der von der Rückbank rief.

»Komm zurück«, rief er und runzelte die Stirn, wie er es immer tat. Vielleicht dachte er, es würde ihn männlich und tiefsinnig wirken lassen. Mo fand, es sah aus, als hätte er Probleme, die letzte Zeile beim Sehtest zu entziffern.

»Denk dran, mich nächstes Mal, wenn du mit meinem Bus fahren willst, um Erlaubnis zu fragen, du Vogel«, sagte Tracey, verstrubbelte Mos Haare einmal kräftig und schritt dann zurück an ihren Platz.

Mo strich sich die Haare glatt.

»Das war eine ordentliche Portion Tracey Caldwell am frühen Morgen«, sagte Lou.

»Wie auch immer, das ist überhaupt nicht ihr Bus«, murmelte Mo. »Er gehört Terry von Terrys Omnibusbetrieb, also liegt sie komplett daneben über die Eigentums...«

»Halt die Klappe, Mo, und erzähl mir, was es Neues gibt«, sagte Lou.

»Ich kann nicht gleichzeitig die Klappe halten *und* dir meine Neuigkeiten erzählen«, sagte Mo, während ihr ein Lächeln über die Lippen huschte. »Außer, ich verwende Telepathie, um *meine* Neuigkeiten in *dein* Gehirn zu transportieren, ohne *meinen* Mund zu öffnen.«

»Du weißt, was ich meine!«, wimmerte Lou frustriert. »Hör auf, dich darüber auszulassen, wem der Bus gehört, ignoriere die dumme Tracey Caldwell und erzähl mir deine großen Neuigkeiten. Bitte!«

Mo atmete tief durch. »Du wirst es nicht glauben, aber ...«, sagte sie, »... ich habe gestern einen Vampir getroffen.«

»Was?«, sagte Lou.

»Pst, nicht so laut!«, zischte Mo.

»Sorry, Moment mal, was?«, wiederholte Lou nun etwas leiser. »Es gibt keine Vampire.«

»Das dachte ich auch, aber dann stand plötzlich einer vor meinem Fahrrad.«

»Ist er vielleicht aus der Hecke gesprungen?«, schlug Lou vor.

»Weiß ich nicht«, sagte Mo. »Aber darum geht es auch gar nicht.«

»Woher wusstest du, dass es ein Vampir war? Bist du sicher, dass es nicht bloß Danny Harrington mit Umhang und spitzen Zähnen war, der dich erschrecken wollte?«

Mo warf einen Blick nach hinten zu Danny Harrington, der mit Tracey und Jez in der letzten Reihe saß und sich Kaugummi aus den Haaren klaubte. Danny, der einmal wegen einer Wette ein ganzes Brathähnchen gegessen hatte; der April für ein Sternzeichen hielt; der glaubte, man könne allergisch gegen Skifahren sein.

»Nein, der Typ war viel älter, er hatte graue Haare und nannte sich Bogdan. Er stammt aus dem Osten, was zugegebenermaßen genauso Ost-Donny wie Sibirien heißen könnte, aber ich denke eher an Osteuropa. Er hatte einen coolen Akzent. Und keinen Umhang.«

»Hat er dich gebissen?«

»Nein, wir haben uns nur unterhalten.«

»Was? Vampire halten Menschen nicht in dunklen Gassen auf, um zu plaudern«, sagte sie. »Sie saugen ihr Blut. Das war kein Vampir, Mo.«

»Ich weiß, dass es schwer zu glauben ist, Lou, aber ich schwöre, es war einer«, fuhr Mo fort. »Er meinte, ich sei ›auserwählt‹, Vampirkönigin zu werden.«

»Vampirkönigin?«, wiederholte Lou mit ungläubig aufgerissenen Augen.

»Ich weiß! Ich! Jüngste Premierministerin, das wäre nicht völlig abwegig, aber Vampirkönigin ... Ich weiß nicht.«

»Aber was heißt das? Ich meine, was müsstest du als Vampirkönigin machen?«

»Regieren und, na ja, das Sagen haben«, sagte Mo. »Er hat darüber gesprochen, Großbritannien zu einer neuen Vampirhochburg zu machen. Davon wäre ich die Königin und hätte anscheinend enorme Macht.«

»Wow«, sagte Lou. »Das ist eine Menge Stoff zum Nachdenken, oder? Eine ganze Menge. Und dafür müsstest du eine echte Vampirin sein, oder?«

»Ja«, sagte Mo und runzelte kurz die Stirn. »Wahrscheinlich. Er hat irgendetwas von einem einzigen Biss gesagt, der mich verwandeln würde, aber wir sind nicht wirklich ins Detail gegangen.«

Lou zog ihre kleine Hamsternase kraus. »Du müsstest Blut trinken«, sagte sie, ihre Stimme leise und zögerlich.

»Vermutlich«, sagte Mo. »Ich meine, man hört nicht oft von veganen Vampiren, oder?« Sie lachte nervös.

Einen Augenblick lang schwiegen beide.

»Sorry, Mo, ich komme noch nicht ganz darauf klar«, sagte Lou irgendwann. »Ich dachte, es gäbe Vampire nicht einmal, und jetzt sagst du, dass es sie doch gibt und dass du ganz oben auf der Liste ihrer potenziellen Herrscherinnen stehst. Das ist unglaublich!«

»Ich weiß!«, sagte Mo.

»Das war jedenfalls definitiv nicht Teil deines Lebensplans.«

»Ich weiß!«, sagte Mo wieder.

»Wie würde es mit unserer Freundschaft weitergehen, wenn du Vampirkönigin wärst?«, fragte Lou. »Du würdest mich nicht beißen, oder?«

»Nein!«, sagte Mo.

»Und, machst du es?«, fragte Lou.

»Ich weiß nicht. Ich glaube nicht. Ich bin verwirrt«, sagte Mo.

»Oh, oh, das ist nicht gut. Du bist fast *nie* verwirrt«, sagte Lou.

»Genau!«, sagte Mo. »Es ist merkwürdig. Das alles ist merkwürdig. Vielleicht muss ich einfach noch ein bisschen mehr darüber herausfinden, bevor ich mich entscheide. Bogdan glaubt wirklich, dass ich diejenige bin, die es werden soll, weißt du? Nicht, dass ich die Position annehmen würde, nur weil er sagt, dass ich auserwählt sei. Das wäre bescheuert. Außerdem hat er eigentlich nach einem König Ausschau gehalten, nicht nach einer Königin. Das ganze Vampirding scheint so ein Alter-Weißer-Mann-Ding zu sein, weißt du?«

»Wann musst du dich entscheiden?«, wollte Lou wissen.

»Heute Abend kommt er wieder«, antwortete Mo.

»Glaubst du, es ist sicher für dich?«, fragte Lou. »Gestern hat er dich nicht gebissen, aber vielleicht tut er es heute.«

»Darüber habe ich noch gar nicht nachgedacht«, sagte Mo und kaute auf ihrer Lippe herum. Plötzlich fiel ihr Clive Bunsworth wieder ein. »Aber er wirkte ganz in Ordnung. Er hat sich verbeugt. Würde sich jemand, der nicht ganz in Ordnung ist, verbeugen?«

»Ich bin mir nicht sicher«, sagte Lou. »Kann sein. War er denn gruselig? Du hattest doch bestimmt Angst.«

»Angst? Vor wem?«

Tracey Caldwell wieder, die neben Mo stand, als der Bus auf den Schulhof einbog.

»Hast du Angst vor mir, Merrydrew?«, fragte sie, und der Gedanke schien ihr zu gefallen.

Mo stand auf, drängte sich an ihr vorbei und zog Lou an der Hand mit sich. Sie spürte Traceys Blick in ihrem Rücken brennen, als sie aus dem Bus ausstieg.

»Wenn du Vampirkönigin wärst, könntest du Tracey Caldwell zum Schweigen bringen«, sagte Lou und hakte sich bei Mo unter, während sie zum Eingang gingen. »Ist das nicht verlockend? Ich gäbe eine Menge dafür, ihr Gesicht zu sehen, wenn du deine spitzen Eckzähne hervorblitzen ließest.«

»Das habe ich auch gerade gedacht«, sagte Mo, und ihre Mundwinkel zuckten leicht nach oben, als sie sich vorstellte, sie wäre *wirklich* die Vampirkönigin. Ja, es würde bedeuten, über andere Vampire zu herrschen (total undemokratisch) und skrupellos zu sein (undemokratisch und unmoralisch), aber es würde auch bedeuten, dass alle im ganzen Land Angst vor ihr hätten. Alle! Sogar Tracey Caldwell. Die sie seit Jahren auf dem Kieker hatte, auf ihr herumhackte und sie auslachte … Wie es sich wohl anfühlte, von ihr respektiert, ja, gefürchtet zu werden? Und nicht irgendwann in der Zukunft, wenn Mo sich an die Spitze gearbeitet haben würde, sondern gleich morgen im Bus auf dem Weg zu Schule.

»Aber es geht gegen alles, wofür ich stehe«, sagte Mo. »›Wenn die anderen ihre schlechteste Seite zeigen, zeigen wir unsere beste‹ – so macht Michelle Obama das.«

»Ja, aber Michelle Obama wurde nicht tagtäglich von Tracey Caldwell geärgert, oder? Sonst wäre sie auch mehr auf dem Trip: ›Wenn die anderen ihre schlechteste Seite zeigen, zeigen wir unsere Vampirzähne und gruseln sie bis nach Upper Donny und zurück.‹«

Mo lachte und stellte sich vor, wie sie Tracey Caldwell mit einem Aufblitzen ihres Vampirlächelns zum Schweigen bringen würde.

»Oh Gott, du überlegst *echt*, oder?«, rief Lou aus, die Mos Gesicht beobachtete und ihre Gedanken erriet.

»Nein, nicht wirklich«, sagte Mo. »Natürlich ist es nett, wenn man gebeten wird, eine wichtige Position zu übernehmen, und Bogdan hat spezifisch mich ausgewählt, eine Frau, und nicht wie ursprünglich geplant einen Mann. Das ist also unbestreitbar ein Fortschritt …«

»Aber du müsstest eine echte Vampirin werden, Mo.«

»Ja, ich müsste eine echte Vampirin werden, und das will ich nicht – natürlich nicht. Ehrlich gesagt klingt es so, als wäre die ganze Vampirwelt im Grunde genau wie das menschliche Patriarchat, nur noch gewalttätiger und mit spitzen Eckzähnen. Nein, danke. Außerdem ist es nicht Teil des PLANS. Es ist bloß eine vollkommen willkürliche, bekloppte Sache, die passiert ist. Ich habe nicht darum gebeten, und es passt nicht. Überhaupt nicht. Ich denke nicht, dass ich es machen kann. Das versteht Bogdan sicher.«

5. Kapitel

Bogdan verstand es nicht.

»Was meinst du, du willst nicht Vampirkönigin sein?«, tobte er.

Er war genau wie am Vortag vor Mo aufgetaucht. Sie hatte den Bus zurück nach Lower Donny genommen, nachdem sie in der Bibliothek gelernt hatte, war durch die Gasse gegangen, und plötzlich war er da gewesen. Vielleicht hatte er sich wirklich in der Hecke versteckt gehabt. Mo war sich immer noch nicht ganz sicher.

»Das ist sehr interessantes Angebot«, sagte er. »Du bist Auserwählte. Nur du. Es gibt nicht Auserwählte Nummer drei oder sechzehn. Nur eine. Dich. Nur dich! In ganze Land.«

Mo biss sich auf die Unterlippe. Sie spürte, dass sich ihr Bauch zusammenkrampfte vor Angst. Gestern war Bogdan relativ freundlich gewesen. Heute war er wütend. Er seufzte tief, ging ein paar Schritte, kam dann zurück und funkelte sie an.

»Was ist Problem?«

»Das ganze Blutessen ist nichts für mich. Ich bin Vegetarierin«, sagte Mo.

»Man isst es nicht, man trinkt es«, sagte Bogdan. »Und es ist köstlich. Wie guter Wein, nur fleischiger.«

Mo schüttelte sich und probierte es anders.

»Mir gefällt auch die Idee willkürlicher Macht nicht«, sagte sie. »Sollten die britischen Vampire nicht abstimmen? So ist es nicht besonders demokratisch, oder?«

»Was ist dieses ›demokratisch‹?«, wollte Bogdan wissen.

»Na ja, ich bin vielleicht ›auserwählt‹, aber von wem? Niemand hat für mich gestimmt«, sagte Mo.

»Ja, und?«, fragte Bogdan.

»Außerdem hast du mir die Position überhaupt nicht erklärt. Ich weiß gar nicht genau, was man als Königin tut.«

»Ich habe dir gesagt: schöne Vampirhochburg aufbauen«, sagte Bogdan. »Aus Großbritannien Zentrum für aufgeregte Vampirzeiten machen. Du kannst tun, wie du willst. Ich empfehle skrupellos sein, viel Gewalt, nicht so viel reden. Taten sprechen lassen. Aber du bist Auserwählte, du kannst tun, wie du willst.«

Stirnrunzelnd schüttelte Mo den Kopf. »Tut mir leid, aber das ist nicht die Art von Tätigkeit, die ich im Auge habe«, sagte sie. »Wenn ich älter bin, möchte ich eine richtige Arbeit haben, in der Politik oder in einer Wohltätigkeitsorganisation oder als Anwältin. Das ist mein Plan, und den will ich nicht aufgeben. Jemandem den Kopf abzureißen, war nie mein berufliches Ziel, und wenn ich irgendwann eine einflussreiche Stellung habe, dann, weil ich dafür gearbeitet habe, nicht weil irgendein verkrusteter Vampir aus dem Osten in Clive Bunsworths Anzug mir sagt, ich sei auserwählt.«

Bogdan schwieg. Mo biss sich erneut auf die Lippe. War sie zu weit gegangen? Wenn sie aufgewühlt war, neigte sie dazu, Reden zu schwingen. (Kein Wunder, als Vorsitzende des Debattierklubs.)

»Ich bin nicht verkrustet«, murmelte Bogdan schließlich. »Ich habe kleines Ekzem. Das ist die feuchte Oktoberwetter hier. Ich verstehe nicht, wie ihr es ertragt.«

»Ich kann dir eine Salbe dafür geben«, sagte Mo.

»Danke, das wäre nett«, sagte Bogdan. Er ließ die Schultern hängen und seufzte, als wäre all sein Ärger weggeschmolzen wie Eis über einem Lagerfeuer.

»Wo waren wir stehen geblieben?«, fragte er. »Ah ja, du hast nicht damit gerechnet, Auserwählte zu sein, und du hast Plan für Zukunft. Das verstehe ich, meine liebe Mo, aber das Leben läuft nicht immer nach Plan.«

»Ach, wirklich?«, sagte Mo.

»Natürlich nicht«, antwortete Bogdan. »Denkst du, ich wollte Vampir werden?«

Mo zuckte die Achseln.

»Ich war zufrieden damit, kleines Stück Land am Schwarzen Meer zu bewirtschaften, damals in den 1380er-Jahren. Ja, Boden war steinig und karg. Ja, meine Eltern, sechs Brüder und fünf Schwestern waren an der Pest gestorben. Okay, meine teure Kuh Ruxandra war von dem kleinen, diebischen Wurm Petru aus dem Dorf hinter den Bergen gestohlen worden« – er unterbrach sich, um auf den Boden zu spucken –, »aber alles in allem ging es mir gut.«

»Was ist dann passiert?«, fragte Mo.

»Ich wurde zu Vampir gemacht! Ganz plötzlich. Eines Abends döste ich am Strand, wachte auf und – *ahhh*!« Bogdan griff sich an den Hals, und Mo zuckte zusammen.

»Etwas Spitzes kratzte an meinem Hals. Ich dachte zuerst, es wäre Mücke – die können zu der Jahreszeit, es war August, schlimm sein. Aber nein! Es war Vampir, der sich an meiner Halsschlagader labte.«

»Ekelhaft«, sagte Mo. »Und nicht in Ordnung. Dieser Vampir hätte dich nie ohne deine Zustimmung beißen dürfen.«

»Er trank viel von meinem Blut. Ich war machtlos. Dann sah er mich mit schwarze Augen an und sagte, ich hätte zwei Möglichkeiten. Das fand ich nett. Jeder mag es, Möglichkeiten zu haben, nicht wahr?«

»Was für Möglichkeiten waren das?«, wollte Mo wissen.

»Er könnte mein Blut vollständig austrinken, und ich würde sterben. Oder ich könnte etwas von seinem Blut haben und auch Vampir werden«, erzählte Bogdan. »Für mich war es – wie sagt ihr? – klar wie Soßbrühe. Also trank ich etwas von seinem Blut, und hier bin ich.«

Grinsend breitete Bogdan die Arme aus. »Klar, das hatte ich nicht geplant, aber manchmal muss man das Leben einfach fließen lassen«, sagte er kichernd. »Entschuldige kleine Scherz.«

Mo und Bogdan waren langsam die Gasse hinuntergegangen,

während sie redeten, und hatten sich Mos Zuhause genähert, in dem jetzt deutlich ihre Mutter zu erkennen war, die am Küchentisch saß und Tee trank.

»Deine Mutter sieht aus wie nette Dame«, sagte Bogdan mit gesenkter Stimme und schnupperte ein-, zweimal in die Luft, wie ein Tier, das Beute wittert. »Vampire können Menschengeruch aus Ferne wahrnehmen. Sie riecht fast vertraut.«

Mo schauderte.

»Guck weg«, sagte sie. »Du fasst sie nicht an. Nie!«

»Entspann dich«, sagte Bogdan. »Keine Aufregung. Sie ist nicht in Gefahr.«

»Warum sollte ich dir vertrauen? Du hast Clive Bunsworth verschwinden lassen«, sagte Mo. »Die Polizei hat ihn immer noch nicht gefunden. Ist er tot?«

Bogdan zuckte mit den Schultern. »Er war nicht ganz tot, als ich ihn zurückgelassen habe.«

Mos Augen wurden tellergroß.

»Wie auch immer, normalerweise esse ich keine Frauen. Schmecken mir nicht.«

Mos Mutter blickte aus dem Fenster, in die Richtung, wo Mo und Bogdan standen. Hatte sie die beiden bemerkt?

»Los, in den Schuppen!«, sagte Mo. »Ich will nicht, dass sie dich sieht.«

Sie ging mit schnellen Schritten zum Schuppen-Schrägstrich-Rückzugsort ihres Vaters am anderen Ende des Gartens, teilweise hinter Büschen verborgen. Der Schuppen war einerseits praktisch eingerichtet – mit Sägen, Meißeln, Holzklötzen, Blumentöpfen, einer Schubkarre –, andererseits wie ein Hobbyraum mit einem alten Sessel, einer Lampe, Schallplattenkisten und Büchern über Bands aus den 1960er-Jahren.

Mo öffnete die Tür und ging hinein. »Schnell, komm rein«, sagte sie.

»Du musst mich hereinbitten«, sagte Bogdan. »Vampire können ein Haus nicht betreten, solange der Gastgeber sie nicht bittet.«

»Das ist kein Haus, sondern ein Schuppen!«, sagte Mo. »Siehst du – keine Sanitäranlagen!«

Bogdan trat von einem Fuß auf den anderen, aber er ging nicht durch die offene Tür. Mo seufzte.

»Also gut. Bitte kommen Sie herein, Mr. Bogdan.«

Er grinste und hüpfte über die Schwelle, ließ sich in den Sessel sinken und seufzte zufrieden.

»Ich verstehe nicht, warum ich dich bitten muss, hereinzukommen«, sagte Mo.

»So sind die Regeln«, sagte Bogdan.

»Welche Regeln? Wessen Regeln?«

Bogdan wehrte Mos Fragen mit einer Geste ab, als wären sie lästige Mücken, und setzte sich dann, auf einmal ganz konzentriert und ernst, im Sessel auf. Mo gefiel es nicht, wie Bogdan zwischen der plaudernden, scherzenden, Ich-erzähl-dir-mal-ein-bisschen-über-das-Vampirleben-Version und der eindringlich starrenden Du-bist-die-Auserwählte-lass-mich-deine-Entscheidung-hören-Version hin-und hersprang. Sie fragte sich flüchtig, ob seine Hormone aus dem Gleichgewicht waren, oder vielleicht seine Darmflora. Lag wahrscheinlich an dem ganzen Blut, das er zu sich nahm. So ziemlich das Gegenteil einer ausgewogenen Ernährung. Kein Wunder, dass er solche Stimmungsschwankungen hatte.

»Mo, ich kann dir noch eine Nacht geben, um über mein Angebot nachzudenken«, sagte er. »Aber nur eine. Ich muss schnell zackig eine Vampirkönigin organisieren. Keine Zeit zu verlieren. Morgen kommt Luca, mein treuer Gefährte, mit dem Gepäck und mit Nachrichten vom Vampirkönig des Ostens, der, fürchte ich, langsam Geduld verliert. Ich habe ihm gesagt, ich finde geeignete Herrscherin. Jetzt will er, dass es bald erledigt und in trockenen Büchern ist.« Bogdan rieb sich die Stirn und lehnte sich zurück. Er wirkte plötzlich müde.

»Wird er schnell ungeduldig? Der Vampirkönig des Ostens?«, fragte Mo. »Wie ist er sonst so?«

»Er ist mächtigster Vampir in ganz Europa«, sagte Bogdan achselzuckend.

»Wurde er gewählt?«

»Gewählt? Was willst du immer mit ›gewählt‹? Nein!«, sagte Bogdan. »Er ist mächtig, weil er *aus*erwählt ist, genau wie du. Na ja, so ähnlich. Eigentlich sollte er Stellvertreter von ehemaligem König sein.«

»Wurde er befördert?«

»Nicht wirklich. Er hat seinen Vorgänger getötet, gleich nachdem er zum Vampir gemacht wurde«, sagte Bogdan. »War etwas unappetitlich. Wir Vampire sprechen nicht gern darüber. Man bringt König nicht um, weißt du. Vermutlich mangelnde Erfahrung. Er war neu in dem Job, ein bisschen verwirrt, und *bumm!*, köpfte er den alten König. Wie auch immer, nicht so wichtig, er ist großartiger Herrscher. Er hat Macht mit Gewalt an sich gerissen und hält sie mit noch mehr Gewalt und Riesenjähzorn aufrecht.«

»Leuten Angst einzujagen ist nicht der richtige Weg, um an der Macht zu bleiben«, sagte Mo. »Das macht man mit Gerechtigkeit, Anstand, einer ausgeglichenen Führung. Ich habe genügend politische Biografien gelesen, um das zu wissen. Man muss außerdem in der Lage sein, zu kommunizieren. Menschenkenntnisse sind essenziell.«

»Nun, seine Menschenkenntnisse sind Geschmackssache, aber Appetit, ja, den hat er. Einmal hat er vier Männer an einem Abend verspeist. Vier! Ausgewachsene Erwachsene. Unglaubliche Leistung. Er ist superdurstig, trinkt alles leer, was Puls hat, weißt du?«

Mo schluckte, hakte dann jedoch trotzdem nach. »Aber ist er ehrlich und gerecht? Arbeitest du gern mit ihm zusammen, bist du zufrieden mit deinem Arbeitsvertrag?«, fragte sie. »Hast du freie Tage, Lohnfortzahlung im Krankheitsfall, Mittagspausen?«

»Ich esse in der Regel nicht zu Mittag«, murmelte Bogdan. »Aber um deine Fragen zu beantworten, Mo, es gibt keinen Vertrag. Es ist ganz einfach. Ich tue, was er will, das ist alles, und versuche, ihn bei Laune zu halten, denn sonst ...«

»Was sonst?«, fragte Mo. »Könnte er dich feuern?«

»Du meinst, an Pfahl binden und Feuer unter Hintern machen? Nein, das machen wir nicht mehr.«

»Aber du hast doch sicher Arbeitnehmerrechte«, sagte Mo.

»Rechte?« Bogdan schnaubte verächtlich. »Es gibt keine Rechte. Vampirkönig des Ostens hat alle Rechte – kann tun, was er will. Warum verstehst du nicht? Ich dachte, du wärst intelligenter Mensch. Er ist der große, mächtige Vampirherrscher. Punkt.«

»Klingt nach einem fiesen Machotyrannen alten Schlags«, sagte Mo. »Bei euch sollte mal eine Frau die Dinge in die Hand nehmen. Eine Frau würde es besser machen. Moment, warum grinst du so?«

Bogdan hob eine Augenbraue und nickte Mo zu.

»Ah, verstehe. Du meinst, ich könnte diese Frau sein? Als Vampirkönigin den Laden schmeißen?«

»Exakt«, sagte Bogdan. »Du, die Auserwählte.«

»Auserwählte, Auserwählte, die ganze Zeit redest du von der Auserwählten«, sagte Mo plötzlich aufgebracht, und ihre Wangen wurden Chicken-Tikka-Masala-rot. »Wenn ich die dumme sogenannte Auserwählte bin, warum lässt du mir dann überhaupt die Wahl? Wenn ich es sein soll, warum hast du mich dann nicht schon längst zur Vampirkönigin gemacht?«

»Mo, hör auf damit«, bat Bogdan.

»Nein, ich will es wissen«, beharrte Mo und atmete heftig. »Warum beißt du mich nicht einfach, wenn ich auserwählt bin und sowieso nichts zu sagen habe? Mach schon. Na los, trau dich. Beiß mich.«

»Schluss!«, brüllte Bogdan, sprang auf und funkelte Mo wütend an. Sie stolperte rückwärts.

»Ich bin vielleicht untot«, sagte er langsam, »aber ich bin kein Monster.«

Die beiden standen einander für ein, zwei Sekunden schweigend gegenüber und starrten sich in die Augen, dann wandte sich Bogdan ab.

»Sieh mal, Mo, dies ist der letzte Auftrag, den ich für den König des Ostens ausführe«, sagte er, nun mit ruhigerer Stimme. »Ich bin alt – über sechshundert Jahre. Ich bin müde. Ich möchte mich in Karibik zurückziehen. Warmer Wind, Seeluft ...«

»Die Sonne im Gesicht«, murmelte Mo sarkastisch.

Bogdan ignorierte sie. »Also, überlege dir mein Angebot bitte gründlich. Es ist gut, für mich und für dich.«

Er drückte die Schuppentür auf und ging hinaus.

»Willst du nicht dieses Verdampfen machen?«, rief Mo ihm nach. »Wie gestern, als du quasi verpufft bist?«

»Das nennt man Materialisieren«, antwortete Bogdan. »Es ist ein wenig anstrengend. Wenn ich müde bin, ist es mir zu viel. Ich gehe lieber zu Fuß. Ein bisschen frische Luft tut ganz gut. Vielleicht hole ich mir unterwegs noch Snack. Bis morgen, Mo.«

6. Kapitel

Mo bekam beim Abendessen nicht viel herunter, konnte nicht lernen, wollte nicht die Nobelpreisdoku im Fernsehen anschauen, die ihre Mutter ihr vorschlug. Sie lag im Bett, starrte an die Decke und ging immer wieder im Kopf durch, was im Schuppen passiert war, wie sie Bogdan gedrängt hatte, sie zu beißen. Zum millionsten Mal zog sich alles in ihr zusammen. Was hatte sie sich dabei gedacht? Nichts, das war das Problem. Sie war gestresst, verwirrt und aufgeregt gewesen – alles Zustände, die sie hasste –, und sie hatte einen Vampirangriff riskiert.

Es klopfte an der Tür, und Mo fuhr in die Höhe, als hätte sie Schüsse gehört.

»Ich habe dir eine heiße Schokolade gemacht«, sagte ihre Mutter, als sie Mos Zimmer betrat. »Was ist los? Du machst ein Gesicht, als hättest du einen Geist gesehen.«

Wenn es doch nur ein Geist gewesen wäre, dachte Mo. Geister klangen im Vergleich zu Vampiren wie ein Kinderspiel.

»Alles in Ordnung, Liebes?«

»Ja, ich denke nur über etwas nach«, antwortete Mo und nahm den Becher entgegen. »Danke, Mum.« Ihre Mutter setzte sich aufs Bett neben Mo. »Na ja, eigentlich versuche ich, etwas zu entscheiden.«

Ihre Mutter sagte nichts, lächelte sie nur auf so eine Erzähl-weiter-Art an.

»Okay«, sagte Mo und atmete tief durch. »Was würdest du machen, wenn jemand wollen würde, dass du etwas tust, was derjenige für eine tolle Sache hält und was nur du tun kannst, wie er

41

sagt, weil du etwas Besonderes bist, aber du bist dir nicht sicher, ob du selbst es willst?«

»Setzt dich jemand unter Druck …?«

Mos Mutter nahm ihr die heiße Schokolade aus der Hand, stellte sie auf den Schreibtisch und kniete sich vor sie.

»Mo, hör mir gut zu«, sagte sie und drückte fest ihre Hände. »Kein Junge hat das Recht, dich dazu zu drängen, irgendetwas mit deinem Körper zu machen, mit dem du dich nicht hundertprozentig wohlfühlst. Du bist nicht einmal sechzehn.«

»Oh Gott, Mum!«, kreischte Mo und entzog die Hände dem Griff ihrer Mutter. »Ich meine doch nicht *das*.«

»Ernsthaft. Es muss immer freiwillig geschehen, und du musst im tiefsten Inneren spüren, dass es das ist, was du willst, dass es das Richtige für dich ist, dass Vertrauen da ist.«

»Bitte hör auf«, sagte Mo und stand auf.

»Als ich deinen Vater kennenlernte, wusste ich einfach, dass …«

»Oh mein Gott, Mum!«, rief Mo und bedeckte die Ohren mit den Händen. »Ich rede nicht über Sex und bitte, bitte tu du es auch nicht. Vor allem nicht mit Dad!«

»In Ordnung«, sagte ihre Mutter und hob die Hände, um zu zeigen, dass sie nichts weiter sagen würde. »Ich finde bloß, dass es wichtig ist, das anzusprechen.«

»Gut, das haben wir ja jetzt erledigt«, sagte Mo schnell.

»Hätten wir vielleicht schon eher tun sollen«, sagte Mos Mutter. »Du wirst so schnell erwachsen. Wie auch immer, ich hoffe, das war hilfreich. Es war gut, dass wir darüber geredet haben, Mo. Hab dich lieb.«

Sie ging wieder nach unten, und Mo ließ sich aufs Bett fallen. Gut, dass wir darüber geredet haben? Echt? Gruselig, ja. Verstörend, auf jeden Fall. Gut? Äh … nicht wirklich. Mo schwankte zwischen dem Bedürfnis, hysterisch zu lachen, und dem, sich auf dem Fußboden zusammenzurollen. Wenigstens hatte sie das eklige, ernste, total peinliche Eltern-Sex-Gespräch zum Thema »Tu nichts, solange du nicht sicher bist, dass du es willst« vom eigentlichen Problem abgelenkt – was sie Bogdan sagen sollte.

Mo dachte an seine Beschreibung des Vampirkönigs des Ostens. »Verzogener Tyrann des Ostens trifft es eher«, murmelte sie. Gewaltsam, gierig, aufbrausend – das war er. Wollte sie an seiner Seite arbeiten? Wirklich? Dann dachte sie an Bogdan, seinen Gesandten. Er war kein Monster, hatte er gesagt, aber er versuchte sie zu überreden, einen großen Schritt zu gehen, einen, von dem es kein Zurück gab. War das in Ordnung? War es fair? War es, um ihre Mutter zu zitieren, das, was sie im tiefsten Inneren wollte?

Mo setzte sich abrupt auf.

Nein, das ist nicht das, was ich will, entschied sie. Ich tue es nicht. Das werde ich Bogdan sagen, und er wird fortgehen, und der Vampirkönig wird nie hierherkommen, und ich kann mich wieder auf den PLAN für mein Leben konzentrieren. So. So mache ich das. Problem gelöst. Ende Gelände.

Mo stellte sich vor, wie sie am nächsten Tag im Schuppen-Schrägstrich-Rückzugsort ihres Vaters Nein zu Bogdan sagen würde. Wahrscheinlich würde er wieder im Sessel sitzen, dann wütend werden, aufspringen, sie anschreien. Sie würde keinen Millimeter weichen und sich keine Schuldgefühle einreden lassen, damit sie ihre Meinung änderte. Er würde sie auch nicht beißen, das hatte er versprochen. Es würde schon nicht so schlimm werden.

Dann fiel ihr ein, dass es einen Zeugen geben könnte. Bogdans treuen Gefährten, der bald ankommen sollte. Moment mal, was war das überhaupt, ein treuer Gefährte? Mo konnte sich nur eine schwarze Katze vorstellen, wie Hexen sie manchmal hatten. Auf jeden Fall eine Art Haustier. Wie konnte ein Haustier Gepäck transportieren? Fuhr es einen Transporter? Oder vielleicht etwas Kleineres ... einen Golfbuggy? Vielleicht konnten Vampirhaustiere so etwas. Vampire taten schließlich merkwürdige, abgefahrene Dinge

43

wie dieses Materialisieren. Warum nicht auch Golfbuggy fahrende Haustiere halten?

Wieder klopfte es.

»Mum, ich möchte wirklich nicht mehr reden, danke …«, rief Mo.

»Ich bin's«, sagte ihr Vater und streckte den Kopf zur Tür herein. »Mum hat mir von eurer Unterhaltung erzählt.«

Er grinste.

»Klappe, Dad«, knurrte Mo und warf Mr. Bakewell in seine Richtung.

»War es hilfreich?«, fragte er, immer noch grinsend wie ein Honigkuchenpferd.

Mo seufzte und zog sich die Bettdecke über den Kopf.

»Ich sehe dir an, dass es das war. Ich sehe, dass du eine Menge daraus mitgenommen hast. Das ist großartig. Schlaf gut. Hab dich lieb.«

»Ich dich auch«, murmelte Mo unter ihrer Bettdecke.

Am nächsten Morgen aß Mo schweigend und ruhig ihr Frühstück. Sie hatte ihre Entscheidung getroffen – sie würde sich nicht zur Vampirkönigin machen lassen – und das fühlte sich gut an. Entscheidungen zu treffen fühlte sich immer gut an.

»Ich fahre heute zu einer Fußbodenkonferenz«, sagte Dad, nahm die Autoschlüssel und küsste sie auf den Scheitel. »Ich weiß, du bist total neidisch, aber damit musst du klarkommen. Ich halte eine Rede über die einzigen drei Dinge von Bedeutung: Unterlage, Unterlage, Unterlage.«

»Cool, Dad«, sagte Mo.

»Morgen Abend bin ich wieder zu Hause. Benimm dich. Pass auf dich auf. Ich hab dich lieb.«

Mos Mum ging hinter ihm aus dem Haus. Mo hörte sie leise miteinander sprechen, bevor sie sich zum Abschied umarmten. Als ihre

Mutter in die Küche zurückkam, hielt sie einen Briefumschlag in der Hand.

»Der lag auf der Fußmatte«, sagte sie und gab ihn Mo. »Muss heute Nacht gebracht worden sein. Handgeschrieben. Sehr edel.«

Mo nahm den Umschlag. Darauf stand ihr Name in einer schönen, geschwungenen Schrift. Sie strich mit dem Daumen darüber. Die Tinte war dunkelrot und so dick, dass sie die Form der Buchstaben fühlen konnte. Sie holte den Brief aus dem Umschlag.

Mo, du musst Vampirkönigin werden. Wenn nicht, kommt
Vampirkönig des Ostens und macht Schaden. Viel Schaden.
Zu mir auf jeden Fall, aber auch zu dir. Vielleicht auch zu
den Menschen, die dir wichtig sind – deiner Mutter, deiner
kleinen Freundin Lou. Wie ich schon erklärt habe, er ist sehr
mächtig. Er hasst es, enttäuschend zu sein. Und Verrat
hasst er extra viel.
Ich habe dir das gestern nicht erzählt, weil ich hoffte,
du würdest dich auch so für supercoole Angebot entscheiden.
Aber nein, immer so viele Fragen von dir ... Also muss ich offen
sprechen. Du musst Ja sagen. Sonst kommt viel Schaden.
Bogdan.

Mo hatte das Gefühl, dass sich ihre Knie verflüssigten. Sie spürte, wie sie eine Hand vor den Mund schlug. Sie ließ sich auf einen Stuhl fallen, blinzelte heftig und hatte Mühe, den Brief ein zweites Mal zu lesen.

»Mo, ist alles in Ordnung?«, fragte ihre Mutter.

Mo antwortete nicht. Sie lief in ihr Zimmer, stopfte den Brief mit zitternden Händen in die Schreibtischschublade und schob diese mit Schwung zu. Dann legte sie die Arme um ihren Körper und versuchte, langsam zu atmen. Bogdan hatte gesagt, dass ihre Mutter nicht in Gefahr wäre. Nicht in Gefahr! Und jetzt das. Außerdem, woher kannte er Lou? Hatte er sie beobachtet? Und, am allerwichtigsten, was zur Hölle bedeutete »Schaden«?

Mo rutschte an ihrem Bett herunter und zog die Knie an die Brust. Vielleicht sollte sie irgendjemandem davon erzählen. Mr. Chen? Ihr Mathelehrer und zugleich ihr Lieblingslehrer. Würde er ihr helfen können? Er wusste, wie man eine quadratische Gleichung löste, aber kannte er sich auch in der Welt der Vampire aus …? Nein, er hatte bestimmt keine Ahnung. Ihre Eltern vielleicht? Die sagten immer, sie könne ihnen alles erzählen, aber würden sie ihr glauben? Natürlich nicht. Und die Polizei? Vielleicht sollte sie sich doch bei der Polizei melden …

»Mo, du verpasst den Bus, wenn du jetzt nicht losgehst«, rief ihre Mutter von unten. »Was machst du denn noch? Du bist doch sonst nie spät dran.«

Mo schnappte sich ihren Rucksack, rannte die Treppe hinunter und raste aus dem Haus.

7. Kapitel

Bogdans Brief beschäftigte Mo den ganzen Tag. Sie konnte an nichts anderes denken. Mr. Chen gab die Mathearbeit der vergangenen Woche zurück. Sie hatte 98 Prozent richtig und registrierte es kaum. Ihr Aufsatz in Englisch war »herausragend«. Es war ihr egal. Ihr Wissenschaftsprojekt über Marie Curie war »tiefgehend und faszinierend«. Sie empfand nichts. Wie auch? Sie war gelähmt vor Angst davor, was der Vampirkönig tun würde, wenn sie nicht Königin werden würde, und was sie tun würde, wenn sie es täte.

In Sport wurde Mo als Verteidigerin im Hockey eingesetzt, was bedeutete, dass sie das Tor zumachen musste, während Tracey Caldwell sich wie ein Nashorn auf Steroiden auf sie zuwälzte, die Zähne gebleckt, sodass ihr schwarzer Gebissschutz sichtbar war. Als Vampirkönigin müsste ich wenigstens nicht mehr zum Sportunterricht, dachte Mo, sich verzweifelt an die kleinste positive Aussicht klammernd, als Tracey den Hockeyschläger wie eine mittelalterliche Waffe hob, »aus Versehen« Mos Schienbeine traf und sie mit dem Gesicht voran in den Matsch donnern ließ.

In der Mittagspause brachte Mo kaum die Kraft auf, ans hintere Ende des Sportplatzes zu gehen, wo Lou und sie sich jeden Tag trafen, um gemeinsam ihre Brote zu essen.

»Mo, du siehst ja furchtbar aus! Was ist passiert?«, fragte Lou, als Mo traurig auf sie zutrottete.

Mo schüttelte den Kopf.

»Es hat mit diesem Vampir zu tun, oder? Hat er dir wehgetan? Oh nein, nicht weinen. Warum weinst du? Du weinst doch sonst nie. Du bist doch eine starke, unabhängige Frau! Was ist los?«

»Bogdan hat gesagt, wenn ich mich weigere, Vampirkönigin zu werden, könnte das Konsequenzen haben«, sagte Mo mit einer zittrigen Kinderstimme, die am Ende des Satzes höher wurde.

»Was für Konsequenzen?«, fragte Lou.

»Schlimme«, sagte Mo, und Tränen rannen ihr übers Gesicht. »Ich hatte mich gerade entschieden, Nein zu sagen, ich war mir ganz sicher, aber jetzt denke ich, ich sollte Ja sagen.«

»Aber du müsstest eine echte Vampirin werden«, wandte Lou ein.

»Ich weiß!«, sagte Mo und vergoss noch mehr Tränen. »Ich wünschte, ich wäre Bogdan nie begegnet. Ich wünschte, ich wäre nicht die Auserwählte!«

Sie verbarg ihr Gesicht in Lous Mantel, wo sie schniefte und schnuffelte, während ihr Lou den Rücken tätschelte. Irgendwann richtete sie sich wieder auf und lächelte ihre Freundin schwach an.

»Liebe Lou. Treue Lou. Beste Freundin für immer, Lou«, sagte Mo.

»Okay, du kannst jetzt aufhören, mein Gesicht zu streicheln«, sagte Lou. »Das ist ein bisschen komisch. Sieh mal, vielleicht macht dir dieser Boogie-Typ jetzt ein bisschen Druck, damit er seinen Willen bekommt. Vielleicht blufft er. Du musst nichts tun, was du nicht willst.«

Mo nickte leicht.

»Jetzt iss mal dein Brot. Du brauchst die Energie. Was hast du drauf?«

»Käse, glaube ich«, sagte Mo mit einem zarten Stimmchen.

»Gut, Käse ist gut«, sagte Lou.

Die beiden aßen schweigend. Lou hatte den Arm um ihre Freundin gelegt, bis die Schulglocke klingelte und sie zum Französischraum gingen. Als die Lehrerin ihnen das Imperfekt erklärte, dachte Mo über das nach, was Lou gesagt hatte. Vielleicht versuchte Bogdan, ihr einen Schrecken einzujagen und sie auf diese Weise zu zwingen, zu tun, was er wollte. Das war Erpressung.

Ich darf nicht zulassen, dass Drohungen und grausige Andeutungen eines sechshundert Jahre alten Vampirs mich erschrecken oder von dem PLAN abbringen, sagte sich Mo und spürte, wie ein kleines bisschen Kraft zurückkehrte. Bogdan will sich ja bloß in der Karibik zur Ruhe setzen. Und der Vampirkönig des Ostens hatte von vornherein keine Lust, nach Großbritannien zu reisen, dann macht er sich bestimmt nicht wegen einer Schülerin und ihrer Familie die Mühe, nach Lower Donny zu kommen.

»Alles wird gut«, sagte sie nach dem Unterricht zu Lou. »Ich sage Nein und verfolge weiter den PLAN. Im schlimmsten Fall, wenn der Vampirkönig des Ostens auftaucht, erkläre ich ihm die Situation. Schließlich bin ich die Vorsitzende des Debattierklubs. Ich mache ihm klar, dass ich in Wirklichkeit gar nicht die Auserwählte bin, dass das ein Missverständnis sein muss, und biete ihm an, eine Alternative zu finden. Ich kann ihn bei irgendwelchen Dating-Apps anmelden oder online eine Anzeige schalten. Alles wird gut. Ich regle das, und dann mache ich mit meinem Leben weiter.«

»Klingt nach einem Plan«, sagte Lou. »Und wir wissen ja, wie sehr du Pläne liebst. Kann ich dir irgendwie helfen?«

»Nein, danke, Lou – das muss ich allein hinbekommen«, sagte Mo und drückte ihrer Freundin dankbar die Hand. Dann lief sie zum Bus.

Sie fand einen Platz relativ weit vorn und ließ sich fallen. Als sie darüber nachdachte, wie sie Bogdan ihre Entscheidung mitteilen würde, riss eine laute Stimme sie aus ihren Gedanken.

»Ach, schau an, Merrydrew ist allein. Der Vogel hat den Wurm verloren.«

Tracey Caldwell.

»Was machst du um diese Zeit in meinem Bus? Solltest du nicht in deinem Nachmittagsclub für Supernerds sein? Da ist Townsend bestimmt gerade, richtig? Und du musst schnell nach Hause zu deiner Mum. Oder bist du mit irgendwem verabredet?«

Mo wirbelte herum. Wusste Tracey etwas? Hatte sie Mo mit Bogdan gesehen?

»Was meinst du damit?«

»Hey, ganz ruhig«, sagte Tracey, und ihre Augen funkelten vor Vergnügen. »Das war nur ein Scherz, aber vielleicht hast du ja *tatsächlich* ein heißes Date. Na los, sag's mir, wie ist er? Ist er genauso hässlich wie du oder noch hässlicher?«

Mo starrte wieder aus dem Fenster und bat den Fahrer stumm, loszufahren.

»Trace, kommst du?«

Jez Pocock war in den Bus gestiegen. Hinter ihm Danny Harrington. Jemand hatte ihm »MÜLLSCHLUCKER« auf die Stirn geschrieben. Jez gab Tracey einen Stups, damit sie zusammen zu ihrem angestammten Platz in der letzten Reihe gingen, und nickte Mo kaum merklich zu.

Der Bus erwachte rumpelnd und verließ das Schulgelände durch das Tor. Mo sank tiefer in ihren Mantel, schaute hinaus auf die vorüberziehenden Felder und Hecken und fragte sich, ob Bogdan bereits auf sie wartete. Als sie in ihre Gasse einbog, war er jedoch nirgends zu sehen. Sie ging schnell, rechnete damit, dass er sich jeden Augenblick vor ihr materialisieren könnte, aber er kam nicht. Seltsam. Normalerweise war auf ihn Verlass. Vielleicht war es noch nicht dunkel genug.

Zu Hause lief Mo von einem Raum zum nächsten, zog überall die Vorhänge zu, und Erleichterung überkam sie wie warmer Vanillepudding. Als ihre Mutter von der Arbeit zurückkehrte, lief sie zu ihr und drückte sie fest.

»Ich freue mich auch, dich zu sehen, Süße«, sagte ihre Mutter überrascht. »Du scheinst besser drauf zu sein als heute Morgen.«

Über ihre Schulter sah Mo, dass es inzwischen stockdunkel war.

Bogdan könnte in diesem Augenblick draußen warten und sie beobachten. Sie warf die Tür zu und schloss ab. Dann ging sie wieder in die Küche und fing an, Tee zu kochen, stieß dann aber ein seltsames Quieken aus, wie ein erschrockenes Meerschweinchen, als sie es hörte …

DING DONG!

Die Türklingel.

»Ich gehe schon«, sagte ihre Mum.

»Nein!«, rief Mo.

»Schon in Ordnung, ist wahrscheinlich ein Paket. Dad wartet auf eine Lieferung. Ein neues Muster von einem fleckenresistenten Teppich, glaube ich.«

»Egal, wer es ist, bitte ihn nicht herein«, rief Mo flehend und zog sich dann in die Küche in die Ecke neben dem Kühlschrank zurück und knetete nervös die Hände.

Von der Tür drangen leise die Stimme ihrer Mutter und eine andere Stimme zu ihr. Sie klang männlich. Bogdan? Bogdan?!

Dann kamen die Stimmen näher. Mum hatte ihn *doch* hereingelassen! Warum? Was hatte sie sich bloß dabei gedacht?

Mo spürte, wie sie am ganzen Körper zu zittern begann. Sie hörte ihre Mutter sagen: »Sie ist da drin«, und ehe Mo wusste, was sie tat, öffnete sie die Kühlschranktür und versuchte, sich dahinter zu verstecken. Ihr Oberkörper war dadurch verdeckt, aber ihre Beine waren noch sichtbar.

»Hm, zumindest *war* sie gerade hier«, sagte ihre Mutter. »Mo?«

Mo gab der Kühlschranktür mit dem Zeigefinger einen Schubs und stand ganz still da, als die Tür langsam zufiel und den Blick auf sie in der Ecke freigab.

»Da bist du ja! Dieser junge Mann wollte dich besuchen«, sagte ihre Mutter. »Ich bin im Wohnzimmer, wenn du mich brauchst, egal wofür. Gleich da drüben, auf der anderen Seite des Flurs, okay? Nehmt euch doch gern ein paar Kekse.«

Der »junge Mann« machte mit ausgestreckter Hand einen Schritt nach vorn. Mo sah ihn zum ersten Mal an und blinzelte. Er trug Jeans und ein schwarzes T-Shirt unter einem dicken dunkelgrauen Karohemd und hatte einen Rucksack auf dem Rücken. Mo schaute ihm ins Gesicht und ließ den Blick über das weiche, dunkle, leicht gewellte Haar, die olivfarbene Haut, die strahlend weißen Zähne und die dunkelbraunen Augen wandern, die in der Sonne leuchteten wie Honig.

»Hi«, schien der junge Mann fast zu schnurren. »Ich bin Luca.«

8. Kapitel

Mit unsicheren Schritten kam Mo aus ihrem Versteck und reichte Luca die Hand. Seine fühlte sich warm, stark und riesig an; ihre winzige weiße Hand verschwand darin wie ein Streifenhörnchen in der Umarmung eines Bärs. Sie schüttelte seine Hand – schlecht. Mo hatte im Fernsehen gesehen, wie echte Persönlichkeiten einander die Hand gaben – Weltoberhäupter, Filmstars und wichtige Geschäftsfrauen. Sie griffen fest zu und bewegten die Hand selbstbewusst auf und ab, aber Mo bekam nur ein schwaches Wackeln hin, bevor sie ihre Hand rasch wieder zurückzog. Sie war überzeugt, dass es sich für Luca so anfühlen musste, als hätte er rohes Hühnerfleisch oder ein Tütchen kalter Fertigsoße in der Hand. Sie zwang sich zu einem Lächeln, strich sich die Haare glatt und forderte ihn auf, sich zu setzen.

Dann sagte sie: »Was kann ich für dich tun?«

Die Worte purzelten aus ihrem Mund und zerschellten auf dem Fußboden wie Murmeln. Mo war das so peinlich, dass sie am liebsten im Erdboden versunken wäre. Ihre Wangen glühten wie Heizstrahler. Luca hätte wahrscheinlich Marshmallows auf ihnen schmelzen können, so heiß kamen sie Mo vor.

Was kann ich für dich tun? Warum habe ich das gesagt? Warum? Was *stimmt* nicht mit mir? Ich arbeite doch nicht in der Strumpfwarenabteilung eines Kaufhauses in den 1930er-Jahren ...

»Ich bin Bogdans treuer Gefährte«, sagte Luca langsam und sorgfältig, als würde er Spielkarten verteilen. »Ich bin gerade angekommen. Ich habe sein Gepäck aus unserer Heimat im Osten mitgebracht. Es war eine lange Reise hierher.«

Mo schluckte und nickte. Es fiel ihr schwer, sich zu konzentrieren. Ein treuer Gefährte war also keine Katze oder irgendein anderes Tier, sondern ein echter Mensch. Ein echter Mensch mit Augen, die so dunkel und sanft waren – sie hatten die Farbe einer Rosskastanie oder eines Karamellpuddings oder sehr teuren Honigs –, dass sie blinzeln musste, als hätte sie Pollen geschnupft.

Mo, reiß dich zusammen!, befahl sie sich. Nur weil noch nie zuvor ein Junge in deiner Küche gestanden hat, musst du nicht gleich den Verstand verlieren. Starke, unabhängige Frau, weißt du nicht mehr?

Mo setzte sich, stützte die Ellbogen auf dem Tisch auf, legte das Gesicht in die Hände und versuchte, lässig zu wirken und gleichzeitig die Tatsache zu verbergen, dass ihre Wangen drohten in Flammen aufzugehen.

»Ich glaube, ich bin heute insgesamt zwölf Stunden unterwegs gewesen«, sagte Luca und lächelte schwach. Sein Blick wanderte zu den Keksen, die Mos Mutter auf die Arbeitsfläche gestellt hatte.

Plötzlich begriff Mo.

»Oh, Entschuldigung, du hast wahrscheinlich einen Riesenhunger und Durst. Ich mache dir etwas zu essen. Und was möchtest du trinken? Tee? Wasser? Limonade?«

Luca grinste breit. »Danke, das ist sehr lieb von dir«, sagte er.

Mo spürte wieder die Hitze in ihren Wangen. Er hat gesagt, sie sei lieb. Das war schön. Und ziemlich neu. Sie war von Tracey Caldwell als Streak und Vogel bezeichnet worden, sehr oft, und Bogdan hatte ihr gesagt, sie könne majestätisch und unbesiegbar sein. Beides fühlte sich nicht gut an, aber zu hören, sie sei lieb … Wow, das war mal eine angenehme Abwechslung.

Mo schob ihren Stuhl zurück, wobei er laut über den gefliesten Boden kratzte, und taumelte zur Arbeitsfläche. Mit zitternden Händen verteilte sie einige Kekse auf einem Teller. Gehören Kekse auf einen Teller?, fragte sie sich. War das zu steif? Zu altmodisch? Egal, jetzt waren sie auf dem Teller. Sie gab ihn Luca und vermied es dabei, ihm in die Augen zu blicken. Dann mischte sie Sirup in ein großes Glas Wasser. Tranken treue Gefährten von Vampiren Limonade? Oder eher Wodka aus juwelenbesetzten Kelchen oder Bier aus männlichen Krügen? Woher sollte sie das wissen? Irgendjemand sollte ein Buch über Etikette im Umgang mit Vampirgefährten schreiben. Vielleicht würde sie das irgendwann tun. Aber nicht jetzt. Jetzt war sie zu sehr damit beschäftigt, Limonade anzurühren.

Als Mo das Glas vor Luca stellte, hatte er bereits drei Kekse gegessen und den vierten zur Hälfte.

»Du hattest Hunger«, sagte sie.

»Ja, tut mir leid«, sagte Luca und wischte sich ein paar Krümel vom Mund.

»Kein Problem, nimm so viele du willst«, sagte Mo, und eine Welle zarter Gefühle für ihn überkam sie, weshalb sie erneut rot wurde. Was ist los mit mir?, schrie Mo sich innerlich selbst an und versuchte gleichzeitig, einen ruhigen Gesichtsausdruck hinzubekommen.

Luca aß den Keks zu Ende, trank gierig die Limonade aus und lächelte Mo dann wieder an. Kaum merklich schnappte sie nach Luft. Sie konnte nichts dagegen tun. Es war, als habe sie ihr gesamtes bisheriges Leben im Dunkeln gelebt und plötzlich wäre sie hier in der Küche von einem Leuchtturmstrahl erfasst worden, der jede Zelle ihres Körpers mit gleißendem Licht erleuchtete und mit einer wohligen Haferbrei-Wärme erfüllte.

Dann ergriff Luca das Wort.

»Ich bringe eine Botschaft von Bogdan.«

Mo blinzelte heftig, unsanft in die Realität zurückkatapultiert. Diese sechs Worte verdarben die Stimmung sofort.

»Er sagt ...«

»Ja?«, fragte Mo.

»Er ist im Schuppen.«

»Oh«, sagte Mo. »Ich dachte, ich müsste ihn dort hereinbitten.«

»Es ist ja nur ein Schuppen ohne Sanitäranlagen, kein richtiges Gebäude.«

»Genau das habe ich auch gemeint!«, rief Mo aus. »Hat er sonst noch irgendetwas gesagt?«

»Ja. Er bittet dich, zu ihm in den Schuppen zu kommen und mit ihm zu sprechen.«

Da ist sie, dachte Mo. Die Vorladung. Zeit, ihm zu sagen, dass ich nicht die Vampirkönigin sein will. Es wird ihm nicht gefallen ...

»Alles in Ordnung? Du siehst auf einmal so blass aus«, sagte Luca.

Super! Entweder werde ich rot oder weiß, dachte Mo. Meine Wangen lassen mich gerade echt im Stich.

»Alles gut«, log sie. »Sollen wir gehen?«

Mo zog sich den Mantel an und ging durch den Garten zum Schuppen, Luca an ihrer Seite. Unterwegs wappnete sie sich innerlich. Es gab keinen Weg drum herum. Sie würde Nein sagen, und dann würde ihr Leben wieder in seinen normalen Bahnen verlaufen. Es hatte keinen Sinn, das aufzuschieben. Sie musste ihm entgegentreten, es hinter sich bringen.

Mo öffnete die Schuppentür. Drinnen saß Bogdan schlafend im Sessel und schnarchte leise. Der schmuddelige graue Anzug und die rosa Krawatte, die er sich von Clive Bunsworth, dem Gebrauchtwagenkönig, »geliehen« hatte, waren verschwunden. Stattdessen trug er nun einen schwarzen Wollmantel, eine dunkle Hose, hohe Stiefel, ein weißes Hemd, eine ziemlich protzige goldene Weste und ein Halstuch. Wie eine Mischung aus viktorianischem Gentleman und Zirkusdirektor, dachte Mo.

Luca räusperte sich dezent, und Bogdan öffnete zuerst ein Auge, dann das andere.

»Sir, Mo ist hier«, sagte er.

»Das sehe ich«, blaffte Bogdan. »Ich mag über sechshundert Jahre alt sein, aber ich bin nicht blind.«

Luca verbeugte sich und trat einen Schritt zurück.

»Ich habe Neuigkeiten von König des Ostens«, sagte Bogdan und wedelte mit einem Brief. Er war mit der gleichen roten Tinte geschrieben wie die Nachricht, die Mo von ihm erhalten hatte, aber die Handschrift war weniger elegant. »Er hofft, dass ich zukünftigen Herrscher seines Landes bereits verwandelt und gekrönt habe.«

Bogdan starrte Mo einige Augenblicke bedeutungsvoll an. Sie sah zu Boden und biss sich auf die Lippe.

»Hm, ja, also. Er sagt *auch*, er hat große Probleme. Seine alten Feinde, die Vampire des Wahren Ostens« – an diesem Punkt unterbrach sich Bogdan, um auf den Boden zu spucken –, »rücken auf sein Territorium vor. Das ist nicht gut. Man muss ihnen Lektion geben, Ohrfeige zeigen. Also stellt er Vampirarmee auf, um sie zurückzudrängen.«

»Das heißt, er wird ewig damit beschäftigt sein, zu kämpfen?«, fragte Mo. »Keine Chance, dass er hierherkommt?«

»Ganz im Gegenteil, Mo«, antwortete Bogdan. »Er wird die Vampire des Wahren Ostens zerquetschen« – hier spuckte er wieder aus – »wie winzige, schwächliche Käfer unter seinem Stiefel, zickzack. Dauert vielleicht eine Woche, vielleicht zwei. Vampire des Wahren Ostens« – wieder spuckte er – »sind nicht besonders furchteinflößend. Sie könnten keine Lyriklesung in einer Bibliothek organisieren, verstehst du? Habe ich recht, Luca?«

Luca nickte und lächelte.

»Danach wird er kommen. Er ist sehr erpicht darauf. Er will Vampirkönig auf dem Thron – alles schön geregelt – und dass neues Vampirgebiet erstarkt. Ich muss dafür sorgen, dass passiert. Kein Zögern und Zaudern mehr, Mo. Du musst jetzt Ja sagen. Also los, sag es … Sag es …«

Mos Blick traf Bogdans. Sie hörte das Blut in ihren Ohren rauschen. Sie öffnete den Mund, um zu sprechen, aber dann ertastete sie etwas in ihrer Tasche.

»Ekzemsalbe?«, fragte sie.

Bogdan runzelte irritiert die Stirn.

»Ich habe dir Salbe gegen deinen Hautausschlag mitgebracht«, sagte Mo und hielt die Tube hoch. Bogdan starrte sie wütend an, nahm sie dann aber und verrieb etwas Salbe zwischen den Händen.

»Danke«, sagte er und stopfte die Tube in seine Westentasche. »Wo waren wir stehen geblieben? Ja! Jetzt bleibt nur noch die eine Sache zu tun, an der viele Leben hängen – du musst Vampirkönigin von diese Land werden. Los, Mo, ergreife dein Schicksal. Schnappe es dir! Nimm es in die Hand!«

9. Kapitel

Während er sprach, hatte Bogdan dramatisch die Hände ausgestreckt. Langsam rollte er die Finger zu einer Faust zusammen und hielt sie nur wenige Zentimeter vor Mos Nase. Mo starrte sie ein paar Sekunden an und räusperte sich dann.

»Tut mir leid, Bogdan, aber mein Schicksal liegt woanders«, sagte sie mit leiser, aber ruhiger Stimme. »Ich kann dein Angebot, Vampirkönigin zu werden, nicht annehmen.«

Bogdan riss seine Hand zurück. Sein Gesicht verzerrte sich, und er funkelte sie wütend an. Er öffnete den Mund, um sie anzubrüllen, doch stattdessen schnappte er nach Luft, offensichtlich vor Schmerzen, beugte sich vor und hielt sich die Seiten.

»Sir? Alles in Ordnung?«, fragte Luca und eilte zu ihm.

»Ist es, weil ich Nein gesagt habe? Oder war es die Ekzemsalbe?«

»Ist mein Magen«, stöhnte Bogdan. »Ich glaube, ich hatte vergangene Nacht schlechten Menschen.«

»Was meint er damit?«, fragte Mo.

»Er hat wahrscheinlich jemanden ausgesaugt, der viel Knoblauch gegessen hatte oder erkältet war. Davon wird er krank«, erklärte Luca schnell und half Bogdan wieder in den Sessel. »Kommt manchmal vor.«

»Kann ich irgendetwas tun?«, fragte Mo.

»Hol Eimer«, stöhnte Bogdan.

»Was?«

»Eimer – möglicherweise muss ich etwas übergeben«, sagte Bogdan.

Mo schlug sich beide Hände vor den Mund.

»Igitt, igitt, igitt. Ich kann nicht mit ansehen, wie sich ein Vampir erbricht, auf keinen Fall. Zu viel!«, sagte sie und eilte zur Tür.

»Bitte, Mo«, rief Luca.

Sein Tonfall war dringlich. Mo erstarrte. Bogdan machte nun ein seltsames Bellgeräusch, als würde jemand das Heimlich-Manöver an einem Fuchs durchführen. Ihr Blick fiel auf eine kleine Kiste mit Strandspielzeug, und sie nahm ihr kleines Set mit rotem Eimer und Spaten heraus.

»Der hier?«

Luca schüttelte den Kopf. »Wir brauchen einen größeren.«

»Oh, doppelt und dreifach igitt, unendlichmal igitt«, sagte Mo. »Bitte verspritze nicht überall im Schuppen meines Vater Vampir- erbrochenes.«

»Dann bring einen Eimer oder so etwas«, bat Luca erneut.

Mo sah die Schubkarre, schnappte sie sich und schob sie dem vornübergebeugten Bogdan gegen die Knie. Danach floh sie aus der Hütte, ohne noch einen Blick zurück zu werfen, raste durch den Garten, hinaus in die Gasse und hielt sich dabei die Ohren zu. Ihr Atem bildete eisige Wölkchen in der Luft vor ihrem Gesicht. Sie zählte bis zwanzig, dann bis dreißig und schließlich bis zweihundert ...

»Wie lange braucht ein Vampir wohl, um sich im Schuppen zu erbrechen? Und wie lange braucht sein treuer Gefährte, um alles sauberzumachen?«, fragte sie sich, während sie unruhig auf und ab ging.

Nach etwa zehn Minuten schlich Mo auf Zehenspitzen zurück durch den Garten und öffnete die Schuppentür einen Spalt. Bogdan schlief im Sessel. Die Schubkarre war verschwunden.

»Kann ich reinkommen?«, fragte Mo.

»Du musst nicht fragen – noch bist du ja keine Vampirin, oder?«, sagte Luca lächelnd.

Mo schob sich durch die Tür. Bogdan sah extrem blass aus. Luca breitete eine alte Picknickdecke über ihm aus und steckte sie sanft um seine Schultern herum fest.

»Wird er sich wieder erholen?«

»Ja, er muss sich nur ausruhen«, sagte Luca. »Ich bringe ihn, wenn es ihm besser geht, vor dem Morgengrauen zurück in unsere Unterkunft.«

»Okay, das ist gut«, sagte Mo. »Ich dachte schon, ich hätte ihn umgebracht, als ich sagte, dass ich keine Königin sein will.«

»Um einen Vampir umzubringen, braucht es ein ganz anderes Kaliber«, sagte Luca.

»Pfählen oder Köpfen, richtig?«, fragte Mo. »Das klingt wie ein Angebot in einem richtig schlechten Restaurant. ›Hätten Sie gerne Pfählen oder Köpfen?‹«

Luca lachte. Mo fuhr beinahe zurück vor Schreck. Sie lächelte ihn rasch an, dann strich sie sich die Haare glatt. Ihr war auf einmal bewusst geworden, dass sie beide im Grunde wieder allein waren. Sie sah den Brief vom König des Ostens auf dem Boden liegen und hob ihn hoch.

»Warum benutzen Vampire keine Handys?«, fragte sie, während sie ihn Luca reichte. »Das wäre doch viel praktischer.«

»Sie können keine Touchscreens bedienen«, erklärte er. »Keine elektrische Ladung in ihren Fingern.«

»Ach ja, natürlich«, sagte Mo. »Hast du denn ein Handy? Um mit deiner Familie zu Hause in Kontakt zu bleiben?«

Luca schüttelte den Kopf.

»Oder könntest du nicht einen Insta-Account unter dem Namen MeinVampirUndIch oder Leben_mit_einem_Untoten oder so anlegen? Wobei, das würde Bogdan wahrscheinlich nicht gefallen. Zu viel Aufmerksamkeit für das ganze Vampirding«, witzelte Mo, und Luca lachte wieder.

»Ich bin sicher, mein Vater hat ein altes Handy irgendwo im

Haus herumliegen«, bot Mo ihm an. »Möchtest du mit reinkommen, und ich suche es?«

»Das wäre toll, aber es geht leider nicht. Ich muss mich mal auf den Weg machen, auspacken und unsere Unterkunft vorbereiten, während sich mein Herr ausruht.«

»Oh, sicher, selbstverständlich«, sagte Mo. Sie ging Richtung Tür.

»Aber wir könnten uns morgen treffen, nach der Schule, wenn es dir passt?«, schlug Luca vor. Mo blieb wie angewurzelt stehen. »Ich habe ein wenig Zeit, bevor er aufwacht.«

»Ehrlich? Ich meine, klar, warum nicht?«

»Perfekt«, sagte Luca.

»Perfekt«, wiederholte Mo. »Obwohl, könnten wir uns im Ort treffen? Meine Mutter hat morgen frei, und wenn sie dich wieder hier sieht, habe ich keine ruhige Minute mehr. Wie wäre es mit halb vier am Uhrenturm auf dem Marktplatz in Middle Donny?«

»Okay, dann sehen wir uns morgen, ich freue mich«, sagte Luca lächelnd.

Mo wurde rot. Tat er das wirklich? Also, sich freuen? Oder sagte er das bloß aus Höflichkeit, so wie erwachsene Menschen es tun, wenn sie sich verabreden?

Luca hielt ihr die Schuppentür auf. Sie versuchte, sich ganz klein zu machen, als sie sich an ihm vorbeidrängte, und atmete einen Hauch Luca pur ein, mit köstlichen Noten von Toast und Kokosnuss.

Als sie draußen war, drehte sich Mo zu ihm um. Sein strahlendes Lächeln war wieder voll auf sie gerichtet. Sie wollte seinem Blick standhalten, ihm selbstbewusst zuwinken oder ironisch salutieren. Stattdessen blinzelte sie zweimal, nickte unbeholfen und rannte zurück zum Haus.

»Da bist du ja«, sagte ihre Mutter. »Wo ist der Junge?«

»Luca«, sagte Mo.

»Ist er es, der dich unter Druck setzt?«

»Nein, Mum!«, rief Mo. »Ist er nicht. Und ›das‹ ist sowieso nicht das, was du denkst.«

»Na gut, in Ordnung«, sagte ihre Mutter. »Ich muss das fragen. Er hat gesagt, er sei ein Freund von dir, deshalb dachte ich … Solange er ein netter Kerl ist, ist ja alles gut.«

»Er ist nett«, sagte Mo.

»Er sieht auf jeden Fall nett aus«, antwortete ihre Mutter. »Was? Warum verdrehst du die Augen? Ich meine ja nur …«

»Lass es lieber«, sagte Mo.

»Wie kommt es, dass du ihn noch nie erwähnt hast, deinen neuen, geheimen, sehr attraktiven Freund?«

»Ich kenne ihn kaum«, sagte Mo.

»Aber du würdest ihn gern kennenlernen?«

»Mum!«, sagte Mo.

»Okay, okay, tut mir leid. Das ist bloß alles sehr mysteriös. Gut-aussehende Fremde, die dich besuchen kommen. Ich frage mich, was du mir sonst noch so verschweigst.«

Ja, das wüsstest du wohl gern, dachte Mo.

10. Kapitel

Am nächsten Tag in der Schule war Mo unruhig und nicht bei der Sache. Oder, wie Lou es ausdrückte, »komisch«.

»Ich bin nicht komisch«, protestierte Mo. »Ich bin nur gestern Abend nicht dazu gekommen, Bogdan zu sagen, dass ich nicht die Vampirkönigin sein will. Ihm ist übel geworden, also hatte ich keine Gelegenheit dazu.«

»Okay«, sagte Lou. »Das ergibt schon irgendwie Sinn, aber ich habe das Gefühl, dass noch irgendetwas anderes komisch ist, Mo.«

»Tja, vielleicht täuscht dich dein Gefühl«, sagte Mo. »Ich bin etwas nervös, es ihm heute Abend zu sagen, das ist alles.«

»Aber du guckst immer wieder zum Klassenraumfenster, um dein Spiegelbild zu überprüfen«, wandte Lou ein, »das machst du sonst nie, und du trägst deine Krawatte lockerer als sonst, irgendwie lässiger, das habe ich auch noch nie bei dir gesehen.«

»Wirklich?«, fragte Mo und berührte kurz den Krawattenknoten.

Ich kann Lou nicht sagen, dass das andere Komische mit Luca zu tun hat, dachte Mo. Mit dem nach Toast duftenden Luca mit den schönen Augen. Und ihr gegenüber zugeben, dass ich wegen eines Jungen abgelenkt bin. Ausgerechnet ich! Kann mich nicht konzentrieren wegen eines Jungen! Aaaaah! Ich muss mich zusammenreißen.

Lou war nicht die Einzige, der auffiel, dass sich Mo merkwürdig verhielt.

»Mo, hör auf, aus dem Fenster zu starren«, sagte Mr. Chen in Mathe. »Bitte konzentriere dich. So bist du doch sonst nicht!«

Er wirkte zugleich ärgerlich und besorgt. Mit seinem ärmellosen, selbst gestrickten Cardigan wirkte er außerdem, als hätte er verpasst, dass die Zeit weitergegangen war. Die Farbe der Strickjacke war ein verstörendes Blassbraun, wie etwas, das man in der Windel eines Babys finden würde. Er besaß auch andere selbst gestrickte Oberteile in den Farben Schimmel, Curryverfärbungen und blaue Flecken.

Mo murmelte eine Entschuldigung, aber ihr Gehirn wanderte rasch weg von Gleichungen, wieder hin zu Luca. Dieses Lächeln! Wie flüssige ... Mo fand kein passendes Bild. Flüssiger Honig? Flüssige Muffins?

»Mo!«, wies Mr. Chen sie zurecht.

»Sorry«, murmelte sie erneut.

Dann schellte es, und das bedeutete Freiheit und – ja – Luca! Mo rannte aus dem Klassenzimmer Richtung Eingang, aber eine Hand auf ihrem Arm hielt sie zurück.

»Hey, wollten wir nicht zusammen in der Bibliothek für NaWi lernen?«

Es war Lou, die blauen Augen voller großer Fragezeichen.

»Ich kann nicht«, sagte Mo atemlos. »Habe etwas Wichtiges zu erledigen.«

»Was denn?«, fragte Lou.

»Ach, so eine Sache.«

»Worum geht es? Warum tust du so geheimnisvoll? Normalerweise erzählst du mir alles. Hat es mit dieser Vampirgeschichte zu tun?«

Mo zuckte die Achseln, schüttelte den Kopf, runzelte die Stirn, errötete ein wenig und murmelte: »Ich muss los«, und eilte davon.

»Es *ist* diese Vampirgeschichte«, sagte Lou, während sie Mo hinterhersah.

Mos Schule befand sich am Rand von Middle Donny. Sie brauchte nur fünf Minuten bis in die Stadt, fünf Minuten, in denen

Mo in Vorbereitung auf ihr Treffen mit Luca verschiedene Gesichtsausdrücke ausprobierte. Sie versuchte es zuerst mit ernst und geschäftsmäßig, dann mit superpositiv und fröhlich, entschied sich dann aber für ruhig und selbstsicher.

Ruhig und selbstsicher löste sich auf zu nervös und rotwangig (schon wieder – verdammt!), als Luca ihr auf die Schulter tippte. Er war aus der anderen Richtung gekommen. Damit hatte Mo nicht gerechnet. Sie verfluchte diesen simplen Anfängerfehler in dem Augenblick, in dem sie sich umdrehte und ihn sah ...

Luca. Im Tageslicht. Mo versuchte, jedes Detail aufzunehmen. War er über Nacht noch besser geworden, wie Curry vom Vortag? Wieder befahl Mo sich, sich zusammenzureißen, aber wie sollte sie das tun, wenn er sie in seinem strahlenden Widerstand-ist-zwecklos-Millionen-Megawatt-Lächeln badete? Es war, als wäre eine Bombe aus Karamell, Seifenblasen und Katzenbabys in ihrem Inneren explodiert.

»Hi«, quiekte sie.

»Hi«, sagte Luca, immer noch strahlend.

»Ich habe das Handy dabei. Es ist ein Prepaidhandy, und da ist noch ein bisschen Guthaben drauf. Ich habe meine Nummer eingespeichert, zur Sicherheit, falls ...«

Hör auf zu quasseln, sagte sie sich, als sie Luca das Handy gab. Er nahm es, und sie dachte, das wäre es dann. Er würde ein wenig darauf herumdaddeln, seine Freunde zu Hause anrufen, vielleicht sogar seine *Freundin*, und sie würde sich verziehen. Aber das tat er nicht. Er dankte ihr und ließ das Handy in die Tasche gleiten.

»Ich habe etwas Zeit vor Anbruch der Nacht, wenn Bogdan aufwacht. Wie sieht es bei dir aus?«

Mo blinzelte und nickte.

»Sollen wir etwas trinken gehen?«

»Ich bin zu jung für Alkohol, tut mir leid«, stieß Mo hervor. »Ich bin fünfzehn, und hier bekommt man unter achtzehn keinen ...«

Lucas Lächeln wurde noch breiter.

»Ach so, klar, ich Dummkopf. Du meinst Tee oder so was.«

»Genau, Tee oder so was«, bestätigte er.

»Natürlich, das können wir machen«, sagte Mo.

Sie führte Luca zu dem – nach allem, was sie wusste – besten Café in der Stadt, dem Diner. Sie war noch nie dort gewesen, aber viele von ihrer Schule gingen nachmittags dorthin, hatte Lou ihr erzählt, die es von ihrer Mutter wusste, die dort als Kellnerin arbeitete.

Im Diner gab es Sitzecken mit gepolsterten Bänken. Mo setzte sich und erwartete, dass Luca sich ihr gegenüber hinsetzen würde, aber er rutschte neben ihr auf die Bank, sodass sie sein köstliches Toast-und-Kokos-Aroma voll in der Nase hatte. Heute entdeckte sie darin auch einen Hauch Zimt, was eine wahrhaft berauschende Wirkung auf sie hatte. Zimt war ihr Lieblingsduft.

»Hi, Mo, wie geht's dir, Liebes?«

Lous Mutter stand mit Block und Stift an ihrem Tisch. Sie hatte sich in eine rot-weiße Kellnerinnenuniform mit Rüschenschürze um die Hüfte gezwängt.

»Oh, hallo, Mrs. Townsend«, sagte Mo. »Danke, gut.«

»Was kann ich euch zwei bringen?«

Sie bestellten Milchshakes, und als Lous Mutter sie ihnen brachte, wollte Luca bezahlen.

»Ach, nicht nötig, die gehen aufs Haus«, sagte Lous Mutter und musterte Luca anerkennend. »Erzählt es bloß nicht weiter, sonst wollen alle anderen auch kostenlose Shakes. Schön, dich zu sehen, Mo, und gut, dass du einmal eine Lernpause einlegst. Komm doch bald mal wieder bei uns vorbei. Lou hortet schon Mini-Muffins für dich.«

Mo nahm einen großen Schluck von ihrem Milchshake. Die Kälte schien durch ihren Körper zu wandern wie in einer Werbung für Medizin gegen Magenprobleme und die intensive Wärme abzumildern, die sie empfand, wenn sie in Lucas Nähe war. Ich schaffe das, sagte sie sich. Ich bin eine starke, unabhängige Frau, die damit umgehen kann, neben einem sehr attraktiven Jungen zu sitzen, und sich nicht komplett überwältigen lässt von komplizierten, wenig hilfreichen Gefühlen.

»Das ist vorzüglich«, sagte Luca, nachdem er auch ein paar Schlucke getrunken hatte.

»Vorzüglich«, wiederholte Mo, und wieder brandeten komplizierte, wenig hilfreiche Gefühle in ihr auf. Kein Junge, den sie kannte, hatte jemals dieses Wort verwendet.

»Ist das falsch?«, fragte Luca besorgt. »Mein Englisch ist nicht so gut.«

»Nein, nein, dein Englisch ist perfekt.«

»Ja? Das ist gut. Ich lerne viel.«

»Ich lerne auch viel«, sagte Mo.

»Ich würde gern studieren, vielleicht Medizin.«

»Ich möchte auch studieren, aber ich denke eher an Internationale Entwicklung oder Jura.«

»Aber ich habe kein Geld, und die Universitäten zu Hause sind teuer, deshalb wird es wohl nichts.«

»Oh«, machte Mo.

»Nicht so schlimm, denn jetzt arbeite ich ja für Bogdan«, sagte Luca.

»Und du sparst deinen Lohn, damit du in ein paar Jahren doch auf die Universität gehen kannst?«, fragte Mo.

»Er bezahlt nicht viel, nein, nur so viel, dass ich mir Essen kaufen kann, aber ich bin froh über die Stelle. Vollzeit mit regelmäßigen Arbeitszeiten. Zugegebenermaßen meistens nachts, und manchmal habe ich tagsüber etwas zu erledigen, aber ich kann reisen, die Welt sehen, und meine Eltern müssen nicht mehr für meinen Unterhalt aufkommen. Sie sind sehr stolz, dass ich jetzt schon, mit sechzehn, einen Job habe und mein Heimatdorf verlassen habe, wo Bogdan übrigens auch aufgewachsen ist – natürlich vor Jahrhunderten.«

Mo war drauf und dran, eine Rede darüber zu beginnen, dass Luca eine so geringe Bezahlung nicht akzeptieren solle, wenn er nachts arbeitete und von ihm erwartet wurde, dass er Vampir-erbrochenes wegwischte. Sie wollte ihn dringend bitten, seinen Traum, zur Universität zu gehen, nicht aufzugeben. Aber sie tat es nicht. Stattdessen nahm sie noch einen Schluck von ihrem Milch-shake.

»Ich habe gelesen, dass einige Vampirgefährten die Arbeit ma-chen, weil sie selbst irgendwann Vampire sein wollen«, sagte Mo. »Ist das bei dir auch so?«

»Na ja, ich kann verstehen, dass einige Vampirsein für eine gute Perspektive halten«, sagte er. »Aber ich bin momentan erst einmal nur froh, einen Job zu haben, sonst nichts, und davon abgesehen ist Bogdan gar nicht so übel. Er war schließlich auch einmal ein Mensch. Er ist kein Monster.«

»Genau das hat er auch zu mir gesagt!«, rief Mo aus. Dann ahmte sie Bogdans gedehnte Sprechweise nach – »Ich bin kein Monster« – und sein typisches, gleichgültiges Achselzucken, und Luca brüllte vor Lachen.

»Du bist lustig«, sagte er.

»Echt?«, fragte Mo.

»Ja. Das war eine großartige Darbietung von Bogdan«, sagte er. »Wusstest du, dass er im sechzehnten Jahrhundert angefangen hat, Englisch zu lernen? Von König Heinrich VIII.?«

»Woher kannte er Heinrich VIII.?«

»Er hat ihn zum Vampir gemacht«, antwortete Luca.

»Moment mal, was? Heinrich VIII. war ein *Vampir*?«

»Natürlich«, sagte Luca. »Was glaubst du, warum er so viele Frauen verschlissen hat?«

Mo schnappte nach Luft. Das war die Art von Klatsch und Tratsch, die ihr zusagte. Historischer Klatsch. Tudor-Tratsch. Sie merkte, dass sie sich etwas entspannte.

»Erzähl mir mehr. Welche historischen Figuren waren noch Vampire?«, fragte sie.

»Die Frage lautete eher, wer war kein Vampir?«

Mos Augen leuchteten, aber bevor sie weiterfragen konnte, ließ sich jemand auf die Bank ihnen gegenüber fallen.

»Wer hat gesagt, dass du mein Café betreten darfst?«

Tracey Caldwell. Ihre Oberlippe kräuselte sich, als sie Mo über den Tisch hinweg fixierte, aber dann wandte sie sich Luca zu.

»Willst du uns nicht vorstellen?«, fragte sie.

Mo biss die Zähne zusammen, sagte aber nichts. Nein, sie würde Luca nicht der verdammten Tracey Caldwell vorstellen – nur damit die sich ihn unter die Nägel reißen konnte? Mein Bus, mein Café, mein Luca.

Tracey konzentrierte sich jetzt voll und ganz auf ihn, ein kokettes Lächeln schlich sich auf ihre Lippen, und mit einer Hand spielte sie mit ihren dunkelbraunen Locken.

»Ich habe dich hier noch nie gesehen«, sagte sie. »Dein Ohrring gefällt mir.«

Sie streckte die Hand über den Tisch aus, um Lucas linkes Ohrläppchen zu berühren.

»Das ist ein Muttermal«, sagte Luca. »Ich befürchte, es könnte entzündet sein. Ich würde es an deiner Stelle nicht anfassen.«

Tracey Caldwell zog abrupt die Hand zurück. »Das ist ein Scherz, oder?«, fragte sie.

Luca zuckte leicht die Schultern und schaute sie weiter ruhig an.

Tracey Caldwell lachte laut und blickte sich dann um, ob noch jemand anders diesen Witz mitbekommen hatte. »Das *ist* ein Scherz«, sagte sie, nun wieder mit der gewohnten Caldwell'schen Autorität.

Dann schien ihr einzufallen, dass Mo auch noch da war, und ihr Lächeln verwandelte sich zurück in ein höhnisches Grinsen.

»Habe ich dir erlaubt, mich anzugucken?«

»Nein, Tracey, hast du nicht«, sagte Mo seufzend.

Tracey wandte ihren Blick wieder Luca zu. »Hast du Lust, mitzukommen und mit ein paar von uns abzuhängen? Wir gehen gleich in den Park.«

Luca schüttelte den Kopf, und Traceys Mund zuckte ein wenig vor Ärger. Normalerweise sagte niemand Nein zu ihr.

»Warum bist du mit ihr hier?«, fragte sie schnippisch mit einer wegwerfenden Handbewegung in Mos Richtung. »Zwingt sie dich? Bezahlt sie dich dafür, oder was?«

Luca lächelte Tracey Caldwell träge an, antwortete aber nicht. Stattdessen streckte er den linken Arm über die Banklehne hinter Mo aus, legte ihn sanft auf Mos Schulter und blieb so, während Tracey Caldwells Augen größer und größer wurden.

»Sie ist meine Freundin«, sagte Luca in seiner sirupartig gemächlichen Art.

Mo erstarrte. Sie hielt die Luft an. Tracey Caldwell klappte der Kiefer herunter. Eine Sekunde lang war sie sprachlos. Dann lachte sie wieder, laut und übertrieben.

»Du bist echt lustig. Sehr guter Witz. Gefällt mir. Du, Mo Merrydrews Freund? Das ist zum Schießen. Bis dann, Scherzkeks.«

Sie schob sich aus der Sitzecke und ging davon.

Mo atmete aus wie ein Fahrradreifen mit einem fetten Platten, aber Luca sah entspannt Tracey Caldwell hinterher, bis sie aus seinem Blickfeld verschwunden war. Und ließ seinen Arm dort liegen, wo er war.

11. Kapitel

Nach gefühlten Stunden, die wahrscheinlich nur Sekunden waren, zog Luca seinen Arm zurück, und die beiden tranken ihre Milchshakes aus. Mo spürte auch im Nachhinein noch Lucas warme Hand auf ihrer Schulter, und um den Zauber nicht zu zerstören, kommentierte sie das, was gerade passiert war, mit keinem Wort. Schließlich schob Luca sein leeres Glas weg und stand auf.

»Bitte entschuldige mich jetzt, Mo«, sagte er. »Ich muss los. Es ist schon fast dunkel. Bogdan wacht bald auf. Wahrscheinlich will er dich später sehen, um über deine Entscheidung zu sprechen.«

»Ach ja, das«, sagte Mo und verzog das Gesicht.

»Wir bleiben in Kontakt«, sagte Luca lächelnd und klopfte auf das Handy in seiner Tasche.

Mo lächelte zurück und sah ihm hinterher, als er davonging, registrierte, wie lässig er den Rucksack auf seine breiten Schultern schwang und wie das Licht goldene Flecken in sein dunkles Haar zeichnete. Das Lächeln umspielte noch immer ihre Lippen, während sie noch etwas sitzen blieb, um auszukosten, was gerade alles geschehen war.

Sie hatte sich immer vorgestellt, dass der beste Moment in ihrem Leben die Feier ihres Universitätsabschlusses sein würde oder wie sie sich gegen zweihundert Kandidaten und Kandidatinnen durchsetzte, um die erste Frau an der Spitze irgendeiner umweltfreundlich handelnden globalen Organisation zu werden. Das hatte sie sich jedoch nie vorgestellt – dass Luca zu Tracey Caldwell sagen würde, Mo sei seine Freundin.

Vielleicht war das in Wirklichkeit der beste Augenblick meines

Lebens, dachte Mo. Auf jeden Fall ist er in der engeren Auswahl für den besten Moment bisher. Was falsch ist, oder? Ich bin Feministin – ich brauche keinen Mann, der mir Bestätigung gibt. Aber, oh Gott, Traceys *Gesicht*! Ha! Tracey Caldwell hat eine kalte Dusche bekommen. Sie sah so schockiert aus und Luca so cool, und selbst wenn ich nicht wirklich seine Freundin bin, was soll's – es war absolut großartig. Einfach nur genial.

Schließlich kam Lous Mutter zu Mo, um Bescheid zu sagen, dass das Diner schloss. Mo bedankte sich für die Milchshakes und spazierte noch ein wenig durch die Stadt. Sie hatte es nicht eilig, nach Hause zu kommen. Die Erkenntnis, dass sie bald Bogdan würde mitteilen müssen, dass sie nicht die Vampirkönigin sein wollte, kam ihr immer wieder in den Kopf, aber sie schob den Gedanken beiseite und freute sich stattdessen wieder und wieder über die Erinnerung an Tracey Caldwells schockiertes Gesicht.

Mo stieg gerade in den Bus, als ihr Handy summte.

OMG. Mum hat gesagt, sie hat dich im Diner mit einem superheißen Typen gesehen. WAS IST DA LOS????

Es stimmt, schrieb Mo grinsend zurück.

WIE KRASS. Wer?

Bogdans treuer Gefährte.

Bogdans was?

Sein Assistent. Er heißt Luca. Tracey Caldwell hat uns gesehen, und er hat sie total auflaufen lassen.

Unfassbar! Ist er wirklich so hot? 😍🤩

Bevor Mo antworten konnte, vibrierte ihr Handy. Ein Anruf. Auf dem Bildschirm stand ein Name: **Luca**.

»Hey«, sagte sie und versuchte, entspannt und sommerlich zu klingen.

»Hi, Mo«, sagte Luca. Er klang *nicht* entspannt oder sommerlich. »Ich glaube nicht, dass Bogdan sich heute Abend mit dir treffen möchte. Er ist zu beschäftigt.«

73

»Beschäftigt?«

»Sein Appetit ist wiedergekommen.«

Luca klang außer Atem. Rannte er?

»Was meinst du?«

»Er ist gerade draußen auf der Jagd. Ich muss ihn einholen, aber er ist schnell. Bist du zu Hause?«

»Nein, im Bus. Warum?«

»Geh so schnell wie möglich nach Hause, Mo. Bleib drinnen. Pass auf dich auf.«

Er legte auf. Mo merkte, dass ihr vom Rücken aus eine Gänsehaut den Hinterkopf hochkroch. Sie versuchte, durch das Busfenster in der Dunkelheit etwas zu erkennen, sah aber nur ihr eigenes Spiegelbild in der Scheibe – zwei verängstigte Augen in einem weißen Oval.

Mo zog ihren Mantel enger um sich. Als die Bustür in Lower Donny aufging, sprang sie hinaus. Die Lichter in der Ersoffenen Ratte leuchteten, und sie sah ein paar Menschen an der Theke sitzen. Alles andere wirkte ruhig wie immer. Vielleicht hatte Luca überreagiert. Wahrscheinlich war Bogdan kilometerweit weg. Vielleicht hatte er mittlerweile auch aufgehört zu »jagen«. Mo atmete tief durch und machte sich auf den Heimweg.

Sie hatte den Rand des Dorfes erreicht und war an der Abzweigung zu ihrer Gasse angelangt, als ihr Telefon wieder klingelte. Sie hoffte, dass es Luca wäre. Aber es war Lou.

»Hey«, sagte Mo.

Lou machte ein merkwürdiges Schluckgeräusch.

»Lou? Was ist los?«

»Hast du es schon gehört?«, sagte Lou mit erstickter Stimme. Dann wurde ihr Tonfall flehend. »Ich weiß, ich habe Mathe immer gehasst und mich über seine dummen, selbst gestrickten Pullover lustig gemacht, aber ich konnte ja nicht wissen, dass das passieren würde, oder?«

»Dass *was* passieren würde?«

»Mr. Chen. Er wurde auf dem Schulsportplatz gefunden, am hinteren Ende bei den Weiden, wo wir immer die Pausen verbringen.«

»Was heißt das, er wurde gefunden?«

»Seine Leiche. Alle reden darüber. Sie sagen, er wurde umgebracht.«

Mo blieb abrupt stehen. Sie schwankte ein wenig. Ihr Mund wurde trocken, und in ihren Ohren rauschte es.

»Mo? Bist du noch da?«

»Ich muss nach Hause«, flüsterte Mo. »Es tut mir leid, Lou.«

»Was tut dir leid?«, fragte Lou, aber Mo legte auf.

Sie ließ das Handy in die Manteltasche gleiten und schaute blinzelnd in die Nacht. Sie wollte rennen, so schnell ihre langen Beine sie trugen, und gleichzeitig wollte sie klein, still und unsichtbar werden. Das Ergebnis? Sie begann hastig vornübergebeugt auf Zehenspitzen zu trippeln – halb laufend, halb gehend.

»Ich muss nur so schnell wie möglich nach Hause kommen, und wenn ich drinnen in Sicherheit bin, kann ich überlegen, was ich tun, denken und fühlen soll«, flüsterte sie sich selbst zu. »Jetzt habe ich ein kleines bisschen Angst, auch wenn ich normalerweise nicht ängstlich bin, aber heute mache ich eine Ausnahme.«

Mo bog in ihre Gasse ein und hielt inne. Dort gab es keine Straßenlaternen mehr, nur der Halbmond beleuchtete den Weg, und sein silbriges Licht spiegelte sich im Regen auf dem Asphalt. Die Hecken auf beiden Seiten ragten in die Höhe wie dicke, starke Arme, die die Gasse umarmten.

Sie sah, dass ihr Atem kleine Wölkchen bildete, und versuchte, ihn zu beruhigen. Sie griff nach den Rucksackgurten, zwang sich, weiterzugehen, und weigerte sich, an Bogdan zu denken, der irgendwo da draußen auf Menschenjagd war, oder an Mr. Chen, der tot unter einem Baum lag. Gelegentlich flackerte jedoch ein

Bild vor ihrem inneren Auge auf: sein senffarbener Pullover, der im Abendlicht strahlte, der Rest ein beängstigendes Chaos.

Plötzlich sah sie eine Gestalt. Keine vorgestellte, sondern eine echte. Mo blieb stehen. Es war ein Mann. Er war groß, genau wie Bogdan, und stand an exakt derselben Stelle, wo sie Bogdan zweimal begegnet war. Mo starrte angestrengt in die Dunkelheit. Der Mann bewegte sich nicht. Oh nein, vergiss das, er kam auf sie zu, schnell. Mo fiepte. Ihr Atem wurde zu einem tierischen Hecheln. Adrenalin – das Kampf-oder-Flucht-Hormon – rauschte durch ihre Adern. Ich nehme Flucht, entschied Mos Gehirn, ohne zu zögern. Flucht, Flucht, Flucht! Flieh! Lauf! Los! Schnell! Schnell!

Im selben Moment klickte die Gestalt eine Taschenlampe an und leuchtete ihr direkt ins Gesicht.

»Mo, bist du's?«, sagte sie. Die Stimme hatte einen weichen Donny-Akzent. »Ich bin's, Jez.«

Mo sank vor Erleichterung in sich zusammen und sah reglos zu, wie Jez auf sie zutrabte. Das Licht seiner Taschenlampe machte Sprünge auf dem nassen Boden. Kurz darauf stand er direkt vor ihr. Mo konnte diese jüngste Überraschung kaum aufnehmen. Was tat Jez in ihrer Gasse? Er lebte fast fünf Kilometer weit weg in Upper Donny.

»Was machst du denn hier?«, stammelte sie.

Jez hob die Taschenlampe, um Mo ins Gesicht zu leuchten. Sie zuckte zurück vor ihrem hellen Schein.

»Sorry, ich bin zufällig hier vorbeigekommen«, sagte er und senkte die Taschenlampe. »Und ich wollte nachsehen, ob bei dir alles in ...«

Wieder leuchtete die Lampe Mo für einen Sekundenbruchteil in die Augen, bloß diesmal hatte Jez sie nicht hochgehalten. Der Strahl zuckte über Mos Gesicht, als die Lampe hochflog und dann mit einem Knall auf der Straße landete. Das Licht ging aus.

Dunkelheit. Stille.

»Jez? Wo bist du? Was ist passiert?«, flüsterte Mo und blinzelte wieder in die Nacht, in ihren Augen noch das Nachglimmen der Taschenlampe.

Dann hörte sie eine Bewegung, ein gedämpftes Geräusch, als würde etwas über den Boden gezerrt.

»Wer ist da?«

Keine Reaktion. Mo ging auf alle viere und tastete nach der Lampe. Ihre Kehle war so zugeschnürt, dass sie nicht hätte schreien können, selbst wenn sie es gewollt hätte. Hektisch tastete sie den nassen Asphalt ab, bis sich ihre Hand endlich um die Taschenlampe schloss. Sie schaltete sie an und schwang den Strahl herum. Er tanzte über die Straße, über den grasbewachsenen Rand zur Hecke, wo ...

»Aaaaah!«, schrie sie.

Jez Pocock lag im Gras, und eine dunkle, nur verschwommen erkennbare Gestalt war über ihn gebeugt. Ein leises, tierisches Grunzen war von dort zu hören. Der Strahl wackelte in Mos zitternder Hand, und auf einmal bewegte sich die schwarze Form. Ein Gesicht mit wahnsinnigen Augen und Zähnen, die wie scharfe Messer glänzten, wandte sich Mo zu.

»Bogdan!«, stieß Mo aus.

Er schien sie nicht zu erkennen, und es schien ihm egal zu sein, dass sie zusah. Er widmete sich wieder Jez. Mo konnte erkennen, dass er Jez' Kragen gelockert und seinen Hals freigelegt hatte. Das war es also. Was Luca als »jagen« bezeichnete. So ernährten sich Vampire – indem sie im Dunkeln Menschen anfielen und sich am Wegrand an ihrem Blut labten.

Unvermittelt merkte Mo, dass eine Welle der Wut in ihrem Körper aufstieg. Der Fluchtinstinkt machte dem Kampfinstinkt Platz. In lebendigen Farben sprang ihr das Bild von Mr. Chen unter der Weide wieder in den Kopf, und dort, direkt vor ihr, lag Jez und sollte Bogdans Nachtisch werden. Sie atmete tief ein und brüllte.

»Aufhören, Bogdan!«

Es kam lauter heraus, als sie erwartet hatte, wütend und selbstsicher – vollkommen anders als ihre normale Stimme.

Bogdan blieb über Jez hocken, schaute aber wieder zu Mo. Dabei fauchte er und bleckte die Zähne wie ein in die Ecke gedrängter Tiger. So hatte Mo ihn noch nie erlebt, so voller Zorn und furchteinflößender Energie. Wieder widmete er sich Jez. Er würde nicht von ihm ablassen, das spürte Mo. Er würde nicht mit sich reden lassen. Er war im Jagdmodus, und Mo ahnte, dass es gefährlich und dumm wäre, sich zwischen einen hungrigen Vampir und seine menschliche Mahlzeit zu stellen.

»Ich muss irgendetwas tun«, murmelte sie. Hatte sie vielleicht etwas Knoblauch im Rucksack? Einen spitzen Pfahl? Nein, aber ein riesiges Chemiebuch. Sie holte es heraus, packte es mit beiden Händen und hob es über Bogdans Kopf.

»Du hast es nicht anders gewollt«, sagte Mo, als sie es mit aller Kraft auf seinen Hinterkopf donnerte. Dann sprang sie zurück.

Bogdan fluchte in seiner Muttersprache – es klang wie »*Ja snaju bljad!*« – und brach über Jez' Körper zusammen. Würde er ihn zerdrücken, ersticken? Wie viel wogen Vampire? Habe ich es nur noch schlimmer gemacht?, fragte sich Mo. Doch dann stand Bogdan unsicher auf, wankte ein wenig und drehte sich zu Mo um.

»Lass ihn in Ruhe, Bogdan«, befahl sie. »Oder ich schlage dich noch einmal.«

Einen Augenblick dachte sie, dass er vielleicht wieder die Zähne fletschen und sie angreifen würde, aber er trollte sich wie ein mürrischer Betrunkener nach einer Kneipentour. Und dann war er fort.

Mo ließ das Chemiebuch fallen und eilte zu Jez. Sie kniete sich neben ihn. Ihre dicke schwarze Strumpfhose saugte sich mit eisigem Regenwasser voll. Mit vor Furcht fliegenden Fingern fühlte sie an seinem Hals nach dem warmen, flüssigen Getröpfel von Blut, aber da war nichts. Sie hatte Bogdan gerade noch rechtzeitig erwischt. Aber was sollte sie nun tun?

Jez lag bewusstlos auf dem kalten, feuchten Boden. Konnte sie ihn in eine Schubkarre laden und ihn so nach Hause bringen? Aber wo war die Schubkarre, nachdem Bogdan sich darin erbrochen hatte? Und wo war Bogdan? War er endgültig weg, oder wartete er in der Hoffnung, seine Mahlzeit beenden zu können, in der Nähe?

Da hörte Mo schwache Schritte. Jemand kam aus der Richtung des Dorfes durch die Gasse angerannt. Mit der Taschenlampe leuchtete sie dorthin und sah in dem Strahl eine Gestalt, die auf sie zusprintete. Vor Angst machte Mo sich ganz klein ...

»Mo, ich bin's. Alles in Ordnung?«, rief eine Stimme.

Es war Luca.

12. Kapitel

Als Luca Mo erreicht hatte, kniete er sich neben sie. Mo sagte nichts, sie hatte Mühe, nicht in Tränen auszubrechen. Sein Gesicht wirkte ganz anders, als er sie besorgt ansah.

»Geht es dir gut? Er hat dir nicht wehgetan?«

Mo schüttelte den Kopf.

»Gott sei Dank«, sagte Luca. »Wer ist das?«

»Jez Pocock, er geht auf meine Schule. Bogdan wollte ihn aussaugen, aber ich habe ihm mein Chemiebuch auf den Kopf gehauen«, erzählte Mo mit zittriger Stimme. »Warum bewegt er sich nicht?«

Luca tastete Jez' Hinterkopf ab, und als er seine Finger wieder hervorzog, waren sie blutverschmiert.

»Er muss mit dem Kopf aufgeschlagen sein. Hat Bogdan ihn von hinten überfallen? So macht er es normalerweise. Das ist typisch für ihn.«

»Ich glaube schon. Es war dunkel und geschah alles so schnell ...«

Mo merkte, wie ihre Schultern anfingen zu beben und ihre Mundwinkel nach unten gezogen wurden.

»Ist schon in Ordnung, Mo«, sagte Luca sanft und legte eine Hand auf ihren Arm. »Komm, bringen wir ihn zu dir nach Hause.«

Langsam stand Mo auf, wackelig auf den Beinen wie ein neugeborenes Fohlen. Luca hob Jez hoch und legte dessen schlaffen Arm um die eigenen Schultern. Mo stützte Jez von der anderen Seite, und gemeinsam schleppten sie ihn durch die Gasse hinunter zum Haus.

»Wir sollten ihn ins Wohnzimmer legen«, sagte Luca, als sie ihn durch die Haustür bugsiert hatten. »Guten Abend, Mrs. Merrydrew.«

Mos Mum stand mitten im Raum und telefonierte gerade, legte aber mit einem eiligen »Ich rufe dich später zurück« auf und sah mit offenem Mund zu, wie Luca Jez aufs Sofa hievte.

»Was ist passiert?«, fragte sie.

»Jez hat sich in unserer Gasse den Kopf angeschlagen«, sagte Mo.

»Wie das?«

»Er ist gestürzt«, sagte Mo. »Rückwärts. Aber es ist halb so wild.«

»Hätte schlimmer sein können«, murmelte Luca.

Mo warf ihm einen Blick zu, und er lächelte entschuldigend. Sie lächelte kurz zurück. Es war eigentlich nicht lustig, wirklich nicht. Ein Vampir, der erst kürzlich mit einem ungewöhnlichen Stellenangebot in ihrem Dorf aufgekreuzt war, hatte versucht, Tracey Caldwells Quasi-Freund zu töten, und Mo hatte ihn gerettet. Das war zu verrückt, um es sich auszudenken. Was ist mit meinem Leben los?, dachte Mo. Bis vor wenigen Tagen waren das Aufregendste darin ein paar Mini-Muffins gewesen und die Chance, für die Schülerzeitung über die Erdkundeexkursion zu schreiben. Und nun das!

»Mo, hol das Erste-Hilfe-Set aus dem Bad«, sagte ihre Mutter und besah sich Jez genauer, der nun wieder halb bei Bewusstsein war und leise auf dem Sofa stöhnte.

Als Mo den Badezimmerschrank durchsuchte, hörte sie, wie ein Auto auf den Kies vor dem Haus fuhr. Die Polizei? Sie lugte aus dem Fenster. Nein, nur ihr Vater, zurück von seiner Fußbodenkonferenz. Sie sah ihm nach, als er ins Haus eilte, hörte, wie die Haustür zugeworfen wurde, und dann seine wütende, aufgebrachte Stimme.

»Was ist hier los? Ist das Jez Pocock? Was ist mit ihm passiert? Und wer zum Teufel bist du?«

Mo rannte wieder nach unten und sah, dass Luca lächelte und ihrem Vater die Hand hinhielt.

»Ich bin Luca«, sagte er.

Mos Vater nahm die Hand nicht, sondern starrte Luca nur mit schmalen, misstrauischen Augen an.

»*Dad!* Bitte«, flüsterte Mo.

»Ich wollte sowieso gerade gehen«, sagte Luca und zog seine Hand zurück.

Mo folgte ihm zur Tür.

»Tut mir leid wegen meines Vaters«, flüsterte sie. »Normalerweise ist er nicht so unfreundlich.«

»Kein Problem«, antwortete Luca. »Es tut mir leid, dass ich jetzt schon gehe, aber ich muss Bogdan finden und ihn aufhalten.«

»Ist das denn nicht gefährlich für dich?«, fragte Mo.

»Ach nein. Normalerweise beißen Vampire ihre treuen Gefährten nicht. Sie können allerdings ein bisschen aggressiv werden, wenn sie im Jagdmodus sind, aber das ist schon okay. Es ist nicht das erste Mal, dass ich das mache. Ist schließlich mein Job«, erklärte er.

»Ich kann dir mein Chemiebuch leihen, wenn du magst«, bot Mo an und grinste schief.

Luca grinste strahlend zurück. Sein Lächeln hatte dieselbe Wirkung auf Mo wie Brandy auf einen von einer Lawine begrabenen Skifahrer. »Bis bald«, sagte er und rannte die Gasse hinunter.

Mo sah zu, wie er in der Dunkelheit verschwand, und ging dann wieder ins Wohnzimmer. Mum hatte Jez' Kopf verarztet und ihm ein Schmerzmittel gegeben. Er wirkte benommen und ein wenig verlegen.

»Sorry, ich weiß gar nicht so recht, wie ich hier gelandet bin«, sagte er.

»Gut«, platzte Mo heraus. »Ich meine, schon in Ordnung. Du bist in der Gasse gestolpert und auf den Hinterkopf gefallen. Also habe ich dich zu mir nach Hause gebracht, damit du dich ausruhen kannst. Ganz einfach. Hätte jedem passieren können. Nichts, worüber man sich Sorgen machen müsste.«

»Ich denke schon, dass wir Jez in die Notaufnahme bringen und durchchecken lassen sollten«, wandte Mos Mutter ein.

Jez berührte vorsichtig seinen Hinterkopf und zuckte zusammen.

»Bist du sicher?«, fragte Mo. »Draußen ist es kalt, und vielleicht fängt es wieder an zu regnen. Vielleicht solltet ihr hier drinbleiben, wo es schön warm und sicher ist.«

Beim Wort »sicher« warf Mos Vater ihr einen scharfen Blick zu. »Mo, gibt es da etwas, das du mir verschweigst?«, fragte er. »Heute Abend sind schreckliche Dinge geschehen. Du hast von Mr. Chen gehört, nehme ich an.«

»Ja, natürlich«, gab sie zurück. Sie hasste es, dass er sie daran erinnerte. »Aber das hier war nur ein Unfall. Wie gesagt, Jez ist gestolpert.«

»Aber warum war ich überhaupt hier?«, meldete der sich zu Wort.

»Du hast gesagt, du wärst zufällig hier, und dann warst du weg«, sagte Mo und lachte gezwungen.

»Und aus diesem Grund müssen wir ihn definitiv in die Notaufnahme bringen«, sagte Mos Mutter entschieden. »Das Bewusstsein zu verlieren ist eine ernste Sache. Du könntest eine Gehirnerschütterung haben, Jez. Komm, wir helfen dir auf. Du kannst deine Eltern aus dem Auto heraus anrufen, um ihnen zu erklären, was passiert ist.«

Mos Mutter und Vater halfen Jez über den Kies in der Einfahrt und auf den Rücksitz. Mo sah von der Türschwelle aus zu, kaute auf ihrer Lippe und blickte sich nervös um. Sobald das Auto losfuhr, ging sie schnell wieder hinein, verschloss die Haustür und rannte in ihr Zimmer, wo sie unter die Bettdecke kroch, sich zu einem Komma zusammenrollte und in einen tiefen, tiefen Schlaf fiel.

13. Kapitel

Mo wurde von einem Klopfen geweckt. Irgendetwas flog gegen ihr Fenster. Sie überlegte eine Weile, welcher Tag war, und landete schließlich bei Samstag. Ja, es war Samstag, aber noch sehr früh. Es war noch dunkel.

Mo zog sich ihren Bademantel über – rosa, extrem kuschelig, mit Pandamuster – und die Vorhänge zurück. Eine Eichel flog gegen die Scheibe. Sie sah hinunter auf den Rasen, und da stand Luca, in der Dämmerung gerade eben zu erkennen. Sofort machte sich ein Lächeln auf ihrem Gesicht breit, und sie spürte, wie eine Welle Wärme durch sie hindurchpulsierte. Er bedeutete ihr, herunterzukommen.

»Du hättest mir eine Nachricht schicken können«, sagte Mo, als sie über das frostige Gras auf ihn zutrottete, die Schlafanzughose in die Gummistiefel gestopft.

»Ja, aber ich wollte schon immer eine junge Frau aufwecken, indem ich Steinchen gegen ihr Fenster werfe. Das ist ein Klassiker.«

»Bisschen altmodisch, oder?«, sagte Mo, und ihre Mundwinkel zuckten nach oben. »Außerdem hast du keine Steinchen geworfen, sondern Eicheln.«

»Noch besser«, sagte Luca. »Wer mag keine Eicheln?«

Er grinste und sah ehrlich begeistert aus – wegen der Situation? Wegen der Eicheln? Woher kam seine gute Laune?, fragte sich Mo. Es war ein sehr früher, kalter Oktobermorgen. Er arbeitete für einen mörderischen Vampir, für den er die ganze Nacht wach bleiben und eine Reihe extrem unangenehmer Tätigkeiten erledigen musste (die Schubkarre!), und trotzdem hatte er gute Laune.

»Toller Bademantel«, sagte Luca. »Wie ich hörte, tragen die bestgekleideten Frauen in Paris in dieser Saison alle Panda-Morgenmäntel.«

Mo wusste, dass er sie aufzog. Sie versuchte, nicht zu lächeln, aber das war unmöglich. Wow, dachte sie. Von Tracey Caldwell aufgezogen zu werden, fühlte sich nie so gut an.

»Hast du mich geweckt, um mir das zu sagen?«, fragte Mo.

»Ah, nein, ich habe dich geweckt, um dir zu sagen, dass Bogdan dich sehen will«, sagte Luca. »Keine Sorge, er ist nicht mehr auf der Jagd.«

Mo merkte, dass ihr Lächeln erstarb und sie wütend die Brauen zusammenzog, als ihr einfiel, was Bogdan Mr. Chen angetan hatte – dem armen, freundlichen Mr. Chen. Wie hatte sie auch nur darüber nachdenken können, Teil dieser abscheulichen Vampirwelt zu werden? Es war absurd von Bogdan, sie zu fragen, absurd, zu glauben, das sei ein ›cool-geniales Angebot‹.

Mo stapfte Richtung Schuppen, die Fäuste in den Taschen ihres Bademantels geballt, aber Luca rief sie zurück.

»Hier entlang«, sagte er und führte sie die Gasse hinunter zu einem Auto. »Spring rein. Ich bringe dich zu ihm.«

»Du kannst Auto fahren?«, fragte sie.

»Bogdan hat mich zu Hause ein paar Stunden nehmen lassen. Ein Vampirfreund von ihm hat eine Fahrschule, ›Bluttransport‹. Sein Werbeslogan ist ›Fahren liegt uns im Blut‹«, erzählte Luca. »Ich drehe die Heizung hoch, damit du nicht frierst.«

»Woher hast du das Auto?«

Luca lächelte verlegen. »Erinnerst du dich an Clive Bunsworth, den Gebrauchtwagenkönig?«, sagte er. »Bogdan meinte, er hätte das Auto gekauft, bevor er ... Du weißt schon.«

Mo schauderte und ließ sich tiefer in den Beifahrersitz sinken. Sie zog den Bademantel fester um sich, während Luca perfekt in drei Zügen wendete und dann aus Lower Donny hinausfuhr, Richtung

Hauptstraße. Die Bewegung des Autos und die warme Luft machten Mo schläfrig. Sie hatte fast zwölf Stunden geschlafen und fühlte
sich immer noch benebelt. Die Landschaft draußen wirkte wie
erstarrt. Reglose Bäume. Dichte, schwarze Hecken. Felder, die wie
gefrorene Decken dalagen. Nur ein silbriger Schimmer im Osten
verriet, dass der Morgen unterwegs war.

»Wohin fahren wir?«, fragte Mo.

»Zu unserer Unterkunft«, antwortete Mo.

Mo stellte sich ein verlassenes Schloss vor, oben auf einem Hügel,
mit schwarzen Fensterlöchern, die ausgeschlagenen Zähnen glichen.
Nach ein paar Minuten fuhren sie jedoch auf den Parkplatz des Premier Inn in North Nollerton.

»Wir mögen das Premier Inn – ausgezeichnetes Preis-Leistungs-
Verhältnis«, erklärte Luca. »Außerdem gibt es kostenlos heiße
Schokolade!«

Luca eilte durch die Lobby zu den Aufzügen und rief der Frau
hinter der Rezeption »Guten Morgen, Kimberly« zu. Kimberly
lächelte zurück, bis sie Mo mit zerzausten Haaren, rosa Bademantel
und Gummistiefeln erblickte. Ein Ausdruck von Überraschung,
gefolgt von Verachtung zuckte über ihr Gesicht.

Sie nahmen den Aufzug in die dritte Etage und gingen den stillen
Flur entlang. Vor Zimmer 304 blieb Luca stehen und klopfte einmal.

Bogdans unverwechselbare Stimme sagte: »Herein.«

Er saß mit Kissen im Rücken im Bett. Nun trug er nicht mehr den
dicken Mantel und Stiefel, sondern einen weißen Bademantel und
gefütterte Hausschuhe. Um den Hals hatte er einen bunt gemuster-
ten Schal geschlungen.

»Ah, Mo!«, sagte er, als er sie erblickte. Sie hielt sich in Türnähe,
suchte den Abstand zu ihm. »Komm rein, komm rein. Auch in hüb-
schem Bademantel, wie ich sehe. So bequem, nicht wahr? Und was
hältst du von meinem Schal? Exquisit, nicht wahr? Armenische
Seide.«

Mo wünschte nun, sie hätte sich schnell angezogen, bevor sie das Haus verlassen hatte. Sie wollte nicht über Freizeitkleidung eine Gemeinsamkeit mit einem sechshundert Jahre alten Vampir haben. Schließlich hatte sie noch, sehr deutlich, den Moment am Vortag vor Augen, als er sich über Jez Pocock beugte, kurz davor, ihm in den Hals zu beißen, mit diesem wilden Ausdruck im Gesicht.

»Tut mir leid, dass ich deinen Mathelehrer ausgetrunken habe«, sagte Bogdan.

»Mr. Chen«, sagte Mo und warf ihm einen giftigen Blick zu.

»Ja, ja. Und es tut mir auch leid, dass ich den Jungen angegriffen habe.«

»Jez. Sein Name ist Jez, okay? Er ist eine Person. Ein menschliches Wesen. Jez. Er hat sich übel den Kopf angeschlagen, als du ihn zu Boden gerissen hast. Ist ohnmächtig geworden. Meine Eltern mussten ihn ins Krankenhaus fahren.«

Bogdan zuckte die Achseln. »Na ja, hätte schlimmer kommen können.«

»Das habe ich auch gesagt«, warf Luca lächelnd ein.

»Wie auch immer, du hast mich viel hart auf den Kopf gehauen, also sind wir quitt jetzt, ja?«, sagte Bogdan.

Mo verschränkte die Arme und sah ihn nicht an. Bogdan zog sich den Kragen seines Bademantels bis zu seinen bleichen Wangen hoch und mahlte verstockt mit dem Kiefer. Luca blickte zwischen den beiden hin und her wie Eltern, wenn sie Geschwister dazu ermuntern, sich nach einem Streit wieder zu versöhnen.

»Wie konntest du nur?«, fragte Mo schließlich. »Wie konntest du nur tun, was du gestern Abend getan hast?«

»Ich muss mich ernähren«, sagte Bogdan. »Außerdem seid ihr Briten so schmackhaft. Kommt wahrscheinlich von all den Kartoffeln, die ihr esst.« Mo verzog das Gesicht.

»Wo ist dein Humorsinn, Mo?«, fragte Bogdan. »Ich war hungrig und wütend.«

»Ich sollte wütend sein«, fauchte Mo ihn an. »Mr. Chen war mein Lieblingslehrer. Er hat es nicht verdient zu sterben.«

»Tja, ich war wütend, weil du nicht Vampirkönigin sein wolltest«, antwortete Bogdan. »Ich war frustriert, verstehst du? Ich will alles für den König des Ostens regeln, damit er schön zufrieden ist, und mich dann in nett warmer Karibik zur Ruhe setzen.«

»Tja, tut mir leid, dass ich deine Pläne durcheinanderbringe, aber ehrlich gesagt ist es genau das, was du mit *meinen* Plänen gemacht hast«, tobte Mo. »Ich meine, überleg mal! Du glaubst, du könntest einfach in mein Leben und mein Dorf marschiert kommen mit einer fixen Idee über mein ›Schicksal‹, mich zu einer Vampirin machen und dann auf irgendeine Karibikinsel verschwinden, um die ganze Nacht faul in der Hängematte zu liegen. Hast du jemals darüber nachgedacht, dass ich vielleicht keine Vampirkönigin sein will? Dass ich zumindest eine Meinung dazu haben könnte? Hast du dir vorgestellt, dass du bloß auftauchen musst und ich genau das tue, was du sagst? Wieso, weil ich jung bin? Weil ich eine Frau bin?«

»Nein, nichts dergleichen«, protestierte Bogdan. »Du bist Auserwählte, das ist alles, und ich dachte, Vampirkönigin zu sein wäre cool-geniales Angebot und du würdest Chance wollen. Einfach schlicht. Ich weiß, dass du Pläne für dein Leben hast, aber ich hatte geglaubt, du könntest flexibel sein. Ich verstehe jetzt, es ist großer Schritt.«

»Ein großer Schritt? Ein großer Schritt?«

Mo schrie jetzt. Sie hatte noch nie mit so viel Nachdruck ihre Meinung gesagt, nicht einmal im Debattierklub, aber jetzt war sie nicht zu bremsen.

»Das kann man wohl sagen. Ich habe mein ganzes Leben durchgeplant, ist dir das klar? Der Schulabschluss, mein Studium, Praktika … Und dann springst du aus der Hecke …«

»Materialisieren, heißt das.«

»… und wirfst einen völlig anderen Plan in den Raum, ein komplett anderes Leben, nicht einmal als Mensch, sondern als Wesen der Nacht, das Menschen den Kopf abreißen kann. Wow. Toll durcheinandergebracht hast du mich. Das ist ganz schön viel zu verdauen. *Enorm viel.*«

Mo atmete tief durch, aber sie war noch nicht fertig.

»Und dann, während ich versuche, eine Entscheidung zu treffen, zu überlegen, was das Richtige ist, um nicht den Vampirkönig des Ostens zu verärgern und dich oder meine Familie und Lou in Gefahr zu bringen, drehst du durch und saugst das halbe Dorf aus. Du tust dir keinen Gefallen damit, das ist dir schon klar, oder? ›Ich bin kein Monster‹, hast du gesagt, aber ich habe dich gesehen, als du kurz davor warst, dich über Jez herzumachen. Total wild. Wie ein schreckliches, irres, hungriges Tier, das vielleicht sogar die Tollwut hat!«

»Ich hatte besonders viel Hunger, nachdem ich krank war«, sagte Bogdan. »Das war ungewöhnlich für mich. Normalerweise habe ich strikte Ernährungsroutine und leere nur alle zwei Tage einen Menschen. Deshalb bin ich so schlank.«

Er tätschelte seinen Bauch.

»Vielleicht könntet Ihr Euch noch einmal entschuldigen, Sir«, flüsterte Luca und nickte in Mos Richtung, die wieder auf den Boden starrte.

»Mo, es tut mir leid, dass du das sehen musstest.«

»Es tut dir leid, dass ich das sehen musste? Wenn ich mich bereit erkläre, Vampirin zu werden, dann muss ich das *tun*. Es ist widerlich!« Mit fest über der Brust verschränkten Armen wandte sie sich ab. »Ich sollte zur Polizei gehen und dich verpfeifen«, murmelte sie.

»Polizei ist machtlos gegen Vampir«, sagte Bogdan ruhig. »Alberne, kleine Männer in albernen Uniformen …«

»Entschuldigt, Herr«, sagte Luca und zeigte aus dem Fenster. »Bald geht die Sonne auf.«

Bogdan hob die Hand, um ihn zum Schweigen zu bringen. Er fixierte Mo.

»Also, wie lautet deine endgültige Entscheidung, Mo?«, fragte er und schwang sich aus dem Bett. »Letzte Gelegenheit, deine Meinung zu ändern. Sag es mir jetzt.«

»Natürlich bleibt es ein Nein«, fauchte Mo und wirbelte herum, um ihn anzusehen. »Ein Nein dazu, Vampirkönigin zu werden, ein Nein dazu, menschliches Blut zu trinken, ein Nein dazu, Mathelehrer zu töten, ein Nein dazu, wie ein wildes Tier auszusehen. Ein Nein zu alledem.«

Bogdan rieb sich langsam den Hals. »Das ist viel riskant, Mo. Denk dran, Vampirkönig des Ostens ist extra gefährlich. Man darf ihn nicht verärgern.«

»Ist mir egal. Ich kann mich wehren«, sagte Mo. »Ich weigere mich, mich von dummen Vampirbullys herumkommandieren zu lassen.«

»Mein Herr, die Sonne«, sagte Luca und blickte nervös auf die goldgelben Strahlen, die sich am Horizont zeigten. Rasch zog er die Vorhänge zu.

»Na gut!«, zischte Bogdan. »Na gut.«

Er ging auf Mo zu, die ihn misstrauisch ansah, und streckte die Hand aus. Langsam, vorsichtig, reichte Mo ihm ihre. Sie rechnete damit, dass sie sich die Hand geben würden, aber er nahm ihre, führte sie an seine Lippen und küsste sie.

»Du hättest spektakuläre Königin abgegeben«, sagte er leise, »aber ich muss Vampirkönig des Ostens schreiben und ihm mitteilen, dass du dich weigerst. Er wird nicht glücklich sein. Ich werde versuchen, ihn fernzuhalten. Ich werde versuchen, ihm Lage zu erklären, um dich zu beschützen, Mo, aber ich weiß nicht, ob mir das gelingt … Ich bin gescheitert, und nun wird Luca seine Stelle und seine Beförderung verlieren, seinen Traumjob …« Bogdan verbeugte sich tief. »Es war mir eine Ehre, dich kennenzulernen, Mo.«

Dann ging er ins Bad und schloss die Tür hinter sich ab. Mo starrte ein paar Sekunden darauf.

»Er schläft in der Badewanne«, sagte Luca, der neben sie getreten war und verlegen lächelte. »In Särgen bekommt er Platzangst. Außerdem sind sie schwer zu transportieren, weißt du?«

Mo sagte nichts.

»Für ihn ist es in Ordnung.«

Mo sagte immer noch nichts.

»Komm, ich bringe dich nach Hause«, sagte er und öffnete die Tür für sie. Stumm folgte sie ihm hinaus auf den Flur und aus dem Hotel.

14. Kapitel

Einen Großteil der Strecke fuhren sie schweigend, bis Mo sich irgendwann zu Luca umdrehte.

»Was hat Bogdan damit gemeint, du würdest deine Stelle *und* deine Beförderung verlieren?«

»Na ja, ich kann nicht mehr für ihn arbeiten, wenn er vom Vampirkönig des Ostens ausgelöscht wird«, sagte er.

»Was? Er wird ausgelöscht? Also getötet? Aber er lebt doch nicht einmal, oder?«, kreischte Mo. »Und gilt das auch für mich? Was ist mit meiner Familie und Lou? Bogdan hat gesagt, der Vampirkönig des Ostens *könnte* ihnen Schaden zufügen, aber das kann alles Mögliche bedeuten, und er hat nicht wirklich ausdrücklich vom Tod gesprochen ... Oh nein, nein, nein, was habe ich nur getan?«

»Atmen, Mo, atmen«, sagte Luca. »Du bist in Panik. Komm, atme tief durch.«

Mo packte den Türgriff und brachte langsam ihre Atmung unter Kontrolle.

»So ist es besser«, sagte Luca. »Hör zu, versuch, dir keine Sorgen zu machen. Es kann noch lange dauern, bis der Vampirkönig des Ostens hierherkommt. Vielleicht kommt er auch gar nicht. Er hat noch alle Hände voll zu tun mit dem Aufstand der Vampire des Wahren Ostens. Vielleicht vergibt er Bogdan sogar. Alles wird gut. Außerdem hast du dich gerade gegenüber Bogdan behauptet. Das schaffst du auch beim Vampirkönig des Ostens.«

»Ich bin eine starke, unabhängige Frau«, murmelte Mo und spürte, wie sich heiße Tränen in ihren Augen sammelten.

»Das ist richtig, aber ich vermute, dass du auch hier stark bist«, sagte Luca und zeigte auf Mos Herz, »nicht nur da oben.« Er zeigte auf ihren Kopf.

Mo blinzelte heftig und sagte nichts.

»Aber egal, ob er Bogdan auslöscht oder ihm erlaubt, seinen Ruhestand in der Karibik zu genießen, ich habe dann keine Arbeit mehr.«

»Und die Beförderung?«, fragte Mo. »Was für eine Beförderung ist das?«

»Ah ja«, sagte Luca, lächelte zurückhaltend und starrte auf die Straße vor ihnen. »Bogdan hat gesagt, wenn du Vampirkönigin würdest, würde er sich zurückziehen, und ich, na ja, ich würde dein treuer Gefährte werden.«

»Du würdest mit mir arbeiten?«

»*Für* dich«, sagte Luca. »Ich wäre dein ständiger Begleiter geworden. Wir wären immer zusammen gewesen. Ein treuer Gefährte bleibt bei seinem Herrn oder seiner Herrin, komme, was wolle. Du wärst mich nicht mehr losgeworden.«

Er warf Mo einen Blick zu.

»Mach nicht so ein trauriges Gesicht. Bitte. Ich finde woanders Arbeit. Vielleicht nicht bei einer Königin, aber irgendein anderer Vampir wird mich anstellen. Ich bin sicher, dass Bogdan mich empfehlen wird.«

Die Sonne lugte nun über den Horizont, und das gefrorene Gras auf den Feldern funkelte. Mo versuchte, sich darauf zu konzentrieren, wie hübsch es aussah, und die Frage zu verdrängen, die in ihr schrie: *Was habe ich nur getan?* Wegen ihr hatte Luca seinen Job verloren und würde zurück nach Hause gehen müssen. Seine Eltern würden enttäuscht sein. Er war enttäuscht und, wie Mo zugeben musste, sie selbst auch. Klar, die Vorstellung, dass er ihr »diente«, gefiel ihr nicht – nicht besonders gleichberechtigt, nicht besonders gerecht –, aber die ganze Zeit mit ihm zusammen zu sein? Mo verspürte, ungewohnt und neu für sie, einen stechenden Schmerz der Sehnsucht und des Verlustes. Luca würde fortgehen. Es war vorbei. Was auch immer »es« gewesen war oder hätte sein können …

Das Knirschen von Reifen auf Schotter sagte Mo, dass sie zu Hause war. Sie öffnete die Autotür und trat hinaus. Dann beugte sie sich noch mal zu Luca hinein.

»Möchtest du einen Tee?«, fragte sie.

»Ich sollte zurückfahren«, sagte er.

»Limo? Kekse?«

Luca schüttelte den Kopf und lächelte sie sanft an. »Es war sehr schön, dich getroffen zu haben«, sagte er. »Viel Glück für dein Leben, Mo.«

Sie nickte schwach, konnte aber nichts sagen. Nur sehr schnell blinzeln, die Tür zuwerfen und zurück ins Haus gehen.

Den ganzen Tag fühlte sich Mo völlig ausgelaugt und nicht fähig, einen klaren Gedanken zu fassen. Als Lou nachmittags vorbeikam, war Mo immer noch in ihrem Zimmer, im Bett, im Schlafanzug.

»Oh, Mo. Noch nicht aufgestanden, Schlafanzug an, überall Toastkrümel – normalerweise isst du nie im Bett –, der Schulrucksack nicht einmal ausgepackt. Alarm, Alarm!«

Stumm hob Mo eine Ecke ihrer Decke an, und Lou schlüpfte neben sie.

»Deine Mum sagt, du hättest den ganzen Tag kein Wort gesagt. Sie meinte, sie hätte dich noch nie so still erlebt. Bist du traurig wegen Mr. Chen? Ich ja. Er hat schreckliche Stricksachen getragen. Diese Cardigan-Tanktops waren echt hässlich. Wie hat er sie noch mal genannt?«

»Tardigans«, sagte Mo.

»Und er hat nach Suppe gerochen, findest du nicht? Aber er hat es nicht verdient zu sterben. Ich kann es nicht glauben.«

Mo nickte stumm.

»Draußen ist überall die Polizei, Mo, das solltest du dir angucken«, fuhr Lou fort. »Sie gehen davon aus, dass der Mörder von Mr. Chen auch für das Verschwinden des Gebrauchtwagenkönigs verantwortlich ist. Es ist vollkommen verrückt. Normalerweise ist in den Donnys nichts los, aber in den letzten Tagen hast du einen Vampir getroffen, *und* eine Person ist verschwunden und ein Mord passiert.«

»Denkst du nicht, dass das alles zusammenhängt?«

Lou fiel die Kinnlade herunter. »OMG, daran habe ich gar nicht gedacht«, sagte sie und schnappte nach Luft. »Dein Vampir – Bogspam, richtig? Du meinst, er hat Mr. Chen umgebracht. Ernsthaft?«

»Ja, und ich fühle mich schrecklich deswegen«, antwortete Mo.

»Warum? Hast du ihm gesagt, er soll das machen?«

»Nein, natürlich nicht!«, rief Mo aus. »Ich weiß nicht, warum er sich Mr. Chen ausgesucht hat.«

»Vielleicht war es sein Suppengeruch?«, schlug Lou vor. Leider war das kein Scherz.

Lou griff in ihren Rucksack und holte eine Packung Mini-Muffins heraus, nahm sich einen und gab Mo die Schachtel. Langsam kauten sie ihre Muffins, beide in Gedanken versunken.

Mo entschied, Lou nichts von dem Angriff auf Jez Pocock in der Gasse zu sagen. Es war zu furchteinflößend, zu *seltsam*. Es fühlte sich nicht gut an, Lou etwas zu verschweigen, ihr nicht die ganze Wahrheit zu erzählen, aber Mo wollte verhindern, dass sie sich noch mehr Sorgen machte.

Als Lou den letzten Bissen in den Mund gesteckt hatte, rieb sie sich energisch die Hände, um die Krümel loszuwerden, und sagte: »Wie auch immer, vergessen wir all diesen düsteren Kram mal für einen Moment. Konzentrieren wir uns auf etwas Positives. Du warst mit einem heißen Typen im Diner! Bogflans teurem Gefährder.«

»Bogdans treuem Gefährten.«

»Hab ich doch gesagt. Aber egal. Das ist unglaublich! Erzähl mir alles. Tracey Caldwell sagt, *er*, der heiße Typ, hätte gesagt, er sei dein Freund, was SOOO cool ist, ich kann es kaum fassen. Ich wünschte, ich wäre auch da gewesen.«

»Er ist nicht mein Freund«, sagte Mo. »Er hat nur so getan.«

»Tracey Caldwell hat ihm geglaubt«, sagte Lou. »Damit wäre ich schon zufrieden.«

»Aber es ist nicht wahr«, sagte Mo.

»Na und?«, sagte Lou achselzuckend. »Tracey Caldwell denkt, dass du, der langweiligste Mensch, den sie kennt, einen echten Fang datest. Freu dich.«

»Na ja, es wird nicht lange anhalten. Er geht fort, zurück in den Osten«, sagte Mo.

»Was? Wann?«

»Bald, denke ich. Ich habe endgültig Nein dazu gesagt, Vampirkönigin zu werden, deshalb geht er. Das war's. Ende. Nichts mehr mit Auserwähltsein. Und kein Luca.«

Lou runzelte so angestrengt die Stirn, dass über ihrer Nase zwei senkrechte Falten wie zwei parallele Bahngleise entstanden.

»Aber willst du ihn nicht wiedersehen? Er klingt toll, gut aussehend und ...«

»Liebenswert«, ergänzte Mo.

»Und in der Lage, es mit Tracey Caldwell aufzunehmen. Der Kerl ist eine Granate. Unfassbar, dass Mum ihn gesehen hat und ich nicht! Aber auch unfassbar, dass er geht.«

Mo seufzte schwer. »Ist schon in Ordnung. Wirklich.«

»Sicher? Ich meine, klar, ich bin supererleichtert, dass du keine Vampirin wirst«, sagte Lou. »Alles andere wäre gelogen. Es klang widerwärtig, und ich weiß, es hätte unsere Freundschaft gefährdet, aber auf der anderen Seite ist es echt schade, dass du dich dann nicht mehr mit diesem Jungen treffen kannst.«

»So ist es nun einmal«, sagte Mo. »Je schneller ich die vergangenen Tage vergesse, desto besser.«

»Wegen mir hättest du ihn nicht gehen lassen müssen …«, sagte Lou.

»*Meinetwegen*«, murmelte Mo.

»Halt die Klappe. Also, *wegen mir* hätte er ruhig bleiben können. Typen wie Luca verirren sich nicht oft in unsere Welt. Typen im Allgemeinen verirren sich nicht oft in unsere Welt. Und er fand dich gut.«

»Keine Ahnung …«

»Nach allem, was Mum mir erzählt hat, glaube ich schon«, sagte Lou entschieden. »Und das ist noch nie, nie, nie passiert. Ich weiß, das war nicht Teil deiner Lebensorganisationsübersicht …«

»… des PLANS«, sagte Mo.

»Ja, aber letztendlich, wen interessiert's?«

»Aaaaah«, knurrte Mo und rutschte so weit unter die Decke, dass nur noch ihre Nase und die Augen herausguckten. »Hör auf zu reden. Hör auf, mich zu verwirren. Ich hasse es, verwirrt zu sein, das weißt du. Ich habe eine Entscheidung getroffen. Ich halte mich an den PLAN. Nicht die Augen verdrehen. Warum tust du das? Du denkst, der PLAN ist langweilig, stimmt's?«

»Vielleicht ein bisschen«, sagte Lou. »Du steckst jetzt so viel Arbeit in Dinge, über die du dich erst in Millionen Jahren freuen kannst, und es führt manchmal dazu, dass wir keine Zeit miteinander verbringen können. Es könnte sogar dazu führen, dass du nie einen Freund haben wirst.«

»Aber es ist mein Leben!«, sagte Mo und setzte sich abrupt auf. »Alles, was ich tue, tue ich für den PLAN – all das Lernen, die Arbeit, mich von Tracey Caldwell ärgern lassen und, ja, dich manchmal nicht treffen zu können, oder sonst irgendjemanden. Alles, damit ich irgendwann dahin komme, wo ich sein will. DER PLAN! Er ist zu wichtig, um ihn einfach fallen zu lassen.«

»Okay, okay, beruhige dich, herrje«, sagte Lou und hielt die Hände hoch. »Ich habe es verstanden. Gute Entscheidung. Großartige Entscheidung. Die beste Entscheidung. Deshalb wirkst du heute auch so zufrieden.«

»Was? Lou, was machst du da?«, sagte Mo scharf und wurde rot. »Warum versuchst du, mich dazu zu bringen, an mir selbst zu zweifeln?«

»Das tue ich nicht. Ich meine ja nur ...«

Mo ließ sich zurückfallen und zog die Bettdecke diesmal ganz über den Kopf. Ihr Umriss war unter der Decke kaum zu erkennen. Lou schob sie zurück, und Mos rotes, stirnrunzelndes Gesicht kam zum Vorschein.

»Was ist denn das für ein finsteres kleines Gesichtchen?«

»Lass es, Lou.«

»Sehe ich da etwa ein wütendes kleines Häschen, hm?«

»Hör auf mit der Babystimme, Lou. Ich bin kein Baby.«

»Nein, du bist ein miesepetriger Flughund, stimmt's? Sauer, weil irgendein Junge dahergekommen ist und deinen Lebensplan durcheinandergebracht und dafür gesorgt hat, dass du all diese *Gefühle* hast. Oh, du armes Ding. Das ist so gemein, stimmt's?«

Mo griff nach ihrem Kissen und verprügelte Lou damit.

»Autsch, das tat echt weh!«, sagte Lou und hielt sich die Wange.

»Nein, tat es nicht, und du hast es verdient«, sagte Mo.

Lou grinste. »Wie auch immer, weißt du, was für ein Tag heute ist?«

»Samstag.«

»Ausgezeichnete Leistung, du Genie, aber es ist auch Halloween. Also steh auf und zieh dir etwas an – wir gehen auf eine Party!«

15. Kapitel

Lou musste Mo aus dem Bett ziehen und ins Bad schieben. »Komm erst raus, wenn du geduscht hast«, rief sie durch die Tür.

Zehn Minuten später kehrte Mo mit triefenden Haaren und vom heißen Wasser rosigen Wangen zurück.

»Du siehst schon besser aus«, sagte Lou. »Okay, also die Polizei hat deutlich gesagt, dass niemand >Süßes oder Saures< machen soll wegen du weißt schon, deshalb treffen sich viele aus der Schule auf dem Marktplatz in Middle Donny zur Halloweenparty. Mum würde uns hinfahren. Wir müssen nicht lang bleiben, aber es ist bestimmt cool, die ganzen Verkleidungen zu sehen. Außerdem dachte ich, es wäre eine gute Ablenkung für dich. Und es ist absolut ungefährlich, weil so viele Leute da sind.«

Absolut ungefährlich. Wirklich? Mo blickte aus dem Fenster. Es war ein trüber, grauer Nachmittag. In einer Stunde würde es bereits dunkel sein. Wo war Bogdan? Wachte wahrscheinlich gerade im Premier Inn auf, bereit für – ja, für was? Er hatte ihr nicht versprochen, abzureisen, als sie sich weigerte, Vampirkönigin zu werden, und sie hatte ihn nicht darum gebeten. Was für ein dummer Fehler! Er hatte gesagt, er würde dem Vampirkönig schreiben, sonst nichts. Das bedeutete, dass er immer noch in der Nähe herumlungerte. Vielleicht war er wieder hungrig, und was war die beste Gelegenheit, sich quasi an einem Buffet zu bedienen? Eine große Versammlung von vielen Menschen.

»Okay, ich komme mit«, sagte Mo. Ich habe Mr. Chen nicht vor Bogdan beschützt, dachte sie, aber bei Jez habe ich es geschafft, und vielleicht kann ich es heute Abend wieder tun.

»Cool«, sagte Lou, ein wenig überrascht. »Ich hatte damit gerechnet, dass du eine Rede darüber hältst, aus welchen Gründen du gegen Partys bist oder so.«

Mo schüttelte den Kopf.

»Super, also dann. Ich habe ein paar Kostüme, von denen du dir eins aussuchen kannst«, sagte Lou und kramte in ihrem Rucksack. »Kannst du aufhören zu texten und stattdessen gucken?«

»Sorry«, murmelte Mo, tippte schnell eine hastige Nachricht an Luca zu Ende, in der sie ihm von der Party auf dem Marktplatz berichtete und ihn bat, Bogdan im Auge zu behalten. Sie beendete sie mit einem einzigen trostlosen Smiley.

»Ich gehe als Kürbis. Das Kostüm, das Mum mir vor zwei Jahren genäht hat, passt mir noch«, sagte Lou und hielt ein rundliches orangefarbenes Outfit in die Höhe.

»Für dich habe ich überlegt, du könntest die Arbeitsuniform deiner Mutter tragen und dazu ein paar Narben und Blut aufschminken – ich habe Schminke dabei –, so wie eine Zombie-Mörder-Pflegekraft ...«, sagte Lou. »Okay, dein Gesicht sagt mir, dass das nicht funktioniert.«

Sie schaute wieder in ihren Rucksack.

»Oooh, wie wäre es mit einem Geist?«, sagte sie. »Total einfach und unscheinbar, ein bisschen wie du.«

»Haha, sehr witzig«, sagte Mo.

»Ich weiß, ich kann nicht anders«, sagte Lou. »Du bräuchtest jedenfalls nur ein Bettlaken und vielleicht ...«

»Lou, du hast gesagt, du hättest Kostüme dabei, von denen ich mir eins aussuchen kann«, unterbrach Mo sie. »Bisher schlägst du aber nur Zeug vor, das es bei mir zu Hause gibt.«

»Kostümideen, meinte ich«, sagte Lou und wühlte ein weiteres Mal in ihren Sachen. »Warte, ich habe das hier.«

Sie zog einen langen, schwarzen, pelzigen Schwanz und ein Haarband mit zwei Öhrchen daran aus dem Rucksack.

»Eine Katze!«, sagte sie. »Die schwarze Katze einer Hexe. Oder bloß eine normale böse Katze. Oder nur eine Katze. Du müsstest etwas Schwarzes anziehen, damit der Look stimmt, aber ansonsten ...«

Mo setzte die Ohren auf.

»Süß«, sagte Lou. »Ich male dir ein paar Schnurrhaare auf.«

Sie nahm einen Eyeliner und malte schwarze Striche auf Mos Wangen.

»Mach mal die Augen zu«, sagte sie und zog eine geschwungene, katzenmäßige Linie auf Mos Lidern.

»Oh, wow, jetzt siehst du wie eine richtig sexy Mieze aus. Miauuuuuu!«

»Halt die Klappe, Lou«, sagte Mo. »Es ist mir egal, wie ich aussehe. Ich will nur sichergehen, dass die einzigen Vampire, denen ich heute Abend begegne, Sechsjährige mit glänzenden Capes und Plastikzähnen sind. Zieh deinen Kürbis über und lass uns gehen.«

Mo saß schweigend auf dem Rücksitz im Auto von Lous Mutter, die sie in die Stadt fuhr. Als sie an der Schule vorbeikamen, drehte sich ihr der Magen um. Sie erhaschte einen Blick auf blaues Absperrband der Polizei, das im Wind flatterte und das Ende des Sportplatzes unzugänglich machte. In der Stadt sah sie Polizisten. Viele Polizisten: zu Fuß, in Autos, im Gespräch mit Passanten, in ihre Walkie-Talkies oder miteinander sprechend, mit ernsten Gesichtern.

»Siehst du, überall ist die Polizei«, sagte Lou und quetschte ihren dicken Kürbiskörper aus dem Auto. Mo folgte ihr, und dann hielten sich beide die Ohren zu und schauten hoch zu dem Polizeihubschrauber, der über ihnen kreiste. Mo sah ihm nach, als seine hellen Suchscheinwerfer die Stadt ableuchteten. Dann merkte sie, dass Lou sie aufgeregt antippte.

»Sieh dir mal die ganzen Kostüme an. So cool!«

Mo starrte auf das Gewimmel vor sich, eine schwindelerregende Masse aus grüngesichtigen Hexen, Zombies mit schwarzen Augen, Toilettenpapier-Mumien, Grimassen ziehenden Clowns, zähnefletschenden Werwölfen, bösen Feen mit Äxten und, na ja, einfach nur Äxte, so viele Äxte, die überwiegend aus Köpfen von Kindern herausragten.

»Woher weißt du, wer wer ist?«, fragte Mo ihre Freundin nervös, als sie sich durch die Menge schoben.

»Gar nicht, aber das ist ja das Coole daran«, sagte Lou. »Das ist der Sinn von Verkleidung. Das macht Spaß!«

Nein, kein bisschen, dachte Mo. Es ist ein waffentauglicher Albtraum. Eine Katastrophe mit Ansage. Wie zum Teufel soll ich Bogdan in dieser Menge aus Freaks erkennen? Er passt genau hinein.

»Igitt, der da hat einen Reißverschluss im Gesicht«, sagte Mo und packte Lous Arm.

»Genial, oder?«

Einige Verkäuferinnen und Verkäufer aus dem örtlichen Lebensmittelgeschäft hatten sich die Gesichter weiß geschminkt und dicke Narben darauf gemalt und schwangen große orangefarbene Eimer voller Süßigkeiten. Einem Polizisten, der am Rand stand, ragte ein Messer aus dem Hals, und ein paar kleine Kinder versuchten, es aufgekratzt lachend herauszuziehen. Die Welt ist verrückt geworden, dachte Mo und griff nach Lous Hand.

»Wow, deine Hand ist ja ganz schwitzig«, sagte Lou. »Entspann dich. Alles ist gut. Komm, wir holen uns etwas zu trinken.«

Sie bahnten sich den Weg zu den Imbisswagen am anderen Ende des Platzes. Mos Augen huschten hin und her, sie scannte jedes Gesicht, an dem sie vorbeikam. Ein Mädchen, dem eine Schlange aus dem Bauch kroch. Frankensteins Monster mit dicken Schrauben am Hals. Ein Mann in einer Zottelmaske – sein Gesicht sah aus, als wäre darauf Gras gewachsen. Mo zuckte zusammen. Zwei Krähen, die mit ihren Schnäbeln klapperten, drei grausige Nonnen, ein Geist, ein menschengroßes Kaninchen mit Schwert (*Warum?*, fragte sich

Mo) und eine ehrlich gesagt furchteinflößende Vogelscheuche mit roten Augen.

»Unmöglich, unmöglich, unmöglich«, murmelte Mo, während sie rasch von links nach rechts blickte, nach vorn und nach hinten und ihr Bauch sich vor Anspannung verkrampfte. »Hier werde ich Bogdan nie erkennen.«

Sie stellten sich hinter fünf Hockeyspielerinnen in ihren Schulsportanzügen an, die, als sie sich umdrehten, leichenblasse Gesichter und schreckliche, bluttriefende Kopfverletzungen hatten.

»Der Vogel!«, rief eine von ihnen. Mo stellte sie scharf. Tracey Caldwell. Na toll. »Und du hast den Wurm mitgebracht oder vielmehr ein fettes orangefarbenes Etwas«, sagte sie und schob ihren Hockeyschläger in Lous weiches Kürbiskostüm. Die anderen Hockeymädchen lachten.

»Als was gehst du? Als Frettchen? Ich verstehe gar nicht, wieso du dir die Mühe gemacht hast, dich zu verkleiden. Du siehst jeden Tag horrormäßig aus, nicht nur an Halloween.«

Noch mehr Gelächter.

»He, guck mich an, wenn ich mit dir spreche«, rief Tracey Caldwell nun mit strenger Stimme und schubste Mo ein wenig mit ihrem Hockeyschläger.

»Tut mir leid, ich bin ...« Mos Augen suchten weiter nervös die Menschenmenge ab. Bogdan könnte in diesem Moment hier sein und sich an sein nächstes Opfer anschleichen, das ihm eine unschuldige Frage stellen könnte wie »Als was hast du dich verkleidet?«, worauf er antworten würde: »Ich bin ein sechshundert Jahre alter Vampir.« Und die Person würde – ahnungslos, unschuldig – vielleicht so etwas sagen wie: »Aber du hast die Vampirzähne vergessen.« Und Bogdan würde die Augenbrauen hochziehen, den Mund öffnen und ...

»Wen suchst du, du Vogel? Deinen ...« – Anführungszeichen in der Luft – »Freund?«, fragte Tracey höhnisch.

Mos Blick streifte sie kaum, bevor sie ihre Aufmerksamkeit wieder auf die Menschenmenge richtete. »Sorry, ich habe keine Zeit für so was«, murmelte sie und spürte, dass die Furcht durch ihre Adern pulsierte wie heißes Gift. Wenn es ihr nicht gelänge, einen Vampirangriff zu stoppen, während Tracey Caldwell ihr sagte, sie sehe aus wie ein Frettchen, wäre das so ungefähr das Schlimmste, was an diesem Abend passieren konnte.

»Du gehst, wenn ich es dir erlaube«, sagte Tracey und schubste Mo mit ihrem Schläger, den sie nun wie eine Waffe mit zwei Händen festhielt, rückwärts.

»Hör auf, Tracey«, murmelte Mo, aber Tracey hob bloß die Augenbrauen und schubste sie wieder, sodass sie zurücktaumelte, bis sie mit jemandem zusammenstieß, jemandem, der hinter ihr stand und nicht auswich ...

Mo wirbelte herum und ...

»Aaaaah!«, schrie sie, als ein weißes Gesicht mit spitzen, glänzenden Vampirzähnen auf sie zustürzte. Die Gestalt hob die Arme, und ein langer schwarzer Umhang sauste auf sie herunter wie ein Schleier und wickelte sie fast ein. Mo starrte sie entsetzt an. Ihr Gehirn hatte Mühe, hinterherzukommen, bis sie ein Grinsen um die Vampirzähne herum sah, die vor Vergnügen funkelnden Augen, und sie begriff, wen sie da vor sich hatte.

»Danny Harrington, du ...« Sie stieß ihn fest gegen die Brust.

»Hey, hey!«, rief Danny, ließ sein Cape los und kicherte. »Das war doch nur ein Scherz. Musst dich nicht gleich so aufregen.«

»Das ist nicht lustig«, sagte Mo und versuchte, an ihm vorbei zu verschwinden. Sie hörte Tracey kichern.

Danny hob wieder seinen Umhang und versperrte ihr den Durchgang. »Was ist los, magst du keine Vampire?«, fragte er und beugte sich vor, bis sein Gesicht ganz nah an ihrem war.

»Lass mich gehen, Danny«, sagte Mo und merkte, wie sie die Hände zu Fäusten ballte.

»Magst du keine Wesen der Nacht, Blutsauger, Untote …«

»Danny, ich muss weiter«, sagte Mo und versuchte, sich an ihm vorbei zu ducken, aber er stellte sich ihr jedes Mal mit seinem flatternden Umhang in den Weg.

»Vampire, die sich von menschlichem Blut ernähren, mit ihren langen, spitzen Eckzähnen …«, fuhr er fort, starrte Mo lüstern an und beugte sich erneut vor …

Das war's. Mo rammte ihre Hände gegen Dannys Schultern. Sie schubste ihn mit aller Kraft, sodass er hintenüberfiel. Sie sah, wie ihm sein dummes Grinsen entglitt, und hörte den befriedigenden dumpfen Aufprall, als er hart mit dem Hotdog-Wagen zusammenstieß.

»Vampire tragen keine Umhänge«, zischte sie ihm zu, während sich ihr Blick in seine Augen bohrte. Dann senkte sie die Hände und wirbelte auf dem Absatz herum.

»Oh! Mein! Gott! Was ist denn mit der los?«, kreischte Tracey Caldwell. »Die hat sie ja nicht mehr alle. Habt ihr das gesehen? Ich wusste, sie hat 'ne Schraube locker.«

Alle Hockeymädchen starrten Mo mit offenen Mündern an.

»Ich habe es die ganze Zeit gewusst«, fuhr Tracey fort. »Ich habe zu Jez gesagt – aber er hat mir nie geglaubt –, dass sie 'nen Schaden hat. Passt auf, alle miteinander, vielleicht hat Mo Merrydrew es als Nächstes auf euch abgesehen!«

Danny Harrington versuchte, sich so locker zu geben, als wäre nichts passiert, legte seinen Umhang zurecht und strich sich mit zitternden Händen die Haare glatt. Mo hörte, wie Tracey ihn fragte, was sie gesagt hatte. Hörte Dannys Antwort. Hörte ihrer aller Fluchen, Nach-Luft-Schnappen und Schreien, dass sie durchgedreht wäre, zu weit gegangen wäre, dafür bezahlen würde, aber Mo lief schnell durch die sich teilende Menge, Lou im Gefolge.

16. Kapitel

»Mo, was ist passiert?«, keuchte Lou, als sie schließlich auf einer Höhe waren.

»Nichts, ich weiß es nicht, ich will bloß nach Hause«, sagte Mo und ging mit großen Schritten weiter.

»Alles in Ordnung? So habe ich dich noch nie erlebt. Hattest du geplant, Danny so zu schubsen?«

»Nein, ich habe es einfach so gemacht«, gab Mo betreten zurück. »Ich weiß nicht genau, was das war.« Sie blieb auf der Stelle stehen, wrang die Hände und sah sich nach den Imbissständen um. »Oh Gott, das ist schrecklich. Ich kann nicht einfach Leute in der Öffentlichkeit angreifen. Das ist genau das, wovon ich Bogdan abhalten muss, und dann mache ich es selbst. Was stimmt denn nicht mit mir? Tracey hat recht, ich habe eine Schraube locker. Vielleicht sollte ich zurückgehen und mich bei Danny entschuldigen.«

»Nein, tu das nicht«, sagte Lou. »Er hat es verdient, auch wenn es für ihn total überraschend kam.«

Mo blieb stehen, knetete nervös die Hände.

»Auf jeden Fall sah es richtig cool aus«, sagte Lou. »Hat es sich auch cool angefühlt?«

»Was ist das denn für eine Frage?«, fragte Mo und nahm wieder ihren Weg durch die Menge auf. Lou, verlangsamt durch ihren Kürbiskörper, watschelte ihr hinterher.

»Ja, es hat sich tatsächlich ziemlich gut angefühlt«, sagte Mo. »Irgendwie aufregend. Nicht wie ich, aber dann wieder doch. Ich kann es nicht erklären.«

Ihr Handy klingelte in ihrer Tasche, und sie zuckte zusammen. Als sie es herausholte, sah sie, dass es Luca war.

»Ich bin hier auf dem Platz«, sagte er.

Mo wirbelte herum, ihr schwarzes Haar flog hin und her, als sie schnell nach rechts und links schaute. »Wo? Ich sehe dich nicht«, sagte sie. »Als was hast du dich verkleidet?«

»Als der treue Gefährte eines Vampirs. Na ja, als ehemaliger treuer Gefährte.«

Mo verzog das Gesicht, auch wenn sie ein Lächeln in seiner Stimme hörte.

»Hinter dir«, sagte er, und als Mo sich umdrehte, sah sie ... einen Zombie-Chirurgen. Eine Art Geisterbraut. Drei Fledermäuse, die Zuckerwatte aßen, und dann ...

»Luca«, sagte sie, als ihr Blick seinen traf.

»Das ist Luca?«, flüsterte Lou, die dicht neben Mo stand und ihn beobachtete, als er auf sie zukam. »Wow!«

»Danke für deine Nachricht«, sagte Luca. Er stand nun vor ihnen und lächelte. »Bogdan ist nicht hier. Ich habe ihm gedroht, seinen Lieblingsseidenschal mit Knoblauch einzureiben, wenn er nicht versprochen hätte, sich von hier fernzuhalten, also ist es hier heute Abend sicher.«

»Oh, Gott sei Dank«, sagte Mo erleichtert. Sie drückte sich die Finger auf die Augen und atmete ein paarmal tief durch, ließ dann die Hände sinken und schaute Luca blinzelnd an.

»Geht es dir gut?«, fragte er.

»Ja, es war nur so stressig, mich die ganze Zeit zu fragen, ob er wohl unter all diesen Leuten ist und darauf lauert, anzugreifen. Aber er ist nicht hier, puh! Ich muss mir keine Sorgen mehr machen, stimmt's? Er ist definitiv nicht hier?«

»Er ist nicht hier, versprochen«, sagte Luca. »Ich bringe ihn später sogar nach Schottland. Habe ihm dort ein Achtsamkeitswochenende gebucht. Dachte, das würde ihm guttun.«

Mo lachte. »Hat er dem Vampirkönig schon wegen meiner Entscheidung geschrieben?«

»Noch nicht«, sagte Luca, »aber er wird ihn bald informieren müssen. Wir bleiben sicherheitshalber im Norden, falls der König beschließt, hierherzukommen. Aber ich bin sicher, Bogdan kann ihn beruhigen. Na ja, ich wollte dir dein Handy zurückgeben.«

Er hielt es Mo hin, aber sie schüttelte nachdrücklich den Kopf. »Nein, bitte behalte es. Falls du irgendetwas brauchst.«

»Sicher?«, fragte Luca.

»Sicher«, antwortete Mo. »Vielleicht könntest du mir schreiben, wenn ihr in Schottland angekommen seid, damit ich weiß, dass alles in Ordnung ist?«

»Das mache ich«, sagte Luca, nickte und lächelte. »Bogdan besteht darauf zu fahren, könnte also eine interessante Reise werden.«

Er tat so, als würde er schlingernd lenken, und gleichzeitig zuckte er die Achseln. Mo musste lachen. Dann merkte sie, dass jemand sie am Ärmel zupfte. »Oh, tut mir leid, das ist Lou, meine beste Freundin.«

Luca streckte die Hand aus, und Lou ließ ihre eine Sekunde in seiner ruhen.

»Mund zu«, flüsterte Mo ihr zu.

»Ich freue mich, dich kennenzulernen«, sagte Luca langsam mit seiner sanften Stimme. Lou wankte ein wenig, als würde in ihrem Inneren ein kleines Erdbeben stattfinden. »Gefällt es dir hier?«, fragte er und machte eine Geste, die die ganze Menschenmenge umfasste.

»Ja!«, stieß Lou hervor. »Und das Beste ist, dass Mo gerade Danny Harrington gegen einen Hotdog-Wagen geschubst hat.«

»Lou!«, sagte Mo.

»Sorry. Es war genial. Ich *musste* es erwähnen, das verstehst du doch, oder? *So* genial.«

Luca lächelte Mo an, nicht sein volles Strahlen, eher ein neugieriges Lächeln, eins, das die Augenbrauen heben würde, wenn es könnte.

»Es war nicht lustig«, sagte Mo.

»Das habe ich auch nicht behauptet«, sagte Luca.

»Warum starrst du mich so an? Sind meine Schnurrhaare verschmiert?«, fragte sie und rieb sich die Wange.

»Jetzt ja«, sagte Lou.

»Es ist nichts«, sagte Luca. »Ich sollte gehen. Auf Wiedersehen, Mo.«

Er streckte beide Hände aus. Mo legte ihre hinein, und er hob sie an die Lippen und küsste sanft erst die eine, dann die andere, so wie Bogdan es am Morgen getan hatte. Bloß dass Mo diesmal nicht erstarrte. Sie schmolz dahin.

»Tschüss«, murmelte sie.

Luca drehte sich um und ging davon. Rasch verschluckte ihn die Menge der Halloweenmonster. Dann spürte Mo einen heftigen Stoß am Oberarm.

»Mo, meine Fresse, meine Fresse!«, keuchte Lou.

»Was denn?«, fragte Mo und rieb sich den Arm. »Das tat übrigens weh.«

»Meine Fresse, Luca – er sieht noch besser aus, als ich gedacht habe, und er hat dir gerade die Hand geküsst. Beide Hände! Er hat dir die Hände geküsst! Das habe ich noch nie gesehen, nicht mal im Fernsehen. So romantisch!«

Mo schüttelte leicht den Kopf und ging weiter. Ein kleiner Junge, der schwarze Hörner und einen gegabelten Schwanz trug, hüpfte vor ihr auf und ab und streckte ihr die Zunge heraus, aber sie bemerkte ihn kaum.

»Ich habe gerade Mos Freund kennengelernt«, sagte Lou zu ihrer Mutter, als sie ins Auto stiegen.

»Oh, die Sahneschnitte aus dem Diner«, sagte Lous Mutter.

»Mum, niemand sagt mehr ›Sahneschnitte‹«, sagte Lou.

»Ist er dein fester Freund, Mo?«, fragte Lous Mutter mit einem Blick in den Rückspiegel.

»Mum, das sagt erst recht niemand mehr«, schnaubte Lou.

»Ihr wisst, was ich meine. Seid ihr zusammen, Mo?«

»Nein, sind wir nicht. Er geht weg«, sagte Mo.

»Ach, wie schade«, sagte Lous Mutter.

Mo antwortete nicht. Sie starrte schweigend hinaus in die Dunkelheit, unfähig, einen klaren Gedanken zu fassen. Die seltsamen neuen Gefühle, die sie gerade erlebte – die Kraft, als sie auf Danny Harrington zugestürzt war, die köstliche Wärme von Lucas Handkuss, die Zartheit und der Kummer, den er hervorgerufen hatte.

Zu Hause kuschelte sie sich auf dem Sofa unter eine Decke, nur ihr Gesicht war gerade eben noch zu sehen, und starrte ausdruckslos auf den Fernseher und beantwortete knapp die Fragen ihrer Mutter nach der Halloweenparty. »Hast du dich sicher gefühlt?« »Ja.« »War Polizei da?« »Ja.« »Ist irgendetwas passiert?« »Nein.« »Hat es Spaß gemacht?« Schulterzucken.

Als ihr Handy surrte, zuckte sie zusammen.

Luca.

Wir haben es auf die M5 geschafft!

Hat je zuvor ein Mädchen eine schönere Nachricht erhalten? Mo las sie wieder und wieder, als wäre sie ein Liebesgedicht.

Später schrieb Luca noch einmal, dass sie nun auf der M6 seien. Mo starrte die Nachricht ganze fünf Minuten an. Die M6! Sie waren auf der M6!

Kurz darauf schickte Luca ihr ein Foto von einer Tankstelle und schrieb dazu:

Haben gerade hier angehalten, und ich habe mir ein Sandwich und einen Kaffee geholt.

Mo fühlte sich, als wäre sie mit Helium gefüllt und würde sacht in Richtung Decke schweben. (Sie fragte nicht, ob Bogdan auch einen Snack hatte.)

Später in ihrem Zimmer rollte sich Mo zusammen und hielt das Handy so vorsichtig in der Hand wie ein frisch geschlüpftes Küken. Sie lächelte, als neue Nachrichten kamen. Nun waren sie an Lancaster vorbeigefahren, dann an Carlisle, und schließlich hatten sie die Grenze zu Schottland passiert. Um zwei Uhr nachts, als die Nachricht »Wir sind angekommen« und ein Selfie von Luca mit seinem schönen, breiten Lächeln sie erreichte, schickte Mo ein 😄 zurück, schaltete das Handy stumm und schlief ein.

17. Kapitel

Als Mo acht Stunden später aufwachte, fühlte sich irgendetwas anders an. Sie öffnete die Augen und stellte fest – *sie* war es. *Sie* fühlte sich anders. In ihren Gliedmaßen knisterte Energie, Entschlossenheit pulsierte durch ihre Adern. Sie fühlte sich, als würde in ihr ein Motor laufen.

Sie hielt sich ihre Hände vor das Gesicht, dieselben Hände, die Danny Harrington gegen den Hotdog-Wagen geschubst hatten. Dieselben Hände, die Luca geküsst hatte und von denen sie sich richtig, richtig doll wünschte, dass Luca sie noch einmal küssen würde. Wow, das war ein großer Abend für diese Hände gewesen, als Krönung einiger gigantischer Tage.

Bogdan war vor weniger als einer Woche angekommen, überzeugt, dass Mo die Auserwählte sei, und seitdem waren Dinge geschehen. Seltsame, schreckliche Dinge, aufregende Dinge. Das Leben hatte sich vor Mo aufgebaut wie ein magischer, flammender Hengst, faszinierend, beängstigend und unmöglich zu ignorieren. Wie konnte sie das hinter sich lassen? Sollte sie nun an ihren Schreibtisch hasten, dort allein sitzen, allein lernen, für eine rein theoretische Zukunft planen? Wo direkt vor ihr ein riesiges Pferd aus echtem Feuer seine glühende Mähne schüttelte und Flammen ausschnaubte? Sie spürte, dieses Tier konnte sie wärmen, sie verbrennen, auf ihr herumtrampeln und sie in fremde, faszinierende Gefilde bringen. Jedes Einzelne davon, alles davon, sie war sich nicht sicher, aber plötzlich wurde sie sich mit jeder Zelle ihres Körpers bewusst, dass sie es herausfinden wollte.

Das Wort »Schicksal« kam ihr in den Kopf. Das Wort, das Bogdan so gern benutzte. *Ergreife dein Schicksal*, hatte er sie erst drei Tage zuvor im Schuppen gedrängt. Langsam ballte Mo ihre Hand zur Faust, genau wie er es getan hatte, und schaute sie an. Dann sprang sie aus dem Bett und stellte sich vor den Spiegel. Sie richtete sich zu ihrer vollen Größe auf, stand gerade und hochgewachsen da, die Schultern zurückgenommen, das Kinn in die Höhe gereckt. Ihr langes Haar glänzte. Ihre dunklen Augen funkelten. Ihre blasse Haut leuchtete wie ein Komet.

Vielleicht habe ich wirklich ein bisschen von einer Auserwählten in mir, dachte sie und betrachtete ihr Spiegelbild zum ersten Mal in ihrem Leben wohlwollend. Ein klitzekleines bisschen Macht …

Sie lehnte die Stirn gegen den Spiegel und starrte sich selbst ins Gesicht, während ihr nun schnell gehender Atem das Glas beschlug. Dann stellte sie sich langsam wieder aufrecht hin und stand ganz still, die Augen funkelten, die Hände an ihren Körperseiten zu festen Fäusten geballt.

»Das ist es«, sagte sie laut. »Das ist es, was ich zu tun habe. Ich weiß es jetzt. Ich muss meine Entscheidung ändern. Ich muss Ja sagen zum Vampirköniginsein.«

Mo blickte sich im Spiegel an und ließ die Worte auf sich wirken. »Tue ich das wirklich?«

Ihr Spiegelbild hob die Augenbrauen und nickte.

»Okay, ich tue es *wirklich*«, sagte sie und merkte, dass ihre Hände zu zittern anfingen. »*Aber!* Aber, aber, aber – *auf meine Art.*«

Sie drehte sich weg vom Spiegel und begann, im Zimmer auf und ab zu gehen. Ihre Gedanken rasten, als befände sich in ihrem Kopf ein Windrad, das von einem Hurrikan angetrieben wurde.

Es muss auf meine Art und Weise passieren, das bedeutet, ich erkläre mich einverstanden, Vampirkönigin zu werden, aber *nicht* Vampirin. Dazu habe ich meine Meinung nicht geändert. Ich werde keine echte Vampirin. Das ist mit zu viel Gewalt verbunden. Also werde ich stattdessen einen Weg finden, die Verwandlung zu fälschen, und dann sehe ich weiter – regiere, habe Luca als treuen Gefährten, rette Bogdan das »Leben«, beschwichtige den Vampirkönig des Ostens und garantiere die Sicherheit meiner Familie …

Sie setzte sich rasch an den Schreibtisch und schnappte sich Papier und Stift.

Das könnte funktionieren, dachte sie. Es kann funktionieren. Ich entwickle einen Plan, genau wie den PLAN, den ich – ha! – (nebenbei bemerkt) auch nicht aufgeben muss. Ich kann beides tun. Ich lese schnell, ich bin clever, das könnte funktionieren. Tagsüber Schülerin, nachts Vampirkönigin.

Dann schrieb sie in großen Buchstaben:

Der PLAN – Teil zwei: ALLES HABEN!

Aber mehr wollten ihre zitternden Finger nicht schreiben, und ihr pochendes Herz wurde nicht ruhiger. Sie sprang wieder auf die Füße, nahm ihr Handy und rief Luca an, wippte auf und ab, als der Summton brummte und brummte. Sie wollte schon aufgeben, als sie hörte: »Hi, Mo?«

»Oh nein, hast du gerade geschlafen?«, fragte sie, als sie die Pelzigkeit seiner Stimme bemerkte. »Sorry, sorry, natürlich hast du geschlafen, es ist ja mitten am Vormittag.«

»Hmmm, schon okay«, schnurrte Luca verschlafen. »War viel los gestern Nacht. Bogdan hat schottische Tänze für sich entdeckt. Wir sind zu einem Highland-Ding gegangen, sobald wir angekommen waren.«

»Einem Highland-Ding?«

»Ja, irgend so eine Tanzsache«, sagte Luca.

»Oh, ein Highland-*Fling*«, sagte Mo und kicherte, als sie sich Bogdan im Kilt vorstellte, wie er zur Dudelsackmusik herumhüpfte.

»Tanzen Vampire gern, so allgemein?«

»Sie *lieben* es«, sagte Luca. »Das ist bloß nicht so bekannt.«

»Ich bin mir gerade nicht sicher, ob du die Wahrheit sagst oder nicht«, sagte Mo lächelnd ins Telefon.

»Das ist die reine Wahrheit«, sagte Luca. »Bogdan liebt Tanzen besonders. Er hat einen Großteil der 1970er-Jahre in New York verbracht – eine absolute Tanzmaus.«

»Nein!«, kicherte Mo.

»Doch! Wie auch immer, was kann ich für dich tun?«

Mo lächelte wieder. Was kann ich für dich tun? Der Satz, den sie gesagt hatte, als sie Luca das erste Mal begegnet war, in ihrer Küche. Der Satz, der sie bis in die Fingerspitzen hatte erröten lassen. Bei ihm klang es so natürlich und freundlich.

»Also«, sagte sie und atmete tief durch. »Ich habe meine Meinung über die Vampirköniginsache geändert.«

»Was?«, sagte Luca, plötzlich hellwach.

»Ich mache es. Es ist nicht zu spät, oder?«, fragte Mo.

»Nein, nein! Es ist nicht zu spät, aber ich meine, wow, bist du …«

»Ja, ich bin mir sicher«, sagte Mo mit Nachdruck. »Es ist gut. Ich ergreife mein Schicksal, oder? Und du wirst befördert.«

»Zu deinem treuen Gefährten!«, sagte Luca. »Das ist fantastisch. Großartig. Aber Moment mal – das ist eine große Veränderung in deinem Lebensplan. Du hattest doch alles schon festgelegt. Was ist passiert?«

»Ähmmm«, sagte Mo. »Schwer zu erklären, aber es hat etwas mit Danny Harrington und dem Hotdog-Wagen gestern Abend zu tun und meinen Händen und In-den-Spiegel-Gucken und … Egal, es ist gut so, und ich habe mich entschieden. Es ist das, was ich will. Es ist das Beste. Sagst du es Bogdan, wenn er aufwacht?«

»*Sobald* er aufwacht«, sagte Luca. »Er wird sich so freuen. Wahrscheinlich wird er sofort zurückfahren und die Verwandlung vornehmen wollen.«

»Also heute Abend?«

»Vielleicht. Auf jeden Fall bald. Das ist eine große Sache, Mo. Bogdan wird extrem begeistert sein!«

»Was ist mit dir? Freust du dich auch?«, fragte Mo und hielt die Daumen gedrückt. Zuerst antwortete Luca nicht, aber sie spürte sein strahlendes Lächeln. Die Wärme schien durchs Telefon bei ihr anzukommen.

»Ja, Mo, ich bin froh«, sagte er. »Sehr, sehr froh.«

Mo nickte und schloss die Augen.

»Gut«, sagte sie ruhig. »Ich auch.«

Sie verabschiedeten sich, und Mo lehnte den Kopf gegen das kalte Fensterglas und blickte hinaus über die Felder, drückte das Handy an die Brust. Ihr Atem ging sanft und regelmäßig. Sie ließ sich auf ihr Bett fallen und starrte an die Decke. Nach dem Energierausch ihrer Entscheidung fühlte sie sich angenehm ausgeglichen und still.

Bald machte sich jedoch die Realität bemerkbar, wie immer trampelte sie auf Mos friedlichem Zustand herum wie ein übermüdetes Kleinkind, das keine Kekse bekommt. Sie hatte sich bereit erklärt, Vampirkönigin zu werden, aber nicht so, wie Bogdan oder der Vampirkönig des Ostens es sich vorstellten. Sie würde nur so tun, als ob. Die Frage war: wie?

Mo setzte sich an den Schreibtisch. Das erste und vielleicht größte Problem war die »Verwandlung«. Sie würde eine oscarreife Darbietung abliefern müssen. Aber wie ließen Vampire eigentlich einen Menschen zu einem der Ihren werden? Nach dem, was Bogdan gesagt hatte, war es so eine Art »Ich trinke dein Blut und du trinkst meins«-Deal. Diesmal nicht, dachte sie. Auf keinen Fall nehme ich Bogdan in flüssig zu mir, und auf keinen Fall kommt er mit seinen abscheulichen spitzen Vampirzähnen auch nur in die Nähe meiner Kehle.

»Ich sage ihm, dass wir es zu meinen Bedingungen machen. Ich finde einen Weg, es nur zu spielen«, sagte sie und machte sich einige Notizen. Dann sprang ihr Geist zu anderen Problemen. Was würde sie tragen als Vampirkönigin? Würde Bogdan ihr Kleidung mitbringen? Wie sah es mit den Vampirzähnen aus? Sie brauchte welche. Selbst wenn sie nur erschienen, wenn Vampire auf der Jagd waren – was Mo definitiv nicht vorhatte –, war sie sich sicher, dass sie ab und zu ihre Reißzähne würde zeigen müssen, für einen dramatischen Effekt.

Mo zeichnete Reißzähne und machte sich weitere Notizen – Pappmaché? Irgendein Gebiss? –, als ihr ein weiterer, noch schwerer wiegender Gedanke kam. Diese Entscheidung, bloß eine Fake-Vampirkönigin zu werden, *musste* geheim bleiben. Niemand durfte wissen, was sie getan hatte. Niemand. Wenn Bogdan das herausfände, würde er toben. Wenn der Vampirkönig des Ostens es herausfände, könnte er den »Schaden« zufügen, den sie mit allen Mitteln zu verhindern versuchte. Wenn ihre Eltern es herausfänden, wären sie entsetzt, dass ihre vernünftige Tochter so ein unvernünftiges Risiko einging. Wenn Lou es herausfand, würde sie das Geheimnis aller Geheimnisse kennen. Das war eine große Verantwortung, und Mo wollte ihre beste Freundin nicht damit belasten. Außerdem – was, wenn es Lou aus Versehen herausrutschte und andere davon erfuhren …? Nein, es war zu riskant. Sie durfte es ihr nicht erzählen. Und was war mit Luca? Wie würde er sich fühlen, wenn er wüsste, dass Mo keine echte Vampirin war? Sie war sich nicht sicher. Vielleicht würde er sich betrogen vorkommen, mit einem Trick dazu gebracht, einer falschen Königin zu dienen. Vielleicht würde er ihren Mut bewundern, aber es könnte genauso gut sein, dass er ihre Bereitschaft, eine Lüge zu leben, verachten würde.

Es klingelte an der Tür, und ein Hund bellte, was Mos Gedanken zerbersten ließ wie eine Ferse das Eis auf einer Pfütze. Draußen stand Lou mit Nipper. Mo zog sich schnell an und rannte zu ihr hinunter.

»Lust auf einen Spaziergang?«, fragte Lou.

Mo nickte, zog sich den Mantel über, und sie machten sich auf den Weg über die Felder Richtung Middle Donny. Nipper rannte voraus, und Mo jagte ihm hinterher, raste über das Gras und sog tief die kalte Luft ein.

»Du sprühst irgendwie vor Energie, so, wie wenn du kurz davor bist, ein schwieriges Kreuzworträtsel zu lösen«, sagte Lou, als sie die beiden eingeholt hatte. »Was ist los?«

»Rate mal«, sagte Mo.

»Du bist *wirklich* kurz davor, ein schwieriges Kreuzworträtsel zu lösen?«, fragte Lou.

»Nein«, sagte Mo.

»Hast du den Winkelmesser wiedergefunden, den du verloren hattest?«

»Nein.«

»Hat dein Vater wieder neuen Teppich in deinem Zimmer verlegt?«

»Nein. Jedenfalls nicht diese Woche.«

»Hat der Premierminister auf deinen Brief geantwortet?«

»Nein.«

»Hat Obama auf deinen Brief geantwortet?«

»Nein.«

»Hat David Attenborough auf deinen Brief geantwortet?«

»*Sir* David Attenborough«, sagte Mo. »Und nein.«

»Hat der *Middle Donny Examiner* deinen Brief veröffentlicht?«, fragte Lou. »Den über deine Idee, Solarpaneele auf Schafen zu befestigen?«

»Nein.«

»Was dann?«, fragte Lou. »Oh, ich weiß es, typisch Mo. Du bist froh, dass Luca weggeht und du dich wieder deinem Plan widmen kannst. Du findest es tatsächlich total in Ordnung, dass ein unfassbar süßer Typ, der dich definitiv gut fand, für immer verschwindet, damit du dich aufs Lernen konzentrieren kannst.«

»Stimmt auch nicht«, sagte Mo. »Luca kommt nämlich zurück.«

»Aber gestern Abend hieß es doch noch, er geht weg«, sagte Lou. »Was hat sich geändert?«

»Dinge, Kleinigkeiten, mach dir darüber keinen Kopf«, sagte Mo.

»Was für Kleinigkeiten? Wovon redest du?«

»Nicht wichtig, aber es bedeutet, dass er wieder hier sein wird.«

»Das ist toll! Und seid ihr jetzt wirklich, also, zusammen?«, fragte Lou.

»Rede keinen Quatsch, natürlich nicht«, sagte Mo. »Aber wir werden Zeit miteinander verbringen.«

»Mo, das ist der Wahnsinn. Ich bin total neidisch, muss ich sagen, aber ich freue mich auch für dich, ehrlich. Du kannst ihn dir ganz oft ansehen. Es ist so toll, ihn anzusehen.«

Lou versank für einen Moment in einem Luca-Tagtraum, dann kam sie jedoch wieder in der Realität an. »Was ist mit Tracey Caldwell?«, fragte sie grinsend. »Oh, super! Sie wird total am Boden zerstört sein. Und wahrscheinlich auch ziemlich verwirrt, so ›Wieso hat Mo den heißen Typen bekommen?‹-mäßig.«

»Apropos Tracey. Guck mal, da ist sie«, sagte Mo.

Sie waren bis zu den Sportplätzen am Rand von Middle Donny gelaufen. Dort fand gerade ein Hockeyspiel statt. Tracey Caldwell stand auf dem Feld. Sie war die Kapitänin von Team Donny und sein Star – schnell, aggressiv, immer im Angriff. Beim Hockey genau wie im Leben.

Mo sah zu, als Tracey nach vorn stürmte, ihren Schläger hob und den Ball an der Torhüterin vorbei ins Netz schlug. Ihr Team brüllte und umarmte sie, und dann kam der Abpfiff.

Als die Spielerinnen zurück zum Vereinsheim gingen, entdeckte Tracey Mo am Spielfeldrand. Sie machte mit dem Finger eine kreisende Bewegung neben dem Kopf und zeigte dann auf sie.

»Sie glaubt, du hättest den Verstand verloren«, sagte Lou, »weil du gestern Abend Danny geschubst hast.«

»Habe ich schon begriffen«, sagte Mo, aber es war ihr egal. Traceys Gebissschutz fiel ihr ins Auge, eine beängstigende schwarze Leere, wo eigentlich ihre Zähne sein sollten. Und sie hatte eine Idee.

»Komm, wir gehen ihnen hinterher«, sagte sie.

18. Kapitel

Im Vereinsheim marschierte Mo auf die Umkleidekabine zu.

»Ich gehe rein«, sagte sie zu Lou. »Gib mir zwei Minuten und dann lass Nipper von der Leine, okay?«

»Warum? Warte! Was hast du vor? Mo!«

Mo steckte den Kopf durch die Tür zur Umkleide und rief: »Hi ihr, ich würde gern die Kapitänin für die Middle-Donny-Schülerzeitung interviewen!«

Tracey Caldwell tauchte aus dem Schatten am anderen Ende der Kabine auf, in der Hand noch den Hockeyschläger.

»Der Vogel?«, fragte sie, und auf ihrem Gesicht mischten sich Entsetzen und Überraschung. »Du willst mit mir reden? Was, wenn ich nicht mit dir reden will? Ich will *nie* mit dir reden. Erst recht nicht, nachdem du gestern Abend einen von meinen Freunden angegriffen hast.«

»Es ist für die Schülerzeitung«, sagte Mo und blickte Tracey Caldwell direkt in die Augen. Zugegebenermaßen nur für ein paar Sekunden, aber es genügte, dass Tracey die Augenbrauen hob.

»Na gut«, knurrte Tracey und ging dann zurück zu ihrer Bank. Sie ließ sich daraufplumpsen, nahm die Schienbeinschoner aus ihren langen Socken und legte sie neben ihren Zahnschutz. Mo registrierte es sofort und setzte sich daneben.

»Mach es dir bloß nicht gemütlich«, sagte Tracey. Mo sprang wieder auf.

»Ich schreibe den Spielbericht«, sagte sie und hielt ihr Handy dicht an Traceys Mund, um ihre Antworten aufzunehmen. »Wie fühlst du dich nach dem Sieg?«

Tracey Caldwell starrte Mo an, als hätte diese sie gebeten, auf Schwedisch zu antworten.

»Wir haben nicht gewonnen«, sagte sie. »Wir haben sechs zu vier verloren.«

»Oje«, sagte Mo, »das ist bestimmt enttäuschend. Bist du enttäuscht? Wie fühlst du dich?«

»Was soll das werden? Eine Therapiestunde?«, fauchte Tracey. »Ich kann dir sagen, wie ich mich fühle: Es geht mir ziemlich auf die Nerven, dass du Vogel – und jetzt auch offiziell ein gefährlicher Freak – mir so nahe kommst. Habe ich dir erlaubt, meine Umkleidekabine zu betreten?«

»Na ja, in gewisser Weise schon«, sagte Mo und registrierte, dass sie – Moment mal – gerade Tracey Caldwell widersprochen hatte. Und es fühlte sich ziemlich gut an. Bis sie Traceys Blick auffing, der tief, dunkel und äußerst bedrohlich war.

Mo machte einen Schritt zurück. Wo war Nipper? Lou sollte ihn jetzt in die Kabine schicken. Komm schon, komm schon ...

Sie stellte eine weitere Frage. »Was gefällt dir am Hockey? Es ist ein ziemlich ruppiger Sport – ich frage mich, ob du jemals Angst hast dabei?«

Tracey schnappte Mo das Handy aus der Hand und hielt es sich ganz nah an den Mund.

»Ich. Habe. Niemals. Angst«, flüsterte sie hinein und starrte Mo an, die sich bei so viel Blickkontakt mit Tracey Caldwell nicht gerade wohlfühlte.

In diesem Moment rief jemand: »Wer hat den Hund reingelassen?«, und Mo sah Nipper durch die Umkleide rasen und auf der Suche nach etwas Essbarem die Nase in Sporttaschen versenken. Sein weißer flauschiger Körper schoss zwischen den Spielerinnen hindurch, die kreischten, lachten und ihn jagten.

»Ist das dein Hund, du Vogel?«, fragte Tracey, als Nipper auf sie zugerannt kam. »Wehe, er geht an meine Sachen.«

Zu spät. Nipper hatte Tracey Caldwells Tasche entdeckt, die zu ihren Füßen lag, schnüffelte an ihr und – Volltreffer! – pinkelte genau darauf. Er traf wirklich ins Schwarze. Mo hätte ihn hochnehmen und abknutschen können, aber stattdessen schnappte sie sich, während Tracey mit dem Hockeyschläger wie eine wütende Höhlenfrau in Nippers Richtung wedelte, deren Zahnschutz und rannte aus der Kabine.

»Nipper ist außer Kontrolle. Er hat auf Tracey Caldwells Tasche gepinkelt«, sagte Mo zu Lou, die nervös draußen wartete. »Sie ist ziemlich sauer. Viel Glück!«

»Wohin gehst du?«, rief Lou, aber Mo war schon auf und davon.

Zu Hause fand sie im Schuppen ihres Vaters ein wenig weiße Farbe, und nachdem sie Traceys Gebissschutz sehr lange mit heißem Wasser – und einem »Igitt«-Gesichtsausdruck – abgespült hatte, malte sie sorgfältig Zähne darauf, unter anderem zwei riesige, spitze Eckzähne. Sie stellte den Mundschutz zum Trocknen auf ihren Schreibtisch und starrte ihn an. Er grinste zurück. Konnte das funktionieren?

Mos Handy erwachte mit einer Reihe von Nachrichten zum Leben.

OMG, Mo. Wo bist du?

Lou.

Und seit wann redest du mit Tracey Caldwell?

Es war das totale Chaos in der Umkleide. Caldwell hat versucht, Nipper Caldwell-mäßig zu attackieren, aber er hat sich ihren Schienbeinschutz geschnappt und ist damit abgehauen. Ich konnte ihn nicht einfangen. Hundetraining funktioniert anscheinend nicht.

Mo antwortete mit einem 🖤, erklärte sich aber nicht. Keine Zeit. Die Zähne waren trocken. Sie ging zögerlich zum Spiegel und steckte sie in den Mund. Das komische Gefühl, Tracey Caldwells Gebissschutz zu tragen, verschwand, als Mo ihre Lippen zu einem breiten

Grinsen verzog. Anstelle ihrer eigenen kleinen, makellosen Zähne blitzte eine Reihe weißer Hauer auf mit zwei Vampirzähnen, die aussahen wie Stalaktiten.

Nicht schlecht, dachte sie, ziemlich überzeugend. Aber waren sie gut genug? Würden sie Bogdan täuschen? Er war seit mehr als sechshundert Jahren Vampir. In dieser Zeit hatte er eine Menge untoter Blutsauger gesehen. Würde Mo mit Mundschutz als einer von ihnen durchgehen?

Mo schloss den Mund und grinste dann wieder, um die Zähne noch einmal zu sehen. Diesmal fauchte sie ein wenig. Sie wiederholte es einige Male und ließ gleichzeitig ihre Augen aufblitzen. Sie übte das Herausnehmen des Gebissschutzes – normaler Mo-Modus – und das Einsetzen – *tada!* Mo mit Vampirzähnen. Gebissschutz raus – normales Gesicht. Rein – Wesen der Nacht! Raus mit dem Gebissschutz – normales Gesicht. Rein – fürchtet euch, Menschen! Raus – normale Mo. Rein – majestätische und furchteinflößende Königin!

»Ich bin eure Königin«, sagte Mo und versuchte dabei, Ehrfurcht gebietend auszusehen, aber es klang eher nach »Ich wim euwe Köniwin«. Mo nahm den Zahnschutz heraus. Merken: Nie mit Vampirzähnen sprechen!, dachte sie und versteckte sie dann in der Schreibtischschublade. Sie mussten genügen.

Den Rest des Sonntagnachmittags verbrachte Mo damit, einen Vertrag aufzusetzen, in dem ihre Rolle als Vampirkönigin genau beschrieben wurde – und zwar auf eine Art und Weise, die die Tatsache, dass sie nicht wirklich, eigentlich, offiziell, wahrhaftig, absolut, hundertprozentig eine Vampirin war, verbergen würde.

Sie schrieb:

Bogdan erklärt sich einverstanden, dass Luca
der treue Gefährte der Königin (Mo) wird.
Luca wird sich um die »Nahrung«
der Königin kümmern.

Niemand darf verlangen, dass die Königin in der
Öffentlichkeit »Nahrung« zu sich nimmt.
Die Königin wird nur für sich allein essen.
KEINE Bankette!

Sie ergänzte die Zeiten, zu denen sie bereit wäre zu arbeiten. Natürlich nachts, aber nicht vor sieben Uhr abends.

»Damit ich zuerst zu Abend essen und Hausaufgaben machen kann«, murmelte sie.

Dann schrieb sie:

Wöchentlich zwei Nächte frei plus
sechs Wochen Urlaub im Jahr.

»So kann ich Schlaf nachholen und jedes Jahr im August mit Mum und Dad in den Urlaub fahren – und Weihnachten feiern.«

Was ist mit Reisen?, fragte sich Mo.

Ich werde irgendeine Art von Staatsbesuch machen müssen, dachte sie, tippte sich mit dem Stift an die Wange und starrte aus dem Fenster. Sie stellte sich Fahrzeugkolonnen, beeindruckende Reden, Beifall klatschende Menschenmengen vor, kleine Kinder, die ihr schüchtern Blumensträuße überreichen …

Dann schüttelte sie energisch den Kopf.

Das ist nur etwas für richtige Königinnen, du Idiotin, nicht für die Vampirkönigin.

Trotzdem, irgendeine Erkundungsreise ihres Vampirreiches würde dennoch nötig sein, damit sie sich einen Überblick über seine Stärken und Schwächen verschaffen konnte. Bogdan hatte außerdem davon gesprochen, dass es mehr Vampire geben solle, was wohl bedeutete, ganz normale Menschen zu Vampiren zu machen, dachte Mo. Sie schauderte und schrieb dann schnell.

*Die Königin wird niemals Menschen
in Vampire verwandeln.*

Sie unterstrich »niemals« zweimal und fuhr dann fort:

*Die Königin wird sich auf eine Reise innerhalb
Großbritanniens begeben, um den Zustand der
aktuellen Vampirbevölkerung und das beste weitere
Vorgehen bzgl. der Ausweitung des Vampirreiches für
den Vampirkönig des Ostens einzuschätzen.
Alle Reisekosten übernimmt der König.
Die Königin wird von Luca mit dem Auto gefahren.
Die Königin wird in Premier Inns oder
höherwertigen Hotels untergebracht.*

Mo setzte den Stift ab. Was für Aufgaben hatte sie sonst noch als Königin? Irgendwelche Formalitäten, wichtige Dokumente, die sie unterschreiben musste, bedeutende Einigungen, die erzielt werden mussten mit … ja, mit wem? Mo blinzelte nervös.

Ich frage Bogdan später, beschloss sie. Vielleicht hat er ein *Vampirköniginsein für Dummies*, das er mir ausleihen kann. Fürs Erste reicht das hier aus. Klare Kommunikation ist ein Zeichen für starke Führung. Jeder liebt Verträge, nicht wahr? Außer vielleicht Bogdan, dachte sie besorgt, vor allem, wenn er lesen würde, dass sie sich weigerte, Menschen in Vampire zu verwandeln oder in der Öffentlichkeit Blut zu saugen, was auf eine sehr unvampirische Abneigung gegen Blut und Gewalt hinweisen könnte.

»Tja, nicht mein Problem«, sagte Mo zu sich. »Meine Herrschaft, meine Art und Weise.«

Als es dämmerte, rief Luca an.

»Oh Gott, Mo, Bogdan ist so glücklich. Er macht einen besonderen Tanz, um zu feiern, dass du bereit bist, Vampirkönigin zu werden! Hörst du ihn?«

Mo hörte ein Stampfen und »Ja, ja, ja!«-Rufe, gefolgt von einem lauten Klirren.

»Jetzt zerbricht er Teller«, sagte Luca lachend. »Typische Vampirart zu feiern.«

Klirr.

»Hui, das war eine Teekanne. Mensch, er freut sich wirklich.«

Klirr.

»Das war ein Becher«, erklärte Luca. »Also, wir fahren heute Abend zurück, ziehen wieder in das Premier Inn, und dann möchte Bogdan morgen Abend die Verwandlung durchführen. Im Schuppen deines Vaters, dachte er. Schön gemütlich und intim.«

»Morgen?«, fragte Mo.

Ein weiteres Klirren im Hintergrund.

»Das war ein Milchkännchen«, sagte Luca.

»Hast du morgen Abend gesagt?«

»Ja, oh, Moment mal, da ist jemand an der Tür und brüllt. Der Hoteldirektor. Ich muss mich darum kümmern. Pass auf dich auf, Mo. Ein neues Abenteuer beginnt, stimmt's?«

»Ja«, sagte Mo mit einem leichten Zittern in der Stimme. »Ein neues Abenteuer beginnt.«

19. Kapitel

Montag. Ein perfekter Herbstmorgen. Blassblauer Himmel, zitronengelb strahlende Sonne. Statt mit dem Bus fuhr Mo mit dem Fahrrad zur Schule. Sie sehnte sich nach Bewegung, nach kühler Luft, die in ihre Lunge strömte. Sie wollte, dass ihre Beine mehr arbeiteten und ihr Kopf weniger. In ihr brodelte der Zweifel. Gestern war sie entschlossen gewesen, die Vampirkönigin zu spielen. Heute war sie sich nicht einmal sicher, ob das möglich war. Geschweige denn vernünftig. Geschweige denn ungefährlich.

Als Mo die Schule fast erreicht hatte, überholte der Bus sie. Sie konnte Jez Pocock in der letzten Reihe sehen. Der weiße Verband an seinem Hinterkopf war sogar durch das verschmierte Rückfenster zu sehen. Gott sei Dank ging es ihm gut, dachte Mo, obwohl er beinahe von Bogdan ausgesaugt worden wäre. Dann entdeckte sie, dass Tracey Caldwell sich an das Rückfenster stützte und mit dem Zeigefinger ihre »Du bist durchgedreht«-Geste machte, bis der Bus um die Kurve fuhr und außer Sichtweite war.

In der Pause schrieb Mo Luca.

Können wir uns nach der Schule treffen? Am Uhrenturm? Ich habe mir ein paar Gedanken über die Zeremonie heute Abend gemacht …

Er schrieb sofort zurück, anscheinend war er früh auf, während Bogdan wahrscheinlich noch in der Badewanne im Premier Inn schlief.

Klar, um halb vier?

Sobald die Schulglocke läutete, eilte Mo aus der Schule. Sie schloss ihr Fahrrad auf, als Lou zu ihr gerannt kam.

»Hey, kann ich bei dir hinten mitfahren? Weißt du noch, als wir klein waren, haben wir das immer gemacht?«

Mo antwortete nicht, als sie das Schloss in ihren Rucksack stopfte.

»Was ist los?«

»Nichts, sorry. Ich muss bloß los«, sagte Mo.

»Fährst du in die Bibliothek? Ich komme mit.«

»Nein, ich treffe mich mit jemandem.«

»Mit jemandem? Das ist aber geheimnisvoll. Warum kannst du nicht einfach sagen, wer es ist? Luca, oder?«

»Ja, Luca«, antwortete Mo.

»Dein Freund, der nicht dein Freund ist«, sagte Lou.

»Er ist nicht mein Freund«, sagte Mo. »Aber jetzt muss ich wirklich los. Er wartet bestimmt schon.«

»Kann ich mitkommen?«, stieß Lou hervor, doch dann registrierte sie Mos Gesichtsausdruck. »Sorry, nein, versteh schon. Du willst mit ihm allein sein. Daran muss ich mich noch gewöhnen, dass du Zeit mit ihm verbringst statt mit mir oder deinen Büchern.«

»Wir können bald zusammen lernen«, sagte Mo und stieg auf ihr Rad, »und Mini-Muffins essen.«

»Wann?«, fragte Lou.

»Ich weiß es nicht. Bald. Ist doch egal, wann genau, oder?«

»Mir nicht«, murmelte Lou, aber Mo fuhr schon davon und rief über die Schulter: »Wir sehen uns morgen.«

Lou sah ihr nach, runzelte die Stirn und rief dann: »Hey, Mo, du hast vergessen, den Helm aufzusetzen! Du trägst doch sonst immer einen Helm!« Aber Mo war schon zu weit weg, um sie zu hören.

Als Mo am Uhrenturm ankam, wartete Luca bereits auf sie. Die Hände tief in den Taschen seiner Jeans vergraben, starrte er hinunter auf den Gehweg. Sie betrachtete sein Profil, als sie auf ihn zuging – die markante Nase, die dunklen Augenbrauen –, und spürte, wie kleine, funkelnde Feuerwerke in ihrem Kopf losgingen. Vielleicht habe ich wirklich den Verstand verloren, wie Tracey Caldwell gesagt hat, dachte Mo kurz, dass ich wegen eines Jungen so durchdrehe. Nicht besonders stark und unabhängig, oder? Dann sah Luca auf. Sein Lächeln schien Mo hochzuheben und zu ihm zu ziehen. Sekunden später stand sie neben ihm und lächelte zurück.

Luca verbeugte sich tief, und Mo lachte.

»Noch bin ich keine Königin«, murmelte sie.

»Aber bald schon«, sagte er. »Aufgeregt?«

Mo lachte nervös.

»Eher gestresst«, antwortete sie.

»Brauchst du nicht, du wirst großartig sein«, sagte er.

Mo gab ihm einen Zettel.

»Ich habe einen kleinen Vertrag für Bogdan und mich entworfen«, sagte sie. »Gibst du ihm den? Es geht auch um dich. Als mein treuer Gefährte stehen dir sechs Wochen Urlaub zu plus die gesetzlichen Feiertage.«

»Ich weiß nicht, was gesetzliche Feiertage sind, aber danke«, sagte Luca und steckte ihn in seine Jackentasche.

»Und was die Umwandlungszeremonie angeht, hatte ich, wie gesagt, ein paar Ideen«, fuhr Mo fort und kaute nervös auf ihrer Unterlippe.

Luca legte ihr die Hand auf den Arm. »Ich weiß, und es ist in Ordnung. Du kannst später mit Bogdan darüber sprechen«, sagte er. »Alles wird gut. Er ist ein Vampir, aber kein Monster, erinnerst du dich?«

»Okay, klar. Du hast recht. Alles wird gut«, wiederholte Mo. »Aber was soll ich anziehen? Ich kann keine Jeans tragen – oder doch?«

»Das ist auch kein Problem. Bogdan hat mir Geld für Kleidung gegeben. Wir gehen einkaufen.«

»Jetzt?«, fragte Mo.

»Warum nicht?«, entgegnete Luca.

Warum nicht? Warum *nicht*? Weil ich noch nie mit einem Jungen

Kleidung shoppen war, weil ich nie besonders darauf achte, was ich trage, weil ich keine Ahnung habe, was ein guter Look für eine Pseudo-Vampirkönigin wäre, weil ich normalerweise jetzt in der Bibliothek wäre ... *Darum* nicht.

»In Middle Donny gibt es eigentlich keine Bekleidungsgeschäfte«, sagte sie. »Nur ein paar Secondhandläden, aber das ist ja auch viel umweltfreundlicher und günstiger, von daher ...«

Lucas ruhiges Lächeln ließ Mos Gebrabbel verstummen. Sie atmete tief durch und ging in Richtung des größten Secondhandladens auf der Einkaufsstraße.

Im Laden hielt Luca inne. »Also, wir suchen etwas Majestätisches und Elegantes, das zu der Position passt«, sagte er.

Mo nickte und begann zu suchen.

»Das hier?«, fragte sie und zog einen zerknitterten schwarzen Blazer hervor.

»Zu langweilig«, sagte Luca. »Du wirst Vampirkönigin, nicht Immobilienmaklerin.«

»Sorry«, sagte Mo. »Das hier vielleicht? Ein bisschen fröhlicher?« Sie hielt ein lockeres Top mit einem leuchtenden lila-grünen Muster hoch.

»Vampirkönigin, Mo«, sagte Luca kopfschüttelnd.

»Okay, wie wäre es dann damit?«

Mo zeigte ihm ein gelbes kragenloses Jäckchen mit Messingknöpfen und einem passenden Rock.

»Noch mal: Vampirkönigin, nicht die Queen«, sagte Luca.

Mo nickte eifrig und wühlte sich durch weitere Kleidung, bis Luca mit einem Zylinder auf dem Kopf neben ihr auftauchte.

»Den will ich«, sagte er, zeigte darauf und grinste.

»Also, wir kaufen für mich ein, klar?«, sagte Mo und versuchte einen strengen Gesichtsausdruck.

»Sorry, Eure Majestät«, sagte er. Dann ging er zu einer anderen Stange und zog ein Hawaiihemd hervor.

»Wie wäre es damit?«, fragte er. »Haha, Scherz!«

Mo streckte ihm die Zunge heraus und wandte sich ab. Und da sah sie es: Es hing am anderen Ende des Ladens – ein langes schwarzes Kleid. Etwas an seiner schlichten Form sprach sie an: ein einfacher Rundkragen, lange Ärmel, auf Figur genäht. Mo ging hin und strich über den Stoff. Er war weich und dick.

»Ich probiere das hier an«, sagte sie zu Luca und verschwand in der Umkleidekabine.

Das Kleid glitt an Mo herunter, als wäre es für sie gemacht. Sie betrachtete sich im Spiegel. Sie hatte noch nie etwas Derartiges getragen. Ihr Standard-Outfit waren Jeans und Kapuzenpulli, und das hier war etwas ganz anderes. Die klaren Linien betonten ihre Größe, der weiche schwarze Stoff passte zu ihren pechschwarzen Haaren. Ihr blasses Gesicht schwebte darüber wie der Mond.

»Was meinst du?«, fragte Mo, als sie den Vorhang zurückzog und nervös einen Schritt in den Laden trat.

Luca nahm die Sonnenbrille herunter, die er anprobiert hatte, und ging auf sie zu, ohne zu blinzeln. Er nahm den Zylinder vom Kopf und verbeugte sich erneut, bloß dass er diesmal ernst wirkte. »Es ist perfekt«, sagte er.

Auf einmal war Mo verlegen. Ihre Wangen wurden rot, und sie ging zurück in die Kabine.

»Lass es gleich an!«, sagte Luca. »Ich gehe bezahlen.«

Mo stopfte ihre Schuluniform in den Rucksack und ging zu Luca, der bereits draußen wartete.

»Hier, ich habe dir das noch dazugekauft«, sagte er und reichte ihr einen langen schwarzen Mantel mit Stickereien in Form von Blättern und Ranken aus Goldfaden an den Bündchen. Mo schlüpfte hinein.

»Sehe ich aus wie eine Königin?«, fragte sie.

»Du bist bereit«, sagte er und nickte anerkennend. Dann hob er einen Finger. »Hör mal!«

Der Klang der Blechbläser von Donny drang vom Marktplatz durch die frische Abendluft zu ihnen herüber. Luca nahm Mos Hand, rannte dorthin und zog sie mit sich.

»Was hast du vor?«, quiekte sie.

»Lass uns tanzen«, sagte Luca.

Vor der Band blieb er stehen, und bevor Mo die Gelegenheit hatte, im Erdboden zu versinken, hatte Luca ihr eine Hand auf den unteren Rücken gelegt und sie nah zu sich herangezogen.

»Vampire lieben Tanzen, erinnerst du dich?«, flüsterte er ihr ins Ohr und wirbelte sie dann zweimal herum. Ihr langer Mantel wehte.

Mo schrie auf, als Luca sie immer wieder in die Drehung schickte und dann zurück zu sich heranzog, bis ihr schwindelig war. Sie war erstaunt, dass ihr Körper wusste, wie er sich bewegen musste, geschmeidig und leicht, auf eine Art, wie er es noch nie getan hatte. Als die Musik zum Ende kam, führte Luca beide Hände an Mos Rücken und bog sie hinunter. Sie spürte, wie ihr Haar den Gehweg berührte, und sah die Sterne über Lucas Kopf funkeln, als er sich für einen Augenblick über sie beugte, bevor er sie wieder hochschwenkte.

Das kleine Publikum, das sich versammelt hatte, um ihnen zuzusehen, jubelte. Der Bandleader applaudierte, und Mo lachte mit offenem Mund, atemlos, verblüfft. Luca verbeugte sich erneut vor ihr, und Mo errötete und kicherte. Erst als die Menge sich zerstreute, entdeckte sie eine vertraute Gestalt darin.

»War das nicht das Mädchen aus dem Diner?«, fragte Luca, dessen Augen Mos Blick gefolgt waren.

»Tracey Caldwell«, murmelte Mo. »Sie sah echt wütend aus.«

»Wahrscheinlich eifersüchtig«, sagte Luca. »Du bist eine tolle Tänzerin.«

»Danke. Das mache ich sonst eher selten«, sagte Mo und verzog das Gesicht. »Ich bin überrascht, dass ich nicht direkt hingeflogen bin.«

»Ich nicht«, sagte Luca. »Ich hoffe, dass ich bald wieder mit dir tanzen kann, aber jetzt muss ich leider los. Tut mir leid, dass ich so abrupt verschwinde, aber Bogdan wartet sicher schon auf mich. Bitte komme heute Nacht um ein Uhr in den Schuppen. Wir werden da sein. Bogdan wird die Verwandlung vornehmen, und dann beginnt dein neues Leben als Vampirkönigin.«

Mo nickte und sah Luca hinterher, als er davonging. Plötzlich fühlte sie sich allein und ausgeliefert. Sie eilte zu ihrem Fahrrad, schloss es auf und fuhr nach Hause.

Dort angekommen, hängte Mo ihre neuen Kleider sorgfältig in den Schrank und schaute dann auf die Uhr. Sechs Uhr. Noch sieben Stunden bis zur Verwandlungszeremonie. So lang, aber gleichzeitig nicht lang genug. Ruhig bleiben, sagte Mo sich. Ich bin Mo Merrydrew, die Auserwählte. Ich schaffe das. Ganz sicher.

Beim Abendessen löffelte sie sich mechanisch Suppe in den Mund und ließ jeden Gedanken daran, sie könnte die Zeremonie vermasseln und den Zorn des Vampirkönigs des Ostens auf sich ziehen, zerplatzen wie ein Kind Seifenblasen.

»Wie war der erste Tag in der Schule, seit Mr. Chen … du weißt schon …?«, fragte ihre Mutter.

»Okay«, sagte Mo.

»Okay? Standen nicht noch alle unter Schock?«

»Wahrscheinlich.«

»Und du?«, fragte ihre Mutter weiter. »Geht's dir gut? Du wirkst irgendwie abwesend.«

»Mir geht's gut«, sagte Mo. »Ich hatte heute kein Mathe, also …«

»Wir werden herausfinden, wer das getan hat, weißt du?«, sagte Mos Vater. »Also, die Polizei, meine ich. Versuche, dir keine Gedanken zu machen.«

»Es geht mir gut, ehrlich«, sagte Mo und bemerkte erst, als sie endlich aufblickte, wie besorgt ihre Eltern sie ansahen. Sie stand auf, gab beiden einen Kuss, schob Müdigkeit vor und ging in ihr Zimmer. Der Wecker auf ihrem Nachttisch zeigte acht Uhr an. Noch fünf Stunden. Nur noch fünf Stunden bis zur Verwandlungszeremonie.

Mo ging ins Bett in der Hoffnung, ein paar Stunden schlafen zu können, aber ihre Chancen einzudösen wären höher gewesen, wenn sie drei Espresso getrunken und ein Eisbad genommen hätte. Sie war immer noch wach, als sie hörte, wie ihre Eltern um elf Uhr ins Bett gingen, und um Mitternacht gab sie auf. Das war's. Noch eine Stunde. Zeit, sich vorzubereiten.

Zuerst das Kleid – wieder schien es Mo wie eine zweite Haut zu umhüllen –, dann der Mantel. Mo betrachtete sich im Spiegel und hoffte auf das »Verdammt, ich sehe aus wie eine Königin«-Gefühl, das sie beim letzten Mal gehabt hatte, aber es stellte sich nicht ein. Ihr Gesicht wirkte weniger wie der blasse Mond als wie ein nervöser Pfannkuchen, ihre Körpersprache signalisierte eher »im Regen auf den Bus warten« als »bereit, mein Schicksal zu ergreifen«.

Mo wiederholte flüsternd Affirmationen – »Ich schaffe das, ich schaffe das ...« –, während sie sich die Haare bürstete. Als Nächstes schob sie sich probehalber die unechten Vampirzähne in den Mund, aber ihre Finger waren so nervös wie Pferde im Sturm.

Komm schon, Mo, reiß dich zusammen, dachte sie und übte dann das Einsetzen und Herausnehmen der Zähne, bis es ihr ohne Patzer gelang.

Gegen Viertel vor eins glaubte sie, draußen Stimmen zu hören. Sie schnappte nach Luft und hielt sich die Brust. Ihr Herz ratterte wie ein alter Traktor. Sie linste in die Dunkelheit. Nichts. Sie sah wieder auf die Uhr – noch zehn Minuten. Erneut bürstete sie sich mit eiligen, energischen Strichen die Haare. Sie klopfte ihre Tasche ab, ob die unechten Vampirzähne darin waren. Dann, plötzlich ...

»Eine Nachricht«, quiekte Mo. »Ich muss Mum und Dad eine

Nachricht schreiben und erklären, was ich mache, falls etwas passiert …«

Sie eilte zu ihrem Schreibtisch und nahm einen Stift, aber sie konnte nicht schreiben – ihre Hände zitterten zu sehr. Sie blinzelte aufsteigende Tränen weg, warf einen Blick auf die Uhr – drei Minuten vor eins! Sie musste los. Jetzt. Es war so weit. Es war an der Zeit.

Mo blickte sich unruhig in ihrem Zimmer um. Würde jemand aus dem Schrank springen, um sie aufzuhalten? Würden ihre Eltern hereinplatzen und sich weigern, sie gehen zu lassen? Nein, da war niemand außer ihrem Teddy Mr. Bakewell. Ihr Glücksbringer. Sie berührte seinen weichen Kopf, atmete dann tief durch, schob die Zimmertür auf und schlich auf Zehenspitzen die Treppe hinunter.

Kapitel

Mo zog ihre Turnschuhe an und öffnete die Haustür. Die Kälte draußen ohrfeigte sie. Die Dunkelheit wirkte absolut undurchdringlich. Einen Augenblick lang blieb sie auf der Vordertreppe stehen, dann zog sie sich den Mantel fest um den Körper und ging leise über den Rasen zum Schuppen.

Mo wusste genau, wo er sich befand, natürlich, doch die Nacht schien ihn vollkommen zu verschlingen. Als sie ihn endlich sah, war sie fast so nah, dass sie ihn hätte berühren können. Er wirkte verlassen. Warteten darin wirklich ein Vampir und sein treuer Gefährte darauf, ein uraltes Verwandlungsritual an ihr durchzuführen?

Langsam zog Mo die Tür auf und lugte hinein. Das Fenster war mit der alten Picknickdecke verhängt worden, sodass das Licht von Hunderten Kerzen, das einen goldenen Glanz über die Schallplatten ihres Vaters, die Blumentöpfe und die Schubkarre legte, nicht nach draußen drang.

Mo ging hinein. Alle Flammen flackerten gleichzeitig. Im Schuppen war es still, nur ihr eigener Atem war zu hören. Wo war Bogdan? Wo war Luca? Was war hier los? War die Zeremonie abgesagt?

»Hallo?«, flüsterte Mo.

Stille.

Sie versuchte es ein wenig lauter. »Ist hier jemand?«

PÄNG! Zwei Partyknaller explodierten und übersäten Mo mit Kreppbändern. Sie tat einen Satz zurück zur Schuppentür und blinzelte hektisch, als Bogdan und Luca hinter dem Sessel hervorsprangen.

»Überraschung!«, riefen sie und brachen dann in johlendes Gelächter aus.

»Oh nein, wir haben dir Angst eingejagt, Entschuldigung«, sagte Bogdan. »Wir fühlen uns so aufregend! Das ist ein glückliches Ereignis, ja? Eine Party. Eine Feier. Ein großer Moment in unser aller Leben. Wenn hier Teller wären, ich würde auf jeden Fall schmettern.«

Mo rang nach Luft und hielt sich die Brust. Luca eilte zu ihr, führte sie zum Sessel und half ihr hinein.

»Ihr habt mir einen Schreck eingejagt«, stotterte sie.

»Einen glücklichen Schreck!«, sagte Bogdan freudestrahlend und warf die Arme in die Luft. So fröhlich hatte Mo ihn noch nie gesehen. Seine dunklen Augen funkelten so stark wie die silberfarbene Weste, die er trug.

»Meine liebe Mo, du siehst hervorragend aus«, sagte er. »Luca hat mir erzählt, dass du ein wunderschönes, exzellentes Outfit gefunden hast. Elegant und bequem. Es ist – wie sagt ihr? – ein ganzer Treffer. Und so, meine liebe Mo, wenn du bereit bist, können wir mit Zeremonie beginnen. Sie ist ganz einfach. Ich trinke ein wenig von deinem Blut – sehr gut, dass du keinen hohen Kragen trägst, übrigens –, und dann trinkst du ein wenig von meinem. Ich kann dir helfen, Ader zu finden. Möglicherweise hast du während Zeremonie leichte Kopfschmerzen oder andere kleine Nebenwirkungen, aber das geht schnell zackig vorbei, und dann – wow, hurra! – bist du Vampir. Toll, ja?«

Mo schluckte und hob den Zeigefinger. »Darf ich zuerst fragen, ob du meinen Vertrag bekommen hast?«

Bogdan nickte, holte ihn aus seiner Tasche und reichte ihn ihr.

»Hier«, sagte er. »Er ist ein bisschen langweilig, aber ich habe unterschrieben. Fangen wir an, ja? Zeit für Verwandlung!«

»Moment, hast du nichts für mich?«, fragte Mo. »Keine Anleitung, keine Anweisungen, keine Dos und Don'ts für Vampirköniginnen?«

»Mo, du weißt das doch alles schon«, sagte Bogdan. »Sei einfach spektakulär. Mache Vampirkönig des Ostens stolz, mache Großbritannien zu Vampirhochburg, ja? So, noch mal: Los geht's! Zeit für Verwandlung!«

»Äh, um ehrlich zu sein«, wandte Mo ein, »habe ich gedacht, vielleicht könnten wir ein paar Kleinigkeiten an der Zeremonie verändern?«

Über Bogdans Gesicht huschte ein Hauch von Gereiztheit. Mo warf einen raschen Blick zu Luca, der ihr ganz leicht zunickte, als würde er sie ermutigen wollen, weiterzusprechen.

»Ich weiß, dass du normalerweise keine Frauen beißt«, sagte Mo.

»Korrekt«, antwortete Bogdan.

»Also habe ich gedacht, wir könnten den Teil quasi überspringen«, sagte Mo.

»Überspringen?«

»Ja, einfach auslassen«, sagte Mo. »Ich habe ein wenig recherchiert und viele Fälle gefunden, besonders aus dem achtzehnten Jahrhundert, in denen Menschen verwandelt wurden, ohne dass der Vampir auch nur einen Tropfen vom Blut des Menschen trinken musste. Anscheinend funktioniert es auch super, ohne dass du mein Blut saugen musst.«

Bogdan verschränkte die Arme vor der Brust und kniff die Augen zusammen, sagte aber nichts.

»Dann, dachte ich, könnte ich dein Blut aus einem Becher oder einer Kelle trinken, statt an deinem Hals zu saugen«, fuhr Mo fort. »Das ist viel hygienischer. Ich weiß, so wurdest du damals im vierzehnten Jahrhundert zum Vampir, aber jetzt haben wir das einundzwanzigste Jahrhundert. Lass uns kein Risiko eingehen. Wir müssen strengste Hygienemaßnahmen einhalten, wenn wir hier im Schuppen meines Vaters Adern anzapfen.«

»Du wirst unsterblich. Ich sehe nicht, warum das notwendig ist«, sagte Bogdan.

»Meine Verwandlung geschieht auf meine Art«, sagte Mo und versuchte, unbeeindruckt zu klingen, aber sie packte die unechten Zähne in ihrer Tasche so fest, dass sie Abdrücke in ihrer Handfläche hinterließen.

Bogdan seufzte schwer. »Ich hätte mir denken können, dass nicht einfach problemlos laufen würde«, murmelte er. »Immer etwas zu sagen, nicht wahr, liebste Mo? Immer irgendeine kleine Meinung. Egal. Wie du wünschst. Ich gebe dir mein Blut, und du trinkst es, wie du vorgeschlagen hast, aber wenn nicht funktioniert, trinke ich deins auch. Und erzähl dem Vampirkönig des Ostens nicht, dass wir Zeremonie verändert haben. Das wird ihn gar nicht beeindrucken. So wird es normalerweise nicht gemacht.«

»Ich sage kein Wort«, versprach Mo.

»Sehr gut. Also, wo soll ich es reintun?«, fragte Bogdan.

Mo sah ihn verständnislos an.

»Mein Blut, wo soll ich es reintun?«

»Oh«, sagte Mo und wurde plötzlich rot. »Ich habe ganz vergessen, etwas mitzubringen.«

Luca trat nach vorn, in der Hand den kleinen Plastikeimer, mit dem Mo als kleines Kind Sandburgen gebaut hatte. Derselbe, den sie Bogdan angeboten hatte, als ihm übel war.

»Vielleicht dies hier, Herr?«, schlug Luca vor.

Bogdan verzog die Lippen, als er den roten Eimer nahm.

»Der schon wieder«, sagte er. »Ich würde feinstes Muranoglas aus Venedig vorziehen, aber na gut.«

»Vielleicht solltet Ihr Euch setzen, bevor Ihr beginnt«, sagte Luca zu Bogdan.

Schnell sprang Mo auf und eilte an Lucas Seite. Bogdan machte es sich im Sessel bequem, und dann schossen ohne jegliche Vorwarnung seine Reißzähne wie Dolche hervor, und er stieß sie kraftvoll in sein Handgelenk.

Mo kreischte auf und zuckte zurück. Nur Lucas Hand an ihrem

Rücken verhinderte, dass sie zusammenbrach. Bogdan schaute ihr in die Augen, als er die Vampirzähne herauszog, nun rot von seinem eigenen Blut, und dann das Plastikeimerchen unter sein durchstochenes Handgelenk hielt. Blut tropfte heraus in den Eimer – das dunkelste, dickste Blut, das Mo je gesehen hatte. Sie konnte den Blick nicht abwenden, bis Bogdan sein Handgelenk wenige Sekunden später wieder an den Mund führte. Er saugte und leckte die Wunde aus – es klang, wie wenn ein Hund aus einer Pfütze trinkt –, und als er fertig war, war dort nichts mehr zu sehen als glatte, blasse Haut.

»Es ist vollbracht«, sagte Bogdan und stand auf. Er lächelte Mo schwach an – seine Reißzähne waren verschwunden – und hielt ihr den Eimer hin.

»Nun, meine Liebe, bist du an der Reihe.«

Mo starrte in den Plastikeimer. Ihr bleiches Gesicht spiegelte sich in Bogdans Blut. Das war es. Das war der Moment. Sie musste es hinbekommen. Das Blut trinken – oder so tun. Vampirzähne bekommen – oder so tun. Sich vor ihren Augen in eine mächtige Königin verwandeln – oder so tun. Wenn nicht, dann … Mo war sich nicht sicher, was dann. Wahrscheinlich würde es in Gewalt enden. Definitiv würde es damit enden, dass sie Luca verlor. Luca, dessen warme Hand an ihrem Rücken sie immer noch stützte.

»Trink aus, Mo, dein Schicksal erwartet dich«, sagte Bogdan.

Sie hob den Eimer an ihre Lippen. Bogdan beugte sich ein wenig vor. Seine Augen leuchteten vor Vorfreude. Luca hielt die Luft an. Dann senkte Mo den Eimer wieder.

»Könnte ich das vielleicht für mich allein machen?«, fragte Mo.

Bogdan stieß ein frustriertes »Hach!« aus und schlug sich mit der flachen Hand vor die Stirn. »Mo, Mo, Mo«, sagte er. »Immer dieses Spielen und Verändern und Umschreiben. Lass das alles los. Du stehst auf Schwelle zu neuem, grandiosem Dasein. Was stört es dich da, ob wir dir beim Bluttrinken zusehen? Von nun an ist das alles, wovon du dich ernährst.«

»Es steht in meinem Vertrag. Ich werde niemals in der Öffentlichkeit Blut trinken«, gab Mo zurück. »So oder gar nicht.«

»Vielleicht, Herr, könntet Ihr euch in den Sessel setzen, um Mo etwas Raum zu geben, und ich schaue weg«, schlug Luca vor.

»Achhhhhhhh!«, fauchte Bogdan. »Wenn sein muss. Na gut!« Er stampfte zurück zum Sessel und ließ sich hineinfallen.

»Aber beeil dich, Mo! Wenn wir in diesem Tempo weitermachen, ist bald Morgen und Zeremonie ist kaputt.«

Mo nickte und blickte Luca an.

»Sorry, ja«, sagte er und drehte sich zur Schuppenwand.

»Danke«, sagte Mo.

Leicht schwankend wandte sie sich um und hockte sich in eine Ecke. Den Eimer stellte sie vor sich. Ihr langer Mantel bildete ein Zelt um sie. Sie war sich sicher, dass Bogdan nichts sehen konnte, und Luca, der ein paar Schritte weiter mit dem Rücken zu ihr stand, würde sich nicht umdrehen, darauf vertraute Mo.

»Ich trinke es jetzt«, sagte sie über die Schulter.

Mit zitternder Hand tauchte sie ihre Finger in Bogdans Blut und unterdrückte einen entsetzten Aufschrei. Es war kühl und ölig. Immer noch zitternd, hob sie langsam die Finger an den Mund und beschmierte ihre Lippen mit dem Blut, tauchte erneut die Finger in die Blutpfütze und malte Rinnsale davon in ihre Mundwinkel. Sie tupfte ein wenig Blut auf ihr Kinn und ein, zwei Tropfen auf ihr Kleid und versteckte den Eimer hinter einer alten Gießkanne, während sie sich bemühte, nicht zu würgen.

Dann bemerkte Mo entsetzt, dass ihre Hand vor Vampirblut triefte. Das war nicht gut, gar nicht gut. Sie sollte schließlich das ganze Blut getrunken und nicht als Fingermalfarbe benutzt haben. Sie musste irgendwo die Hand abwischen, aber wo? Wenn sie den Boden oder die Wand berührte, würde ein deutlicher Abdruck zu sehen sein, wie eine prähistorische Höhlenmalerei. Sie hatte keine Taschentücher, kein Stück Stoff …

Doch da fiel ihr die Lösung ein. Sie packte eine Handvoll ihres langen Haars, und ein Wimmern unterdrückend, wischte sie ihre blutige Hand daran ab, bis sie sauber war. Fertig. Sie atmete ein, zwei Sekunden lang ruhig ein und aus, griff dann in die Manteltasche, holte den Zahnschutz heraus und setzte ihn ein.

»Ich schaffe das«, sagte sie sich. »Ich schaffe das.«

Dann atmete sie tief ein, stieß ein gewaltiges Brüllen aus und wirbelte gleichzeitig zu Bogdan herum. Ihre Augen glühten, und sie fletschte die Zähne.

Bogdan zuckte zusammen. Er zuckte tatsächlich zusammen.

Ups, dachte Mo. Habe ich übertrieben?

Dann stand Bogdan langsam auf, und ein staunendes Lächeln breitete sich auf seinem Gesicht aus wie bei einem Kind, das ein Einhorn sieht. Er streckte einen Finger aus – fasziniert von dem Blut, das aus Mos Mund tropfte, wollte er es berühren. Doch er zog die Hand wieder zurück und verneigte sich tief. Er blieb so lange vornübergebeugt stehen, dass Mo sich fragte, ob er einen Hexenschuss bekommen hatte.

»Ihr müsst ihm sagen, dass er sich aufrichten darf, Eure Majestät«, flüsterte Luca.

Mo nickte, führte beide Hände an den Mund und holte rasch den Mundschutz heraus. In der tiefsten Stimme, die sie hinbekam, sagte sie dann: »Erhebe dich, Bogdan.«

Nach wie vor lächelnd, kam er wieder hoch, bis er aufrecht vor Mo stand.

»Meine Königin«, hauchte er, während er sie betrachtete. »Ihr seid schöner, mächtiger und großartiger, als ich es mir hätte vorstellen können. Ich bin Euer ergebenster Diener.«

Mo nickte. Luca kam näher und stellte sich neben Bogdan.

»Auch ich bin Euer ergebenster Diener«, sagte er und verbeugte sich.

»Erhebe dich, mein treuer Gefährte«, sagte Mo und beobachtete Luca genau, hoffte auf sein strahlendes Lächeln. Forschend betrachtete sie sein Gesicht, aber es blieb ernst, nicht sonnig, und er hielt den Blick gesenkt. Die drei standen da, Bogdan und Luca in ehrerbietigem Schweigen und Mo unsicher, was als Nächstes zu tun war. Irgendwann ertrug sie die Stille nicht mehr und sagte:

»Also gut. Das war's dann wohl?«

20. Kapitel

Das Kerzenlicht flackerte, als ein kalter Wind unter der Schuppentür hindurchblies. Bogdan räusperte sich. »Eure Majestät, ich bitte darum, nun entlassen zu werden«, sagte er. »Meine Arbeit hier ist vollbracht.«

»Du darfst gehen«, sagte Mo wieder mit dieser tiefen, königlichen Stimme.

Bogdan nickte, stieß dann ein »Juchhu!« aus und hüpfte zur Tür. »Nun beginnen glückliche Zeiten!«, trällerte er. »Luca, kommst du?«

»Ich arbeite jetzt für die Königin«, sagte Luca und zeigte in Mos Richtung.

»Natürlich, das war viel dumm von mir«, sagte Bogdan. »Da fällt mir ein, du bekommst noch Geschenk für deine treuen Dienste.«

Er griff in seine Tasche und reichte Luca ein schmales Päckchen. Luca öffnete es und lächelte. Es war ein Schal mit eingewebtem Silberfaden. Er schlug ihn sich um den Hals.

»Feinster Kaschmir, sehr empfindlich und teuer«, sagte Bogdan. »Also nur Handwäsche, bitte, ja?«

»Versprochen«, sagte Luca.

Bogdan lächelte. »Wir hatten gute Zeit, nicht wahr?«, sagte er.

»Auf jeden Fall«, antwortete Luca.

»Drücken?«, fragte Bogdan.

»Drücken!«, sagte Luca, und die beiden umarmten sich stürmisch, klopften sich auf den Rücken und lachten.

»Genießt Euren Ruhestand«, sagte Luca.

»Das werde ich«, sagte Bogdan. »Ich werde Vampirkönig und

den anderen britischen Vampiren schreiben und sie über fantastische Neuigkeit informieren. Vampirkönig wird natürlich kommen und euch treffen wollen.«

»Ja?«, fragte Mo.

»Aber selbstverständlich«, antwortete Bogdan. »Um mit Euch zu feiern und zu schmausen. Ich werde hier in der Gegend bleiben, um ihn zu begrüßen – keine Sorge, ich bin auf Diät. Ihr werdet gar nicht merken, dass ich in der Nähe bin. Und danach heißt es: Karibik, ich komme! Kümmere dich gut um Königin, Luca. Ich habe hart dafür gearbeitet, dass dies Wirklichkeit geworden ist. Was für ein Ende für meine Laufbahn! Aber es hat sich gelohnt. Mo, Eure Majestät, Ihr seid spektakulär. Ihr werdet eine große Herrin sein. Das weiß ich faktisch. Und nun erst einmal auf Wiedersehen!«

Bogdan öffnete die Schuppentür und ging rückwärts hinaus, verbeugte sich erneut vor Mo und winkte Luca zu. Dann war er fort.

Mo seufzte tief und ließ sich in den Sessel fallen, aufgedreht und zugleich auf einmal erschöpft. Sie rechnete damit, dass Luca zu ihr herüberkommen und ihr sein strahlendes Lächeln schenken, ihr gratulieren, einen Witz machen würde. Sie hoffte, dass sie sich unterhalten und lachen würden wie bei ihrem Besuch im Secondhandladen. Oder vielleicht sogar tanzen wie auf dem Marktplatz. Aber Luca rührte sich nicht. Er blieb stehen, wo er war, neben der Tür, die Hände hinter dem Rücken gefaltet.

»Kann ich Euch mit irgendetwas behilflich sein, Eure Majestät?«, fragte er.

Mo runzelte die Stirn und blickte Luca erneut forschend ins Gesicht. Warum war er so formell? So sprach er doch normalerweise nicht mit ihr.

»Nein, danke«, sagte sie. »Sollen wir einfach eine Weile hier abhängen? Das war ziemlich krass, oder? Und dann sollte ich wirklich ins Bett gehen. Und die ganzen Kerzen ausblasen. Brandgefahr!«

Luca wirkte kurz verwirrt, und mit Entsetzen begriff Mo, weshalb.

Vampirköniginnen sprachen bestimmt nicht davon, ins Bett zu gehen – jedenfalls nicht mitten in der Nacht –, und Brandgefahr interessierte sie so sehr wie eine pappige Hostie.

»Interessant, ich habe gerade wie Mo geklungen«, sagte sie rasch, um von ihrem Fehler abzulenken. »Vielleicht ist die Verwandlung noch nicht ganz abgeschlossen. So wie wenn der Doktor regeneriert, weißt du? Nein? Du hast nie *Doctor Who* gesehen? Na ja, Bogdan meinte, es würde eine Weile dauern.«

»Ah ja«, sagte Luca. Er wirkte immer noch verblüfft, aber neugierig.

»Aber ich merke gerade, dass ich nach der ganzen Aufregung Kopfschmerzen bekomme«, sagte Mo. »Beenden wir den Tag. Die Nacht, meine ich.«

»Geht Ihr zurück in Euer Haus? Ein Vampir muss hereingebeten werden. Ihr wollt doch bestimmt nicht Eure Eltern wecken?«

Mo schüttelte den Kopf. »Nicht nötig. Ich bin sicher, ich komme noch rein, bevor die Verwandlung abgeschlossen ist«, sagte sie und eilte zur Tür.

»Ich bin Euch morgen zu Diensten, sobald es dunkel wird«, sagte Luca und verbeugte sich ein weiteres Mal.

»Luca, du musst dich nicht verbeugen, auch wenn ich die Königin bin«, sagte Mo und versuchte, seinen warmen, sirupartigen Blick aufzufangen, doch er nickte nur und sah zu Boden.

»Okay, also dann, bis morgen«, sagte sie und rannte durch die Dunkelheit nach Hause.

Oben schlüpfte Mo ins Bad und stellte die Dusche an. Als das Wasser kochend heiß war, stellte sie sich darunter und wusch sich Bogdans Blut aus den Haaren. Es verschwand schlängelnd in roten Bändern im Abfluss. Sie shampoonierte ihr Haar zweimal, und dann rieb sie sich Seife ins Gesicht, um jede Spur von Vampirblut aus ihren Mundwinkeln und von ihren Lippen zu entfernen. Nach dem Duschen hatte sie ihr Gesicht rhabarberrot gerubbelt.

»Bisschen spät – oder früh? – für eine Dusche«, sagte ihr Vater, als er sie auf dem Treppenabsatz überraschte.

»Sorry, ich konnte nicht schlafen«, stammelte Mo.

»Und du dachtest, eine belebende heiße Dusche würde helfen?«, fragte er und lächelte sie liebevoll an. »Ist alles in Ordnung?« Mo nickte.

Ihr Vater gab ihr einen Kuss auf das nasse Haar.

»Geh wieder ins Bett«, sagte er.

In ihrem Zimmer versteckte Mo das Kleid und den Mantel ganz hinten in ihrem Kleiderschrank, verbarg die Zähne tief in einem alten Turnschuh und lugte zum Fenster hinaus. War Luca gegangen? Wo würde er nun leben als ihr treuer Gefährte? Wieder im Premier Inn? Sie hatte nicht daran gedacht, ihn zu fragen, und jetzt konnte sie es auch nicht mehr herausfinden. Doch das einzig Wichtige war nun, dass es vorbei war. Sie hatte die Verwandlung vorgespielt. Sie hatte es geschafft. Sie hatte ihr Schicksal ergriffen und war nun offiziell die Vampirkönigin von ganz Großbritannien!

Mo stieg ins Bett und nahm Mr. Bakewell in die Arme.

»Ich habe es geschafft«, flüsterte sie seinem pelzigen Kopf zu. »Ich habe es wirklich, wirklich geschafft.«

21. Kapitel

»Für jemanden, der heute Nacht nicht schlafen konnte, machst du aber einen recht munteren Eindruck«, sagte Mos Vater am nächsten Morgen zu ihr.

Mo summte vor sich hin, als sie sich ihr Frühstück zubereitete. Ihre helle Haut strahlte. In Gedanken war sie ganz bei der Verwandlungszeremonie der vergangenen Nacht. Sie sah vor ihrem inneren Auge, wie sich Bogdan vor ihr verbeugte. Sie erinnerte sich, wie sie ihre Vampirzähne gefletscht und königlich gebrüllt hatte. Keine Frage, das hatte sie eins a hinbekommen. Sie hatte den Schwindel des Jahrhunderts durchgezogen. Vergiss den Debattierklub, ich sollte in die Theatergruppe gehen, dachte Mo. Oh, es gibt gar keine Theatergruppe. Ich sollte eine *gründen* und gleichzeitig Mitglied und Vorsitzende werden. Sie unterdrückte ein begeistertes Kichern.

Ich bin nun, dachte Mo, an diesem Dienstagmorgen im November, Vampirkönigin und *zugleich* immer noch Mo Merrydrew, die sich vor der Schule einen Toast schmiert. Sie musste ihren Mund mit den Händen bedecken, um ihr breites Grinsen zu verbergen. Dieses Wissen ließ sie innerlich vibrieren wie einen Strommast. Und niemand ahnte etwas! Außer Mr. Bakewell natürlich, aber der würde sie nie verraten.

Als Mo sich im Bus setzte, beäugte Lou sie misstrauisch.

»Du siehst fröhlich aus«, sagte Lou. »Hattest wohl gestern Abend eine gute Zeit mit deinem Freund.«

»Sag das nicht so«, antwortete Mo.

»Wie denn?«, schoss Lou zurück.

»Außerdem sage ich doch die ganze Zeit, dass er nicht mein Freund ist und wir kein Date hatten.«

»Aber gerade hat Tracey Caldwell gemeint, dass sie euch gestern auf dem Marktplatz tanzen gesehen hat«, sagte Lou. »Was war da los? Niemand tanzt auf dem Marktplatz außer die Volkstanzgruppe und Peter der Alki.«

Mo sah über die Schulter. Wie immer saß Tracey Caldwell in der letzten Reihe, aber der Blick, den sie Mo zuwarf, fühlte sich anders an. Nicht höhnisch. Eher – hm, was war es? – leicht gekränkt. Auf jeden Fall misstrauisch.

»Pass auf, Trace, wenn sie dich so ansieht«, sagte Danny Harrington. »Sie könnte dich angreifen.«

Rasch wandte Tracey den Blick ab. *Sie* wandte den Blick ab. Das war neu.

Mo sah kurz zu Jez Pocock hinüber. Er lächelte sie etwas verlegen an, berührte seinen Hinterkopf und hielt dann den Daumen hoch. Sie verstand das so, dass seine Kopfverletzung gut heilte. Mo schenkte ihm ein angedeutetes Lächeln.

»Hast du ihn schon geküsst?«

»Jez Pocock?«, fragte Mo und drehte sich zurück zu Lou.

»Nein – Luca! Oder vielleicht Jez Pocock auch? Gibt es da etwas, das du mir nicht erzählst? Triffst du dich jetzt mit beiden? Wow, bei dir läuft es gerade, Mo.«

»Lou!«, rief Mo.

»Was weiß ich schon?«, sagte Lou und grinste. »Aber ich meinte Luca. Was geht mit ihm? Woher kommt er eigentlich? Und wie alt ist er? Geht er zur Schule? Mag er Mini-Muffins? Wehe, wenn nicht. Dann musst du das mit ihm sofort beenden. Hat er einen Bruder, den du mir vorstellen kannst? Ist er immer noch der trollende Gefangene von diesem Vampir?«

»Der treue Gefährte«, korrigierte Mo sie.

»Wie auch immer«, sagte Lou. »Sag's mir!«

»Ich weiß es nicht«, protestierte Mo. »Er ist sechzehn, aber sonst weiß ich bisher nicht viel über ihn. Ich hoffe, ich lerne ihn noch ein bisschen besser kennen.«

»Könnte dein neues Projekt werden«, sagte Lou. »Der MANN statt der PLAN.«

»Auf keinen Fall!«, sagte Mo. »Kein Mann zerstört mir meinen PLAN. Niemals.«

»Du hast bestimmt in nächster Zeit viel zu tun mit Hausaufgaben und jetzt auch noch einem Freund.«

»Er ist *nicht* mein Freund«, sagte Mo erneut. »Und das ist kein Problem, ich bekomme das schon hin.«

»Wie du meinst, aber vergiss mich nicht, okay? Ich bin deine älteste Freundin.«

»Und meine beste. Mach ich nicht. Nie. Versprochen!« Mo lachte, legte einen Arm um Lous Schulter und drückte sie. »Wir sind Freundinnen für immer.«

Der Bus hatte die Schule erreicht, und Mo wappnete sich für eine Attacke von Tracey Caldwell, als diese den Gang entlangfegte, aber es kam keine. Tracey rauschte kommentarlos an ihr vorbei.

In der Schule ging Mo zum Matheraum. Das erste Mal Mathe in dieser Woche. Was sie dort sah, ließ sie auf der Schwelle erstarren ... Nicht Mr. Chen, sondern eine Vertretungslehrerin. Natürlich. Nie wieder würde dort Mr. Chen stehen. Der Schock traf sie hart in der Brust. Sie hatte gehofft, ihr Vampirleben und die dazugehörigen »Menschen« in die Nacht verbannen zu können und tagsüber ihr normales, geregeltes Leben führen zu können. Aber dafür war es zu spät. Die beiden Leben waren bereits mit fatalen Folgen zusammengeprallt.

Mo stopfte ihre quälenden Sorgen in die Kiste in ihrem Gehirn, auf der »Unerwünschtes Zeug« stand, aber der Deckel musste kaputt sein, denn den ganzen Tag über quoll unerwünschtes Zeug heraus. Immer wieder glaubte Mo, Mr. Chen zu sehen, in der Ferne oder im Augenwinkel. War er das am Ende des Flurs, in seinem blauer-Fleck-farbenen Lieblingspullover? Nein, bloß ein Frankreichplakat. Lag auf dem Sportplatz sein senffarbener Tardigan? Nein, bloß eine Handvoll verstreuter Erdnussflips.

Mo war froh, als sie nach Hause gehen konnte, aber ihr wurde schnell klar, dass sie sich keine Verschnaufpause leisten konnte. Sie musste ihre Hausaufgaben machen, denn es wurde bereits dunkel, und vielleicht wartete Luca schon auf sie. Vielleicht sah er sie sogar im Haus, in dem sie eigentlich gar nicht sein sollte. Sie war eine Vampirin. Als Vampirin musste sie ins Haus gebeten werden, aber Mos Eltern waren beide bei der Arbeit, also konnte sie nicht behaupten, sie hätten es getan. Sie ließ sich auf den Boden fallen wie unter Beschuss, robbte von einem Zimmer ins nächste und zog die Vorhänge zu.

Puh!, dachte sie und sprang wieder auf, als alle geschlossen waren. Merken: Vorhänge zu, sobald du nach Hause kommst, sagte sie sich. Ich sollte weder hier drin sein noch Hausaufgaben machen, noch tagsüber wach sein, schon gar nicht alles drei zusammen. Nein, nein, nein.

Mit jedem Nein schlug sie sich mit der Hand gegen die Stirn, damit sie diese Dinge auf keinen Fall vergaß. Dann spähte sie aus dem Fenster zum Schuppen, wo Luca höchstwahrscheinlich auf sie wartete. Aufregung blubberte in ihrem Bauch, als sie an ihn dachte, und das Blubbern wurde zum Sprudeln, als sie im Eiltempo einen Teil ihrer Hausaufgaben erledigte und das Abendessen herunterschlang wie ein Hund im Steakhouse.

»Langsam«, mahnte ihre Mutter, als Mo sich das Essen in den Mund schaufelte. »Ich freue mich, dass du Appetit hast, aber so bekommst du noch Magenprobleme.«

»Sorry, hab's eilig«, erklärte Mo. »Ich lerne heute Abend mit Lou bei ihr zu Hause für unsere große NaWi-Arbeit am Montag. Ich bleibe nicht lange. Lous Mutter fährt mich. Ab jetzt werde ich sehr viel mit Lou lernen.«

Mo aß den Teller leer und ging zur Haustür. Die Worte ihres Vaters »Pass auf dich auf« hallten ihr nach, als sie sich ihren Rucksack schnappte und die Einfahrt hinunterrannte. Sobald sie außer Sichtweite war, duckte sich Mo hinter einen Baum, wo sie rasch die Schuluniform auszog und, in der Kälte zitternd, das schwarze Kleid und den Mantel aus dem Rucksack holte und überzog, bevor sie umkehrte und im Schatten der Hecke zum Schuppen ging.

Als sie davorstand, strich sich Mo die Haare glatt und atmete einmal tief durch.

»Meine erste Nacht als Vampirkönigin mit Luca als meinem treuen Gefährten«, flüsterte sie sich selbst zu. »Bleib cool, vampirisch und bau keinen Mist.«

22. Kapitel

Als Mo die Schuppentür öffnete, war Luca schon da. Er hatte aufgeräumt. Von der Verwandlungszeremonie der vergangenen Nacht war nichts zu sehen. Die Kerzen waren weg. Vor allem war der Plastikeimer mit den letzten öligen Tropfen von Bogdans Blut ausgespült und wieder zu dem anderen Spielzeug gelegt worden.

»Guten Abend, Eure Majestät«, sagte er und verbeugte sich.

Mo runzelte die Stirn. »Du brauchst dich nicht zu verbeugen, schon vergessen?«, sagte sie. »Und vergiss auch dieses *Majestäts*ding. Bisschen altmodisch. Wie wär's, wenn du mich einfach weiter Mo nennst?«

»Das fühlt sich seltsam an – als würde man die Eltern mit dem Vornamen ansprechen«, sagte Luca.

»Ich bin nicht deine Eltern«, sagte Mo.

»Nein, du bist meine Herrin«, sagte Luca.

»Ja, das finde ich auch nicht so toll«, antwortete Mo. »Das klingt veraltet und irgendwie sehr nach Patriarchat. Lass uns etwas finden, das gleichberechtigter und freundschaftlicher ist. Ich sehe uns eher als Kollegen. Arbeitskumpel. Ich regiere. Du hilfst beim Regieren. Und du kannst mich auch weiterhin duzen.«

»Okay, wenn es das ist, was du willst«, sagte Luca und runzelte die Stirn wie ein Welpe, dem eine schriftliche Rechenaufgabe aufgetragen wurde.

»Ja, das will ich«, sagte Mo knapp und fragte sich flüchtig, ob sie zu sehr Mo war. Dann entdeckte sie einen Stapel Geschenke in einer Schuppenecke.

»Was ist das?«, fragte sie.

»Geschenke von anderen Vampiren aus Großbritannien, deinen treuen Untertanen«, sagte Luca lächelnd, und Mo registrierte erleichtert, dass er nicht mehr so formell, sondern freundlich klang. »Bogdan hat überall verkündet, dass es eine neue Königin gibt, und deshalb haben sie die geschickt. Sie sind den ganzen Nachmittag über mit dem Fledermausexpress gekommen.«

»Fledermäuse haben das alles geliefert?«, fragte Mo.

»Vampirfledermäuse«, sagte Luca. »Haben sehr starke Flügel und arbeiten in Teams.«

»Ich habe noch nie so viel Zeug gesehen«, sagte Mo. »Soll ich die Geschenke öffnen?«

»Nein, ich denke, du solltest sie ein paar Tage ansehen und dann wegwerfen«, sagte Luca.

»Echt? Okay«, sagte Mo. Dann bemerkte sie sein Grinsen. »Oh, verstehe, das war ein Witz! Ha! *Natürlich* soll ich alle aufmachen. Ergibt Sinn.«

Sie nahm ein in Goldpapier verpacktes Geschenk und wickelte es langsam und vorsichtig aus. Darin befand sich …

»Eine Vampir-Beauty-Box. Was auch immer das ist …«

Sie klappte den Deckel auf.

»Eine Feile, um die Zähne zu spitzen, Vampir-Gesichtsreiniger – >für müde, trockene Haut, entfernt sanft auch die hartnäckigsten Blutflecken< –, Mundspülung und eine Augenmaske für besseren Tagschlaf. Cool.«

Sie las den Anhänger.

»Von Natascha und den >Mädels< aus Northampton. Soll ich noch eins aufmachen?«

Luca nickte. Mo grinste und griff nach einem großen Paket.

»Was das wohl ist?«, fragte sie, schüttelte es vorsichtig und lächelte zu Luca hoch. »Fühlt sich schwer an. Auf dem Anhänger steht, es ist von Pat und Richard aus Aberystwyth.«

Mo zerriss das Geschenkpapier und sog dann scharf die Luft ein.

Es war eine polierte Holzkiste mit schönem Schreibpapier, Füllern und Tinte.

»Oh mein Gott, Luxusschreibwaren! Genau mein Ding! Das ist ein wirklich edles Geschenk. So etwas wollte ich schon immer haben. Wow, das ist echt cool.«

Mo packte die Geschenke nun schneller aus, zerfetzte das Papier und quiekte vor Vergnügen, als sie entdeckte, dass eine Gabe besser war als die andere.

Bestickte Handschuhe ... »Total schön!«

Zwei Trinkpokale aus Zinn ... »Sehr stilvoll.«

Ein Seidenkissen ... »Fühlt sich superweich an.«

Goldene Armreifen mit eingraviertem Blattmotiv ... »So elegant.«

Eine Haarspange, an der aufgefädelte Juwelen baumelten ... »Das ist so protzig, ich kann kaum glauben, dass es mir gefällt, aber ich finde es großartig.«

Ein schwarzes Samtgewand, über und über mit winzigen Perlen bestickt, wie Sternbilder ... »Jemand muss Stunden daran gesessen haben, und das alles für mich!«

Mo strahlte Luca an. »Das ist wie Vampirweihnachten«, witzelte sie und strahlte, als sie das letzte Geschenk auspackte, ein sehr kleines.

»Nur ohne Truthahn«, sagte Luca, aber Mo hörte ihn nicht. Sie starrte einen Ring mit einem riesigen roten Edelstein an.

»Ist das ein Rubin? Ein echter?«, flüsterte sie.

»Natürlich ist er echt«, sagte Luca.

Mo steckte den Ring an und wackelte mit den Fingern. Der riesige Stein funkelte im Licht. Luca pfiff anerkennend.

»Der ist von ... Derek aus Newcastle«, las Mo von der Karte ab, die dabei gewesen war. »Hier steht: ›Ein kleines Geschenk für Euch, Majestät‹. Ich würde diesen Klunker nicht als klein bezeichnen, Derek, aber hey, vielen Dank.«

Mo führte den Ring dicht an die Augen, um ihn aus der Nähe zu betrachten, und sah ihr Spiegelbild in dem Edelstein, mit vor freudiger Erregung glühendem Gesicht. Was mache ich hier?, fragte sie sich plötzlich und ließ die Hand sinken. Eine starke, unabhängige Frau wie ich verliert den Verstand über einem Haufen Luxusartikel. Das ist nicht cool. Schäm dich, Mo!

»Es ist zu viel«, sagte sie unvermittelt. »Ich kann dieses ganze Zeug nicht annehmen. Ich habe es nicht verdient. Ich habe noch gar nichts getan. Ich habe nicht bewiesen, dass ich würdig bin. Ich werde das alles zurückschicken. Ja, genau das werde ich tun.«

Luca hörte auf, das Geschenkpapier einzusammeln, das Mo überall verteilt hatte, und richtete sich auf.

»Wenn du das tust, wirst du die anderen Vampire kränken«, sagte er.

»Aber es ist das Richtige. Diese Leute, ich meine, diese Wesen haben mich nicht gewählt und kennen mich noch gar nicht und ...«

»Sie ehren die Auserwählte«, sagte Luca. »Willst du ihnen das verwehren?«

»Ich will niemanden vor den Kopf stoßen, so früh in meiner Regentschaft. Ich will nicht undankbar oder unhöflich sein ...«

»Dann nimm die Geschenke an.«

»Aber ...«

»Mo, nimm die Geschenke an, es ist ganz einfach.«

Mo seufzte, ließ sich in den Sessel fallen und betrachtete die Geschenke, die ihr geschickt worden waren. Ihre Finger strichen über zarte Stickereien und funkelnde Juwelen.

»Ich meine, das ist schon *richtig* cooles Zeug«, sagte sie, und ihre Stimme klang etwas weicher. »Ich habe noch nie solche Dinge besessen. Es ist alles so schön, als wäre es extra für mich gemacht worden, als würden sie mich kennen.«

Sie fuhr mit der Hand über das Seidenkissen.

»Normalerweise bekomme ich Bücher zu Weihnachten und

zum Geburtstag, und vielleicht verlegt Dad neuen Teppich in meinem Zimmer, aber es gibt keine handgefertigten Kelche und Edelsteine und Luxuskissen.«

Sie schob sich die goldenen Armreifen über das Handgelenk und die Spange über ihrem Ohr ins Haar und spürte, wie die daran baumelnden Edelsteine ihr bis auf die Schulter fielen.

»Ich hatte mir immer vorgestellt, dass ich später, wenn ich einen guten Job haben würde, in einem schicken Anzug herumlaufen würde, aber nicht mit Juwelen. Normalerweise trage ich keinen Schmuck, aber der hier ... Der ist wirklich schön.«

Sie legte den Samtmantel an und sah auf. Luca schaute sie an.

»Ich sehe albern aus, stimmt's?«, sagte sie und wurde rot. »Tut mir leid, ja. Ich habe mich total hinreißen lassen. Ich Idiotin.«

Sie riss den Mantel von der Schulter, aber er legte ihr eine Hand auf den Arm.

»Du siehst aus wie eine Königin«, sagte er sanft.

Mo schloss die Augen und atmete tief durch. Ich sehe aus wie eine Königin. Das ist gut. Ich *muss* wie eine Königin aussehen, besonders, wenn ich dem Vampirkönig begegne.

»Willst du das alles einmal draußen tragen?«, schlug Luca vor.

»Ein königlicher Ausflug in deiner feinen Kleidung und mit dem Schmuck?«

»Führst du mich schick zum Essen aus?«, fragte Mo und war überrascht, wie kokett sie klang. Nicht der feministischste Ton, das war ihr bewusst.

»Ich kann *jemand* Schickes finden, den du zum Abendessen aussaugen könntest, wenn du magst«, bot er an.

Mo lachte. »Nein, danke, ich habe keinen Hunger. Vielleicht einfach ein Spaziergang. Lass uns in das Wäldchen hinter dem Haus gehen. Da habe ich früher als Kind gespielt.«

Luca lächelte, und sie machten sich auf den Weg.

23. Kapitel

Mo und Luca gingen schweigend durch den Garten in Richtung des Wäldchens. Ihr Mantel streifte über das feuchte Gras, und die Perlen leuchteten im Mondlicht.

»Hier gibt es eine alte Eiche mit einem großen niedrigen Ast, da saß ich gern drauf, als ich klein war«, sagte Mo, als sie die Bäume erreichten. »Da!«

Sie rannte zu dem Baum und kletterte auf den Ast. Luca tat es ihr nach und rutschte neben sie. Mo fiel das Gespräch mit Lou im Bus ein, und ihr wurde wieder klar, wie wenig sie über ihn wusste.

»Also«, sagte sie, »erzähl mir alles über dein Zuhause, dein Dorf. Ist es wie Lower Donny?«

Luca lachte und erklärte, dass er aus einem Dorf kam, das am Fuß eines Gebirges lag und nicht von Feldern umgeben war, wo es im Sommer glühend heiß war, nicht kühl und feucht. Er erzählte ihr von seinen Eltern, seinen zwei jüngeren Brüdern und seinem Hund Chichu.

»Vermisst du sie?«, fragte Mo.

»Natürlich«, sagte Luca. »Aber viele junge Leute verlassen ihre Familien, um Arbeit in Städten zu finden, auch wenn es bedeutet, dass das Dorf langsam ausstirbt. Manche gehen in andere Länder auf dem Kontinent auf der Suche nach einem neuen Leben und arbeiten dann richtig viel, um sich eine Zukunft aufzubauen.

»Haben deine Freunde das auch gemacht?«, fragte Mo.

»Einige haben das Dorf verlassen, ja.«

»Und deine Freundin?«, fragte Mo und wappnete sich für die Antwort.

»Es gibt keine Freundin.«

Erleichtert atmete sie einmal tief durch.

»Ich habe auf die Richtige gewartet«, sagte er.

»Lucas Auserwählte«, sagte Mo, und ihr Herz pochte.

»Ja, so kann man es wohl sagen«, antwortete er, lächelte sie an und starrte dann in die Dunkelheit. »Wow, ich habe schon lange nicht mehr so viel über mich geredet.«

Und ich habe noch nie so lange mit einem Jungen geredet, dachte Mo. Wer hätte das gedacht? Sie grinste innerlich und zog den Mantel fester um sich. Sie fühlte sich warm und glücklich.

»Einmal haben Lou und ich von hier oben Danny Harrington mit Eicheln beworfen«, sagte sie, und Kindheitserinnerungen überfluteten sie. »Um sich zu rächen, ist er auf den Baum geklettert und hat versucht, auf Nipper zu pinkeln, der unten stand.«

»In meinem Land würden wir so etwas nie tun«, sagte Luca. »Wir respektieren den Wald. Es gibt ein altes Sprichwort: Verspotte lieber deine Großmutter, als einen Baum zu verfluchen.«

»Es war *schon* ein bisschen lustig«, sagte Mo. »Und Danny war noch ein *Kind*.«

»In meinem Land respektieren wir auch Hunde«, fuhr Luca fort. »Wir haben ein weiteres altes Sprichwort: Wenn Hunde den Menschen nicht mehr trauen, spitzen die Wölfe ihre Zähne.«

»Verstehe«, sagte Mo, obwohl sie nichts verstand. »Was hast du als Kind gespielt?«

»Bären verfolgt, Kohlköpfe angemalt, mit bloßen Händen gefischt, so was«, sagte Luca. »Wir haben auch Versenk-den-Käse-im-Brunnen und Ziegenumwerfen gespielt.«

»Aha«, sagte Mo. »Ich habe nie Ziegenumwerfen gespielt.«

»Oh, da hast du was verpasst«, sagte Luca. »Das macht echt Spaß.«

Mehr Spaß als das hier?, fragte sich Mo. Denn das hier ist Spaß, der größte Spaß, den ich je hatte. Auf einem Baum zu sitzen, mit

Schmuck und in wunderschönen Kleidern, und mich mit einem gut aussehenden Jungen zu unterhalten. Noch vor wenigen Tagen konnte ich ihm kaum in die Augen sehen …

Mo wollte lachen, vom Baum springen, jauchzend herumrennen und Blätter in die Luft werfen. Trotz der schweren Kleidung fühlte sie sich leicht, und sie legte den Kopf in den Nacken, um sich die Sterne anzuschauen.

»Meine Spange!«, rief sie, als ihr diese aus den Haaren rutschte.

Luca sprang von dem Ast hinunter und hob sie auf. Mo landete neben ihm, steckte sie sich sorgfältig wieder ins Haar und arrangierte die Edelsteinschnüre so, dass sie perfekt auf ihrem langen schwarzen Haar lagen.

»Wieder Königin«, sagte er.

»Danke«, sagte Mo. Sie spürte, wie sie rot wurde, und wandte sich ab.

Sie gingen schweigend nach Hause, und Mo sagte Luca am Rand des Gartens Gute Nacht. Ruhig und zufrieden sah sie ihm nach, als er in der Dunkelheit verschwand. Dann ging sie noch einmal in den Schuppen, räumte den Schmuck weg und setzte sich in den Sessel. Sie nahm einen Füller und Papier aus dem neuen Set und machte eine Liste mit all den Geschenken und von wem sie gekommen waren. Dann betrachtete sie das Blatt.

Das können nicht mehr als zwanzig Vampire sein, wurde ihr bewusst. Nicht viele. Sie wirken alle sehr nett und scheinen sich zu freuen, dass ich ihre Königin bin, aber das ist nicht gerade ein ganzes Vampirreich, über das ich herrsche, oder? Es gibt hier kaum genügend Vampire, um einen Minibus zu füllen, geschweige denn ein ganzes Land. Wie kommt es, dass es so wenige sind? Was machen sie alle? Kein Wunder, dass Bogdan so erpicht darauf war, dass ich weitere Menschen zu Vampiren mache.

Nachdenklich trommelte Mo mit dem Füller auf ihrer Wange.

Der Vorteil ist wohl, dass es das Regieren erleichtert. Ich fange damit an, dass ich mit Luca eine Rundreise mache, bei der ich alle besuche. Vielleicht in den Weihnachtsferien. Eine königliche Besuchstour als Beginn einer neuen Ära guter Führung und glücklicher Vampirbürger. Sie werden mich in meiner majestätischen Aufmachung sehen, die Luca so gefiel, und werden ebenfalls davon beeindruckt sein. Sie werden jubeln und denken: »Das ist eine starke, angemessen gekleidete Herrscherin«, und beruhigt sein, dass sich jemand um sie kümmert. Das wird ihnen allen neuen Schwung geben, einen Neuanfang, das Selbstvertrauen, als stolze britische Vampire aufzutreten. Dann wird der Vampirkönig des Ostens zufrieden sein und denken, dass ich hervorragende Arbeit leiste, und ich kann mich ein wenig zurücklehnen und mehr Zeit für mein menschliches Leben aufwenden. Es ist in Ordnung. Wirklich.

Vor sich hin summend, sammelte Mo die Geschenke ein. So viele schöne Dinge. Zu viele, um sie alle auf einmal zu tragen. Sie versteckte das Schreibset sorgfältig hinter einem Stapel alter Blumentöpfe und schlich mit den übrigen Geschenken im Arm zurück zum Haus. Ihre Mutter döste vor dem Fernseher, und ihr Vater kochte in der Küche Tee, der Kessel brummte laut. Mo rannte die Treppe hinauf und verbarg alles tief in ihrem Kleiderschrank, dann trottete sie die Treppe wieder hinunter.

»Gute Nacht«, sagte sie und steckte den Kopf durch die Wohnzimmertür.

»Du bist wieder da«, sagte ihre Mutter verschlafen. »Ich habe dich gar nicht kommen hören. Bin ich eingenickt?«

»Ja, bist du, wie jeden Abend um genau 21:28 Uhr«, sagte Mos Vater. »Alles okay, Mo?«

»Ja, super, danke.«

»Läuft's?«

»Läuft gut. Alles in Ordnung«, sagte sie und verspürte eine Art essigsaures Vergnügen, weil sie wusste, dass ihr Vater sich auf die

Schule bezog, sie sich aber auf ihr Vampirleben mit treuen Untertanen, Luxusgeschenken und Luca.

»Sehr gut, Liebes«, sagte ihre Mutter. »Immer alles im Griff. Du
bist unser Star.«

Mo lächelte und sprang die Treppe immer zwei Stufen auf einmal
nehmend hoch in ihr Zimmer. Ein Star, dachte sie. Okay, das akzep-
tiere ich gern, aber was ihr nicht wisst und nie, nie erfahren werdet,
ist, dass ich so viel mehr bin … Ich bin *die* Vampirkönigin!

24. Kapitel

Am nächsten Tag fuhr Mo mit dem Fahrrad in die Schule und sah Lou erst in der Mittagspause, als sie sich im Flur über den Weg liefen.

»Hey, ich habe dich gesucht. Du warst heute Morgen nicht im Bus«, sagte Lou. »Wohin gehst du?«

»Ich muss in die Bibliothek, ein bisschen Hausaufgaben nachholen«, sagte Mo.

»Aber wir essen doch immer zusammen unsere Pausenbrote hinter dem Sportplatz«, sagte Lou, und ihr süßes, rundes Gesicht sah gekränkt und dadurch ganz zerknittert aus. »Das ist nur, weil du einen Freund hast, oder? Ich wusste, dass es schwierig für dich werden würde, einen Freund zu haben und mit der Schule hinterherzukommen. Habe ich doch gesagt, oder?«

»Er ist nicht mein Freund«, sagte Mo. »Und es ist alles gut. Ich komme zurecht. Es tut mir leid, Lou, aber ich muss … meine Sachen erledigen …« Sie sprang von einem Fuß auf den anderen.

»Komm doch stattdessen heute Abend bei mir vorbei«, schlug Lou vor. »Mini-Muffins? Ich könnte etwas Hilfe beim Lernen für die NaWi-Arbeit gebrauchen.«

»Das würde ich wirklich gern, aber …«

»Du bist normalerweise kein Aber-Mensch«, sagte Lou und klang etwas bitter.

»Sorry. Es ist bloß … Können wir das am Wochenende tun?«, bat Mo.

»Kann sein, dass ich am Wochenende keine Zeit habe«, antwortete Lou. »Ich muss mal gucken.«

»Okay«, sagte Mo überrascht. »Mach das.«

»Okay«, antwortete Lou ein wenig kühl. »Mach ich.«

Dann lief sie an Mo vorbei und ließ sie allein stehen.

Mit schlechtem Gewissen ging Mo in die Bibliothek, doch das wich bald dem Ärger. Hatte Lou sie nicht ermuntert, mit Luca auszugehen, hatte sie nicht gesagt, dass er toll war? Und nun das – sie war eifersüchtig und gekränkt. Na super! Genau das, was Mo jetzt gebrauchen konnte, wo sie damit beschäftigt war, ihr Schicksal als Auserwählte zu erfüllen. Sie konnte alles auf einmal schaffen, sicher – tagsüber Schülerin, nachts Vampirkönigin –, aber eine eifersüchtige Lou? Das war *nicht* hilfreich. Konnte sie sich nicht einfach für Mo freuen?

Mo sprach nicht erneut mit Lou in der Schule. Sie hatten unterschiedlichen Unterricht, und als sie einmal im Flur aneinander vorbeikamen, sagte Mo Hallo, aber Lou antwortete nicht, schaute sie nicht einmal an, sondern ging einfach weiter. Verwirrt und vor den Kopf gestoßen, hastete Mo in ihre Richtung davon.

Am Ende des Tages sprang Mo auf ihr Fahrrad und raste nach Hause. Dort, mit geschlossenen Vorhängen, fühlte sie sich ruhiger, klarer. Sie schob beiseite, dass Lou sie ignoriert hatte, und konzentrierte sich auf den vor ihr liegenden Abend. Ich war gestern Nacht eine tolle Königin, und ich bin die Auserwählte, sagte sie sich. Ich habe alles im Griff. Sie setzte sich an den Schreibtisch und arbeitete hoch konzentriert, im Hinterkopf den Countdown herunterzählend, bis sie Luca wiedersah. Die Zeit schien immer schneller zu laufen, während sie ihre letzten Aufgaben als Mensch an diesem Tag erledigte – schnell zu Abend essen, die Eltern anlügen, sich aus dem Haus schleichen, sich umziehen hinter einem Baum, zum Schuppen eilen – und sich in die Vampirkönigin verwandelte.

Als Mo in den Schuppen kam, wartete Luca bereits auf sie.

»Tut mir leid, dass ich zu spät bin«, sagte Mo und vermied seinen Blick. Es fiel ihr schwer, jemandem in die Augen zu sehen, wenn sie kurz davor war, demjenigen eine dicke, fette Lüge aufzutischen. »Ich bin draußen herumgestreift, du weißt schon.«

»Klar«, sagte Luca. »Das machen Vampire nun einmal.«

»*Genau!*«, sagte Mo eifrig. »Genau das machen sie, ich meine, *wir*. Früher hätte ich zu Abend gegessen und Hausaufgaben gemacht. Aber das ist vorbei. Jetzt bin ich eine Königin. Keine Hausaufgaben mehr. Kein Abendessen.«

Sie setzte sich in den Sessel und bemerkte, dass sie noch ihre weißen Schulsöckchen trug. Mist, sie hatte vergessen, sie auszuziehen. Schnell zog sie die Füße unter ihr Kleid.

»Sind noch mehr Geschenke angekommen?«, fragte Mo und legte dann schnell die Hand an den Mund. Zu spät, der Rülpser war ihr bereits deutlich hörbar herausgerutscht. Luca zog die Augenbrauen hoch.

»Sorry«, murmelte Mo.

»Hast du Hunger?«, fragte er. »Gestern hast du nicht gejagt. Hast du heute Abend schon Nahrung gefunden? Kann ich dir dabei irgendwie helfen?«

»Nein, ich habe definitiv nichts gegessen. Getrunken, meine ich«, sagte sie. »Ich bin heute nicht besonders hungrig.«

Ein weiterer kleiner Rülpser stieg in Mos Hals auf – sie verfluchte sich dafür, dass sie ihr Abendessen so schnell heruntergeschlungen hatte –, aber sie war sich ziemlich sicher, dass Luca ihn diesmal nicht gehört hatte. Das war gut, denn sie war sich ebenfalls ziemlich sicher, dass echte Vampire nicht rülpsten.

»Das wäre kein Problem«, fuhr Luca fort. »Ich kann einen Menschen für dich suchen und ihn hierherbringen ...«

»Nein!«, sagte Mo mit ein wenig zu viel Nachdruck. Sie atmete einmal ein und aus und probierte es erneut, diesmal ruhiger. »Nein, danke, das brauchst du nicht. Um ehrlich zu sein, Luca, ich habe nachgedacht. Ich glaube, ich möchte kein menschliches Blut zu mir nehmen. Das ist so altmodisch, findest du nicht auch? Wie Kutteln oder Graupensuppe.«

»Was hast du gegen Graupensuppe?«, fragte er.

Mo ignorierte das.

»Wie gesagt, ich will die Sachen auf meine Art machen«, erklärte sie. »Das betrifft auch die Ernährung. Lass uns eine Ernährungsweise finden, die angemessen ist für eine Vampirkönigin im einundzwanzigsten Jahrhundert. Also kein menschliches Blut, stattdessen …«

»Irgendein anderes Blut?«, schlug Luca vor.

»Ja, vielleicht«, sagte Mo.

Sie überlegte, ob es irgendein Tier gab, das ihr nicht so sehr am Herzen lag, doch da sie seit ihrem achten Lebensjahr Vegetarierin war, fiel ihr das schwer. Es musste etwas sein, das niemand vermisste, wenn Luca ein paar davon für ihr Blut tötete. Vielleicht eine Ratte. Oder eine Kakerlake.

»Oder ein Wurm«, sagte sie laut.

»Ein Wurm?«, fragte Luca.

»Wurmblut. Warum nicht?«, sagte Mo etwas schnippisch. »Köstlich und sicher proppenvoll mit Protein.«

»Ich glaube nicht, dass Würmer Blut haben«, sagte Luca.

»Na ja, vielleicht kann man sie, keine Ahnung, melken?«

Luca riss die Augen auf.

»Oder sie häckseln, in einem Mixer?«, fuhr Mo fort. (Warum auch aufhören, mit Steinen zu werfen, wenn man im Glashaus sitzt?)

Luca nickte unsicher. »Ja, klar, wenn es das ist, was du willst«, sagte er.

»Ja, das will ich«, sagte Mo bestimmt. »Neue Königin, neue Regeln. Ich will Würmer, gehäckselt. Ein leckerer, nahrhafter Wurmshake. Als Hauptmahlzeit. Jeden Abend. Pasta, ich meine, *basta*.«

»Okay«, sagte Luca, »verstanden … glaube ich. Hättest du deinen Wurmshake gern gleich heute?«

Ungeduldig winkte Mo ab. »Morgen reicht«, sagte sie. »So, jetzt möchte ich noch ein wenig herumstreifen, mir einen Überblick über mein Land verschaffen, zumindest über den Teil hier vor Ort. Kommst du mit?«

»Natürlich«, sagte Luca. »Ich folge dir, wohin du gehst. Meine Aufgabe ist es, dir zu dienen.«

»Du brauchst mir gerade nicht unbedingt zu dienen«, sagte Mo etwas genervt und fragte sich dann überrascht, wie sie von Luca genervt sein konnte. Er roch wie eine Bäckerei, sein Lächeln glich einem Sonnenstrahl auf einer ruhigen See und sein Haar dem eines griechischen Gottes.

»Schon vergessen, was wir ausgemacht hatten? Wir sind Kollegen«, fügte sie mit sanfterer Stimme hinzu.

Luca nickte. »Ich kann unterwegs nach Würmern Ausschau halten«, sagte er mit einem Funkeln in den Augen.

»Klar«, sagte Mo und versuchte, nicht zu lächeln. »Tu das.«

Sie gingen durch die Gasse in die Felder. Es war sehr dunkel, nur ein schmaler Streifen Mond erleuchtete den Weg, aber Mo konnte es nicht riskieren, in den Ortskern zu gehen, wo es Straßenlaternen gab. Schließlich war sie angeblich zum Lernen bei Lou.

Außerdem war es sehr kalt. Mo schlang ihren langen Mantel fester um sich und zitterte ein wenig. Sie merkte, dass Luca sie irritiert ansah.

»Alles in Ordnung mit dir?«, fragte er. »Vampire frieren eigentlich nicht.«

Na toll, dachte Mo. Zuerst das Rülpsen, nun das Zittern. Mein Körper lässt mich im Stich, verkündet klar und deutlich, dass ich lebendig bin, ein Mensch und kein bisschen untot. Ich muss mir schnell etwas einfallen lassen.

»Luca, wie vielen Vampiren bist du bisher begegnet?«, fragte sie und bemühte sich um einen majestätischen Tonfall.

»Na ja, Bogdan natürlich«, sagte er. »Ihm habe ich ein Jahr lang gedient. Manchmal vampirischen Botschaftern vom König des Ostens, aber sie sind nie lange geblieben.«

»Gut. Das heißt, du sagst, ›Vampire frieren normalerweise nicht‹, dabei weißt du eigentlich nur, dass Bogdan nicht gefroren hat«, sagte sie. Ha! Die Jahre im Debattierklub machten sich bezahlt.

»Ja, das kann sein«, sagte er.

»Und dann nimmst du ein Beispiel heraus, Bogdan, und extrapolierst daraus, dass alle Vampire so sind«, fuhr Mo fort.

»Was poliere ich extra?«, fragte er verwirrt.

»Was ich damit sagen will: Vom Verhalten eines Vampirs – Bogdan – kannst du nicht auf das aller Vampire schließen. Und wie ich heute Abend schon einmal gesagt habe, bin ich nicht Bogdan. Ich bin die neue Vampirkönigin, und ich mache die Dinge so, wie ich es für richtig halte. Diese Vampirin hier friert, okay?«

»Natürlich, Eure Maj...«, sagte Luca.

Mo warf ihm einen strengen Blick zu.

»Natürlich, Mo«, sagte er und hob entschuldigend die Hände.

Schweigend gingen sie weiter. Mo war gerade siegreich aus einer Diskussion hervorgegangen, etwas, das normalerweise zu ihren Lieblingssachen gehörte, aber Lucas verletzter Gesichtsausdruck bekümmerte sie. Sie sehnte sich nach dem angenehmen Austausch, den sie noch gestern Abend gehabt hatten, als sie nebeneinander auf dem Baum gesessen hatten. Heute Abend jedoch machte sie Fehler, gab ihre Menschlichkeit preis und musste voll in den Königinnenmodus schalten, um Luca davon abzulenken.

Nach ein paar Minuten blieb Luca stirnrunzelnd stehen.

»Tut mir leid, Mo«, sagte er. »Ich glaube, wir haben uns verlaufen.«

Mo blickte sich um.

»Nein, schon okay, ich weiß, wo wir sind«, sagte sie. »Diese Schafe da drüben gehören Bauer Jameson, wir müssen also nur hier über diesen Zauntritt und ...«

»Schafe?«, fragte Luca beunruhigt. »Ich muss dich von hier wegbringen.«

»Warum?«

»Schafe können Vampire riechen. Von Weitem. Früher haben die Menschen Schafe genutzt, um Vampire aufzuspüren. Sie sind darin sogar besser als Hunde.«

»Spürschafe?«, fragte Mo.

»Ja! Komm schnell, hier lang. Wenn sie dich riechen, könnten sie angreifen«, sagte er, legte einen Arm um Mos Schulter und führte sie zurück auf den Weg, über den sie gekommen waren.

Sie gingen schnell, bis sie fast bei der Gasse angekommen waren, die auf Mos Haus zuführte.

»Hier sollten wir sicher sein«, sagte Luca und schaute nervös über die Schulter.

»Sicher vor den tödlichen Spürschafen«, sagte Mo, aber Luca lachte nicht.

»Okay, na gut, danke dafür. Ich wäre sonst direkt an den Schafen vorbeigegangen. So viel zu lernen in diesem neuen Job. Ein bisschen überwältigend, um ehrlich zu sein. Ich denke, ich gehe zurück zum Schuppen und mache mir ein paar, äh, Vampirnotizen.«

»Wie du wünschst«, sagte Luca.

Mo drehte sich um, um nach Hause zu gehen.

»Du könntest es mal mit dem Materialisieren probieren«, schlug Luca vor. »Das wäre schneller und eine gute Übung.«

Mo erstarrte. Na toll, dachte sie. Es ist erst mein zweiter Abend als Vampirkönigin, und nun muss ich vor seinen Augen verschwinden. Wie soll ich das machen?

»Ach ja«, sagte Mo. »Wie als Bogdan aus der Hecke aufgetaucht ist, als ich ihn das erste Mal getroffen habe, meinst du?«

Sie rückte langsam etwas näher an die Hecke neben der Gasse.

»Ich glaube, es war genau diese Hecke«, sagte sie und zeigte darauf. Sie sah ziemlich dicht aus. Und ziemlich dornig. »Ich werde mich jetzt gleich materialisieren, aber es ist das erste Mal, dass ich das mache. Es wäre mir lieber, wenn du mir nicht dabei zusehen würdest.«

Luca drehte sich um. Mo versuchte, mit den Händen die Äste für eine Lücke in Mo-Größe in der Hecke beiseitezuschieben, durch die sie sich »materialisieren« konnte.

»Wir sehen uns morgen Abend im Schuppen«, rief Luca über die Schulter.

»Ja, ja«, sagte Mo ungeduldig. »Und jetzt hätte ich gern ein wenig Privatsphäre. Ich werde mich jetzt jeden Augenblick materialisieren. Nicht gucken!«

Mo zog einen dicken Ast zur Seite und quetschte sich in die Hecke. Es fühlte sich an wie ein Ringkampf mit einem Igel.

»Es passiert«, sagte sie laut. Sie quiekte auf – »autsch« –, als ein Dorn über ihre Wange kratzte.

»Es ist ein bisschen schmerzhaft«, sagte Mo. »Aber es geht los.«

Sie schob sich weiter durch die Hecke und sprang auf der anderen Seite hinaus. Ihr langer Mantel blieb in den Dornen hängen, sie riss sich los und hockte sich leise hin. War Luca gegangen? Hatte er ihr das Materialisierungstheater abgenommen? Es war zu dunkel und die Hecke zu dicht, als dass sie sehen konnte, ob er noch dort war, aber dann hörte Mo Schritte, die über das Feld verschwanden.

Langsam richtete sie sich auf. Er war fort.

»Gott sei Dank«, murmelte Mo und zupfte sich einen Zweig aus den Haaren. Sie blickte zurück auf die Hecke und zeigte ärgerlich mit dem Finger darauf. »Und was dich angeht, Hecke, danke für nichts. Du dummes, kratziges, albtraumartiges Stachelding.«

Dann wandte sie sich ab und ging schnell nach Hause.

25. Kapitel

Am nächsten Morgen, einem Donnerstag, sprang Mo in den Bus und freute sich darauf, Lou zu sehen. Das Rülpsen, Zittern und vorgetäuschte Materialisieren hatten ein etwas schales Gefühl hinterlassen, sie etwas unsicher gemacht, was ihre neue Position als Vampirkönigin anging. Lou zu sehen und in die Schule zu gehen, würde etwas willkommenes Vertrautes sein, wie eine einfache Scheibe Toast nach einer Woche mit üppigem Frühstück. Sie hatte eine Packung Mini-Muffins dabei, die sie sofort aufmachen wollte und von der sie glaubte, dass sie Lou von ihrer Zuneigung und Treue überzeugen würde. Aber Lou war nicht da.

Mo schrieb ihr eine Nachricht.

Geht es dir gut? Alles in Ordnung?

Lou antwortete nicht. Mo hielt in der Schule Ausschau nach ihr, aber sie war gar nicht gekommen. Mo schickte ihr eine zweite Nachricht:

Ich komme später vorbei, ja?

Bringe Mini-Muffins mit …

Immer noch keine Antwort, also nahm sie nach der Schule den Bus nach Hause und fuhr dann mit dem Fahrrad zu Lou.

»Oh, hi«, sagte Lou, als sie die Tür öffnete. Sie klang überrascht und zurückhaltend.

»Ich habe ja gesagt, dass ich vorbeikommen würde. Du hast nicht geantwortet, aber hier bin ich. Und ich habe Mini-Muffins mitgebracht. Tada!«

Lou nahm die Packung mit dem Gebäck, blieb aber stehen.

»Kann ich reinkommen, oder bist du sehr ansteckend?«, fragte

Mo lachend. »Du siehst nicht allzu krank aus. Eigentlich siehst du super aus. Fühlst du dich auch super?«

»Ich habe bloß Kopfschmerzen«, antwortete Lou leise.

»Oh, hast du Paracetamol genommen? Hast du welche?«

Lou schüttelte schnell den Kopf.

»Ich kann dir welche bringen«, bot Mo an. »Ich kann eben nach Hause fahren und welche holen. Soll ich dir auch ein paar Bücher ausleihen? Oder kann ich dir sonst irgendetwas …?«

»Ich brauche nichts, danke«, unterbrach Lou sie.

»Okay«, sagte Mo.

Sie schwiegen ein paar Sekunden, bis Lou sagte: »Ich erwarte übrigens Besuch. Vielleicht solltest du besser gehen.«

»Oh«, sagte Mo und errötete. »Ja, gut. Sorry. Bin schon weg.«

Sie drehte sich um und ging den Pfad hinunter. Sie blinzelte hektisch und bestieg ungeschickt ihr Rad, während Lou die Tür schloss.

Wen? Wen erwartete Lou?, fragte sich Mo auf dem Heimweg. Oder hatte sie sich das bloß ausgedacht? Eigentlich egal, das Ergebnis war dasselbe. Sie hatte Mo nicht hereingebeten, hatte nicht mit ihr geredet, hatte sich offensichtlich nicht gefreut, sie zu sehen.

Zu Hause an ihrem Schreibtisch hatte Mo Mühe, sich auf das Lernen für NaWi zu konzentrieren, womit sie sowieso spät dran war. Sie konnte nur an Lou denken. Lou hatte sie noch *nie* nicht ins Haus gelassen, noch *nie* ihre Mini-Muffins nicht mit Mo geteilt. Was war da los?

Mo schleuderte ihren Stift quer über den Schreibtisch, schob den Stuhl zurück und schaute aus dem Fenster. Es war fast dunkel. Bald würde sie Luca wiedersehen. Sein breites Lächeln und seine seidige Stimme würden alle Gedanken an Lous merkwürdiges Verhalten vertreiben wie ein knackender Zweig einen Sprung Rehe. Ich werde meine neuen Kleider tragen, meinen Ring, diese hübschen Armreifen, sagte Mo sich, nun ruhiger. Vielleicht hat er sogar noch mehr Geschenke für mich.

Hatte er nicht.

Stattdessen wartete er im Schuppen mit einem Stapel Briefe auf Mo.

»Was ist das?«

»Briefe von den britischen Vampiren«, erklärte er.

Mo las einen, dann noch einen und noch einen und seufzte.

»Das klingt alles ziemlich deprimierend«, sagte sie. »Erinnerst du dich an Pat, von Pat und Richard aus Wales? Sie sagt, Richard wolle sich nicht mehr von Menschenblut ernähren, sondern trinke nur gelegentlich das ein oder andere Schaf aus. Seit den Säuberungen – was auch immer sie damit meint – habe er all sein Selbstvertrauen verloren. Sie hätten kein Sozialleben mehr, sie sei total genervt, ob ich ihm bitte den Kopf abreißen könne?«

»Aha«, sagte Luca.

»Oder hier, Natascha aus Northampton, die sagt, dass die anderen ›Mädels‹ nicht genug Hausarbeit übernähmen. Sie würden überall Blutflecken machen und Leichen herumliegen lassen. Ob ich mal vorbeikommen und mit ihnen über Hygiene sprechen oder ›ihnen vielleicht einfach den Kopf abreißen‹ könne?

Sie sah Luca mit einem »Unfassbar, oder?«-Blick an.

»Sieh mal, sie hat sogar eine Zeichnung beigelegt, wie ich das tue«, sagte Mo und gab ihm den Brief.

»Die Proportionen stimmen überhaupt nicht«, sagte er, während er das Bild studierte. »Aber die Schattierung der Reißzähne ist gut.«

»Oh ja, die ist gut«, stimmte Mo zu, als sie es sich noch einmal anschaute. »Aber guck dir an, was ich trage. Sie hat mich in einer Art Catsuit und Umhang gezeichnet. Ich bin eine Vampirin, keine Superheldin. Na ja, dann schreibt sie jedenfalls, dass sie früher alle in ihren eigenen Häusern gewohnt haben, aber seit den Säuberungen glauben, es sei sicherer, sich zu mehreren zusammenzutun. Schon wieder die Säuberungen. Was meinen sie damit?«

Luca zuckte die Achseln und schüttelte den Kopf.

Mo nahm einen weiteren Brief. »Dieser hier kommt von einer Gruppe schottischer Vampire, die sich die Schottenschocker nennen. Sie schreiben, sie wollten nicht ›von der anderen Seite der Grenze‹ regiert werden, geben aber zu, dass ihre Position geschwächt sei seit den Säuberungen durch die …«

Mo schnappte nach Luft.

»Durch die Vampirjäger!«

Mo sah wieder zu Luca auf, diesmal mit großen, entsetzten Augen. »Das meinen sie also mit ›Säuberungen‹. Vampirjäger, die einen Großteil der Vampirbevölkerung töten. Nicht nur hin und wieder eine vereinzelte Attacke, sondern ein systematisches Auslöschen. Wahrscheinlich gibt es deshalb nur noch so wenige. Habt ihr nie davon gehört? Wussten Bogdan oder der Vampirkönig nicht davon?«

»Ich glaube nicht«, sagte Luca. »Bogdan hat es jedenfalls nie erwähnt.«

»Ich frage mich, wann das passiert ist. Es scheint, als hätten sich die überlebenden Vampire seitdem versteckt und still gelitten, vielleicht jahrelang, am Rand der Vampirwelt, ignoriert und verängstigt, und vielleicht haben sie sich sogar gegeneinander gewandt.«

Sie seufzte schwer. »Bogdan hat gesagt, ich müsse etwas Schwung ins Königreich bringen, aber mir war nicht klar, dass alle Vampire so unglücklich, so bedürftig und furchtsam sein würden. Können sie sich nicht einfach darüber freuen, dass ich sie regiere? Warum müssen sie mit all ihren Problemen bei mir ankommen? Ich bin ihre Königin, nicht ihre Therapeutin.«

»Hier, Mo, trink das. Das gibt dir bestimmt neue Energie«, sagte Luca und reichte ihr ein randvolles Glas. Die Flüssigkeit darin war rosa-grau und widerwärtig glibberig. »Gehäckselte Würmer, wie gewünscht.«

»Mmmh«, machte sie, während alles in ihr »*Igitt!*« schrie. »Ich genieße das draußen.«

Sie ging in den Garten und goss den Shake in die Büsche, sah zu, wie abstoßend die schleimige Masse aus dem Glas glitt, und entschuldigte sich gleichzeitig im Stillen bei allen Würmern, die ihr Leben für sie gelassen hatten. Dann erstarrte sie. Durch die Dunkelheit war ein Geräusch an ihr Ohr gedrungen. Schritte auf dem nassen Gras, die näher kamen. Schnell schlüpfte sie zurück in den Schuppen.

»Da kommt jemand«, flüsterte sie, die Augen erschrocken aufgerissen.

Dann ... klopfte es. Wieder erstarrte sie, während Luca zur Tür schlich und sie einen Spalt öffnete. Dann trat er hinaus. Mo hörte gedämpfte Stimmen, bis Luca zurückkam.

»Das ist Dereks treuer Gefährte«, sagte er.

»Aber Derek ist oben in Newcastle, oder? Meilenweit weg. Was macht sein treuer Gefährte hier?«, fragte Mo in einem vor Stress ganz piepsigen Flüsterton. »Er kann hier nicht einfach so auftauchen und damit jedem, der vorbeikommt, verraten, wo ich bin. Was, wenn ihn meine Eltern sehen?«

»Er möchte mir dir sprechen«, sagte Luca.

»Wirklich? Okay, dann lass ihn rein, schnell.«

Mo nahm ihre aufrechteste, majestätischste Pose ein, als Luca die Tür aufstieß und den Mann hereinwinkte. Während dieser sich langsam verbeugte, musterte Mo sein graues drahtiges Haar, seine Cordjacke mit Ellbogenpatches und seine langweilige braune Krawatte. Der Look war original Kürzlich-von-seiner-Frau-getrennter-Geografielehrer.

»Mich schickt Derek, mein vampirischer Herr und Meister«, sagte er mit unsicherer Stimme.

Mo antwortete nicht, fixierte ihn nur mit ihrem stählernsten Blick.

»Er sagt«, fuhr der Mann fort, nachdem er sich geräuspert hatte, »er will Euch seine Scheue twören, Entschuldigung, seine Treue schwören, seine *unverbrüchliche* Treue. Entschuldigung. Kann ich noch einmal von vorn anfangen? Ich bin ein wenig nervös.«

»Wir haben es nicht eilig«, sagte Luca, aber Mo schwieg weiterhin königlich. Es schien zu funktionieren – der Kerl wischte sich die verschwitzten Handflächen an der Hose ab.

»Er schwört Euch seine unverbrüchliche Treue«, sagte er, lächelte kurz erleichtert und fuhr dann fort: »Und er bittet Euch um einen Gefallen.«

Mo hob langsam die Augenbrauen.

»Er wünscht, Euch zu dienen, als Euer Stellvertreter«, erklärte Dereks treuer Gefährte. »Der Ring, den er Euch geschickt hat, war ein Zeichen seiner Loyalität und Hingabe an Euch, oh grausige Königin.«

Wieder verbeugte sich der Mann rasch, und Mo warf einen Blick auf den funkelnden Rubin an ihrem Finger. Plötzlich erschien er ihr weniger schön. Sie nahm ihn rasch ab und ließ ihn vor Dereks treuem Gefährten auf den Boden fallen.

»Was ich für ein Geschenk hielt, war also in Wahrheit Bestechung?«, zischte sie. Sie war nun wütend. Wie konnten es die Vampire wagen, sich mit edlen Geschenken einzuschmeicheln, um Posten und Einfluss zu erlangen? Und wie dumm von ihr, dass sie darauf reingefallen war.

»Du kannst deinem Herrn sagen, dass ich keinen Stellvertreter benötige. Du kannst ihm außerdem sagen, dass ich keine Bestechung dulde. Bei mir gibt es keine Günstlinge, und ich lasse mich nicht kaufen. Verstanden?«

Der Mann nickte nervös.

»Und jetzt geh«, befahl sie.

Hastig bückte er sich, um den Ring aufzuheben, und machte dann eine Art Knicks, bevor er aus dem Schuppen floh.

Luca sah ihm hinterher, wie er überraschend schnell über den Rasen rannte. Dann zog er die Tür fest ins Schloss.

»Gute Arbeit, majestätische Mo«, sagte er, aber die war zu sehr damit beschäftigt, wütend auf und ab zu gehen, um es zu hören.

»So eine Frechheit!«, sagte sie. »Mich mit hübschen Dingen bestechen zu wollen. Und ich falle auch noch darauf rein. Was für ein Idiot. Weißt du was – das werde ich nicht zulassen. Ich werde nicht herrschen wie irgend so ein Mafiaboss über seine Bande. Ich hatte nie vor, mit Gewalt zu arbeiten, wie Bogdan es empfohlen hat und wie es der Vampirkönig tut, aber ich kann nicht erlauben, dass die Vampire Großbritanniens versuchen, mich zu schmieren, oder erwarten, dass ich all ihre Streitigkeiten damit löse, dass ich Köpfe abreiße. Es ist mir egal, wie schwer sie es haben mit den Säuberungen und so. Es muss eine gerechtere Art zu regieren geben, eine stärkere, demokratischere und ... «

Mo hielt inne. Wieder ein Geräusch an der Tür. Kein Klopfen diesmal, sondern ein Kratzen. Wieder erstarrte Mo. Wieder schlich Luca auf Zehenspitzen zur Tür. Er schob sie einen Spalt auf und spähte kurz nach draußen. Dann öffnete er sie weiter, um eine riesige Fledermaus einzulassen.

Sie schoss herein und sauste durch den kleinen Schuppen, stieß dabei an die Wände und gegen das Dach. Mo schrie auf und kauerte sich in eine Ecke, die Hände vor Schreck schützend vor das Gesicht geschlagen.

»Das ist bloß eine Expressfledermaus«, sagte Luca. »Wahrscheinlich hat sie noch mehr Post dabei.«

»Sie ist wie eine Ratte mit Flügeln!«, fiepte Mo.

Das Tier flog auf sie zu, und sie duckte sich tiefer.

»Sie soll verschwinden!«, schrie sie, zu sehr damit beschäftigt, ihr Gesicht zu bedecken, um zu bemerken, wie verwirrt Luca aussah. Keine Chance, die Fledermaus prallte gegen Mos Kopf.

»Aaaaaah, sie hat sich in meinen Haaren verfangen, sie hängt fest!«, kreischte sie, sprang auf und schlug hektisch mit den Händen um ihren Kopf. Die Fledermaus quiekte und flatterte, wobei sie immer wieder mit ihren großen, durchscheinenden Flügeln Mos Stirn traf, bis sie sich befreit hatte.

Mo taumelte zurück in die Ecke, keuchend. Die Fledermaus ließ sich auf dem Sessel nieder. Mo konnte den Blick nicht von ihren hervorstehenden schwarzen Augen und der platten, gekräuselten Nase abwenden, mit der sie unaufhörlich schnupperte, von ihren Ohren – unbehaart, gezahnt, spitz –, die unablässig zuckten. Sie bemerkte zwei winzige Reißzähne, die auf der dicken Unterlippe lagen, und sah gebannt zu, wie das Tier die Schnauze in sein Brustfell steckte und ein ordentlich gefaltetes Blatt Papier hervorzog, das sich entfaltete, als es zu Boden fiel.

»Ein Brief, siehst du?«, sagte Luca und hob ihn auf, aber Mo hob die Hand, um ihn zu stoppen.

»Da summt jemand! Draußen«, flüsterte sie. »Ich glaube es nicht. Was ist denn *jetzt*?«

Luca spähte aus dem Fenster.

»Dein Vater. Er kommt in diese Richtung. Schnell, hinter den Sessel!«

Mo schaltete das Licht aus, schnappte sich die Vampirbriefe, sprang hinter den Sessel, wo Luca bereits hockte, und drückte sich neben ihn. Sein Zimt-und-Toast-Geruch stieg ihr in die Nase, seine weichen Haare kitzelten sie an der Wange.

»Moment mal, wo ist die Fledermaus?«, flüsterte sie.

Luca zeigte auf seine Brust, wo sie sich unter seinem Pullover wand.

»Igitt«, murmelte Mo. In diesem Moment flog die Schuppentür auf, und das Licht ging an.

»Wo sind sie?«, sagte ihr Vater.

Mo versteifte sich und hielt die Luft an. Suchte er *sie*? Sie sah zu Luca, der ihr zuzwinkerte. Wie konnte er bloß so ruhig bleiben? Das war ein Albtraum. Sie sollte bei Lou sein; stattdessen gab sie vor, eine vampirische Herrscherin zu sein, und versteckte sich neben

179

einem Jungen, der eine herumhampelnde Fledermaus unter dem Pullover hatte, hinter einem Sessel, und da – *direkt vor ihnen!* – stand ihr Vater.

»Da, ich wusste es«, murmelte er vor sich hin und zog eine Kiste unter der Werkbank hervor.

»*Holzarbeiten wie ein Profi*, ich habe dich schon vermisst«, sagte er. »Das müssen über dreißig Ausgaben meines Lieblingsmagazins sein. Genial! Komm zu Papa.«

Lucas Augenbrauen schossen vergnügt in die Höhe. Mo legte einen Finger auf ihre Lippen, damit er still blieb, doch dann spürte sie, wie die Vampirfledermaus mit ihrer gekräuselten Nase an ihrem Handgelenk schnüffelte. Entsetzt zog sie die Hand weg, und Luca schob die Fledermaus zurück unter sein Oberteil. Dann wurde es wieder dunkel im Schuppen, als Mos Vater das Licht ausknipste und mit dem Fuß die Tür zuwarf.

26. Kapitel

Mo sprang auf und eilte in die Schuppenecke, die am weitesten von der Fledermaus entfernt war. Sie versuchte, tief zu atmen, aber ihr ganzer Körper bebte vor Adrenalin. Sie waren so knapp davor gewesen, entdeckt zu werden. So knapp!

Luca dagegen hatte sich auf den Rücken fallen lassen und lachte. »*Holzarbeiten wie ein Profi*, komm zu Papa«, johlte er.

»Das ist mein Vater, über den du dich da gerade lustig machst«, sagte Mo empört. Sie konnte nicht glauben, dass Luca das alles so witzig fand.

Luca hörte nicht auf zu lachen. Unter seinem Pullover wand sich die Fledermaus.

»Luca, bitte. Ja, er mag Holzarbeiten. Na und?«, fragte Mo, überrascht, wie verärgert sie war. »Ist doch schön, dass er ein altes Hobby wieder aufnimmt. Er hat das seit Jahren nicht mehr gemacht.«

Langsam gewann Luca die Fassung zurück, setzte sich auf und holte die Fledermaus unter seinem Pullover hervor. Er hielt sie in den Händen, als er aufstand. Mo fiel auf, dass sie mit dem Kopf wippte und dass ihre Nase zuckte. Hielt dieses Ding nie still?

»Ich verstehe wirklich nicht, was daran so lustig ist«, sagte Mo beleidigt. »Was, wenn mein Vater die Fledermaus gesehen hätte? Oder uns? Er wäre durchgedreht. Ich habe keine Ahnung, was ich gesagt hätte. Wie hätte ich ihm erklären sollen, was ich hier mache?«

Luca öffnete die Schuppentür für die Fledermaus, und Mo ließ sich in den Sessel sinken. Sie kaute auf ihrer Unterlippe.

»Warum machst du dir überhaupt Gedanken darüber?«, fragte er.

»Was?« Mo sah zu ihm hoch, als sie seinen plötzlich ernsten Ton hörte und Gefahr spürte.

»Ich meine, es kann dir doch egal sein, was dieser Mann denkt«, sagte Luca. »Er ist nicht dein Vater. Er war es, aber jetzt ist er bloß irgendein Mensch.«

Mo begriff, dass sie einen Fehler gemacht hatte. »Ja, du hast recht«, sagte sie. Sie schluckte, bevor sie fortfuhr, obwohl ihre eigenen Worte ihr Übelkeit bereiteten. »Ich könnte ihn umbringen, wenn ich wollte.«

Luca nickte, offenbar zufrieden mit ihrer Antwort, doch dann fragte er leise: »Du mochtest die Fledermaus nicht, oder? Vampire haben oft welche als Haustiere, manche verwandeln sich in welche, aber du hast dich richtig davor geekelt.«

Mo wurde es eiskalt. Noch eine Falle, in die sie geradewegs hineinmarschiert war. Eine Vampirin, die Angst vor Fledermäusen hat …

»Ich habe es dir doch schon gesagt, Luca«, sagte sie und versuchte, so zu klingen, als hätte sie die Kontrolle über alles. »Ich mache die Dinge so, wie ich es will. Ich bin nicht wie die anderen Vampire. Hast du ein Problem damit?«

»Nein, habe ich nicht«, antwortete Luca. Er klang ein wenig angespannt und hielt besänftigend die Hände in die Höhe.

»Gut, denn ich wette, ich könnte ganz leicht einen anderen treuen Gefährten finden«, sagte sie mit einem Fingerschnippen. »Jemanden, der genauso effizient und gut Würmer häckselt und …« Mehr fiel ihr nicht ein. »Verstanden?«

»Absolut«, sagte Luca. Dann schwieg er ein, zwei Sekunden, bevor er sagte: »Du könntest Dereks treuen Gefährten fragen. Vielleicht würde er den Job übernehmen.«

Was wollte er damit sagen? Meinte er das ernst oder machte er Witze? Hatte sie seine Gefühle verletzt? Nervös versuchte Mo, seinen Gesichtsausdruck zu deuten. Er sah zu Boden, aber als er ihren Blick endlich erwiderte, umspielte ein Lächeln seine Mundwinkel. »Ich meine es ernst«, sagte Mo und versuchte, streng zu klingen, aber sie spürte, wie Erleichterung sie überkam. Er machte *wirklich* Witze. »Ich könnte dich ohne Schwierigkeiten ersetzen.«

»Ich weiß«, sagte er.

»Gut«, sagte Mo und stand auf. »Lass uns rausgehen, bevor noch jemand vorbeikommt. Ein kleiner Spaziergang zur Eiche und zurück, und dann muss ich mich um diese Briefe kümmern.«

Luca hielt ihr die Schuppentür auf, und Mo stürzte sich in die Dunkelheit, begierig darauf, durch Bewegung die Anspannung loszuwerden, die ihren Körper im Griff hatte. Es war eine klare Nacht, kalt und frostig. In der Ferne rief eine Eule. Mo unterdrückte ein Frösteln. Sie gingen wieder zu der Eiche und kletterten auf den langen, niedrigen Ast. Luca holte eine Thermosflasche aus dem Rucksack und goss heiße Schokolade in einen Becher. Mo atmete den süßen, milchigen Geruch tief ein, den Dampf, der vom Becher aufstieg, und sah Luca zu, als er den Becher austrank.

»Das sieht lecker aus«, sagte sie, ohne nachzudenken.

»Du kannst keinen Kakao trinken«, sagte Luca mit besorgtem Blick. »Dir ist klar, dass dir davon übel werden würde, oder?«

»Ja, ich weiß«, sagte Mo, erschrocken darüber, dass sie wieder nicht aufgepasst hatte – Vampire nahmen keine Milchgetränke zu sich. Gleichzeitig war sie frustriert, denn eine heiße Schokolade wäre genau das Richtige gewesen. Ihre Füße waren eiskalt, und ihre Fingerspitzen wurden schon blau.

»Vielleicht brauchst du mehr als Wurm-Shakes, um gesund zu bleiben«, überlegte Luca laut. »Du solltest ab und zu auch etwas richtiges Blut trinken.«

»Vielen Dank, Dr. Luca, für deinen Expertenrat«, sagte Mo schnippisch. Sie hasste es, daran zu denken, dass sich Vampire von Blut ernährten. Dann hatte sie gleich wieder die Bilder im Kopf, wie

Bogdan ausgesehen hatte, als er sich über Jez gebeugt hatte, um ihn auszusaugen, stellte sich Mr. Chen unter der Weide vor und schauderte vor der Welt, zu der sie nun gehörte.

»Ich mache mir bloß Sorgen, dass du schwach werden könntest«, sagte Luca.

Rasch schüttelte Mo den Kopf. »Würmer sind genug«, sagte sie. »Mir fiel nur gerade ein, dass ich als Mensch immer gern heiße Schokolade getrunken habe, das ist alles. Und ich habe Mini-Muffins geliebt.«

»Was ist das?«, fragte Luca. »Auch ein Getränk?«

»Nein«, sagte Mo. »Nein, kein Getränk.«

Sie wandte den Blick ab und dachte an die Mini-Muffins, die sie Lou am Nachmittag vorbeigebracht hatte, und eine starke Sehnsucht überkam sie. Es fühlte sich an wie Heimweh. Es wäre so schön, nun in Lous Zimmer zu sein, gemütlich und entspannt, vielleicht auch mit Luca dort, statt heimlich mit ihm in der Dunkelheit auf einem Baum zu hocken und vorzugeben, nicht zu frieren und keine heiße Schokolade zu wollen.

Sie holte ihr Handy aus der Tasche und wollte schon auf die Nachrichten klicken, als ihr einfiel, dass Vampire keine Handys benutzen können. Aaah! Schon wieder eine Falle, der sie nur knapp entgangen war. Sie gab Luca das Telefon.

»Kannst du mal gucken, ob Lou mir geschrieben hat?«

Er tat es und schüttelte den Kopf. »Nichts.«

Enttäuscht sah Mo weg.

»Hast du ihr von deiner Verwandlung erzählt?«, fragte Luca.

»Nein, natürlich nicht«, antwortete Mo hitzig.

»Sie weiß nichts davon? Ich dachte, ihr wärt richtig enge Freundinnen gewesen«, sagte Luca.

»Sie würde es nicht gut finden. Sie wollte nicht, dass ich Vampirin werde«, sagte Mo. »Vielleicht habe ich unsere Freundschaft kaputt gemacht.«

Hatte sie das? Hatte sie ihre Freundschaft ruiniert? Lou hatte gesagt, es werde schwer werden, die Schule und Luca unter einen Hut zu bringen, und in diesem neuen Leben, in dem sie so viele Bälle gleichzeitig in der Luft hielt, war Lou der Ball, den sie als Erstes hatte fallen lassen. Ich beschütze sie vor dem »Schaden«, den ihr der Vampirkönig des Ostens zufügen könnte, dachte Mo, aber nicht davor, sich von ihrer besten Freundin im Stich gelassen zu fühlen.

Sie rutschte von dem Ast hinunter und landete etwas schwerfällig am Boden.

»Lass uns zurückgehen. Ich muss die Briefe beantworten«, sagte Mo und dachte eigentlich: Ich will nach Hause, meinen Schlafanzug anziehen und mich ins Bett kuscheln.

»Du kannst sie ignorieren, wenn dir das lieber ist«, sagte Luca, als er neben ihr landete. »Du bist die Königin. Du kannst tun, was du willst. Du musst sie nicht beantworten.«

»Das kann ich nicht machen!«, sagte Mo entsetzt. »Diese Wesen sind meine Untertanen. Sie verdienen es, dass ihre Sorgen gehört werden.«

Luca zuckte die Achseln. Sie gingen zurück zum Garten. Das Schweigen zwischen ihnen fühlte sich unangenehm an. Mo verabschiedete sich. Als Luca davonging, kam es ihr vor, als würde sie wie ein altes Baguette in sich zusammensinken. Sie war müde und fror. Es war schwer, das Vampirtheater weiterzuspielen. An den vergangenen Abenden hatte sie so viele Fehler gemacht. Wurde Luca misstrauisch? Und würde sie sich ihm gegenüber nun immer wie eine echte Königin verhalten, ihm drohen und barsch mit ihm sprechen müssen, damit er keinen Verdacht schöpfte?

Sie trottete zum Schuppen zurück und seufzte schwer, als sie an die Vampire dachte, über die sie nun herrschte – so unglücklich, so fordernd –, und daran, wie Dereks treuer Gefährte auf einmal aufgetaucht war. Er hätte leicht alles auffliegen lassen können.

Mo ließ sich in den Sessel sinken. Im Schuppen war es kalt, und das Licht war schlecht. Sie öffnete den letzten Brief, den die Fledermaus gebracht hatte. Wieder die Bitte, einem Vampir den Kopf abzureißen. Sie seufzte und starrte ein paar Minuten in die Ferne, dann schüttelte sie sich.

»Beantworte einfach die dummen Briefe, danach kannst du ins Bett«, murmelte sie und versuchte, etwas von ihrer alten Mo-Merrydrew-Disziplin wiederzuerwecken. Sie holte das Schreibset hinter den Blumentöpfen hervor, nahm einen Füller und Papier heraus, und dann überlegte sie. Was sollte sie schreiben?

»Liebe Natascha«, fing sie schließlich an. »Danke für deinen Brief ...«

Ärgerlich zerknüllte sie das Papier.

»Das klingt, als würde ich meiner Oma schreiben, um mich für einen Büchergutschein zu bedanken.«

Sie nahm ein neues Blatt.

»Natascha, hiermit bestätige ich den Erhalt deines Schreibens und werde zu gegebener Zeit seine Inhalte prüfen ...«

Erneut zerknüllte sie das Papier zu einem Ball und warf es quer durch den Schuppen.

»Nein, nein, nein!«

Wie machten bedeutende Politiker das?, fragte sich Mo. Sie hatte über ihre Leben gelesen und ihre Reden angehört, aber nun, da sie selbst regieren sollte, fehlten ihr die richtigen Worte. Sie wünschte, Luca wäre bei ihr. Sie wollte seine Hilfe und Bestätigung, aber eine echte Vampirkönigin würde sich nicht auf diese Weise auf einen treuen Gefährten verlassen, oder? Nein, und ich sollte das auch nicht tun, sagte sich Mo. Ich muss außerdem aufhören, sehnsüchtig heiße Schokolade zu beäugen und vor Fledermäusen zurückzuzucken, sonst merkt er, dass ich das alles nur vortäusche. Und wenn ich Luca nicht überzeugen kann, wie soll ich dann dem Vampirkönig weismachen, ich sei eine echte Vampirkönigin, wenn er zu unserem netten Vampirherrschergelage erscheint? Aaah! Gib dir etwas mehr Mühe, Mo, komm schon! Das kannst du besser. Du darfst das nicht verhauen, sonst … Sonst … Sie führte den Gedanken nicht zu Ende.

Sie nahm wieder den Füller in die Hand. Nutzlos schwebte er über dem Papier, schrieb nichts. Dann hörte sie, dass die Kirchturmuhr in Lower Donny zehn schlug. Sie gähnte und stand auf, steckte die Briefe in die Tasche und versteckte das Schreibset wieder.

»Morgen«, murmelte sie, als sie das Licht ausknipste. »Morgen kümmere ich mich um all das.«

27. Kapitel

Freitag war kein guter Tag. Als Mo aufwachte, war sie noch müde. Unbeantwortete Vampirbriefe und nicht erledigte Hausaufgaben lasteten schwer auf ihrem Gewissen, und die Fehler, die sie bisher als sehr menschliches untotes Wesen der Nacht gemacht hatte, verunsicherten sie. Lou war wieder nicht in der Schule, doch als Mo nach Schulschluss zum Bus ging, war es ihr ganz recht. Sie hatte ohnehin zu viele Selbstgespräche zu führen – schnelle, fieberhafte Diskussionen –, um sich mit ihrer Freundin zu unterhalten.

»Das war ein richtig doofer Tag. Tracey Caldwell hat mich heute Morgen im Bus angeschrien, weil ich Danny angegriffen habe, und gefragt, ob bei mir wirklich eine Schraube locker wäre und ob ich ernsthaft einen Freund hätte. Und keine Lou da zur Unterstützung. Sie war wieder ›krank‹ zu Hause, dabei sah sie gestern gar nicht krank aus. Nicht krank genug, um die Mini-Muffins abzulehnen. Ich wette, sie hat sich damit vollgestopft.«

Sie seufzte.

»Und wie konnte ich nur meine Mathehausaufgaben vergessen? Unglaublich. Das ist völlig untypisch für mich. Ich vergesse *nie*, meine Hausaufgaben zu machen, schon gar nicht in Mathe, und diese Vertretungslehrerin, Mrs. Singh, hat mich ganz schön zur Schnecke gemacht. Ich glaube, ich wurde noch nie in meinem ganzen Leben von einem Lehrer ausgeschimpft. Es war schrecklich. Es hat sich so falsch angefühlt. Richtig falsch. *Und* ich habe für den Englischaufsatz eine schlechte Note bekommen, und NaWi ... Ich muss so viel NaWi lernen am Wochenende für die Arbeit am Montag. Ich werde mir den Stoff richtig reinprügeln müssen, um auch nur annähernd die Note zu bekommen, die ich normalerweise schreibe, und wenn das nicht klappt, fragen Mum und Dad garantiert: ›Was ist los, das ist doch sonst nicht deine Art, bist du ausgebrannt?‹«

Sie seufzte erneut.

»Und als Vampirkönigin hänge ich jetzt schon hinterher. Auf mich wartet ein Stapel Vampirbriefe, auf die ich noch antworten muss, und alles, was ich bisher als Königin geleistet habe, ist, im Schuppen schicke Kleider zu tragen und Dereks treuen Gefährten zu beschimpfen, was den Vampirkönig wahrscheinlich nicht vom Hocker reißen wird – und wann kommt der überhaupt? Noch nichts gehört bisher, aber vielleicht bald. Darüber will ich nicht einmal nachdenken. Werde ich ihn beeindrucken können? Was, wenn er errät, dass ich mich gar nicht habe verwandeln lassen, oder wenn er findet, dass ich ungeeignet bin, dass ich eine schlechte Königin bin, die noch niemandem den Kopf abgerissen oder irgendwelche Lehrer leer getrunken oder unschuldige Menschen in blutsaugende Vampire verwandelt hat? Er wird denken, dass ich bei der Arbeit schlafe. Schlafe ich bei der Arbeit? Ich schlafe jedenfalls nicht genug, so viel ist sicher. Ich bin müde und mache einen Fehler nach dem anderen. Luca könnte vermuten, dass ich nur so tue, als ob, und ich würde es nicht ertragen, wenn seine tiefen, dunklen Augen plötzlich voller Zweifel und Enttäuschung wären, denn normalerweise fühlt es sich gut, warm und sicher an, wenn wir uns in die Augen sehen, und nein, das darf sich nicht ändern. Ich ertrage es nicht, wenn sich das jemals ändert.«

Wieder seufzte Mo und rieb sich die Stirn. Das innere Plappern ging weiter.

»Ich habe das Gefühl, dass ich eine Erkältung bekomme. Katastrophe. Vampire bekommen sicher keine Erkältung, aber kein Wunder, dass ich krank werde, wenn ich gleichzeitig ich *und* die Königin sein muss. Ich habe sie jedenfalls bestimmt nicht von Lou, die wirkte schließlich überhaupt nicht krank, außerdem verbringt sie ja nicht mal Zeit mit mir, hat mich gestern nicht mal reingelassen, nur gesagt, sie sei beschäftigt, und die Tür zugezogen. Hat die Muffins genommen und die Tür hinter mir zugemacht. Einfach so. Oh, ich muss aussteigen.«

Mo brachte ihre komplizierte Stimmung am Abend mit in den Schuppen, zusammen mit den Briefen, die ihr die Vampire geschrieben hatten.

Luca wartete mit einem Glas Wurm-Shake auf sie. »Heute sind noch ein paar Briefe angekommen«, sagte er.

»Großartig«, sagte Mo und ließ sich so schwer in den Sessel fallen, als wäre sie ohnmächtig geworden. »Bestimmt noch mehr Bitten darum, dass ich irgendwem den Kopf abreißen soll, weil er nicht die Spülmaschine ausgeräumt oder daran gedacht hat, Mülltüten zu kaufen. Mehr >Seit den Säuberungen ist es nicht mehr wie früher<-Elend. Dabei habe ich noch nicht einmal die ersten beantwortet.«

»Ich dachte, das wolltest du gestern Nacht erledigen«, sagte Luca.

»Ich habe angefangen«, sagte Mo, erklärte dann aber nicht, wie schwer sie es fand, wie müde, fahrig und einsam sie sich gefühlt hatte.

»Ich kann ja hierbleiben, während du arbeitest«, sagte er.

Wozu?, dachte Mo kläglich. Ich habe keine Zeit, mich mit dir zu unterhalten, mit dir zu lachen, mit dir ein Mensch zu sein. Von nun an heißt es die ganze Zeit Vampir sein und arbeiten, arbeiten, arbeiten.

Luca setzte sich an die Schuppenwand gelehnt auf den Boden und schloss die Augen. Mo sah ihn an, sein gewelltes Haar fiel ihm in die Stirn, und der Knoten in ihrem Bauch löste sich etwas. Dann machte sie sich wieder an ihre Aufgabe. Sie wollte etwas Klares, Überzeugendes, Inspirierendes schreiben, wie in den richtig guten

Reden, ein Zeichen starker Führung senden, etwas, das noch jahr-
zehntelang zitiert werden würde. Dann fiel ihr ein, auf wie viele
Briefe sie noch antworten musste und wie müde sie war, und schrieb
einfach:

> Ich habe deinen Brief erhalten und mache mir
> Gedanken dazu. Ich werde dir irgendwann einen
> Besuch abstatten. Du solltest mich dann erwarten.
> Mit freundlichen Grüßen
> Die Vampirkönigin Großbritanniens

Das war kühl, nachdrücklich, etwas vage. Das reicht, dachte Mo
und schrieb immer wieder dieselbe Antwort für jeden einzelnen
Vampir. Im Schuppen war es still, im Garten ebenso. Keine Über-
raschungsgäste, kein Fledermausexpress mit dieser abscheulich zu-
ckenden Schnauze. Die einzigen Geräusche machten die Feder von
Mos Füller, während sie über das dicke Schreibpapier kratzte, und
Lucas leiser Atem. Schließlich stopfte Mo den letzten Brief in einen
Umschlag, schrieb die Adresse darauf und ließ sich in den Sessel
zurücksinken.

»Fertig«, sagte sie.

Verschlafen öffnete Luca die Augen.

»Sorry, ich bin weggedöst«, sagte er.

»Schon in Ordnung«, sagte Mo. »Wäre ich auch beinahe. Vampirbriefe zu beantworten ist nicht besonders aufregend.«

»Ich verschicke sie morgen mit dem Fledermausexpress«, sagte
Luca und nahm sie an sich.

»Aber morgen ist Samstag. Du hast am Wochenende frei. Das
steht in deinem Vertrag.«

»Das hatte ich vergessen«, sagte Luca. »Ich hatte seit einem Jahr
keinen einzigen Tag frei. Ich weiß gar nicht, was ich dann machen
soll.«

»Ich kann das Landmaschinenmuseum in Donny-on-the-Wold empfehlen«, sagte Mo. »Der Museumsshop ist völlig überteuert, aber die Ausstellungsstücke sind hervorragend, darunter eine beeindruckende Sämaschine aus dem achtzehnten Jahrhundert.«

»Toller Tipp«, sagte Luca.

»Gern geschehen«, antwortete Mo und ignorierte das Funkeln in seinen Augen.

»Was ist mit deiner Nahrung?«, fragte Luca. »Ich kann losgehen und ein paar Würmer für dich sammeln, damit du genug fürs Wochenende hast.«

»Nein, danke. Ich komme zurecht. Vielleicht gönne ich mir auch mal einen echten Menschen zwischendurch«, sagte sie und hoffte, dass es vampirisch klang. »Mal was Besonderes am Wochenende.«

»Cool. Alles klar, dann sehen wir uns am Montag«, sagte Luca.

»Bis Montag«, sagte Mo und lächelte, obwohl sie innerlich ganz traurig wurde, als Luca sie anstrahlte, die Schuppentür öffnete und davonging.

28. Kapitel

Als Mo aufwachte, sah sie als Erstes das über sie gebeugte Gesicht ihrer Mutter.

»Oh, du lebst!«, sagte sie. »Du hast so lange geschlafen, Liebes, dass ich dachte, du wärst krank.«

Mo warf einen Blick auf die Uhr. Ein Uhr mittags. So lange hatte sie noch nie geschlafen. In ihrem ganzen Leben nicht.

»Spring unter die Dusche und zieh dich an, wir gehen in die Stadt«, sagte ihre Mutter.

»Was? Warum? Ich muss lernen«, protestierte Mo.

»Du hast die letzten Abende bei Lou gelernt, du brauchst jetzt mal eine Pause«, sagte ihre Mutter. »Und ich brauche deine Hilfe dabei, die neue Tapete für die Gästetoilette auszusuchen.«

Zwanzig Minuten später erschien Mo mit Kapuzenpullover und Sonnenbrille in der Küche. Das war die beste Verkleidung, die sie hinbekommen hatte, falls Luca ihrem Tipp nicht gefolgt war, das Landmaschinenmuseum zu besuchen – was zwar dumm von ihm wäre, aber trotzdem –, sondern sich in der Stadt aufhielt, wo er sie, die Vampirkönigin, sehen könnte, wie sie am helllichten Tag herumlief und weder verschmorte noch schmolz oder was auch immer mit Vampiren im Tageslicht passiert.

»Wozu die Sonnenbrille, Schatz?«, fragte Mos Mutter sie im Auto. Es nieselte, und sie hatte die Scheibenwischer angeschaltet. »Die Sonne blendet heute eigentlich nicht besonders.«

»Meine Augen sind müde vom Lernen«, log sie.

Mit den getönten Gläsern fiel es ihr schwer, die Tapetenmuster richtig zu erkennen.

»Wie wäre es damit?«, schlug Mo vor und zeigte lustlos auf ein Paisley-Muster.

»Das ist so grell wie Einhornerbrochenes«, brummte ihre Mutter und nahm ein dunkelblaues Muster mit geschmackvollen goldenen Sternen in die Hand.

Nachdem sie im Tapetengeschäft fertig waren, gingen sie zum Markt. Mo blickte sich nervös um. Keine Spur von Luca. Ihre Mutter verglich ewig Kartoffeln und schnupperte an Tomaten. Mo schlenderte zu den Stufen am Uhrenturm, um sich dort hinzusetzen, aber als sie sie erreichte, packte eine Hand sie am Arm. Eine starke Hand. Eine Hand, die ein Eichhörnchen erdrosseln oder eine Melone zerquetschen konnte. Das musste Tracey Caldwells Hand sein. Um sich zu vergewissern, ließ Mo den Blick von der Hand zum dazugehörigen Gesicht wandern. Jap, sie war es. Tracey Caldwell.

»Der Vogel in freier Wildbahn«, sagte Tracey und musterte Mo von oben bis unten.

Mo versuchte, ihren Arm zu befreien, aber Traceys Eichhörnchendrosselgriff lockerte sich nicht.

»Was machst du hier?«, fragte sie. »Wartest du auf deinen nicht existierenden Freund?«

»Das geht dich nichts an«, sagte Mo.

»Das geht mich sehr wohl etwas an, wenn du auf meinem Marktplatz herumhängst und tanzt wie neulich, als wärst du hier die Königin oder so«, sagte Tracey.

Bei dem Wort »Königin« sah Mo Tracey forschend ins Gesicht. Wusste sie etwas?

»Mein Cousin Lenny spielt Triangel bei den Donny-Blechbläsern. Mein Opa Percy hat die Gruppe gegründet. Sie bedeutet mir persönlich also sehr viel, klar? Du hattest kein Recht dazu, mit deinem sogenannten Freund zu ihrer Musik zu tanzen, als würdest du dich für *Let's Dance* bewerben.«

Mo reagierte nicht.

»Du hältst dich für die Größte, stimmt's?«, fuhr Tracey immer aufgebrachter und lauter fort. »Willst du wissen, was ich denke?«

Nein, sagte Mo, aber nur in ihrem Kopf.

»Ich denke, dass du *nicht* die Größte bist. Du bist eine Lügnerin. Ich denke, dass du gar keinen Freund hast.«

Mo dachte daran, wie sie an Lucas Körper gedrängt im Schuppen gehockt hatte, als sie sich vor ihrem Vater versteckt hatten, wie sie seine Wärme gespürt hatte und seine Lippen, als sie ihm einen Finger daraufgelegt hatte, damit er leise war. All das wollte sie Tracey sagen, aber sie schwieg, während diese weiterwetterte.

»Du hast den Typen wahrscheinlich mit deinem jämmerlichen Taschengeld bezahlt, damit er sich mit dir zeigt«, fuhr Tracey fort. »Denn wo ist er jetzt? Ich sehe ihn jedenfalls nicht – du?«

Sie machte eine Geste über den ganzen Marktplatz mit ihrem starken Arm, als wäre sie eine Opernsängerin auf der Bühne. Nervös sah sich Mo um. Peter der Alki warf ihr von der Bank, auf der er wie ein Künstlermodell ausgestreckt lag, eine Kusshand zu, aber nirgendwo ein Luca in Sicht.

Doch da war jemand anderes, jemand wunderbar Vertrautes kam auf sie zu. Mos Herz tat einen Sprung wie eine fröhliche Gazelle, als sie sie sah.

»Lou!«, rief sie. »Hier bin ich!«

Mo grinste breit, als Lou auf sie und Tracey Caldwell zukam. Sie wird mich retten, dachte Mo. Oh, was für ein Glück! Liebe Lou, treue Lou, beste Freundin Lou, mit deinen großen blauen Augen und deinen winzigen Hamsterpfötchenhänden. Trotz der vergangenen Woche, obwohl ich dachte, ich hätte unsere Freundschaft vor die Wand gefahren, immer noch für mich da. Hat es je eine bessere Freundin gegeben?

Lou kam näher, aber sie lächelte nicht zurück. Sie wirkte verwirrt.

»Was machst du hier?«, fragte sie Mo.

»Ich musste Mum helfen, Tapete für das Gästeklo auszusuchen«, plapperte Mo los.

Tracey Caldwell schnaubte wie ein Pferd, dem eine Fliege in die Nüstern gekrochen war. Eine unbehagliche Stille breitete sich aus.

»Und du?«, fragte Mo schließlich.

Lou nickte in Traceys Richtung.

»Tracey hat mich eingeladen, mit ihr ins Diner zu gehen«, sagte Lou.

»Oh«, sagte Mo. Mehr bekam sie nicht heraus. Sie trat einen kleinen Schritt zurück, als hätten Lous Worte sie verscheucht. Lou und Tracey Caldwell gingen zusammen ins Diner. Was? Wie? *Warum?* Sie konnte es nicht begreifen, dieses ... diesen ... *Verrat* – ja, das war es! Sie konnte ihn nur spüren, wie einen Fausthieb in den Magen.

»Hallo, Mädels«, sagte eine wohlbekannte Stimme.

»Hallo, Mrs. Merrydrew«, erwiderte Lou.

Mos Mutter strahlte die drei an.

»Schön, dich zu sehen, Lou«, sagte sie. »Wie ich höre, habt ihr beiden echt viel für die NaWi-Arbeit gelernt. Super, dass ihr das zusammen macht! Bitte richte deiner Mutter meinen Dank aus, dass sie Mo jeden Abend nach Hause gebracht hat.«

Lou warf Mo einen kurzen Blick zu, die ganz leicht den Kopf schüttelte, nur wenige Millimeter von Seite zu Seite. Hatte Lou das Zeichen verstanden, den bittenden Blick hinter der Sonnenbrille bemerkt?

»Schon in Ordnung«, murmelte Lou.

Mo atmete leise aus. Sie hatte die Luft angehalten.

»Aber auch gut, dass ihr heute eine Pause macht«, fuhr Mos Mutter fort. »Mo, willst du hierbleiben mit deinen Freundinnen? Ich kann dich später abholen.«

Mo schüttelte den Kopf.

»Nein, ich komme jetzt mit«, sagte sie, wandte sich ab und ging Richtung Parkplatz.

Sie hörte ihre Mutter noch ein paar Worte mit Lou wechseln und sich dann verabschieden. Dann Schritte, als sie ihr hinterhergejoggt kam.

»Alles in Ordnung, Liebes?«, fragte sie. »Wolltest du nichts mit Lou machen?«

»Ja! Und nein. Es ist kompliziert«, sagte Mo.

»Kompliziert? Sie ist deine beste Freundin.«

»Bitte, Mum, hör auf zu fragen. Können wir bitte einfach nach Hause fahren?«

»Manchmal ist nicht alles rosig in Freundschaften, aber du musst dranbleiben, bis es wieder einfacher ist«, sagte ihre Mutter.

»Du brauchst mir keinen Vortrag über Freundschaft zu halten, Mum«, sagte Mo.

»So ist es in jeder Beziehung«, fuhr ihre Mutter unbeirrt fort. »Dein Vater und ich, wir hatten auch schwierige Phasen, als uns die Freude verging an ...«

»Oh Gott, Mum, nicht schon wieder!«, rief Mo. »Ich will nichts über deine Beziehung mit Dad hören, besonders jetzt nicht, aber im Grunde nie, nicht in all den Einzelheiten, die du mir anscheinend so gerne erzählst.«

»Ich will ja nur helfen«, antwortete ihre Mutter. Sie wirkte erschrocken. »Es ist wichtig, miteinander zu sprechen.«

29. Kapitel

Auf der Heimfahrt schwiegen Mo und ihre Mutter. Mo war wütend – wie konnte Lou nur mit Tracey Caldwell ins Diner gehen? –, aber auch voller Reue. Ich war nicht für Lou da, gab sie vor sich selbst zu. Ich habe ihr nicht die Wahrheit über mein Leben erzählt. Sie denkt, ich habe sie wegen eines Jungen fallen gelassen, aber so ist es nicht, so einfach ist es ganz und gar nicht ...

Mo fühlte sich elend. Sie sprang aus dem Auto, sobald es auf der Auffahrt hielt, und rannte zum Haus, wollte sich nur noch in ihrem Zimmer verkriechen und sich ihren komplizierten Gefühlen hingeben wie ein Labrador, der in einer stinkenden Pfütze badet. Sie stieß die Haustür auf, rannte zur Treppe, warf dabei einen raschen Blick in die Küche. Und erstarrte. Da war Jez Pocock.

»Äh ...«, sagte Mo.

»Kein Grund, so überrascht zu gucken«, sagte Mos Vater. »Jez und ich schnitzen.«

Auf dem Küchentisch vor ihnen lagen einige Stöcke, etwas dünner als Stuhlbeine, und verschiedene Werkzeuge – Meißel, Feilen, Schleifpapier.

»Siehst du?«, sagte ihr Vater. Er hielt einen der Stöcke hoch, in den eine sich spiralförmig über die ganze Länge ziehende Linie geschnitzt war.

Nicht besonders beeindruckend.

»Ich verstehe nicht ...«, stieß Mo hervor.

»Es ist ganz einfach«, sagte er. »Du nimmst diesen Meißel und drückst ihn vorsichtig an das Holz und ...«

»Nein, ich verstehe nicht, warum Jez hier ist«, sagte Mo.

»Auch das ist ganz einfach«, sagte ihr Vater. »Jez ist vorbeigekommen, um sich zu bedanken, dass wir ihn ins Krankenhaus gebracht haben, als er in der Gasse gestürzt ist. Er hat meine Zeitschriften gesehen, wir kamen ins Gespräch und haben entdeckt, dass wir beide Holzarbeiten lieben. So kam das, und jetzt schnitzen wir zusammen. Stimmt's, Jez?«

»Jep.«

Jez' grüne Augen blickten kurz zu Mo hoch und dann schnell wieder weg. Er wirkte verlegen, was verständlich war. Sie hatte ihn beim Schnitzen ertappt, und der Mensch, mit dem er schnitzte, war der Vater der Person, auf der seine Ab-und-zu-Freundin am meisten herumhackte. Es ergab keinen Sinn. Wie konnte Jez Pocock, der Kerl mit dem coolen Blick, dasselbe Hobby haben wie ihr Vater? Wahrscheinlich hatte der ein Brett vor dem Kopf gehabt – oder vielmehr einen Stock – und wieder alles ganz falsch verstanden.

Mo rannte hoch in ihr Zimmer. Irgendwie wurde gerade alles zu seltsam. Zuerst traf sich Lou mit Tracey Caldwell, und jetzt saß Jez Pocock in ihrer Küche. Vielleicht war Luca im Landmaschinenmuseum in Donny-on-the-Wold. Das wäre tatsächlich super, dachte Mo. Dort würde es ihm bestimmt gefallen. Besonders die Sämaschine. Aber alles andere? Völlig gaga.

Es klopfte an ihrer Tür, und dann schob sich Jez in ihr Zimmer.

»Tut mir leid, dass ich mit deinem Dad abgehangen habe«, sagte er. »Ich wollte dich nicht zu Hause belagern.«

»Schon gut«, sagte Mo. »Wer schnitzen muss, muss schnitzen.«

Jez lachte und setzte sich unbeholfen an Mos Bettende. Sie zog ihre langen Beine an den Körper heran und hatte Mühe, zu begreifen, dass sich Jez Pocock gerade *in ihrem Zimmer* befand. Wenn Tracey Caldwell das wüsste, würde sie Möbel zertrümmern.

»Es war nicht ganz so, wie dein Vater gesagt hat«, erklärte Jez und rieb sich mit den Knöcheln über die kurz geschorenen Haare. »Eigentlich bin ich vorbeigekommen, um mich bei *dir* zu bedanken, dass du mir geholfen hast, als ich hingefallen bin. Ich frage mich, wie du es geschafft hast, mich hierherzuschleppen. Du musst stärker sein, als du aussiehst. Oder hat dir jemand geholfen?«

Versuchte er, Informationen über Luca herauszubekommen? Er auch? Zuerst Tracey, nun Jez.

»Ich bin ziemlich stark«, murmelte Mo.

»Cool. Wie geht's dir denn sonst so? Tracey hat gesagt, dass sie dich Anfang der Woche gesehen hat, als du auf dem Marktplatz mit irgendeinem Typen getanzt hast«, fuhr Jez fort.

Er wollte *wirklich* etwas über Luca herausbekommen!

»Nicht du auch noch!«, fauchte Mo. »Warum interessieren sich plötzlich alle so sehr dafür? Jahrelang habe ich versucht, unsichtbar zu sein, einfach mein Leben zu führen, und jetzt reden alle über die eine kleine Sache, die ich in der Öffentlichkeit gemacht habe. Nur weil ein Junge dabei war – ist es das? Auf einmal bin ich interessant. Ich hätte gedacht, dass ich vorher auch schon ziemlich interessant war. Ich meine, ich habe mein ganzes Leben und meine berufliche Laufbahn durchgeplant und vollgestopft mit spannenden Dingen, aber es hat sich nie jemand für mich interessiert – außer, um mich fertigzumachen.«

»Du hast recht. Es tut mir leid«, sagte Jez.

»Was ich wo tue, geht niemanden etwas an. Kapiert?«

»Ja«, sagte Jez und zuckte ein wenig zurück. »Wow, du bist ganz schön krass, wenn du wütend bist. So habe ich dich noch nie gesehen.«

»Dasselbe habe ich übrigens deiner Freundin vor einer halben Stunde gesagt«, fuhr Mo fort.

»Tracey? Sie ist nicht meine Freundin«, sagte Jez. »Wir hängen nur manchmal miteinander ab.«

»Tja, jetzt hängt sie auch mit Lou ab«, sagte Mo.

»Deiner besten Freundin Lou?«, fragte Jez.

»Ehemaligen besten Freundin, wie es aussieht«, sagte Mo. Und dann, verdammt, entwischte ihr eine Träne aus dem Augenwinkel und rollte ihr die blasse Wange hinunter.

Mo wischte sie rasch weg, aber Jez hatte sie schon bemerkt.

»Ist schon in Ordnung, Mo«, sagte er. Seine Stimme war so freundlich, dass sie fast keine Ähnlichkeit mit dem tiefen Grummeln von Jez-im-Bus hatte.

»Nein, ist es nicht«, sagte Mo, und weitere Tränen tropften ihr in den Schoß. »Ich war in letzter Zeit so beschäftigt, dass ich mich nicht um Lou gekümmert habe, und jetzt ist sie anscheinend Tracey Caldwells Freundin. Damit hätte ich nie gerechnet. Ausgerechnet Tracey Caldwell! Unsere Feindin. Unsere Peinigerin. Sorry, nichts für ungut.«

Jez zuckte mit den Schultern. Er zupfte ein Taschentuch aus der Box auf Mos Schreibtisch und reichte es ihr.

»Lass dich nicht zu sehr von Tracey beeindrucken«, sagte Jez. »Das ist sie nicht wert. Sei einfach du selbst und ignoriere sie.«

Aber wer bin ich?, fragte sich Mo. Keine tolle Schülerin mehr, keine gute Freundin, keine echte Vampirkönigin, keine echte Freundin von einem Jungen.

»Ich schnitze dann mal noch ein bisschen«, sagte Jez, stand auf und ging zur Tür. »Mach's gut, Mo. Wir sehen uns Montag. Pass auf dich auf.«

Mo hörte ihn die Treppe hinunterspringen, dann ihre Mutter, die sich über das Chaos in der Küche aufregte. Konnten sie nicht woanders schnitzen?

Mo sah aus dem Fenster, wie ihr Vater und Jez die Stöcke und Werkzeuge in den Schuppen trugen. Na toll, dachte sie. Was, wenn Dad bis in den Abend schnitzt? Dann können Luca und ich uns nicht im Schuppen treffen. Es fühlte sich wie der Tropfen an, der das Fass zum Überlaufen brachte.

Sie ließ sich auf ihr Bett fallen und drückte Mr. Bakewell an die Brust.

»Das Leben war noch nie so kompliziert, oder?«, murmelte sie. Mr. Bakewell antwortete nicht.

30. Kapitel

Die Begeisterung von Mos Vater für Holzarbeiten hielt auch am Sonntag noch an. Er schnitzte den ganzen Tag im Schuppen, Kopfhörer auf den Ohren, und sein Eifer bildete einen deutlichen Kontrast zu Mos Mangel daran. Sie blätterte durch ihre Naturwissenschaftslehrbücher, wobei ihr nur allzu klar war, dass am nächsten Tag die Arbeit anstand und sie nicht genug gelernt hatte, aber sie konnte sich einfach nicht konzentrieren. Ihre Gedanken wanderten immer wieder zurück zu Lou und Tracey, gemeinsam im Diner. Es fühlte sich an wie ein Dolchstich ins Herz. Schmerzhaft. Sehr schmerzhaft.

Alle fünf Minuten nahm Mo ihr Handy und schaute, ob sie eine Nachricht hatte. Aber es kam keine. Sie schrieb Lou, fragte sie, wie es ihr ging, schickte ihr ein lustiges Video von einem Mann, der Saxofon vor einem Eichhörnchen spielte, von einem Hund, der Spaghetti erbrach, von einem Kleinkind mit einer Scheibe Käse auf dem Kopf. Keine Antwort. Nichts.

Wenigstens sehe ich sie morgen im Bus, dachte Mo. Ich werde mich bei ihr dafür entschuldigen, dass ich in den letzten Tagen so distanziert war, und sie wird sich dafür entschuldigen, dass sie mit Tracey Caldwell abgehangen hat. Vielleicht essen wir ein paar Mini-Muffins zusammen. Alles wird wieder wie früher – oder zumindest so ähnlich.

Doch als Mo am Montagmorgen in den Bus stieg und zu dem Platz ging, auf dem Lou normalerweise immer saß, war er leer.

»Hast du was verloren?«, hörte sie Tracey Caldwells Stimme.

Mo sah nach hinten. Tracey grinste triumphierend, denn neben ihr saß Lou. Mit ihren großen Manga-Augen begegnete sie für eine Sekunde Mos fassungslosem Blick, dann wandte sie sich ab.

Mo ließ sich auf ihren gewohnten Platz fallen. Ihr war übel, und sie fühlte sich schwach. Ihr Gesicht brannte, aber ihre Hände waren kalt und feucht. Sie wollte gleichzeitig schluchzen und schreien. Ihre beste Freundin, die Tracey genauso wenig mochte wie sie selbst, saß nun bei ihr, zusammen mit Danny Harrington und Jez Pocock. Jez! Er hatte ihr am Samstag noch gesagt, sie solle Tracey einfach ignorieren. Na gut, aber Mo konnte nicht ignorieren, dass Lou auf die dunkle Seite gewechselt war. Wie konnte sie nur?

Die NaWi-Arbeit schrieben sie gleich in der ersten Stunde. Mo starrte auf die Fragen und versuchte, sich zu konzentrieren, aber heiße Tränen ließen die Schrift verschwimmen. Reiß dich zusammen, befahl sie sich. Du bist eine starke, unabhängige … Doch als sie die Tränen wegwischte und erneut auf die Seite schaute, war ihr Kopf leer. Das hatte sie noch nie erlebt, diese Leere, dieses Nichts. Sie schrieb ein paar Antworten herunter, aber als ihr klar wurde, dass sie falsch waren, wuchs in ihr die Verzweiflung und breitete sich aus wie ein Virus. Sie fühlte sich wie gelähmt, ganz dumm und schwach vor Traurigkeit. Sie hörte das gleichmäßige Schreiben der anderen um sich herum, aber sie brachte die Kraft nicht auf, den Stift wieder in die Hand zu nehmen.

In der Mittagspause setzte sich Mo schockiert ans Ende des Sportplatzes. Normalerweise erfüllte es sie mit Selbstvertrauen und Energie, Klausuren zu schreiben; sie arbeitete sich durch die Fragen und füllte die Seiten mit dem ganzen klugen, soliden Wissen, das sie sich angeeignet hatte. Heute nicht. Es war, als hätte eine andere Mo vor der Arbeit gesessen. Die Arbeit war eine tränenverschmierte Katastrophe gewesen. Das war nicht Teil des PLANs, irgendeines Plans. Lou zu verlieren und in Klausuren zu versagen? Das hatte Mo nicht kommen sehen.

Unglücklich kaute sie auf ihrem Pausenbrot herum, schmeckte

kaum, was darauf war, und erhaschte kurz einen Blick auf Lou, erneut an Traceys Seite, am Fahrradschuppen. Als es am Ende des Schultags schellte, eilte Mo zum Bus und verkroch sich tief in ihrem Sitz, machte sich so klein und unsichtbar wie möglich.

Es nützte nichts. Tracey Caldwell kam ein paar Minuten später hereingepoltert, und statt wie sonst langsam und herrisch durch den Gang zu stolzieren, stürmte sie auf Mo zu wie ein Pavian im Angriffsmodus.

»Was hast du dir dabei gedacht, du Vogel?«, rief sie. »Jez hat mir gerade erzählt, er war Samstagnachmittag, als ich mit Lou im Diner saß, bei dir zu Hause.«

Mo war stumm vor Schreck. Tracey sah so wütend aus, dass Mo fürchtete, sie würde anfangen, die Sitze herauszureißen und durchs Fenster zu werfen.

»Ich dachte, du hättest diesen heißen Typen dafür bezahlt, dass er Zeit mit dir verbringt und mit dir tanzt, aber jetzt weiß ich die Wahrheit«, sagte Tracey. »Du hast ihn verhext, und dann hast du Jez verhext. Du bist eine Hexe!«

Das war neu. Moment, nein, das war *dumm*. Eine Hexe? Meinte Tracey das ernst? Am liebsten hätte Mo gelacht. Ich bin eine Vampirin, keine Hexe. Als ob!

»Tracey, komm runter.«

Jez. Er war hinter ihr aufgetaucht und legte ihr eine Hand auf den Arm.

»Lass mich, Jez«, sagte Tracey und schüttelte ihn wütend ab. »Merrydrew ist wieder außer Kontrolle. Ich habe immer gesagt, mit ihr stimmt etwas nicht. Sieh sie dir an. Jetzt verstehe ich – sie ist eine Hexe, und sie hat ihre Zauberkräfte auf dich angewandt, deshalb bist du bei ihr zu Hause gelandet.«

»So war es überhaupt nicht«, protestierte Jez.

»Doch. Sie hat dich behext, und du hast unter ihrer bösen Macht gestanden und hattest keine Ahnung, was du tust.«

»Sie hat mich nicht ›behext‹«, sagte Jez.

»Äff mich nicht nach«, donnerte Tracey. »Sie hat irgendeinen gruseligen, durchgeknallten Zauber mit dir gemacht. Ich verstehe nicht, warum dich das nicht aufregt. Jemanden zu behexen verstößt gegen die Menschenrechte.«

Wow, dachte Mo, Tracey Caldwell spricht über Menschenrechte. Das ist neu.

»So hat sie auch Danny an Halloween gegen den Hotdog-Wagen geschubst. Mit ihrer gruseligen Kraft«, fuhr Tracey fort. »Es ist so offensichtlich, dass sie eine Hexe ist. Sieh dir ihre Haare an. Voll die Hexenhaare. Das ist nicht normal.«

»Komm schon, Trace, lass uns nach hinten gehen«, sagte Jez müde.

»Ja, okay, bevor sie uns noch mal mit ihrem fiesen Hex-hex-Hirn behext.«

Jez brachte Tracey in die letzte Sitzreihe. Mo rührte sich nicht. So reglos, wie sie konnte, saß sie da, bis der Bus an ihrer Haltestelle hielt. Langsam ging sie von dort aus nach Hause. Als sie die Auffahrt betrat, fiel ihr auf, dass im Schuppen Licht brannte. Ihr Vater war anscheinend früher von der Arbeit zurückgekommen. Mo ging die Treppe hoch und verkroch sich im Bett.

Dort lag sie gefühlt stundenlang, weder richtig wach noch schlafend. Was ist mit meinem Leben passiert?, fragte sie sich. Der PLAN erschien ihr nun wie ein kindischer Einfall, der ihr vor einer Ewigkeit gekommen war. Der PLAN – Teil zwei: ALLES HABEN! funktionierte auch nicht. So zu tun, als wäre sie eine Vampirin, war furchtbar schwer und beinhaltete so viele Lügen, so viele Wurm-Shakes, so viele unglückliche Vampire, für die sie irgendwelche Köpfe abreißen sollte – und ihre beste Freundin hatte sie gegen Tracey Caldwell eingetauscht, die sie nun beschuldigte, eine Hexe zu sein. Sie hatte keine Zeit zum Lernen gehabt und deshalb gerade eine wichtige Arbeit total verhauen. Außerdem war sie müde. Richtig, richtig müde.

Wenigstens hatte sie Luca in ihrem Leben.

Luca! Mo setzte sich auf. Er würde bald kommen und direkt zum Schuppen gehen, aber da war ja ihr Vater. Sie musste ihn abfangen. Als er und ihr Vater sich einmal kurz begegnet waren, an dem Abend, an dem Bogdan Jez angegriffen hatte, war ihr Dad nicht gerade begeistert von ihm gewesen. Mo konnte nicht riskieren, dass Luca in den Schuppen stolperte und dort auf ihren Vater stieß.

Mit müden Gliedern zog sie ihr Vampirköniginnen-Outfit über, schlich sich aus dem Haus und rannte zur Gasse. Sie hockte sich neben die Hecke und wartete in der Dämmerung auf Luca. Genau an dieser Stelle war Bogdan das erste Mal aufgetaucht, fiel Mo auf. Hier hatte es angefangen.

»Mo, alles in Ordnung? Was machst du hier?«

Mo schrak zusammen. Sie hatte Luca nicht kommen hören.

»Gott sei Dank bist du da«, sagte sie mit erstickter Stimme. »Mein Vater ist im Schuppen. Er schnitzt.«

»Was macht er? Er brät Schnitzel?«

»Nein, schnitzen heißt, etwas in Holz zu ritzen. Das hat er bestimmt in *Holzarbeiten wie ein Profi* gesehen. Jedenfalls können wir da nicht rein.« Sie nieste.

»Bist du krank?«, fragte Luca.

»Nur ein bisschen im Stress. Tracey Caldwell – die aus dem Diner, erinnerst du dich? Dicke Haare, starke Arme? – hat gesagt, ich sei eine Hexe. Ich meine, ich bin eine Vampirin, stimmt's?«

»Die Vampirkönigin, um genau zu sein«, sagte Luca.

»Exakt«, sagte Mo. »*Keine* Hexe.«

»Nein, aber du kannst einen schon ein bisschen bezaubern«, sagte Luca lächelnd. Dann wandte er den Blick rasch von Mo ab und sah die Gasse hinunter.

»Was ist?«, fragte sie.

»Ich glaube, da kommt ein Auto«, antwortete Luca.

Sie hockten sich an den Rand der Gasse ins fette, nasse Gras. Die Dornen der Hecke stachen ihnen in den Rücken. »Tut mir leid, ich habe gerade geredet, ohne dass du mich aufgefordert hast«, sagte Luca. »Ich bin dein treuer Gefährte, ich sollte meine Grenzen kennen.«

»Nein, ich meine, ja, aber es war völlig in Ordnung«, sagte Mo verwirrt.

Noch nie hatte jemand gesagt, sie sei bezaubernd. Sie wollte Luca bei der Schulter packen und ihn auffordern, das noch einmal zu sagen. Sie wollte wieder von seinem strahlenden Lächeln gewärmt werden und seinen süßen Sirupblick genießen und nichts mit Freundschaftssorgen, Klausurkatastrophen und Vampirköniginnenpolitik zu tun haben. Stattdessen schwieg sie und machte sich noch kleiner, als die Scheinwerfer auftauchten und das Auto langsam an ihnen vorbeifuhr.

»War das nicht dein Auto? Das, das Bogdan von Clive Bunsworth hatte?«, fragte Mo.

»Ja, und Bogdan saß am Steuer«, sagte Luca und sprang auf. »Er fährt zu deinem Haus.«

»Ich dachte, er hätte gesagt, dass er sich erst einmal fernhält. Warum ist er wieder da? Sucht er mich, uns?«, fragte Mo atemlos vor Stress. »Er wird geradewegs zum Schuppen gehen, aber da drin ist mein Vater und ...«

»Schnitzt!«, sagten sie beide gleichzeitig.

»Schnell, Luca«, sagte Mo hastig, »wir müssen ihn aufhalten!«

31. Kapitel

Mo und Luca rasten die Gasse entlang und blieben nur kurz stehen, um zu schauen, ob das Auto, das auf halbem Wege in einer Bucht geparkt war, leer war. War es. Bogdan war zu Fuß weitergegangen.

Die beiden rannten über den Kies der Auffahrt und sahen am anderen Ende des Gartens eine Gestalt.

»Bogdan! Hier sind wir!«, rief Luca.

»Lauf hinterher und frag ihn, was er will«, sagte Mo. »Lass ihn auf keinen Fall in den Schuppen.«

Luca sprintete in die Dunkelheit, während Mo still stehen blieb. Sie hatte neben dem Haus ein Geräusch gehört. Hundebellen.

»Nipper?«

Mo rannte an der Haustür und dem Küchenfenster vorbei und wäre, als sie um die Ecke bog, beinahe mit Lou zusammengestoßen. Diese hatte Mühe, Nipper festzuhalten, der in die Leine sprang und in die Richtung bellte und knurrte, in die zuerst Bogdan und dann Luca verschwunden waren.

»Lou? Was machst du hier?«, fragte Mo keuchend.

Bevor Lou antworten konnte, trat jemand anderes neben ihr aus dem Schatten hervor. Tracey Caldwell.

Mo starrte sie für einen Augenblick sprachlos an. »Warum ist sie hier? Was ist hier los?«

»Tracey wollte etwas überprüfen«, sagte Lou.

»Etwas überprüfen? Das verstehe ich nicht«, sagte Mo und bemühte sich, das Zittern in ihrer Stimme unter Kontrolle zu bringen. »In meinem Garten? Wovon redest du?«

»Wir sind von hinten aus dem Wald gekommen«, erklärte Lou.

»Da, wo wir immer gespielt haben, weißt du noch? Tracey wollte nicht durch die Gasse gehen, damit uns niemand sieht.«

»Was?«, fragte Mo kopfschüttelnd. Das ergab alles keinen Sinn.

»Wir wollten dich ausspionieren«, sagte Lou.

»Wieso erzählst du ihr das, Townsend?«, zischte Tracey Caldwell und boxte Lou hart gegen den Arm.

Lou schien es nicht zu bemerken. Nipper sprang immer noch in die Leine und bellte, und sie konnte ihn kaum halten.

»Mich ausspionieren?«, wiederholte Mo.

»Ja, genau«, sagte Lou. »Tracey wollte sehen, ob du mit Luca zusammen bist. Sie wollte herausfinden, ob er wirklich dein Freund ist. Außerdem dachte sie, sie könnte dich vielleicht dabei beobachten, wie du irgendwelche Zaubertränke zusammenrührst.«

»Genau, du Hexe, über deinem Kessel oder so«, sagte Tracey.

»Tracey, verdammt, ich bin keine Hexe!«, sagte Mo und breitete genervt die Arme aus. »Wie kannst du nur so etwas denken? Es ist so ... dumm!«

»Willst du damit sagen, ich bin dumm?«, fauchte Tracey Caldwell zurück.

»Ja«, sagte Mo und sah sie einfach an. »Genau das. Du schleichst im Dunkeln durch meinen Garten, um zu sehen, ob ich eine Hexe bin. Ich meine, geht's noch? Das alles ist total dumm. Du bist total dumm und ein Fiesling und eine gewaltige, riesige, miese ...«

»Ach, jetzt haltet beide mal die Klappe«, rief Lou über Nippers Gebell hinweg. »Ich kann es nicht mehr ertragen. Tracey, Mo ist keine Hexe – natürlich nicht. Ich habe keine Ahnung, was dich überhaupt auf diese Idee gebracht hat. Es ist so dumm. Ich weiß auch nicht, wie du mich dazu überreden konntest, mit dir hierherzukommen. Das ist ein einziger schlechter Scherz. Ich habe die Nase voll.«

Tracey sah völlig schockiert aus. Zuerst hatte der Vogel ihr

Widerworte gegeben und dann noch der Wurm. Mo dagegen sah sehr begeistert aus.

»Mach nicht so ein zufriedenes Gesicht, Mo«, fuhr Lou fort. »Lächle mich nicht an, als wären wir ein Team, als wären wir beste Freundinnen. Sind wir nicht. Ich bin nicht deine Freundin, Tracey, und deine bin ich auch nicht, Mo. Seit Luca da ist, hast du mich aufgegeben, hast du alles aufgegeben. Wenn ich dir wichtig wäre, hättest du dir Zeit genommen für mich. Du hast dich total verändert. Die alte Mo hätte das nie getan.«

»Aber ich bin immer noch Mo. Ich bin hier, ich bin deine älteste Freundin«, sagte Mo flehend. »Ich bin es.«

Mo sah Lou tief in die Augen, aber da war keine Verbundenheit, nur Tränen. Dann sprang Nipper erneut, und diesmal rutschte Lou die Leine aus der Hand, und ihr Hund lief davon, quer durch den Garten, in der Nase den Geruch eines sechshundert Jahre alten Vampirs.

»Schnell, hinterher, er haut ab«, schrie Mo, aber Lou starrte nur in die Dunkelheit, während ihr die Tränen über die Wangen liefen.

»Komm, ich helfe dir, zusammen finden wir ihn«, drängte Mo und packte Lou am Arm, doch Lou schüttelte rasch den Kopf und riss sich los.

»Wo willst du hin?«, rief Mo ihr hinterher.

»Mir reicht's. Ich habe genug von euch beiden. Ich gehe nach Hause.« Und damit rannte sie davon.

Mo wollte ihr folgen, aber Tracey Caldwells Worte hielten sie auf.

»Siehst du, was du getan hast?«, sagte sie. »Ich wette, du hast den Hund behext und ...«

Mo wirbelte auf dem Absatz herum und schien die zwei Schritte, die sie brauchte, um fast Gesicht an Gesicht vor Tracey zu stehen, zu fliegen.

»Halt den Mund«, knurrte Mo. »Halt. Sofort. Deinen. Mund.«

Tracey Caldwells Augen wurden so groß wie Pizzen. Ihr fiel die

Kinnlade herunter, aber sie brachte kein Wort heraus. Wieder drehte Mo sich auf dem Absatz herum und raste los, um Lou zu finden.

Sie hatte schon die Gasse erreicht, als aus dem vor ihr liegenden Dunkel Geräusche drangen. Quietschende Reifen, ein Schrei, ein schrecklicher, dumpfer Aufprall.

Mo blieb wie angewurzelt stehen. Mo erkannte diesen Schrei, diese Stimme, in der Sekunde, in der sie sie hörte.

»Lou!«, keuchte sie, und ihr Herz hörte auf zu schlagen.

Dann rannte sie weiter, noch schneller, sprintete durch die Gasse wie ein Gepard und stieß immer wieder wie ein Gebet ein einziges Wort aus:

»Nein, nein, nein, nein, nein …«

Sie sah die roten Rücklichter eines Autos vor sich. Es fuhr. Das Auto hatte nicht angehalten. Es fuhr davon, beschleunigte mit dröhnendem Moor und erneut quietschenden Reifen. Bogdan – es war Bogdan!

Dann, im roten Schein der kleiner werdenden Rücklichter, entdeckte Mo eine Gestalt am Straßenrand.

Lou.

Mo eilte an die Seite ihrer Freundin und warf sich über sie, bedeckte sie mit ihrem Körper.

»Lou, Lou, Lou«, bettelte sie, »bitte sei nicht tot, bitte sei nicht tot, bitte sei nicht tot.«

»Ich bin nicht tot«, sagte Lou mit dumpfer Stimme.

»Du darfst nicht tot sein«, fuhr Mo fort. »Du darfst nicht tot sein.«

»Ja, bin ich auch nicht«, murmelte Lou. »Könntest du vielleicht von mir runtergehen, bitte?«

»Du lebst!«, sagte Mo und richtete sich abrupt auf. »Oh, Lou, es tut mir so leid! Geht es dir gut? Bist du verletzt?«

»Mir geht es gut«, sagte Lou und setzte sich etwas mühsam auf.

»Ich bin abgeprallt. Meine Beine fühlen sich ein bisschen komisch an, aber mir geht es okay.«

Mo sah nach unten und dann schnell wieder weg. Lous linkes Schienbein war unnatürlich gebogen. Rasch zog sie ihren Mantel aus und legte ihn ihrer Freundin über. Dann setzte sie sich hinter sie und nahm sie in den Arm.

»Lehn dich an, Lou«, sagte sie. »Ich halte dich.«

Lou entspannte sich in den Armen ihrer Freundin. Ihr Körper wurde schwach, ihr Atem flacher. Tracey Caldwell kam mit schweren Schritten zu ihnen und hockte sich neben sie ins Gras.

»Was ist passiert?«, fragte sie.

»Ruf einen Krankenwagen, Tracey«, sagte Mo mit einer Stimme voller Autorität und Dringlichkeit. »Schnell!«

Tracey sprang auf und holte ihr Handy hervor. Tippte eine Nummer ein. Sprach.

»Ein Autounfall, glaube ich … Ja, Lower Donny … Danke.«

Mo richtete all ihre Aufmerksamkeit auf Lou. Sie hörte Tracey Caldwell kaum. Sie strich Lou über den Kopf, küsste ihren Schopf und sagte ihr immer wieder, dass alles gut würde. Alles wird gut, alles wird gut, alles wird gut. Bis eine Sirene die Stille durchbrach und Blaulicht durch die Dunkelheit in der Gasse züngelte.

Mo hielt Lous Hand, als diese auf eine Liege gehoben und in den Krankenwagen geschoben wurde.

»Wir übernehmen jetzt, Liebes«, sagte die Sanitäterin. »Du kannst sie loslassen.«

Widerwillig löste Mo ihren Griff, und als sie das tat, sprudelten die Tränen hervor, kullerten ihr die Wangen herunter und schienen ein Wettrennen zu veranstalten, bis sie auf den Boden tropften. Lou winkte ihr schwach zu, als die Sanitäter die Türen schlossen, und dann fuhr der Krankenwagen die Gasse hinunter davon.

32. Kapitel

Mo rollte sich auf dem Asphalt zusammen, ihr Körper bebte vor Schluchzen, und ihre langen schwarzen Haare bedeckten ihr Gesicht wie ein Schleier. Sie hörte kaum die Schritte, die zu ihr gerannt kamen, registrierte kaum die starke Hand an ihrem Rücken. Es war Luca.

»Was ist passiert?«, fragte er.

Mo schluckte und rang nach Luft. Ihr Hals war so zugeschnürt, dass sie nicht sprechen konnte.

»Mo, bitte«, sagte er, als er sich neben sie hockte und sanft ihre Haare wie einen Vorhang beiseiteschob, um ihr Gesicht zu sehen.

»Bogdan hat Lou angefahren«, bekam Mo schließlich heraus, in einer verdrehten, hohen Stimme, die gar nicht nach ihr klang. Dann schluchzte sie wieder bitterlich, die Hände vor das Gesicht geschlagen.

Luca half ihr auf und nahm sie in den Arm. Mo schluchzte an seiner Schulter, ihr Körper bebte an seinem, und sie war völlig verloren in ihrem Unglück. Sie hatte kein Auge für die Umgebung – auch nicht für Tracey Caldwell, die sie aus der Ferne beobachtete.

Schließlich löste sich Mo aus der Umarmung, ihr Gesicht war fleckig und aufgequollen. Sie rieb sich ein paarmal mit den Händen über die nassen Wangen. Mit zugeschwollenen Augen blickte sie sich um, wie jemand, der aus einem tiefen Schlaf erwacht, und bemerkte Tracey Caldwell.

»Warum bist du noch da?«, fragte Mo in einer vom Weinen ganz krächzigen Stimme.

»Ich denke, du solltest jetzt besser gehen«, sagte Luca.

»Es war nicht meine Schuld«, stieß Tracey hervor. Dafür, dass sie behauptete, niemals Angst zu haben, spielte sie nun ziemlich überzeugend eine, die sich fürchtete. »Nichts davon war meine Schuld.«

»Geh einfach«, sagte Luca mit Nachdruck.

Tracey zögerte noch ein paar Sekunden, dann lief sie mit schnellen Schritten davon.

Mo wandte sich zu Luca und sah ihn eindringlich an.

»Ich dachte, du würdest Bogdan einholen«, sagte sie. »Ich dachte, du würdest ihn aufhalten.«

»Das habe ich, aber dann kam der kleine Hund auf uns zugeschossen, und Bogdan bekam Panik und materialisierte sich. Ich hatte keine Chance«, erklärte Luca. »Ich habe ihn in den Feldern ringsherum gesucht, aber er war nicht da. Dann wurde ich von diesen Schafen umzingelt, die wir neulich gesehen haben. Sie müssen Bogdan gerochen haben. Sie haben mich an den Zaun gedrängt!«

Mo schüttelte den Kopf, elend und untröstlich.

»Lous Bein ist gebrochen«, sagte sie. »Sie ist von der Kühlerhaube abgeprallt, und Bogdan hat nicht angehalten. *Er hat nicht angehalten!* Es war ein Unfall mit Fahrerflucht, Luca.«

»Das war immer schon sein Stil. Denk nur dran, wie er Jez Pocock angegriffen hat, war das nicht auch hier irgendwo?«

Wütend wandte sich Mo ab und marschierte zurück zum Haus.

»Hey, was ist los?«, fragte Luca. Er hatte sie eingeholt, legte ihr eine Hand auf den Arm und drehte sie zu sich.

»Bogdan hat gerade meine Freundin angefahren, und alles, was dir einfällt, ist ›Ja, das ist sein Stil‹? Als ob ich mich damit abfinden sollte. Er fährt ein Mädchen auf der Straße an und haut dann einfach ab.«

»Was hast du erwartet?«, fragte Luca.

»Dass er anhält und hilft, dass er sich kümmert, dass er …«

»Er ist ein Vampir, Mo«, unterbrach Luca sie und klang genervt.

»So sind sie nun einmal. Ich dachte, wenn jemand das versteht, dann du.«

Mo schloss für ein paar Sekunden die Augen, als sie begriff, dass sie einen Fehler gemacht hatte. Sie war – schon wieder – zu menschlich. Als sie die Augen öffnete, sah sie, dass Lucas Gesichtsausdruck härter geworden war. Sie drehte sich um und wollte nach Hause gehen.

»Mo?«, sagte Luca, und seine Stimme klang merkwürdig ausdruckslos und ernst. »Gibt es da etwas, das du mir sagen möchtest?«

Sie blieb stehen.

»Gibt es etwas, das du mir sagen möchtest?«, wiederholte er.

Langsam drehte sie sich wieder zu ihm. Sie hielt seinem Blick länger denn je stand. Sie spürte, dass ihr wieder die Tränen kamen, aber ihre Stimme war ruhig und gefasst.

»Ich bin keine Vampirin, Luca«, sagte sie.

Luca legte den Kopf schief und runzelte die Stirn. »Was?«, fragte er.

»Die Verwandlung war nur gespielt.«

»Wie bitte?«

»Ich bin ein Mensch wie du«, sagte Mo. »Es tut mir leid.«

Zuerst reagierte Luca nicht. Er wirkte wie erstarrt, doch dann wurde sein Blick zu einem wütenden Funkeln. Er sog scharf die Luft ein, verschränkte die Arme vor der Brust und wandte sich ab.

»Ich kann es erklären«, sagte Mo zu seinem Rücken, seinen steifen Schultern. »Ich wollte Bogdan nicht hängen lassen oder irgendwen in Gefahr bringen durch den Vampirkönig, aber ich wollte auch wirklich keine Vampirin sein.«

Luca rührte sich nicht.

»Ich dachte, ich könnte dich und Bogdan und den Vampirkönig, wenn er kommt, überzeugen, dass ich eine echte Vampirin bin, und gleichzeitig mein normales Leben weiterführen«, fuhr sie fort. »Aber es war so schwer.«

Sie knetete ihre Finger und wartete auf eine Reaktion von Luca.

»Luca? Sag doch etwas, bitte.«

Langsam drehte er sich um.

»Was hast du dir dabei gedacht? Was zur Hölle hast du dir dabei gedacht?«, fragte er mit leiser, aber vor Wut lodernder Stimme. Mo zuckte zusammen. »Ein verwöhntes Kind, das mit jahrhundertealten Vampiren Spielchen spielt?«

»Ich habe keine Spielchen gespielt«, protestierte Mo. »Bogdan hat gesagt, wenn ich mich nicht zur Vampirin machen lasse, würde der Vampirkönig des Ostens Lou, meiner Familie und auch Bogdan etwas antun, und ...«

»Ja, aber du kannst nicht so tun, als wärst du eine Vampirin«, sagte Luca. »Entweder du bist es oder nicht.«

»Ich habe nur ... ich habe nur ...«

»Du hast einen gewaltigen Fehler gemacht«, sagte er. »Bald wird der Vampirkönig vorbeikommen, um dich zu treffen, die vermeintliche Vampirkönigin. Wahrscheinlich war Bogdan deshalb heute Abend hier – um dir zu sagen, dass du dich bereit machen sollst.«

»Ich kann ihn immer noch davon überzeugen, dass ich eine Vampirin bin, oder nicht?«, sagte Mo. »Dereks treuer Gefährte hat es mir abgenommen. Bogdan auch.«

»Aber er ist der skrupelloseste Vampirführer von allen. Du spielst mit dem Feuer. Mit gefährlichem, tödlichem Vampirfeuer.«

Mo schluckte hart und wollte antworten, brachte aber kein Wort heraus.

Luca fuhr sich durch die Haare und blickte nach oben in den Himmel. »Oh, Mo, was hast du nur getan?«, murmelte er.

»Ich wollte keinen Schaden anrichten«, sagte Mo flehentlich. »Ich wollte Schaden *verhindern*. Ich dachte, so könnte ich jeden beschützen, für die Sicherheit der Menschen sorgen und dafür, dass die Vampire zufrieden sind. Und du. Du wolltest schließlich auch die Beförderung, wolltest der Königin dienen.«

»Der *echten* Königin«, sagte Luca, und er schleuderte die Worte geradezu heraus. »Keiner Fälschung.«

»Bitte sei nicht wütend auf mich, bitte sieh mich nicht so an«, sagte Mo und streckte die Hand nach ihm aus, zog sie dann aber wieder zurück.

»Du hast mich die ganze Zeit belogen, Mo«, sagte er. »Ich dachte, wir würden uns kennenlernen, eine Verbindung aufbauen, Vertrauen, aber es war alles nicht echt. Worüber hast du nicht gelogen? Gab es da überhaupt irgendwas? Wie soll ich dir je wieder vertrauen?«

»Jetzt sage ich die Wahrheit. Das bin ich, Mo Merrydrew, keine falschen Vampirzähne, nichts«, sagte Mo. »Gib mir die Chance, alles wiedergutzumachen. Von jetzt an werde ich dich nicht mehr anlügen, versprochen. Bitte schüttle nicht den Kopf, Luca! Bitte.«

»Ich diene nur der echten Vampirkönigin, keiner Lügnerin«, sagte er bitter. »Tut mir leid, Mo, da musst du jetzt allein durch. Auf Wiedersehen und viel Glück. Du wirst es brauchen.«

»Du gehst jetzt nicht, oder? Luca? Luca!«, sagte Mo, und ihre Stimme wurde schrill. »Du kannst mich nicht einfach verlassen. Du bist mein treuer Gefährte … Du bist mein … Ich dachte, wir wären Freunde.«

Aber Luca ging davon. »Das ist alles zu viel«, sagte er und schlug wütend mit einer Hand in die Luft. »Ich kann nicht … Ich kann das nicht.«

Und dann war er fort.

33. Kapitel

Mo konnte sich nicht erinnern, wie sie wieder nach Hause gekommen war, ihren Schlafanzug angezogen und sich ins Bett verkrochen hatte. Sie hatte keine Ahnung, wie spät es war, als ihre Mutter hereinkam, besorgt wegen Lou – Neuigkeiten verbreiteten sich schnell in den Donny-Ortschaften – und auch wegen ihr.

»Du siehst schlimm aus, Mo, so blass, und deine Augen sind ganz geschwollen und rot«, sagte sie. »So ein Schock. Ich habe es bei der Arbeit erfahren und bin sofort nach Hause gefahren. Dad hat nicht einmal gemerkt, dass ich wieder da bin. Er hat die Kopfhörer auf und schnitzt und hat nichts mitbekommen.«

Sie streichelte Mos Gesicht.

»Bist du okay? Lou wird wieder gesund. Sie hat sich das Bein gebrochen und hat ein paar Blutergüsse. Sie behalten sie erst einmal da. Die Polizei sucht den Täter oder die Täterin. Dad hilft auch mit. Sie werden die Person finden, die das getan hat, keine Sorge.«

Mo weigerte sich, zu Abend zu essen, redete kein Wort und bewegte sich kaum. Sie wechselte zwischen Schlafen und Wachsein, und ihr Geist war wie ein Puzzle, das umgekippt und dessen Teile überall verstreut worden waren. Sie hatte Lucas wütende Stimme noch im Ohr, wie er sie als verwöhnt bezeichnet hatte, als Lügnerin. Sie sah, wie er ihr den Rücken zuwandte und davonging. Sie hörte Lou sagen, dass sie keine Freundinnen mehr seien. Sie sah sie mit ihrem gebrochenen Bein am Boden liegen. Sie spürte, wie sich Lou mit ihrem verletzten Körper an sie lehnte. Sie sah Krankenwagen und Liegen. Sie stellte sich Bogdan vor, wie er durch die Nacht huschte. Sie stellte sich Herden wütender Schnüffelschafe vor, die ihn jagten, und Nipper, der neben ihnen herflog – wirklich flog –, bellte und sie antrieb.

Schließlich erwachte Mo. Blinzelnd sah sie auf die Uhr. Es war zehn Uhr. Dienstagmorgen. Die schrecklichen Ereignisse des vergangenen Tages prasselten wieder auf sie ein. Lou war im Krankenhaus, Luca war fort. Alles ihretwegen.

»Ich bin eine Idiotin«, murmelte sie Mr. Bakewell zu. »Ich verdiene es, dass es mir schlecht geht. Ich verdiene es, allein zu sein. Ich verdiene es, keine Freunde zu haben. Nicht Tracey Caldwell ist dumm, ich bin es. Ich bin so dumm wie Tracey Caldwell. Wahrscheinlich noch dümmer, denn ich hätte es besser wissen sollen. Meinetwegen ist meine liebe Freundin Lou verletzt. Nicht der Vampirkönig des Ostens hat ihr Schaden zugefügt – ich war es! Es ist meine Schuld, dass sie im Krankenhaus liegt. Es ist meine Schuld, dass sie mich hasst. Hasst sie mich? Ich weiß es nicht, aber falls es so ist, verdiene ich es.«

Rasch schrieb Mo Lou eine Nachricht, fragte sie, wie es ihr ging, und sagte ihr, dass sie sie lieb hatte. Dann kamen die schlimmen Gedanken zurück.

»Was ist mit Luca?«, murmelte sie, rollte sich auf die Seite und zu einer Kugel zusammen. »Ich wusste es, ich hatte es nicht einmal verdient, ihn anzusehen, auch nur in seiner Nähe zu sein, seinen herrlichen Bäckereiduft zu riechen. Ich hätte mich weiter hinter der Kühlschranktür verstecken sollen, wo ich war, als er in mein Leben spaziert ist. Das wäre besser gewesen. Es ist richtig, dass er mich hasst. Ich habe ihn angelogen. Nein, schlimmer noch, ich *war* eine Lüge, eine dicke, fette Lüge in einer albernen Verkleidung mit unechten Vampirzähnen.«

Sie schrieb auch Luca eine Nachricht, in der sie sich entschuldigte und ihn anbettelte, Bogdan nicht zu erzählen, was sie getan hatte, und ihn um ein Treffen bat. Dann zwang sie sich, aufzustehen. Ihre Beine fühlten sich schwach an und ihr Kopf schwer. Sie stieß sich einen Zeh an einer Kommode. Das habe ich verdient, dachte sie. In der Dusche bekam sie Shampoo in die Augen, was brannte. Das habe ich verdient, dachte sie. Sie stieß sich den Ellbogen am Türrahmen. Das habe ich verdient. Sie öffnete einen Küchenschrank, und eine Tüte Müsli fiel ihr auf den Kopf. Das habe ich verdient. Ließ eine Flasche Milch fallen. Das habe ich verdient. Trat in die Milchpfütze und rutschte aus. Definitiv verdient.

Schließlich gab Mo das Frühstückmachen auf und ließ sich mit einer Packung Kekse am Küchentisch auf einen Stuhl fallen. Als sie an ihr erstes Treffen mit Luca dachte und wie er damals auch Kekse gegessen hatte, liefen ihr Tränen die Wange herunter. Sie machte sich nicht die Mühe, sie wegzuwischen. Ich habe kein richtiges Frühstück verdient, ich verdiene in Tränen aufgeweichte Kekse, dachte sie. Auf keinen Fall habe ich Mini-Muffins verdient. Die werde ich nie wieder essen.

Sie sah auf ihr Handy. Keine Antwort, weder von Lou noch von Luca. Dann bemerkte sie, dass auf dem Küchentisch ein Zettel von ihrer Mutter lag, auf dem stand, dass sie gegen drei wieder zu Hause sei und dann Mo ins Krankenhaus bringen werde, um Lou zu besuchen.

Die Worte »Lou« und »Krankenhaus« ließen Mo noch mehr schluchzen. Als sie endlich mit dem Weinen und Kekseessen und dem Kekseessen während des Weinens fertig war, zog sie sich schwerfällig den Mantel über den Schlafanzug und trottete nach draußen. Sie ging Richtung Wald und vermied die Gasse, in der nur schlimme Dinge passierten.

Mo schwang sich in die Eiche und sah zu, wie der Regen vom grauen Himmel fiel. Nur wenige Tropfen regneten auf sie, während sie an den Stamm gelehnt dasaß. Nicht einmal der Regen will in meiner Nähe sein, dachte Mo und ließ stattdessen Tränen regnen.

Nachdem sie dort ein paar Minuten, vielleicht Stunden, gesessen hatte, begann Mos müdes Gehirn immer wieder dieselbe Frage zu wälzen. Was sollte sie jetzt machen? Vielleicht war es an der Zeit, ihren Eltern alles zu erzählen – wie sie vorgegeben hatte, zur Vampirin geworden zu sein – und dann zur Polizei zu gehen. Bogdan verhaften zu lassen, weil er Mr. Chen und Clive Bunsworth umgebracht und Lou angefahren hatte.

Es war verlockend, aber als sie es Luca gestanden hatte, hatte das überhaupt nichts gelöst. Sie hatte gehofft, dass es sie einander näherbringen würde, aber in Wirklichkeit hatte es ihn vertrieben. Würde ihr überhaupt irgendjemand glauben? Es war so eine verrückte Geschichte … Und selbst wenn die Polizei sie ernst nahm, gab es praktische Schwierigkeiten. Bogdan festnehmen und ins Gefängnis werfen? Einen sechshundert Jahre alten Vampir, der sich in Sekundenschnelle materialisieren und Menschen schneller aussaugen konnte, als man die Frage »Pommes dazu?« aussprechen konnte? Das würde nicht funktionieren.

Dann war da der Vampirkönig des Ostens, der bald ankommen würde, um sie zu sehen. Wie sollte sie sich ihm gegenüber behaupten, ohne einen treuen Gefährten im Hintergrund und mit einem Selbstvertrauen, das so zerschreddert war wie ein durch den Häcksler gejagter Kohlkopf?

Mo trottete nach Hause. Dort ging sie direkt zum Schuppen. Alles, was ihr Vater zum Schnitzen benötigte, war auf eine Seite der Werkbank geräumt worden. Ansonsten sah es dort aus wie immer. Sie setzte sich in den Sessel. Die Verwandlungszeremonie tanzte vor ihren Augen wie eine außerkörperliche Erfahrung. Mo konnte sich selbst sehen, wie sie in der Ecke gehockt und dann mit den unheimlichen Gebissschutzzähnen und blutverschmiertem Mund brüllend herumgewirbelt war und Bogdan vor Furcht und Freude hatte erzittern lassen.

Diese verrückt-mutige Version ihrer selbst erkannte Mo nicht wieder, das Mädchen, das geglaubt hatte, sie könnte so tun, als ob, und alles haben – tagsüber Schülerin sein, nachts Vampirkönigin.

Jetzt, an diesem trübseligen Dienstag, fühlte sie sich erschöpft, einsam und plötzlich viel älter. Luca hatte recht. Sie hatte sich in gewaltige, sehr gefährliche Schwierigkeiten geritten. Sie hatte versucht, ein Spielchen mit Vampiren zu spielen, in ihre Welt einzudringen und sich wieder zurückzuziehen. Was hatte sie geglaubt, wer sie war?

Als Mo in die Küche ging, lungerte dort ihre Mutter herum.

»Ich habe gerade mit Lous Mutter gesprochen«, sagte sie nervös. »Lou geht es okay, sie muss sich nur ausruhen. Sie hat viel durchgemacht, und Peg sagte, sie sei immer noch mitgenommen wegen Nipper. Bisher haben sie ihn nicht gefunden. Deshalb können wir sie leider heute Nachmittag nicht besuchen.«

Mo setzte sich. Sie schwieg einen Moment und starrte auf ihre Hände, die sie auf den Tisch gelegt hatte.

»Sie ruht sich nicht aus, Mum«, sagte sie schließlich. »Sie will mich nicht sehen.«

»Natürlich will sie dich sehen«, widersprach ihre Mutter. »Sie muss sich bloß ein wenig schonen.«

»Es ist meine Schuld, dass sie angefahren wurde«, sagte Mo. »Wir haben uns gestritten, und sie ist weggerannt.«

»Nein, das ist nicht richtig«, sagte Mos Mutter, setzte sich neben sie, nahm ihre Hände fest in die eigenen und blickte ihr in die Augen. »Das sollst du nicht denken. Es war ein Unfall.«

»All das ist meine Schuld«, sagte Mo, und ihre Lippen zitterten.

»All was?«, fragte ihre Mutter. »Was meinst du, Mo?«

Mo schüttelte den Kopf, zog ihre Hände zurück und rannte hinauf in ihr Zimmer. Sie schaute aus dem Fenster zum Schuppen, falls Luca dort auf sie wartete. Das tat er natürlich nicht. Wahrscheinlich genoss er sein neues Leben, in dem er sie nie wieder würde sehen müssen. Wahrscheinlich tanzte er herum, zerschmetterte Teller und Teekannen, überglücklich, für immer frei von Mo zu sein. Verständlich, dachte Mo jämmerlich.

Mos Mutter klopfte leise an die Tür und kam herein.

»Ich will nicht, dass du dir die Schuld gibst, Mo«, sagte sie. »Unfälle passieren – sie gehören zum Leben dazu. Würde es dir helfen, wenn ich dir erzähle, wie der Reißverschluss von Dads Hose einmal geklemmt hat und …«

Mo warf ihr einen derart wütenden, entsetzten Blick zu, dass sie mitten im Satz verstummte.

»Okay, tut mir leid. Ich wollte nur sagen, auch guten Menschen passieren schlimme Sachen – so ist das Leben und niemand ist schuld daran. Ich bin unten, wenn du mich brauchst.«

Die Tür fiel mit einem Klack zu, und Mo setzte sich an den Schreibtisch. Mit der Begeisterung eines Kleinkinds beim Spinatessen ordnete sie ein paar Stifte, dann stapelte sie einige Lehrbücher. Und da fand sie es. Unter den Büchern lag ein Blatt Papier und darauf stand:

Der PLAN – Teil zwei: ALLES HABEN!

Mo starrte für ein, zwei Sekunden auf die Worte, als wären es ägyptische Hieroglyphen. Dann, mit einem Knurren, das gegen Ende immer höher wurde, bis sie klang wie ein wütendes Wiesel, zerriss sie es und warf schluchzend die Fetzen an die Wand.

Sie flatterten hübsch zu Boden – »Ah! Ich kann nicht mal richtig werfen!« –, und dann ließ sie sich auf ihr Bett fallen und schrie in ihr Kissen. Das war besser. Das war gut. Das erleichterte sie etwas. Mr. Bakewell fiel aus dem Bett und landete mit dem Gesicht nach unten auf dem Teppich, als könne er es nicht ertragen, ihr zuzusehen.

Das Schreien ging in ein Heulen über, dann ein Grunzen, und schließlich war es ganz vorbei. Mo setzte sich auf, blinzelnd und keuchend.

»Ich muss etwas *tun*«, sagte sie. »Ich kann hier nicht einfach nur herumsitzen. Was mache ich normalerweise, wenn ich mich kompliziert fühle? Gute Frage. Ich fühle mich normalerweise nicht kompliziert. Was mache ich überhaupt normalerweise?«

Auf einmal wusste Mo es. Sie zog sich eine Jeans über, behielt das Schlafanzugoberteil aber an und rannte die Treppe hinunter.

»Wohin gehst du?«, fragte ihre Mutter, als Mo den Mantel anzog.

»In die Bibliothek.«

»Wirklich? Aber es wird schon dunkel, und du bist doch bestimmt müde, oder nicht?«

»Ich möchte ein paar Bücher abholen und ein bisschen lernen. Du weißt schon, die Sachen, die ich normalerweise mache.«

»Warte, renn nicht weg«, sagte ihre Mutter. »Ich möchte mit dir reden. Heute hat die Schule angerufen. Ich wollte zuerst nichts dazu sagen wegen Lou, aber Mo, in der NaWi-Arbeit von gestern hattest du eine Sechs. Ich dachte, du hättest so viel dafür gelernt, mit Lou. Was ist da los?«

»Nichts«, sagte Mo. »Ich muss gehen.«

»Warte, bitte. Ich habe auch eine E-Mail von deiner Mathelehrerin, Mrs. Singh, bekommen, in der sie schrieb, dass du nie deine Hausaufgaben machst«, fuhr ihre Mutter fort. »Das ist so untypisch für dich. Was ist los, Liebes? Offensichtlich ist nicht alles in Ordnung.«

»Doch, es geht mir gut, und alles ist normal, abgesehen davon, dass Lou angefahren wurde. Und dieser nette Typ, Luca? Weißt du noch?«

»Ja, natürlich, aber ich war mir nicht sicher, ob ihr beide, also, ob ihr zusammen seid.«

»Sind wir nicht!«, sagt Mo schnell. »Waren wir nie, werden wir nie sein, Ende, aus, vorbei, tschüss. Auch alles meine Schuld. Hundertprozentig meine Schuld. Ich habe versucht, ihn mir >warmzuhalten<, aber das hat nicht funktioniert, und jetzt ist er ganz abgekühlt. Mir gegenüber, meine ich. Aber das ist okay. Wir können wieder zur Tagesordnung übergehen. Deshalb fahre ich in die Bibliothek. Da kann nichts schieflaufen, oder?«

»Mo?«, sagte ihre Mutter. »Jetzt mache ich mir ernsthaft Sorgen.«

»Mum, ich muss bloß wieder lernen«, sagte Mo und zeigte auf die Haustür. »Ich habe meine Hausaufgaben vernachlässigt, aber jetzt fange ich wieder damit an. Auf der Stelle. Okay?«

Ihre Mutter musterte sie scharf und versuchte, den Gesichtsausdruck ihrer Tochter zu lesen. Dann nickte sie. »Alles klar«, sagte sie. »Aber bleib nicht zu lange. Du brauchst auch mal eine Pause.«

34. Kapitel

Der Bibliothekar begrüßte Mo wie eine lang vermisste Freundin. »Mo! Ewig nicht gesehen«, sagte er. »Ich habe ein neues Buch über die Politik des Amerikanischen Bürgerkriegs für dich und eins über ... Mo? Alles in Ordnung?«

Mo war an ihm vorbeigegangen und hatte sich in ihre Lieblingsecke gesetzt. Der Bibliothekar brachte ihr die Bücher, und Mo murmelte ein Dankeschön, schaute sie sich aber nicht an. Sie konnte immer noch nicht aufhören, an Lou zu denken, Lou im Krankenhausbett, und an Luca – wer weiß, wo. War er zu seinen Eltern nach Hause zurückgekehrt? Hatte er Bogdan erzählt, dass sie die Verwandlung nur gespielt hatte? Zerschmetterte er immer noch Teller, oder war er damit fertig? Das Fahrradfahren hatte die beiden nicht aus ihren Gedanken vertrieben. Die Bibliothek tat es auch nicht.

Mo holte ihr Handy hervor. Normalerweise benutzte sie es nicht in der Bibliothek, es fühlte sich falsch und respektlos an. Heute war das jedoch anders.

Sie schrieb Lou erneut.

Wie geht es dir? Es tut mir leid.

Dann schrieb sie auch Luca noch einmal:

Wie geht es dir? Es tut mir leid.

Dann starrte sie in der Hoffnung auf eine Antwort zehn Minuten lang auf ihr Handy. Es kam keine.

»Hey, Mo, deine Bücher ...«, rief ihr der Bibliothekar hinterher, als sie ging.

Mo drehte sich nicht um. Sie sprang wieder auf das Fahrrad und fuhr so schnell sie konnte nach Hause, ihre Beine trampelten energisch, und ihr Haar flatterte. Sie konnte nur an Lou und Luca denken. Luca und Lou. Ihr Gehirn sprang von einem zum anderen wie ein Zuschauer bei einem Tennismatch. Als sie fast an der Gasse angekommen war, holte sie das Handy aus der Tasche. Der Bildschirm leuchtete auf, sie warf einen raschen Blick darauf, immer noch in vollem Tempo unterwegs, aber da war nichts. Keine Antworten.

Mo hob den Blick wieder und …

»Aaaaaah!«

Etwas stand plötzlich vor ihr, war wie aus dem Nichts erschienen (oder vielleicht aus der Hecke). Mo ließ das Handy fallen. Es schepperte auf den Asphalt. Sie bremste heftig und blieb gerade noch rechtzeitig stehen.

»Mäh«, sagte etwas.

Ein Schaf. Auf der Straße. Was tat es da? Mo starrte es keuchend an, ihr Herz raste wie eine Nähmaschine. Sie stieg vom Fahrrad und suchte auf der Straße nach ihrem Handy. Der Bildschirm war gesprungen. Lou sagte ihr immer, sie sollte nicht gleichzeitig Fahrrad fahren und ihr Handy benutzen. Lou hatte recht, es *war* gefährlich.

Das Schaf blinzelte sie an und wanderte dann an den Straßenrand, um etwas Gras zu knabbern. Mo sah ihm einige Augenblicke lang zu, hob dann ihr Fahrrad hoch, stieg wieder auf und fuhr erneut los – allerdings nicht nach Hause, sondern in die entgegengesetzte Richtung. Während ihre Beine in die Pedale traten, schienen sie gleichzeitig ihr Gehirn anzukurbeln. Es begann sich zu drehen, zu surren, zum Leben zu erwachen. Sie legte an Tempo zu, wurde schneller und schneller, und der dumpfe Nebel der Verzweiflung lichtete sich durch die strahlende Sonne der Tat. Endlich, plötzlich, wusste sie, was zu tun war.

Ich muss Lou besuchen und ihr sagen, dass es mir leidtut. Ich muss zugeben, was ich getan habe. Ich muss sie um Hilfe bitten. Dann Luca.

Trampel, trampel, trampel.

Luca, Luca, Luca.

Trampel, trampel, trampel.

Ich muss ihn finden. Ich muss mit ihm reden. Was sage ich? Dasselbe wahrscheinlich. Es tut mir leid, dass ich Mist gebaut habe. Ich brauche deine Hilfe.

Mo war nun wieder im Zentrum von Lower Donny.

Sie sprang vom Fahrrad und rannte in den Lebensmittelladen.

Ist das alles, was ich Luca sagen will?, fragte sie sich, während sie sich zuerst eine Packung Hundeleckerchen schnappte, dann eine Schachtel Mini-Muffins und mit beidem zur Kasse ging.

Etwas anderes stieg in ihr auf, schwebte ihr im Kopf herum wie eine Blase in Zeitlupe. Etwas Größeres, Ehrlicheres. Ehrlichkeit ist wichtig, sagte sie sich. Keine Lügen mehr. Luca, ich brauche deine Hilfe, sagte sie wieder im Geiste, und dann war sie da, die helle, leuchtende Wahrheit, die ausgesprochen werden musste.

»Ich brauche dich«, sagte sie laut, während sie an Lucas Lächeln, seinen Zimttoastduft, seine funkelnden braunen Augen, seine tollen Haare dachte …

»Ja, mein Liebes?«, sagte Mrs. Spreadbury hinter der Kasse.

Mo blinzelte heftig und fokussierte sie. »Nein, Entschuldigung, nicht Sie«, sagte sie errötend. »Ich habe an etwas, äh, jemanden gedacht, den ich sehr, sehr dringend brauche.«

»Einen Klempner? Mein Jack ist ziemlich geschickt mit dem Schraubenschlüssel, falls es bei dir irgendwo klemmt.«

»Nein, danke, bei mir klemmt nichts«, sagte Mo, nahm ihren Einkauf und verließ das Geschäft. Ihre Gehirnwindungen waren sogar so frei und beweglich wie lange nicht mehr, dachte sie, als sie wieder auf das Fahrrad stieg. Und ich auch. Ich bin hier, ich bin am Leben, und ich weiß, was zu tun ist. Ich werde mich bei Lou entschuldigen. Ich werde Luca sagen, dass ich ihn brauche. Als Erstes werde ich jedoch Nipper finden.

Mo musste auf der Suche nach Nipper fünf oder sechs Kilometer weit gefahren sein. Sie schaute auf den Sportplätzen nach und an den Mülleimern hinter der Ersoffenen Ratte. Sie war sogar in Lous Garten geschlichen und hatte dort im Schuppen nachgesehen. Kein Glück. Sie versuchte, sich in Nippers Kopf hineinzuversetzen, der zugegebenermaßen ziemlich klein und voller Wurstträume war. Wohin lief ein kleiner weißer Terrier wohl, nachdem er einen sechshundert Jahre alten Vampir in der Dunkelheit gejagt hatte? Vielleicht würde er nicht nach seinem Zuhause suchen, sondern einfach nur nach einem sicheren Ort.

»Natürlich«, sagte Mo laut. »Wahrscheinlich ist er im Wald bei mir in der Nähe! Er kennt diesen Wald, da haben Lou und ich schließlich als Kinder gespielt. Bestimmt ist er da.«

Sie raste zum Waldrand, sprang vom Fahrrad und rannte mit der Taschenlampe ihres Handys als Lichtquelle zur Eiche, rief Nippers Namen und raschelte mit der Leckerchentüte.

Stille.

Mo ging tiefer in den Wald hinein, aber alles war ruhig. Ihr kamen Zweifel. Schließlich war sie am Nachmittag noch hier gewesen und hatte keine Spur von ihm gesehen. Vielleicht hatte sie sich vertan.

»Nipper?«, rief Mo wieder, suchte den Wald mit der Handytaschenlampe ab und hoffte, dass sich das Licht in einem Paar schimmernder Hundeaugen spiegeln würde. Immer noch nichts. Nur eine melancholisch rufende Eule. Mo streifte umher, rief und rief und war schon dabei, die Hoffnung zu verlieren, als sie ein Rascheln hörte. Sie drehte sich dorthin um, woher es kam, und plötzlich – wusch! – war er da, raste auf sie zu wie ein kleiner weißer Fellblitz.

»Nipper!«, brüllte Mo. Mit ausgebreiteten Armen sank sie auf die Knie und lachte, während der kleine Terrier auf sie zustürzte, ihr auf den Schoß kletterte, über das Gesicht leckte und aufgeregt bellte. Sein weißes Fell war dreckverkrustet, er hatte die Leine verloren und war hungrig. Er schlang ganze Handvoll der Leckerchen, die Mo mitgebracht hatte, herunter und wedelte heftig mit dem Schwanz.

Als Nipper sich beruhigt hatte, hob Mo ihn in ihren Rucksack, sodass nur noch sein Kopf oben rausguckte, und fuhr zum Middle Donny Cottage Hospital. Draußen schloss sie ihr Fahrrad an und zog den Reißverschluss des Rucksacks über Nippers Kopf zu, um ihn zu verstecken – nicht ohne sich bei ihm zu entschuldigen. Die Eingangstür des Krankenhauses glitt auf, und Mo folgte den Schildern zur Kinderstation.

Sie musste nicht fragen, wo Lou Townsend war. Eine Tür zu einem der kleinen Patientenzimmer öffnete sich, und eine Krankenschwester kam heraus. Durch einen Spalt in dem blauen Vorhang sah Mo zwei rosa Füße am Bettende. Mo hätte diese Füße überall erkannt. Sie schlich sich in das Zimmer und schloss die Tür hinter sich.

»Ich möchte keinen Nachtisch«, murmelte Lou hinter dem Vorhang.

Mo öffnete den Reißverschluss und holte Nipper heraus.

»Sicher?«, fragte Mo. »Auch keinen Mini-Muffin? Oder eine Runde Gesichtsschlabbern?«

Sie steckte Nippers Kopf durch den Spalt im Vorhang. Lou japste und brüllte seinen Namen. Mo merkte, wie er sich in ihren Händen wand, um zu Lou zu gelangen. Sie setzte ihn ab, er raste durch den Vorhang und sprang aufs Bett.

»Oh, Nipper, Nipper, Nipper«, sagte Lou, und Nipper jaulte vor Freude. »Ich habe dich vermisst, wo warst du, wie bist du hierhergekommen?«

Langsam schob Mo mit einem Finger den Vorhang einen Spaltbreit beiseite.

»Ich war das«, sagte sie und lächelte scheu. »Ich habe ihn hereingeschmuggelt.«

35. Kapitel

Mo trat an Lous Bett und sagte rasch und mit Nachdruck: »Bevor du mich rauswirfst, muss ich mit dir reden, bitte. Ich bin gekommen, um dir zu sagen, dass es mir leidtut. Es tut mir leid, dass ich dich im Stich gelassen habe. Es tut mir leid, dass ich nur noch mit meinem Kram beschäftigt war. Es tut mir leid, dass wir uns gestritten haben und du weggerannt bist und von einem Auto angefahren wurdest.«

»Ja, das tat weh«, sagte Lou mürrisch. »Sehr. Gebrochenes Bein. Überall blaue Flecken. Unter dem Schlafanzug sehe ich aus wie eine Pflaume. Das solltest du dir ansehen.«

»Ich will deine blauen Flecken nicht sehen. Na ja, eigentlich schon ein bisschen, aber vielleicht später«, sagte Mo. »Vor allem möchte ich mich entschuldigen und dich bitten, bitte, *bitte* wieder meine Freundin zu sein. Ich will dich nicht verlieren, Lou. Du bist der beste Mensch der Welt, die beste Freundin, die ich je hatte und je haben werde. Und ... ja, das war's eigentlich. Das wollte ich dir sagen, deshalb bin ich hergekommen.«

Lou blinzelte wie eine Eule mit Heuschnupfen. »Du hast mich im Grunde sitzen gelassen«, sagte sie.

»Ich weiß«, sagte Mo.

»Und das, nachdem du mir versprochen hattest, dass du mich nie vergessen würdest, selbst wenn du den PLAN durch den MANN ersetzen würdest.«

»Ich weiß, aber es war eigentlich nicht wegen Luca«, sagte Mo. »Es ist kompliziert.«

»Für mich hat es sich nicht kompliziert angefühlt. Es hat sich mies angefühlt«, sagte sie. »Ich bin es gewohnt, dass du so viel lernst, dass du kaum Zeit für mich hast, aber mich einfach so stehen zu lassen, vollkommen zu ignorieren, fast von einem Tag auf den anderen, für einen Jungen. Das war Mist.«

»Ich weiß, und es tut mir leid«, sagte Mo. »Ich war eine Idiotin.«

»Eine große Idiotin?«

»Ja, eine sehr große Idiotin«, sagte Mo. »Die Art von gewaltiger, gigantischer Idiotin, die glaubte, sie könne so tun, als ob sie die Vampirkönigin wäre.«

Lou schnappte nach Luft. Ihr Mund klappte auf wie eine Falltür.

»Jap, ich habe so getan, als wäre ich in eine Vampirin verwandelt worden«, fuhr Mo fort, »damit ich das ganze Auserwähltending machen, aber auch ich sein konnte, mit meinem Plan – dem PLAN.«

»Never! Wie hast du das gemacht? Was ist mit den Vampirzähnen?«

»Ich habe Zähne auf Tracey Caldwells Gebissschutz gemalt«, sagte Mo.

»Nein!«, sagte Lou lachend. »Du hast Traceys Zahnschutz entführt.«

»Gewissermaßen«, sagte Mo. »Ich zeige es dir irgendwann einmal.«

»Ja, bitte«, sagte Lou.

»Ich habe auch ein langes Kleid gekauft …«

»Das, was du gestern Abend im Garten anhattest? Das war schön.«

»Ja. Und ich habe mich total königlich und wild verhalten, und Bogdan hat es geglaubt, also dachte ich, alles wäre gut – aber es war so schwer. Ich musste mich jeden Abend mit Luca treffen, das war super, aber als Vampirin, und das bedeutete, ich musste so tun, als würde ich einen Shake aus gehäckselten Würmern trinken, Schafen aus dem Weg gehen, nicht vor ihm rülpsen, zittern oder mein Handy benutzen, weil Vampire nichts davon tun. Außerdem musste ich euch die ganze Zeit anlügen – ihn, dich, Mum und Dad.«

»Du hättest es mir erzählen können, schließlich bin ich deine beste Freundin«, sagte Lou und machte einen leichten Schmollmund.

»Das konnte ich nicht«, sagte Mo. »Ich wollte, aber es war zu gefährlich. Aber jetzt sage ich dir die Wahrheit, die ganze Wahrheit. Keine Geheimnisse mehr. Keine Lügen. Das Einzige, was zählt, ist, dass wir wieder Freundinnen sind. Bitte. Ja?«

Lou betrachtete sie einen Augenblick lang schweigend.

»Ich kann nicht glauben, dass du das getan hast, Mo«, sagte sie schließlich. »Du Dummie. Ich wette, du hast gedacht, mit deinem großen Gehirn könntest du dich da rausdenken, schlauer sein als die Vampire, den Überblick behalten.«

»So war es nicht ganz«, sagte Mo.

»Aber ein *bisschen* schon, oder?«, sagte Lou, die nun ihren Spaß hatte. »Und stattdessen hast du etwas richtig Dummes gemacht.«

»Ja, gut, aber ich hatte meine Gründe.«

»Danny-Harrington-Level dämlich.«

»Ja, okay«, sagte Mo ein wenig verlegen, »aber der Punkt ist: Verzeihst du mir? Können wir wieder Freundinnen sein?«

»Ach ja, das«, sagte Lou. Sie blickte Mo an, die an ihrem Bett stand, Mo, der alles so leidtat und die so gestresst und so Mo-mäßig war. Ihr Mund verzog sich zu einem Grinsen, ihre Augen funkelten, und sie breitete die Arme aus.

»Natürlich, du Versagerin«, sagte sie. »Komm her.«

Dankbar stolperte Mo in Lous Arme und drückte sie so fest, dass diese lachte und wimmerte – »Ich habe blaue Flecken, schon vergessen?« –, und dann rutschte sie neben sie ins Bett, Nipper zwischen ihnen, und gab ihr einen Mini-Muffin.

»Auf uns«, sagte Mo und tippte ihren Muffin gegen Lous.

»Auf uns«, sagte Lou und biss in ihren. »Wie früher.«

»Nur in einem Krankenhausbett«, sagte Mo.

»Ja, und dass du irgendwie zu einer verrückten Frau geworden

bist, die glaubt, dass sie so tun kann, als wäre sie eine Vampirin …
und die sich ganz schön verknallt hat.«

»Und die in der NaWi-Arbeit eine Sechs hatte«, fügte Mo hinzu.

»Nie. Im. Leben!«, rief Lou und starrte Mo an.

»Doch«, sagte Mo lachend. »Mund zu, du hast überall Muffin
zwischen den Zähnen, das ist ekelig.«

»Eine Sechs! Das hat es noch nie gegeben bei dir.«

»Ich war zu sehr in Gedanken bei dir und dabei, dass du jetzt mit
Tracey Caldwell abhängst«, sagte Mo.

»Wirklich?«, fragte Lou.

»Ja, ich war verletzt. Ich habe mich auch verlassen gefühlt.«

»Du hast angefangen«, sagte Lou.

»Ich weiß«, gab Mo zu und zeigte dann auf Lous gebrochenes
Bein. »Wie ich sehe, hat Tracey schon auf deinem Gips unterschrieben. Seid ihr noch befreundet? Haust du wieder mit ihr
ab?«

»Nein!«, sagte Lou. »Ich wusste nicht, dass sie kommt. Sie war
auf einmal hier. Sie hat sich richtig Sorgen gemacht, ich könne denken, dass der Unfall ihre Schuld sei, weil es ihre Idee war, dich aus-
zuspionieren. Ich war ihr ziemlich egal – sie wollte nur wissen, ob
sie in Schwierigkeiten ist.«

Mo nickte und blinzelte, um ein paar Tränen wegzudrücken. Der
Schock und Schmerz der letzten Tage durchfuhr sie wie ein Strom-
schlag.

»Lass uns nicht über die verdammte Tracey Caldwell reden, sie
ist es nicht wert«, sagte Lou.

»Du hast recht. Sorry«, sagte Mo, wischte sich rasch die Tränen
aus dem Gesicht und gab Lou einen weiteren Mini-Muffin.

»Ich frage mich, ob sie jemals den Typen finden, der mich angefahren hat«, sagte Lou.

Mo spürte, wie sich ihr Magen verkrampfte. »Hast du ihn nicht
gesehen?«

»Nein, die Scheinwerfer haben mich geblendet und dann … *bumm!*«, sagte Lou.

»Oh Gott, Lou. Es war Bogdan«, sagte Mo leise. »Es tut mir so leid. Das ist auch meine Schuld. Er ist meinetwegen hier.«

Lou blinzelte mehrmals, als sie diese neue Information verarbeitete. Dann drückte sie Mos Hand. »Er ist hier, weil du die Auserwählte bist«, sagte sie und sah Mo fest in die Augen. »Dafür kannst du nichts.«

Mo lächelte traurig und blinzelte weitere Tränen weg.

»Wenigstens hast du noch Luca, oder?«, sagte Lou.

Mo schüttelte den Kopf. »Nachdem der Krankenwagen mit dir weggefahren ist, habe ich ihm die Wahrheit gesagt, dass ich keine echte Vampirin bin, und er ist wütend abgehauen. Er hat gesagt, er könne mir nicht mehr vertrauen.«

»Oh«, sagte Lou. »Oh, das ist richtig doof. Tut mir leid für dich. Was machst du jetzt?«

»Dasselbe wie bei dir«, sagte Mo. »Ihn suchen und mich entschuldigen. Ich glaube nicht, dass es funktioniert, aber etwas anderes bleibt mir nicht übrig. Ich muss es versuchen.«

Ein gebieterisches Pochen an der Tür ließ sie aufhorchen.

»Schnell, versteck Nipper, leg deine Decke über ihn«, sagte Mo, sprang auf und öffnete die Tür.

»Du solltest wirklich nicht die Tür zu einem Krankenzimmer abschließen«, sagte die Krankenschwester zu Mo, bevor sie vom Klopfen von Nippers wedelndem Schwanz und der hüpfenden Bettdecke abgelenkt wurde.

»Ist da etwa ein Hund im Bett? Das ist ein Krankenhaus – Hunde sind hier nicht erlaubt.«

»Er ist ein Assistenzhund«, erklärte Mo und beugte sich über das Bett, um Nipper herauszuheben. »Braver Hund, du hast heute Abend ganz wunderbar assistiert, jetzt bringen wir dich nach Hause. Lou, hat er dir ausreichend assistiert?«

»Hat er«, sagte diese grinsend und nickte.

»Hervorragend«, sagte Mo und ließ Nippers Pfote zum Abschied winken. »Dann ist unsere Aufgabe hier erfüllt.«

36. Kapitel

Mo fuhr mit dem Rad zu Lous Haus. Nipper war so froh, wieder zu Hause zu sein, dass er begeistert eine Pfütze auf den Teppich im Flur machte, und Mrs. Townsend umarmte Mo so fest, dass diese sich fragte, ob sie nun auch blaue Flecken hatte.

Dann sprang sie wieder auf ihr Rad und fuhr ...

Wohin? Wo war Luca wohl? War er noch in der Nähe? Oder konnte es sein, dass er innerhalb eines Tages fortgegangen war? Dann fiel ihr plötzlich ein, dass sie nicht sicher wusste, wo er untergekommen war. Sie rief im Premier Inn in North Nollerton an. Eine Rezeptionistin – Kimberly? – zwitscherte eine Begrüßung.

»Haben Sie einen Gast namens Luca?«, fragte Mo.

»Luca, und wie weiter?«, fragte die Rezeptionistin.

»Luca, ähm ...« Mit Erschrecken wurde Mo klar, dass sie nicht einmal seinen Nachnamen kannte. »Dummkopf«, murmelte sie, wütend auf sich selbst.

»Luca Dummkopf?«, wiederholte die Rezeptionistin. »Ich verbitte mir solche Scherzanrufe. Guten Abend.«

Aufgelegt.

Mo hatte keine andere Wahl – sie musste dorthin. Es war ein langer Weg, und kurz nachdem sie aufgebrochen war, begann es zu regnen. Als sie auf den Parkplatz des Hotels fuhr, sahen ihre Haare wie Rattenschwänze aus, und die nasse Jeans klebte ihr an den Beinen.

Sie kam zu dem Schluss, dass es keine gute Idee wäre zu fragen, welches Zimmer das von Luca Dummkopf war, während sie den Boden volltropfte. Deshalb wählte sie stattdessen erneut die Nummer des Empfangs und beobachtete die Rezeptionistin – ja, es war Kimberly –, als diese den Hörer abnahm.

»Hallo, ich war gerade mit meinem Hund hinter dem Hotel spazieren und habe jemanden in der Nähe der Küche gesehen, der sich komisch verhalten hat«, sagte Mo.

»Wie, komisch?«, fragte Kimberly.

Mo, die sich hinter einem Auto versteckt hatte, schaute durch das große Glasfenster und sah ihren beunruhigten Gesichtsausdruck.

»Das kann ich nicht genau sagen, aber Sie sollten einmal nachsehen. Es war komisch und verdächtig, vielleicht irgendwas mit Hexerei? Tschüss.«

Mo legte auf. Sie sah, wie Kimberly den Flur entlang zum hinteren Gebäudeteil eilte, und nutzte ihre Chance. Sie rannte durch die Lobby und die Treppe hinauf. Sie versuchte sich zu erinnern, welches Zimmer Bogdan gehabt hatte. Dritte Etage, ja, aber als Mo den Flur hinunterging, keimte leise Panik in ihr auf. Die Türen sahen alle gleich aus. Sie konnte sich nicht erinnern, an welche sie geklopft hatten, als Luca sie hierhergebracht hatte, vor so vielen Tagen. 302? 305? 309?

Die Panik flutete nun in ihre Beine, und sie begann zu rennen, auf ein Zeichen hoffend, vielleicht einen Hauch von Zimt und Toast, der unter einer der Türen hindurchwehte. Nichts. Es war wie in einem dieser Albträume, in denen die Flure immer länger wurden, je weiter man rannte, man konnte nie das Ende erreichen, der Flur erstreckte sich ewig weit vor einem und …

»Luca!«, rief Mo plötzlich. »Luca, bitte. Wenn du hier bist, komm heraus.«

Stille.

»Luca, es tut mir leid. Bitte, lass mich dich sehen. Es tut mir so leid«, rief Mo – wütend, verzweifelt, einsam und sehr verlegen.

Hinter einer Tür bewegte sich etwas. Zimmer 306 öffnete sich einen Spaltbreit. Ein glatzköpfiger Mann streckte den Kopf heraus.

»Kannst du bitte ein bisschen leiser sein, Mädchen? Ich versuche hier, *Das große Backen* zu sehen«, sagte er.

Mo errötete, ließ den Kopf hängen, und trat mit gesenktem Blick den Rückzug an. Dann ... *rumms.* Sie war mit etwas Warmem, Festem zusammengestoßen. Sie drehte sich um.

»Luca!«

Mo lächelte zu ihm hoch – süße, himmlische Sonnenstrahlen, es fühlte sich so gut an, ihn zu sehen –, aber ihr Lächeln erstarb schnell. Lucas Gesicht war ausdruckslos.

»Was willst du?«, fragte er.

Um sich zu sammeln, schüttelte sie einmal den Kopf. Ihr nasses Haar schlug ihr gegen die kalten, regengepeitschten Wangen.

»Können wir drinnen reden?«, fragte sie. »Dieser Mann versucht, *Das große Backen* zu sehen.«

»Was ist *Das große Backen*?«, fragte Luca und sah den Mann mit zusammengekniffenen Augen an. Dieser funkelte sie bloß wütend an und schlug seine Zimmertür zu.

»Ein Wettstreit im Kuchenbacken«, sagte Mo. »Manchmal machen sie allerdings auch Pasteten. Oder Kekse.«

»Klingt aufregend«, sagte Luca ohne Begeisterung.

»Kann ich bitte reinkommen?«, bat Mo, knetete ihre Hände und sah ihn nervös an.

Langsam, widerwillig, schob Luca die Tür zu seinem Zimmer auf, ging hinein und hielt sie für Mo auf.

»Ich muss dich wohl nicht hereinbitten«, sagte er, »wo du keine echte Vampirin bist.«

Der Schlag saß. Mo spürte, wie ihr die Luft wegblieb.

»Das ist es, worüber ich mit dir reden wollte«, sagte sie. »Nein, nicht reden, ich wollte mich entschuldigen. Du hattest recht. Ich habe gelogen. Ich war dumm. Jetzt ist mir das klar. Und mir ist auch klar, dass ...«

Sie zögerte.

»Was?«, fragte er.

Mo atmete tief durch.

»Dass ein Grund, warum ich so getan habe, als wäre ich die Königin, eigentlich sogar ein ziemlich wichtiger Grund, war, dass ich dich in der Nähe behalten wollte, bei mir«, sagte Mo mit gesenktem Kopf. Sie blinzelte schnell und redete noch schneller. »Ich hatte Angst, dass der Vampirkönig Lou, meiner Familie und mir Schaden zufügen würde, wie Bogdan gesagt hatte, aber ich hatte auch Angst davor, dich zu verlieren. Das weiß ich jetzt, vorher wusste ich es nicht.«

»Okay«, sagte Luca.

»Es ist in Ordnung, dass du mich nicht magst, auf diese Art oder überhaupt. Besonders jetzt, nachdem ich dich so lang belogen und so getan habe, als sei ich etwas, das ich nicht bin«, sagte Mo. »Ich musste dir nur endlich die ganze Wahrheit sagen, bevor du weggehst.«

Sie warf einen Blick auf den Koffer auf dem Boden, voll mit Lucas Kleidung.

»Du hast schon gepackt«, sagte Mo.

»Ja, aber ich weiß nicht, wohin«, sagte Luca. »Zurück nach Hause kann ich nicht. Ich wüsste nicht, wie ich meinen Eltern erklären sollte, dass ich keine Arbeit mehr habe. Sie waren so stolz auf mich.«

»Dann bleib hier bei mir«, sagte Mo mit dringlicher, flehender Stimme. Sie sehnte sich danach, ihre Hand nach ihm auszustrecken, seinen Ärmel zu berühren, die Wärme seiner Hand zu spüren, aber sie rührte sich nicht.

»Bei dir bleiben als dein treuer Vampirköniginnengefährte?«, sagte Luca bissig.

»Nein, als du«, sagte Mo. »Bei mir als ich. Das neue Ich, wenn das okay für dich ist. Nicht die Mo, die du in der Küche kennengelernt hast, die mit dem PLAN für ihr Leben. Auch nicht die falsche

Vampirin. Dieses Ich mit der nassen Jeans, die Mo, die gerade acht Kilometer mit dem Fahrrad durch den Regen gefahren ist, um sich bei dir zu entschuldigen, die alles vermasselt hat und ziemlich viel Angst hat und wirklich gern deine Hilfe hätte.«

Mo hatte noch nie eine solche Rede gehalten. Im Debattierklub vertrat sie eine Seite, nahm eine Position ein, mit drei sorgfältig überlegten Punkten. Das hier war jedoch echt, ungeplant, aus ihrem Herzen kommend. Es quoll aus ihr hervor wie gutes, reines Wasser aus einer Gebirgsquelle.

Luca sagte nichts, aber sein Mund verzog sich langsam zu einem Lächeln. Es war nicht sein breites Strahlen, sondern etwas Stilleres, Kleineres, Scheueres.

»Weißt du, was ich denke?«

Nervös schüttelte Mo den Kopf.

»Ich denke, du brauchst eine heiße Schokolade.«

37. Kapitel

Mo ließ sich in einen Sessel fallen, während Luca ihr mit dem kleinen Hotelwasserkocher auf dem kleinen Hoteltablett auf dem kleinen Hoteltisch einen heißen Kakao machte. Sie fühlte sich plötzlich auf eine gute Art erschöpft. Es war die große, friedliche Müdigkeit, die einen überkommt, wenn man die Wahrheit gesagt hat und davon völlig ausgelaugt ist.

Luca gab ihr das Getränk und setzte sich dann auf den Stuhl ihr gegenüber. Mo umfasste den warmen Becher mit beiden Händen und trank dankbar einen Schluck.

»Besser als Wurm-Shake?«, fragte er.

Sie nickte.

»Ich habe sie übrigens nie getrunken«, sagte sie, »sondern immer in die Büsche gekippt.«

»Ich weiß«, sagte Luca.

»Wie, du weißt?«

»Ich meine, ich habe so etwas vermutet«, antwortete Luca. »Dass du keine waschechte Vampirin warst.«

Mo starrte ihn an.

»Du hast die Kälte gespürt, hattest Schwierigkeiten, dich durch die Hecke zu materialisieren, hattest Angst vor Fledermäusen, hast gerülpst ...« Er zählte all ihre Fehler an den Fingern ab.

»Ich wusste es! Ich wusste, dass Vampire nicht rülpsen!«, sagte Mo.

»Sie bleiben auch nicht nur bis zehn Uhr wach oder erkälten sich, essen Würmer oder leben in Schuppen.«

»Warum hast du dann mitgespielt?«, fragte Mo, und ihre Wangen wurden rot in einer Mischung aus Ärger und Verlegenheit. Wer hatte hier wem etwas vorgemacht? »Wenn du geahnt hast, dass ich nur so tue, als ob, warum warst du dann gestern Abend so wütend auf mich?«

»Das ist kompliziert«, sagte Luca.

»Das ist mein Spruch!«, sagte Mo wütend und vergoss etwas heiße Schokolade über ihrem Schoß. »Du darfst nicht ›Das ist kompliziert‹ sagen. Ich bin diejenige, die seit Tagen mit ›Das ist kompliziert‹ zurechtkommen muss. Nicht du.«

»In Ordnung, tut mir leid«, sagte Luca und hob die Hände. »Aber für mich war es auch nicht einfach. Besser? Ich war mir nicht sicher, ob du eine Vampirin warst oder nicht. Du wirktest auf mich ziemlich menschlich, aber Bogdan hat dir die Verwandlung abgenommen, und dann hast du Dereks treuen Gefährten extrem souverän zum Schweigen gebracht. Also dachte ich, vielleicht habe ich etwas übersehen. Du warst nicht wie eine gewöhnliche Vampirin, aber andererseits warst du auch kein gewöhnlicher Mensch.«

Mo runzelte die Stirn.

»Das ist ein Kompliment, Mo«, fügte Luca hinzu.

»Ja?«

»Wie auch immer, als du zugegeben hast, dass du alles nur gespielt hattest, bestätigten sich meine schlimmsten Befürchtungen«, sagte Luca. »Ich war sauer und machte mir Sorgen um dich. Du bist in großen Schwierigkeiten – das ist dir klar, oder? Aber ich war auch enttäuscht.«

»Enttäuscht?«, sagte Mo.

»Weil es das Ende bedeutete, oder nicht? Ich kann nicht mehr dein treuer Gefährte sein. Wir können nicht mehr in der Eiche abhängen. Ich kann nicht mehr jeden Abend mit dir reden. Ich war ...«

»Ja?«, fragte Mo.

»Ich …«

Ein Klopfen an der Tür. Drei harte Faustschläge.

»Ignoriere das, wahrscheinlich nur der *Das große Backen*-Typ«, sagte Mo rasch. »Mach weiter, was wolltest du sagen?«

BUMM! BUMM! BUMM!

Lauter diesmal.

»Ich sollte nachsehen, wer das ist«, sagte Luca.

»Sprich doch deinen Satz zu Ende. Du warst irgendetwas. Was war es?«

Es half nichts, Luca war schon an der Tür. Er linste durch den Spion und drehte sich mit auf einmal sehr blassem Gesicht zu Mo zurück.

»Es ist Bogdan!«, flüsterte er. »Schnell, du musst dich verstecken.«

»Warum?«, fragte Mo. »Ich kann ihn doch treffen. Kein Problem.«

»Aber nicht so! Du siehst nicht aus wie eine Königin. Du hast Jeans an und ein … Was ist das?«

»Ein Schlafanzugoberteil«, sagte Mo.

»Du hast Jeans und ein Schlafanzugoberteil an. Du zitterst und bist ganz nass. Du hast gerade eine heiße Schokolade getrunken. Er könnte Verdacht schöpfen.«

»Aber ich will eine Entschuldigung von ihm hören, weil er Lou angefahren hat. Ich will Gerechtigkeit dafür!«

»Vampire entschuldigen sich nicht!«, sagte Luca. »Schnell jetzt, hier rein.«

Er zog die Schranktür auf, schob Mo, bevor sie protestieren konnte, hinein und schloss die Tür wieder. Mo blinzelte ins Dunkel und spitzte die Ohren, als Luca die Zimmertür aufmachte.

»Bogdan, Sir, schön, Euch zu sehen«, sagte Luca.

»Bitte mich herein, und zwar schnell zackig – hier ist so ein Glatzkopf, der viel wütend aussieht«, murmelte Bogdan. »Wenn er mich noch länger anstarrt, komme ich am Ende noch auf den Geschmack.«

»Ihr seid hier sehr herzlich willkommen«, sagte Luca.

Mo hörte Bogdan eintreten und Luca die Tür schließen.

»Wie kann ich Euch helfen?«, fragte er.

»Wo ist Mo?«, antwortete Bogdan mit einer Gegenfrage. »Ich finde sie nirgendwo, und es gibt viel zu besprechen.«

»Ich weiß es nicht«, sagte Luca. »Wahrscheinlich draußen auf der Jagd.«

»Warum bist du nicht bei ihr?«, fragte Bogdan. »Ein Diener muss immer bei Herrin sein.«

»Sie nimmt ihre Mahlzeiten gern allein ein, wenn Ihr Euch erinnert?«, sagte Luca.

»Na gut. Und wann kommt sie zurück?«, fragte Luca.

»Später?«, schlug Luca vor.

PING.

Mo fummelte so schnell und leise sie konnte nach dem Handy in ihrer Tasche, auf dessen leuchtendem Bildschirm nun eine Nachricht von ihrer Mutter stand.

Wo bist du? Bitte komm bald nach Hause, es ist schon dunkel, und ich mache mir Sorgen. Was möchtest du zum Abendessen? Quiche oder vegetarisches Chili?

»Was war das?«, fragte Bogdan.

»Die Mikrowelle.«

»Im Kleiderschrank?«

»Ja, dann stinkt es im Zimmer nicht so nach Essen.«

Stille. Vielleicht dachte Bogdan über die Vorteile einer Mikrowelle im Kleiderschrank nach. Dann …

»Hatschi!«

Mo nieste.

»Und das?«, fragte Bogdan. »Ich bin vielleicht ein alter Vampir, aber ich weiß, dass Mikrowellen nicht niesen können. Was geht in verdammtem, dummem Schrank vor sich?«

Mo hörte seine Schritte näher kommen. Sie machte sich in ihrer Ecke so klein wie möglich.

»Darin ist nichts, ehrlich«, hörte Mo Luca sagen. Zu spät. Licht drang in das dunkle Schrankinnere, und Mo sah blinzelnd zu Bogdan auf, der wiederum auf sie hinunterstarrte.

»Was im Namen alles Unheiligen ...«

»Hi«, sagte Mo mit einem angedeuteten Winken. »Auf der Suche nach der Minibar?«

Bogdan antwortete nicht. Er kniff fragend die Augen zusammen und Mo meinte, ein kleines Zucken in seinem Mundwinkel zu sehen, als sie ihre langen Beine auseinanderfaltete und aus dem Schrank trat. Endlich, als sie stand und ihre zerknitterte, immer noch nasse Kleidung glatt gestrichen hatte, verbeugte er sich schnell.

»Eure Majestät«, sagte er. »Ungewöhnlicher Sitzplatz.«

»Ich habe mich versteckt«, antwortete Mo, während sie sich an ihm vorbeidrängte. »Ich wollte Luca erschrecken. Er hatte keine Ahnung, dass ich da drin war. Es wäre ein wirklich lustiger Streich gewesen, aber du hast ihn leider verdorben. Nun, egal. Sollen wir uns setzen?«

Mo nahm Platz, und Bogdan setzte sich ihr gegenüber auf den Sessel. Er holte einen Brief, mit roter Tinte in der bekannten eckigen Schrift geschrieben, aus seiner Manteltasche hervor und wollte zu lesen beginnen, als ihm ein irritiertes »Ts!« entfuhr.

»Bevor ich beginne, darf ich fragen, warum Ihr dieses Oberteil, diese Jeans tragt?«, fragte er und wackelte mit dem Zeigefinger. »Bitte verzeiht, meine Königin, aber das kleidet Euch nicht besonders. Jeans ist so alltäglich, nicht?«

»Du hast gut reden«, antwortete Mo. »Darf ich fragen, warum du ein Hemd mit Ananas- und Palmenmotiv trägst? Ein bisschen fröhlich für einen Vampir, oder?«

»Ah ja«, sagte er, »das ist neues Urlaubshemd, für Ruhestand in Karibik. Euch gefällt nicht? Ist gut, aus Leinen, das ist Naturfaser, nicht wie Euer Hemd.«

Er beugte sich vor, rieb den Stoff ihres Schlafanzugs zwischen Finger und Daumen und zog dann abrupt die Hand zurück, als hätte er etwas berührt, nach dem er sie mit Desinfektionsmittel reinigen sollte.

»Was ist das? Irgendeine Art Flanell? Pah! Und das Muster, kleine Tiere?«

»Waldkreaturen«, sagte Mo.

»Aber da steht Pinguin direkt neben Reh«, merkte Bogdan an.

»Seltsamer Wald. Nein, nein, nein. Nicht angemessen für Vampirkönigin. Luca, gehe vor Mittwoch mit Mo einkaufen.«

»Was ist am Mittwoch?«, fragte Mo.

»Das sind meine großen Neuigkeiten«, sagte Bogdan und wedelte mit dem Brief. »Er kommt. Endlich. Wie ein mächtiger Wind über ganz Europa. Der Vampirkönig des Ostens. Um Euch zu treffen, die Vampirkönigin dieses Landes. Ich kann es kaum glauben!«

Bogdans Augen strahlten wie die eines Kindes, das am Weihnachtsmorgen den erleuchteten Weihnachtsbaum sieht.

»Was sagt Ihr?«, fragte er. »Das ist ziemlich cool-genial, nicht?«

Mo warf Luca einen Blick zu und atmete dann einmal tief durch.

»Das ist sehr cool-genial, und wir freuen uns darauf, ihn zu begrüßen«, antwortete sie. »Moment – hast du Mittwoch gesagt? Das ist morgen!«

»Nein, übermorgen«, sagte Bogdan.

»Nein, heute ist Dienstag. Mittwoch ist morgen«, sagte Luca.

»Ah ja, ich habe mich vertan. Wenn man über sechshundert Jahre alt ist, verliert man schon mal Überblick«, sagte Bogdan lächelnd. »Wunderbar. Je besser, desto eher. Er kommt morgen!«

»Um wie viel Uhr?«, fragte Mo.

Bogdan überflog den Brief erneut.

»Sein Boot legt um exakt fünf Uhr an. Vampirkönig des Ostens ist immer pünktlich. Ich werde ihn mit Auto abholen, wir sollten also um sieben hier sein.«

»Das ist schon in vierundzwanzig Stunden«, sagte Mo. »Also quasi gleich.«

»Mein Rat?«, sagte Bogdan. »Macht großes Tamtam und Gewese um ihn. Dann wird er glücklich sein und zufrieden nach Hause gehen. Und ich verschwinde in Karibik, und wir leben alle glücklich bis an unser Lebensende, ja?«

Bogdan grinste, doch plötzlich verschwand sein Lächeln, und er rümpfte die Nase. Wie ein Erdmännchenwachposten reckte er sie witternd in die Höhe.

»Hier ist starker Geruch drin«, sagte er. »Vertrauter Geruch. Ich kenne es, aber es kann nicht sein.«

Er nahm Mos Becher und schnüffelte daran. Sein Gesicht verdunkelte sich.

»Das ist Menschengeruch«, sagte er.

»Das muss Luca sein«, sagte Mo rasch. »Er riecht sehr intensiv, stimmt's? Wie Toast und Gewürze und Gebäck. Ziemlich überwältigend.«

Luca öffnete das Fenster und murmelte: »Entschuldigt meinen Geruch.«

Bogdan ignorierte ihn. Er starrte Mo an. Stand auf und beugte sich zu ihr vor. Seine Nase zuckte, sog ihren Geruch ein wie ein Hund, der an einer Laterne schnuppert.

»Bah!«, sagte er und wich zurück. »Ihr seid es! *Ihr* stinkt wie ein Mensch. Derselbe Geruch wie vor Eurer Verwandlung. Mo, wie kann das sein?«

»Keine Ahnung, wovon du redest«, antwortete Mo und sprang auf die andere Seite des Zimmers.

Bogdan wirbelte herum, um sie anzusehen. Seine Augen glichen nun unheimlichen schwarzen Kohlen. Seine Lippen verzogen sich höhnisch, und er öffnete den Mund ein wenig. Mo rang nach Luft. Dort, strahlend weiß und rasiermesserscharf, waren seine Reißzähne, voll ausgefahren.

»Mo, was ist die Bedeutung davon?«, fragte er langsam und mit tiefer Stimme. »Antwortet mir, von Vampir zu Vampir. Zeigt mir Eure Zähne. Sofort!«

Mo klopfte verzweifelt ihre Tasche ab, obwohl sie wusste, dass ihre Gebissschutzzähne bei ihr zu Hause lagen.

Bogdan kam näher.

»Bitte tretet von der Königin weg«, sagte Luca im Herbeieilen und stellte sich vor Mo, die Arme weit ausgebreitet.

»Fort, Luca!«, zischte Bogdan.

»Das kann ich nicht tun, Sir«, antwortete Luca und schob Mo rückwärts in die Ecke, wo sie sich zitternd hinkauerte.

»Luca ...«, drohte Bogdan. Er schien größer und breiter zu werden, als er langsam auf sie zutrat. Was, wenn er Luca etwas tut?, dachte Mo rasch. Luca, der mich beschützt, obwohl das hier meine Schuld ist, meine Katastrophe.

Dann sah sie es, auf dem Nachttisch. Einen Bleistift neben einem kleinen Hotelblock. Würde das als Pfahl genügen? Konnte sie Bogdan den Stift ins Herz treiben, wenn er angriff? Würde er durch sein Hemd, seine Haut, die Brust dringen? Würde er an einer Rippe abbrechen? Besaß sie überhaupt den Mut, es zu tun? Auf all diese Fragen kamen keine Antworten, aber Mo griff trotzdem nach dem Stift und hielt ihn wie einen kleinen Speer in ihrer Faust, schob Luca bestimmt beiseite und tat einen Schritt nach vorn.

»Zurück, du räudiger Reißzahn«, sagte sie, »oder ich ramme dir den Pfahl direkt ins Herz.«

Bogdan fauchte und stolperte zurück, wobei er schützend einen Arm hob.

»Du würdest es verdienen, weil du meine Freundin angefahren hast«, fuhr Mo fort, und Wut flackerte in ihr auf.

»Du kannst froh sein, dass ich nicht angehalten und sie ausgesaugt habe«, antwortete Bogdan zischend und zähnefletschend.

»Du sprichst über meine beste Freundin, du blutsaugendes Schwein!«, schrie Mo, nun rasend vor Wut.

Sie stach mit dem Stift in seine Richtung, ihr Gesichtsausdruck war hart, ihr Körper angespannt.

Bogdan zuckte und fauchte erneut. »Ich bin nicht Schwein«, sagte er. »Ich bin Vampir.«

Er breitete die Arme weit aus, doch dann fiel sein Blick auf sein Ananashemd, und er nahm sie schnell wieder herunter.

»Tja, ich nicht«, rief Mo. »War ich nie und werde ich nie sein. Du hast richtig vermutet, Bogdan. Du hast die Wahrheit gerochen. Ich bin immer noch ein Mensch. Ein hundertprozentig lebendiges Wesen. Damit kannst du jetzt klarkommen, oder du bekommst diesen sehr spitzen HB-Bleistift ins Herz gerammt. Wofür entscheidest du dich?«

38. Kapitel

Bogdan starrte Mo an, zum Schweigen gebracht von ihrer Wut, durch die Macht ihrer Stimme, entsetzt von dem, was sie gesagt hatte. Sie hoffte, er konnte nicht sehen, dass ihre Hand zitterte, dass der Stift in Wirklichkeit gar nicht so spitz war. Die Stille erstreckte sich über ein paar Sekunden, bis sich Bogdan schließlich abwandte und zum Sessel zurückkehrte, wo er sich schwerfällig hinsetzte, den Kopf schüttelte und die Stirn rieb.

»Mo, Mo, Mo«, murmelte er, und sein Fauchen war einem Tonfall müden Bedauerns gewichen. »Was hast du nur getan? Hattest du geglaubt, du könntest Spielchen mit Vampirkönig des Ostens spielen?«

»Genau das habe ich auch gesagt«, murmelte Luca. Mo trat ihm kräftig auf den Fuß.

»Das ist schlecht. Das ist viel, extra schlecht«, sagte Bogdan.

»Ich habe versucht, dich zufriedenzustellen. Meine Familie und Lou vor seinem Zorn zu schützen. Dich zu beschützen. Ich weiß gar nicht, warum ich mir überhaupt die Mühe gemacht habe. Keiner, wirklich keiner von euch ist dankbar dafür. Außerdem warst du derjenige, der Lou Schaden zugefügt hat, als du sie angefahren hast«, sagte sie und stach mit dem Stift wieder in seine Richtung.

»Sie war im Weg«, schoss Bogdan in einem »Was hast du erwartet?«-Tonfall zurück. »Die Leute sollten besser aufpassen, wenn sie nachts durch dunkle Gassen laufen.«

»Du hättest sie umbringen können«, rief Mo und packte den Stift so fest, dass ihre Knöchel weiß wurden.

»Ich kann jeden umbringen, ich bin ein Vampir. Das ist es, was wir tun«, sagte Bogdan. »Na ja, zumindest wir echten Vampire.«

Mo atmete tief durch, um sich zu beruhigen. Luca trat unbehaglich von einem Fuß auf den anderen.

»Bogdan, ich habe getan, was ich getan habe, und nun ist die Frage, was ich als Nächstes tun soll«, sagte Mo. »Der Vampirkönig des Ostens ist unterwegs. Ich bin keine echte Vampirin. Er könnte es herausfinden. Das sind die Fakten. Also …«

»Es ist noch nicht zu spät für Verwandlung«, unterbrach Bogdan sie, während er sie mit zusammengekniffenen Augen musterte.

Mo hob den Stift höher. »Denk nicht einmal dran«, knurrte sie.

»Wir könnten es an Ort und Stelle tun«, sagte Bogdan.

»Nein, Bogdan, ich weigere mich, Vampirin zu werden«, rief Mo. »Verstanden?«

Bogdan funkelte sie schweigend an.

»Verstehst. Du. Das?«, brüllte Mo.

»Okay, ich habe das verstanden«, antwortete Bogdan trotzig.

»Gut«, sagte Mo.

Sie ließ die Hand mit dem Stift sinken und ihre Atmung langsamer werden, bevor sie wieder das Wort ergriff.

»Ich muss den Vampirkönig des Ostens davon überzeugen, dass alles in Ordnung ist. Dann reist er wieder ab, niemand wird ausgesaugt, und du kannst dich auf eine schöne, ruhige Insel zurückziehen, wo es keine jungen Menschen gibt, die du überfahren könntest. Ja?«

Über Bogdans Gesicht flackerte Zorn, aber er sagte nichts.

»Es tut mir leid, dass ich die Verwandlung nur gespielt habe«, fügte Mo hinzu. »Diese Entschuldigung hast du verdient.«

»Mir tut auch leid, denn nun kommen große Schwierigkeiten auf dich zu«, sagte Bogdan. »Auf uns alle.«

»Aber du hast bei der Verwandlungszeremonie geglaubt, dass ich die Vampirkönigin geworden bin, oder?«, sagte Mo. »Ich kann doch bestimmt auch den Vampirkönig davon überzeugen, nur noch ein einziges Mal, einen kurzen Besuch lang.«

Bogdan machte verächtlich »Pft«. »Als Erstes musst du aufhören, so menschlich zu riechen«, sagte er.

»Das ist ein großartiger Tipp«, sagte Mo. »Ich brauche mehr solche Ratschläge. Ich brauche dein Vampirwissen, deine Jahre der Erfahrung. Du bist der Einzige von uns, der dem Vampirkönig persönlich begegnet ist. Du weißt, wie er tickt. Ich habe Luca in meinem Team, aber ich brauche auch dich.«

»Ich habe dir vertraut, Mo, und du hast mich hereingelegt. Du hast mich angelogen«, sagte er. »Warum sollte ich jemals wieder etwas für dich tun?«

»Weil ich jetzt vollkommen ehrlich mit dir bin«, antwortete Mo. »Und weil dein Untoten-Leben davon abhängt. Du hast selbst gesagt, er könnte dich auslöschen, wenn er entdeckt, dass du keine richtige Königin geschaffen hast. Überleg doch mal, so kurz vor der Rente, nach sechshundert Jahren als Vampir, und dann …« Mo schnipste mit den Fingern. »Alles futsch, genau in dem Moment, in dem du kurz davor warst, frei zu werden.«

Bogdan starrte Mo an. »Ich könnte von hier verschwinden, mich irgendwo verstecken und dich mit Vampirkönig allein lassen.«

»Er würde dich finden«, sagte Mo. »Er würde dich aufspüren, egal, wohin du gehst.«

»Er würde mir vergeben. Ich war sein treuer Untertan, seit er auf Thron ist.«

»Wirklich? Ganz sicher?«, fragte Mo. »Denk dran, er ist skrupellos. Und er hasst Verrat. Das hast du mir selbst erzählt.«

»Ist ja gut, hör auf, Wörter zu sagen«, sagte Bogdan schnippisch. »Du hast immer gern geredet.«

Mo spürte ihren Vorteil und baute weiter Druck auf.

»Sieh mal, wir verlieren alle, wenn der Vampirkönig des Ostens herausfindet, dass ich keine echte Königin bin«, sagte sie.

»Also tun wir weiter so, als ob, oder bekommen seinen Zorn zu spüren.«

»Wie einen mächtigen Wind«, ergänzte Luca.

»Ja, genau«, sagte Mo.

Bogdan stand auf und begann, auf und ab zu gehen. »Ich kann immer noch nicht fassen«, schäumte er. »Wie habe ich mich nur so täuschen können? Ich habe geglaubt, dass du Auserwählte bist. Ich war so sicher.«

»Aber das ist sie, Sir«, sagte Luca.

»Unsinn!«, tobte Bogdan. »Auserwählte würde jetzt in coolem, exzellentem Outfit das Blut aus geschmackvollen Menschen saugen. Nicht in schlimmem, hässlichem Schlafanzug Kakao trinken.«

»Überlegt doch mal, wie sie sich verhalten hat«, beharrte Luca. »Vorzugeben, eine Vampirin zu sein, erforderte Mut. Sie hat es außerdem gerade mit Euch aufgenommen. Das ist tapfer. Sie denkt schnell und konzentriert und weiß auch, wann eine Entschuldigung angebracht ist. Das ist es, was man von einer Königin erwarten würde, oder? Von der Auserwählten?«

Mo spürte, wie ihre Wangen heiß wurden. Wow! Luca denkt all das über *mich*!

»Das ist Zeichen von netter Anführerin, stimmt, aber ohne übliche Gewalt«, antwortete Bogdan. »Du weißt schon, man plaudert angenehm, und dann – *zackbumm!* – rollt Kopf über den Boden.«

Bogdan schwieg einige Augenblicke. Vielleicht stellte er sich all die wunderbaren Male vor, als Vampirherrscher einfach so – *zackbumm!* – einen unschuldigen Menschen geköpft hatten.

»Es ist riskant«, sagte er schließlich. »Vorgeben, Vampirkönigin zu sein, vor Vampirkönig ... sehr riskant. Viel riskant. Extra viel riskant.«

»Ich weiß«, sagte Mo.

»Selbst wenn wir zusammenarbeiten, ist es immer noch sehr viel riskant«, sagte Bogdan.

»Es ist riskant, das stimmt«, sagte Mo. »Das ist mir klar.«

»Riskant, riskant, riskant«, murmelte Bogdan. »Ich hoffe nur, Luca hat recht. Ich hoffe, auch ich habe mich nicht in dir getäuscht, Mo. Dass du Auserwählte bist, auf irgendwie tief drinnen Art. Bisschen ungewöhnlich, ja?«

Dann schenkte er Luca ein schwaches Lächeln.

»Wie ich sehe, hat sie dich – wie sagt man? – gegriffen, hm, mein Junge?«

Luca errötete und senkte den Blick, aber Mo schaute Bogdan unverwandt an.

»Also machst du es?«, fragte sie. »Hilfst du mir, mich auf die Begegnung mit dem Vampirkönig vorzubereiten, ihn zu überzeugen, dass ich die echte Königin bin?«

»Habe ich andere Wahl?«, sagte Bogdan verschnupft.

»Nein«, sagte Mo.

Bogdan seufzte theatralisch und warf die Hände in die Höhe. »Na gut, na gut, ich mach's«, sagte er.

Mo jubelte, und Luca stieß ein lautes »Jawoll« hervor, aber Bogdan brachte sie mit einem strengen Blick zum Schweigen.

»Aber ...«, sagte er und hob warnend den Finger, »das wird viel Arbeit, also kein Herumalbern, ja? Es steht viel auf dem Spiel – und ihr wisst, wie sehr ich Spielchen hasse. Wir müssen heute Abend anfangen mit Planung. Sofort. In diesem Moment. Wir haben keine Zeit zu verlieren.«

39. Kapitel

Mo nahm den Stift, den sie vor wenigen Sekunden noch wie einen Pfahl geschwungen hatte, und den Block.

»Ich liebe es, Pläne zu machen«, sagte sie grinsend. »Das tue ich schon mein ganzes Leben lang. Aber zuerst muss ich Mum schreiben, dass es mir gut geht. Ich darf nicht zu spät nach Hause kommen, sonst bringt sie mich um.«

»Oh, wow«, sagte Bogdan. »Vampirkönigin macht sich Sorgen, dass Mum sie umbringen könnte. Die Welt ist verrückt geworden.«

»Vegetarisches Chili, bitte«, murmelte Mo, tippte schnell den Text zu Ende und steckte ihr Telefon dann weg. »Gut. So wie ich es sehe, müssen wir die Zeit, die der Vampirkönig des Ostens mit mir verbringt, möglichst reduzieren. Ihm die Vorstellung vermitteln, dass ich sehr damit beschäftigt bin, mich um die anderen britischen Vampire zu kümmern, dass meine Zeit wertvoll ist und ich nicht viel davon erübrigen kann, nicht einmal für ihn. So machen das die großen Stars und Politiker.«

»Fahre fort«, sagte Bogdan.

»Also, eine Begrüßung – erfreut, Euch zu sehen, willkommen in England, hattet Ihr eine angenehme Reise, wie war das Wetter etc. Dann kurz plaudern und fertig. Dann müssen wir ihn wieder loswerden. Kurz und gut: Er darf sich auf keinen Fall zu wohlfühlen. Er muss denken, dass es hier total ätzend ist, und froh sein, dass ich regiere und er nicht wiederkommen muss.«

»Ja, das könnte funktionieren«, sagte Bogdan. »Ich will jedenfalls ganz bestimmt nie wieder hierherkommen. Sehr trauriger, feuchter, jämmerlicher kleiner Ort.«

»Bogdan, du kannst ihn mit dem Auto wegbringen«, sagte Mo. »Ich möchte, dass er so weit weg von den Donnys ist wie möglich.«

»Immer dasselbe – Vampire sind nirgendwo willkommen«, seufzte Bogdan.

»Tja, wenn ihr aufhören würdet, euch von Menschen zu ernähren, würde euch der rote Teppich vielleicht etwas häufiger ausgerollt«, sagte Mo spitz. »Wie soll ich ihn anreden?«

»Sein richtiger Name ist Matislaw Rosstiewelwitsch«, sagte Bogdan.

»Ross-stiefel-wisch?«, fragte Mo.

»Nein, es ist ein *w*-Laut«, korrigierte sie Bogdan. »Ganz weich. *W, w* ... Probier mal.«

»Ros*stiewel*wisch«, sagte Mo unbeholfen.

»Hm, du klingst, als wärst du betrunken. Hinten heißt es *witsch*, nicht *wisch*. Noch einmal!«, schnaubte Bogdan.

»Rosstiewel*witsch*«, sagte Mo.

»Noch mal!«, befahl Bogdan.

»Rosstiewelwitsch, Rosstiewelwitsch, Rosstiewelwitsch!«

»Nicht schlecht«, sagte er. »Aber immer noch ein wenig ungeschliffen. Außerdem sieht aus, als könntest du ihn anspucken, wenn du seinen Namen sagst. Am besten bleib bei Eure Majestät.«

Mo seufzte. »Na gut«, sagte sie. »Als Nächstes brauchen wir einen passenden Ort für das Treffen, und zwar *nicht* den Schuppen meines Vaters.«

»Ein Schloss«, schlug Bogdan vor. »Am besten eine Ruine, für Atmosphäre, weißt du? Nicht zu ordentlich und menschlich. Shabby Chic, ja?«

»Hier in der Gegend gibt es keine Schlösser«, sagte Mo.

»Gutshäuser?«

»Es gibt das Donny-Under-Oak-Gut. Das kann man mieten für Hochzeiten und andere Gesellschaften«, sagte Mo.

»Man kann Gesellschaft mieten?«, wollte Bogdan wissen.

»Nein, Veranstaltungen machen. Konferenzen und so«, erklärte Mo.

»Klingt schrecklich«, sagte Bogdan. »Sehr menschlich und langweilig. Wie wäre es mit Palast?«

»Haben wir hier auch nicht«, sagte Mo. »Bloß den Gemeindesaal.«

»Der gemeine Saal klingt gut«, sagte Bogdan zufrieden.

»*Gemeinde*«, verbesserte ihn Mo.

»Papperlapapp, alles dasselbe.«

»Na ja, fast«, sagte Mo. Sie dachte an den Gemeindesaal von Lower Donny, der nicht viel größer war als eine Garage. An einem Ende des Raums befand sich eine kleine Bühne, und es gab eine einzige Toilette.

»Also gut«, sagte Bogdan. »Dann besorg diesen gemeinen Saal. Wie müssen großes Tamtam für den Vampirkönig des Ostens organisieren. Als er 1790 Vampirherzog von Malprattia besuchte, haben sie ihm zu Ehren dreißig Kanonen abgefeuert, ein ganzes Dorf niedergebrannt und dreihundert Pfauen gebraten.«

»Er hat doch bestimmt keine dreihundert Pfauen gegessen«, sagte Mo.

»Der Gedanke zählt«, sagte Bogdan achselzuckend. »Und dann gab es noch Musik und Hundejonglieren.«

»Ich wusste nicht, dass Hunde jonglieren können«, sagte Mo.

»Jonglieren *mit* Hunden. Mit den kleinen, keine Ahnung, Chihuahuas oder so. Und jawohl! Dekoration!«, rief Bogdan. »Wir müssen den gemeinen Saal würdig für Vampirkönig dekorieren. Er kleidet sich sehr elegant, gepflegtes Äußeres ist wichtig für ihn, weißt du? Dekoration muss sein.«

»Lou hat eine Girlande.«

»Aus menschlichen Zungen?«, fragte Bogdan.

»Nein, aus Stoff. Mit Blumen- und Karomuster.«

»Das sollte genügen«, sagte Bogdan gleichgültig. »Im siebzehn-

258

ten Jahrhundert haben wir Zungen verwendet, aber die ziehen schnell Fliegen an. Throne! Brauchen wir auch. Einen für dich, einen für ihn. Besonderes nettes Treffen unmöglich im Stehen.«

»Im Gemeindesaal gibt es Stapelstühle«, sagte Mo. »Okay, was haben wir? Wir haben einen Ort, Throne, Dekoration. Das klingt doch gut. Was noch? Vielleicht ein Geschenk?«

»Ein paar Jungfrauen wären nettes, traditionelles Geschenk für Vampirkönig«, sagte Bogdan.

Mo knallte den Stift auf den Block. »Auf gar keinen Fall. Solange ich zuständig bin, machen wir diesen altmodischen Kram nicht, verstanden?«

Bogdan hob überrascht die Augenbrauen, widersprach aber nicht.

»Ich dachte eher an einen Souvenirteller oder vielleicht Badeprodukte«, sagte Mo. »Überlass das mir. Dann sind wir durch – in maximal einer Viertelstunde – und du fährst ihn wieder weg. Sonst noch etwas?«

»Ach, bei meinem schwarzen Sarg – ein Bankett!«, rief Bogdan. »Wir haben das leibliche Wohl ganz vergessen.«

»Das gibt es nicht«, sagte Mo bestimmt. »Das stand in meinem ursprünglichen Vertrag, wenn du dich erinnerst? Keine Bankette! Ich habe sie verboten.«

Bogdan atmete langsam ein, wie ein Bauarbeiter, der kalkuliert, wie viel er einem dafür abknöpfen soll, dass er die Wand zum Wohnzimmer durchbricht. »Das ist gefährlich«, sagte er. »Wo gibt es Staatsbesuch ohne Bankett, ohne Auswahl heimischer Spezialitäten?«

»Vielleicht irgendein anderes Blut«, schlug Mo vor und dachte an die Wurm-Shakes. »Ich erzähle ihm einfach, dass sich die Vampire hier davon ernähren, dass es eine regionale Besonderheit ist. Er wird es hassen, aber respektieren müssen. Was weiß er schon? War er schon einmal in England? Außerdem wird er dann umso erleichterter sein, wieder abreisen zu können. Okay, so langsam nimmt das Ganze Gestalt an. Wir schaffen das, oder? Ja, wir schaffen das. Habe ich noch irgendetwas vergessen?«

»Du musst sehr darauf achten, wie du dich verhältst«, sagte Luca. »Deine Menschlichkeit verbergen. Das bedeutet, kein Rülpsen, Gähnen, Zittern, Niesen, keine heiße Schokolade, keine Angst vor Fledermäusen, kein ungeschicktes Materialisieren, sonst errät er sofort, dass du keine echte Vampirkönigin bist.«

»Das ist eine Menge, was ich mir merken muss, aber das bekomme ich hin«, sagte Mo und ging die Liste auf dem Stift kauend noch einmal durch.

»Alternativ«, sagte Luca, »und das ist nur ein Vorschlag, könnten wir ihn auch töten.«

»Was?«, schrie Bogdan und sprang von seinem Sessel hoch, als hätte er auf einer Wespe gesessen. »Hast du dein Gehirn verloren? Bist du getrunken? Den Vampirkönig töten? Und einen Rachefeldzug von allen Vampiren Europas in dieses kleine Dorf auslösen? Luca, im Ernst. Was für ein dummer Vorschlag.«

»Tut mir leid«, murmelte Luca.

»*Dummer*, dummer Vorschlag. Das Dummste, das ich je gehört habe«, sagte Bogdan. »Extra super dumm.«

»Könnt ihr bitte bei der Sache bleiben, ihr beide?«, unterbrach ihn Mo und zeigte mit dem Stift zuerst auf Luca, dann auf Bogdan. »Niemand wird getötet, weder Menschen noch Vampire. Unseren Erfolg erlangen wir durch Engagement, hervorragende Vorbereitung und eine straffe Exekution morgen Abend.«

»Exekution?«, wiederholte Bogan, und seine Augen funkelten auf einmal. »Ich dachte, du hättest gesagt, keine Exekutionen.«

»Ich meine die Durchführung unserer Aufgaben«, sagte Mo. »Einverstanden? Ich brauche euer beider Unterstützung, um das hinzubekommen.«

»Ich werde dein treuer Diener sein«, sagte Luca und verbeugte sich. »Ich werde dich Majestät und Königin nennen und mich von meiner besten Seite zeigen.«

»Ich bringe König zu Saal und ihn schnell zackig wieder weg«, sagte Bogdan.

»Super. Dann haben wir ja einen Plan«, sagte Mo und lächelte Bogdan und Luca an.

»Ja, wir haben Plan«, sagte Bogdan, »aber es wird trotzdem nicht einfach sein. Du musst ihn überzeugen, dass du Königin bist. Das kannst nur du tun, Mo. Es wird kein schöner Kindergeburtstag, verstehst du? Vampirkönig traut niemandem, und er kann Menschen erschnüffeln wie ein Schwein Trüffel. Du musst Vorstellung deines *Lebens* abliefern! Viel Glück und keinen Fehler machen morgen!«

40. Kapitel

Mittwoch. Der Tag nach Dienstag. Der Tag, an dem der Vampirkönig des Ostens, der mächtige Vampirführer und gefürchtete grausame Despot, nach Lower Donny kommen würde, um seine neue Königin zu treffen.

Mittwoch, ungefähr halb zwölf Uhr mittags, und die zuvor erwähnte Königin, die ihrer Mutter gesagt hatte, sie fühle sich krank, war nicht in der Schule, sondern beugte sich in der Küche über eine Schüssel im Spülbecken und rührte energisch darin.

»Mehr Teppichreiniger«, sagte Mo. »Es muss richtig kicken, weißt du?«

Luca, der neben ihr stand, schüttete etwas blaue Flüssigkeit aus einer großen Plastikflasche in die Schüssel. Mo rührte erneut, und dann schnupperten beide an der Mischung.

»Es ist sehr ...«, sagte Luca und rieb sich die Nase, um nicht zu niesen.

»Chemisch? Aggressiv? Schmerzhaft einzuatmen?«, schlug Mo vor. »Aber ich finde, das Schaumbad kommt nicht genügend durch. Vielleicht davon auch noch ein bisschen mehr.«

Luca gab ein paar Tropfen hinein. Mo rührte. Beide schnupperten erneut.

»Besser«, sagte Luca. »Nicht schön, aber besser.«

»Wird es meinen Menschengeruch verbergen?«, fragte Mo. »Was hat Bogdan noch gesagt? Der Vampirkönig kann einen Menschen riechen wie ein Hund Schinken?«

»Wie ein Schwein Trüffel«, sagte Luca, Bogdan imitierend.

Mo lachte ein wenig hysterisch. »Warum lache ich? Ich muss

mich in ungefähr acht Stunden einem berüchtigten Vampirherrscher gegenüber behaupten. Er kommt meinetwegen.«

»Wie ein mächtiger Wind«, ergänzte Luca.

»Ja, wie ein mächtiger Wind, der richtig gewalttätig ist«, sagte Mo und biss sich auf die Lippe. »Ich bin heute Morgen so zappelig. Das sind die Nerven. Konzentrier dich, Mo!«

Sie begann, das selbst gemachte Parfüm mit leicht zitternden Händen in einen kleinen Flakon zu füllen.

»Mir war nicht klar, dass ich einen Geruch habe, bis Bogdan das gesagt hat.«

»Oh doch, du riechst irgendwie wie frische Wäsche, Orangenschale und, warte …« Luca beugte sich zu ihr hinüber und schnupperte an ihrem Hals. Das machte Mo noch nervöser, und sie verspritzte ein wenig von der Mischung auf dem Abtropfbrett.

»Da ist auch eine Note nasser Hund drin«, sagte er.

»He!«, sagte Mo. »Wenigstens rieche ich nicht wie überteuerte Haferkekse.«

Sie verschloss das Fläschchen und hielt es gegen das Licht.

»Das sollte meinen Menschengeruch überdecken«, sagte Mo. »Und es ist ein perfektes Geschenk für den Vampirkönig.«

»Fast perfekt«, sagte Luca. »Wie Bogdan gesagt hat, wären ihm ein paar Jungfrauen lieber.«

»Tja, das kann er sich abschminken. Patriarchenschwein!«, schnaubte Mo. »Wann kommen die Vampire endlich im einundzwanzigsten Jahrhundert an und fangen an, sich ausgewogener und vielseitiger zu ernähren? So, was haben wir noch zu tun? Konzentration, Konzentration, Konzentration. Ich habe die Buchungsanfrage für den Gemeindesaal geschrieben. Noch keine Antwort, aber ich bin sicher, das klappt. Da findet sowieso nie etwas statt. Mein Kleid ist frisch gewaschen. Mein Samtmantel, die Armreifen und die Haarspange sind in einem Beutel bei der Tür. Oh, hast du die Würmer schon gehäckselt?«

»Jap«, sagte Luca und holte eine Glaskaraffe mit der grauen Flüssigkeit aus seinem Rucksack.

»Hübsche Flasche«, sagte Mo.

»Ich habe sie aus der Küche im Premier Inn geliehen.«

»Super«, sagte Mo. »Nach und nach wird alles fertig.«

Sie begann, die Dinge in eine Kiste zu räumen, hielt inne und sah auf.

Luca lächelte sie an.

»Was ist?«, fragte sie.

»Du siehst gut aus mit Zopf«, sagte er. »So kann ich dein Gesicht besser sehen.«

Mo berührte ihren Pferdeschwanz, errötete ein wenig. Plötzlich fühlte sie sich beobachtet, und ihre Konzentration zerplatzte wie ein Weinglas auf Betonboden.

»Ich muss nur noch das Kleid in den Trockner werfen, und dann können wir zu Lou gehen, um die Girlande abzuholen, in Ordnung? Sie hat mir getextet, dass sie heute Morgen aus dem Krankenhaus entlassen wurde. Ich freu mich so, sie zu Hause zu sehen.«

Als Mo und Luca bei Lou ankamen, umarmte Mrs. Townsend sie auf der Treppe, während Nipper senkrecht auf und ab hüpfte, als hätte er Sprungfedern statt Beine.

Sie gingen nach oben.

»Ich will keinen Haferbrei mehr«, stöhnte Lou, nachdem Mo an ihre Zimmertür geklopft hatte.

»Kein Haferbrei, ich bin's – und ein Überraschungsbesucher«, sagte sie.

Lou lag in ihre Kissen gebettet da, das durch den Gips schwere Bein flach auf der Decke ausgestreckt. Mo ging zuerst ins Zimmer, und Luca folgte ihr. Seine Ankunft wirkte wie ein elektrischer Schock auf Lou, die hochschoss, gleichzeitig ihre Locken ordnete, ihren Schlafanzug glatt zog, Mo finster ansah und Luca anlächelte.

»Ich wusste nicht, dass ihr beide kommt«, sagte sie und flüsterte dann Mo zu: »Ihr habt euch also vertragen?«

Mo nickte rasch.

»Wie geht es dir?«, fragte Luca und strahlte Lou an. »Das mit Bogdan tut mir leid, er war noch nie ein besonders guter Fahrer. Als er ein Mensch war, vor sechshundert Jahren, gab es noch keine Autos.«

Lou lachte laut.

»Wir würden gern deine Girlande ausleihen, wenn das okay ist«, sagte Mo. »Ich muss den Gemeindesaal dekorieren. Heute Abend kommt besonderer Besuch.«

»Wie ein mächtiger Wind«, fügte Luca hinzu.

»Wer denn?«, fragte Lou.

Mo warf Luca einen Blick zu, nicht sicher, ob sie Lou in die Details einweihen sollte.

»Mo ...«, sagte Lou und zog ihren Namen in die Länge, als wäre er aus Gummi. »Als du mich im Krankenhaus besucht hast, hast du gesagt, dass du von jetzt an ehrlich zu mir sein würdest. Keine Geheimnisse mehr, erinnerst du dich?«

»Ja, ärgerlicherweise habe ich das«, sagte Mo. »Okay, also, es ist der Vampirkönig des Ostens. Er ist der oberste Vampir und Bogdans Chef, und ich soll seine Königin sein und hier in Großbritannien herrschen, aber ich bin natürlich keine echte Vampirin und er schon, mit der dazugehörigen enormen Gewaltbereitschaft.«

»Welche Art von Gewalt?«, fragte Lou.

»Haha, welche nicht?«, murmelte Mo.

»Tracey-Caldwell-Level?«

»Schön wär's«, sagte Mo. »Caldwell kann ja mit bloßen Händen einen Apfel zerteilen – das Gleiche macht der Vampirkönig anscheinend mit menschlichen Köpfen.«

»Oh, Mo«, sagte Lou und schlug sich die Hand vor den Mund. »Das klingt furchtbar. Musst du ihn treffen?«

»Ja, aber es wird alles gut gehen«, sagte Mo. »Ich habe einen Plan, und diesmal sind Luca und Bogdan auf meiner Seite.«

»Aber es klingt gefährlich«, sagte Lou und nahm ihre Hand. »Und du bist nervös, das sehe ich in deinen Augen. Vielleicht kann ich dir auch helfen. Ich könnte als Unterstützung mitkommen.«

»Nein, das ist zu gefährlich«, sagte Mo.

»Aber ich könnte mich irgendwo verstecken und ihn mit meinen Krücken angreifen, wenn er außer Kontrolle gerät«, sagte Lou. »Außerdem würde ich ihn gerne mal sehen, diesen Vampirkönig. Er klingt gruselig, aber auch irgendwie spannend. Wie sieht er aus?«

»Keine Ahnung«, sagte Mo. »Das ist alles neu für mich, aber ich denke, ich bin bereit. Wir haben jedes Detail des Treffens durchgeplant. Wir halten es so kurz wie möglich, und dann fährt Bogdan ihn wieder weg.«

»Und dazu braucht ihr Girlanden?«, fragte Lou ein wenig unsicher.

»Ja, und die hier«, sagte Mo, steckte rasch ihre aufgemalten Zähne in den Mund und fauchte Lou an.

Die schrie auf. »Mensch, Mo, du hast mich erschreckt«, sagte sie.

Mo lachte und warf den Gebissschutz in Lous Richtung.

»So soll das sein«, sagte sie. »Ich bin schließlich die Vampirkönigin.«

41. Kapitel

Die Neonröhren im Gemeindesaal von Lower Donny erwachten blinkend zum Leben und flackerten ein paar Sekunden unsicher. Mo und Luca gingen hinein. Luca baute mitten im Raum einen Klapptisch auf, und Mo stellte die Kiste mit den Girlanden und den übrigen Requisiten darauf. Dann warf sie einen Blick auf die große Uhr an der Wand.

»Es ist sechs Uhr«, sagte sie. »Wir haben noch eine Stunde, bis er kommt.«

»Vielleicht solltest du etwas essen?«, schlug Luca vor.

»Nein, ich kann jetzt nicht an Essen denken. Dieser Energydrink reicht erst einmal«, sagte sie und nahm einen Schluck aus einer Dose.

»Hast du dein Handy ausgeschaltet?«, fragte Luca. »Wäre nicht so gut, wenn dir deine Mum mitten im Treffen mit dem Vampirkönig eine Nachricht schickt und dich fragt, was du zum Abendessen möchtest.«

»Ich habe ihr gesagt, dass ich bei Lou bin, aber du hast recht«, sagte Mo, holte ihr Handy heraus und stellte es aus. Dann sah sie sich im Raum um.

»So, wir brauchen Throne«, sagte sie.

Luca stellte zwei braune Stapelstühle auf beide Seiten des Tisches.

»Super. Ziehst du die Vorhänge zu, damit keiner reingucken kann? Ich packe den Rest aus und stelle alles auf den Tisch«, sagte Mo.

»Wurm-Shake in der Karaffe vom Premier Inn – check. Zwei Gläser – check. Ekelhaftes Parfümgeschenk in Flakon – check. Moment mal, was ist das?«

Inmitten der Girlanden ertastete sie eine Schachtel.

Sie holte sie heraus. Eine Packung Mini-Muffins, auf die Lou mit Textmarker »Viel Glück« geschrieben und die sie dort versteckt hatte. Mo lächelte und stellte sie ebenfalls auf den Tisch. Es würde ein gutes Gefühl sein, etwas von Lou bei sich zu haben.

»Dann lass uns die Girlande aufhängen«, sagte Luca.

Schweigend drapierten sie ein paar Meter Girlande an den Wänden des Saals. Mo fand, dass es ein wenig traurig aussah, wie sie da so schlapp in dem grellen Neonlicht hing. Dann betrachtete sie den Tisch mit den ganzen Requisiten für das Treffen und spürte, wie in ihr ein Geysir des Zweifels hochsprudelte. Wieso hatten sie geglaubt, das würde genügen? Ein paar Girlanden, gehäckselte Würmer, als furchtbares Geschenk ein stinkendes Parfüm und kein einziger gebratener Pfau weit und breit. Klar, der Vampirkönig könnte zu dem Schluss kommen, dass »diese Insel« traurig und erbärmlich war, wie Mo hoffte – wofür sie betete –, und so schnell wie möglich zurück in den Osten reisen, aber es konnte ebenso gut sein, dass ihn dieser lahme, selbst gestaltete Empfang wütend machen würde und ...und ...

Mo ließ sich auf einen der Throne fallen. Der Plastiksitz rieb sich quietschend an dem Metallgestell.

»Oh, Luca, meinst du, das reicht? Wird das alles funktionieren?«, sagte sie.

»Sicher, warum nicht? Er ist ja nicht wegen all dem hier gekommen«, sagte Luca und zeigte auf die bunte Mischung von Gegenständen auf dem Klapptisch. »Sondern deinetwegen.«

»Ich weiß, und das ist es, worüber ich mir Sorgen mache«, sagte sie, und ihre Stimme klang kindisch und weinerlich. »Ich bin es doch bloß, ein nerdiges Schulmädchen vom englischen Land. Wie bin ich nur in all das hineingeraten? Ich kann nicht einen mörderischen Vampirherrscher davon überzeugen, dass ich irgendetwas anderes bin. Ich kann das nicht. Es ist alles ein einziger großer Fehler.« Mo schlug sich die Hände vor das Gesicht.

Luca hockte sich neben sie und zupfte einen Finger nach dem anderen von ihrem Gesicht ab. »Ich glaube nicht, dass es ein Fehler ist«, sagte er ruhig. »Ich denke, du bist die Auserwählte. Auf welche Art auch immer, das bist du. Bogdan hat sich nicht geirrt. Er hat etwas in dir gesehen, und auch ich sehe etwas in dir. Du musst es auch sehen. Du schaffst das.«

Mo versuchte, sich zusammenzunehmen, atmete einmal tief ein und seufzend aus.

»Schon vergessen, wie du dich gegen Bogdan zur Wehr gesetzt hast mit nichts als einem Bleistift vom Premier Inn?«, erinnerte Luca sie.

Mo nickte zögerlich und lächelte schief.

»Siehst du? Du kannst das.«

»Ich hoffe es«, sagte sie mit einer ganz winzigen Stimme. Ihre Augen suchten Lucas. »Ich hoffe, du hast recht. Jetzt ist es sowieso zu spät, oder? Wahrscheinlich ist er schon ganz in der Nähe.«

Nervös warf Mo einen Blick zur Tür. Lucas Stimme holte sie zurück.

»Ich bin für dich da«, sagte er. »Auch Bogdan wird dir zur Seite stehen. Es wird schnell vorbei sein, und dann ...«

»Dann was?«, fragte Mo.

Luca starrte sie weiter an, sagte aber nichts. Sekunden wurden zu mehr Sekunden. Mos Kopf senkte sich zu seinem hinab. Vage registrierte sie, dass er sein Gesicht ihrem entgegenreckte. Sie spürte, wie sie die Augen schloss, wie ihre Lippen kribbelten und dann ...

»Oh, hallo!«, sagte eine weibliche Stimme. »Stören wir?«

Mo riss die Augen auf. Sie sprang auf die Füße. Etwa fünfzehn Frauen strömten in den Saal. Sie hatten Kuchen und mit Wolle vollgestopfte Taschen dabei.

»Heute ist unser Häkelabend, nicht wahr, Ladys?«, sagte die Frau und machte einen Schritt nach vorn. Mo erkannte sie. Mrs. Spreadbury vom Dorfladen. Seit über fünfzig Jahren lebte sie in

Lower Donny und war anscheinend eine eifrige Häklerin. »Der Jugendclub ist freitags.«

»Aber ich habe den Saal gemietet«, stieß Mo hervor. »Ich habe hier ein sehr wichtiges Treffen in ungefähr ...« – rasch sah sie auf die Uhr über der Tür – »... zehn Minuten«, sagte sie. »Sie sollten nicht hier sein. Glauben Sie mir, Sie sollten wirklich nicht hier sein.«

Mo stellte sich vor, wie der Vampirkönig des Ostens in den Saal platzte und die dort versammelten Frauen sah, wie seine Augen aufblitzten, weil er sie für das Menü hielt. Wie viele Senioren konnte ein Vampirherrscher an einem Abend verspeisen? Oh Gott, dachte Mo, das klingt wie der Anfang eines sehr schlechten Witzes.

»Nun, mein Liebes«, antwortete Mrs. Spreadbury, »ich denke, hier ist genügend Platz für uns alle. Vielleicht könntet ihr euer Treffen an diesem Ende abhalten, und wir häkeln da drüben?«

Luca trat vor und sagte eindringlich mit einer gewissen Härte in der Stimme: »Es tut mir sehr leid, aber das wird nicht funktionieren. Sie müssen gehen, sofort. Auf der Stelle.«

»Es ist doch bloß eine Doppelbelegung – ich bin sicher, wir finden eine Lösung«, sagte Mrs. Spreadbury, und sie klang etwas beleidigt.

Luca ging mit ausgebreiteten Armen auf die Frauen zu, als würde er eine Herde schreckhafter Alpakas in den Stall treiben. »Ich versichere Ihnen, Sie wollen heute Abend nicht hier sein«, sagte er.

Die Mitglieder des Häkelclubs warfen sich verwirrte Blicke zu, aber dann lächelte Luca sie an, sein wärmstes Toffee-und-flüssiger-Bernstein-Lächeln. Es war, als wäre die Sonne aufgegangen. Vampire konnten ihre Opfer hypnotisieren, doch hier war Luca, ein normaler Mensch, und hypnotisierte eine ganze Gruppe von Seniorinnen aus Donny mit einem einzigen Aufblitzen seiner perfekten weißen Zähne.

»Wohin sollen wir denn gehen?«, fragte Mrs. Spreadbury.

»Wie wäre es mit dem Pub?«, schlug Luca vor.

»Nur, wenn du uns dahin begleitest«, tönte es von hinten. Kichern.

»Ja, warum kommst du nicht mit? Ich gebe dir einen aus«, sagte eine andere Frau. Noch mehr Gekicher.

Luca drehte sich zu Mo um.

»Geh ruhig, Luca«, sagte Mo. »Bring sie weg. Ich komme zurecht.«

Er runzelte die Stirn, knurrte frustriert und machte keine Anstalten zu gehen.

»Bitte, Luca. Bring sie weg«, drängte Mo ihn. »Bring sie in Sicherheit.«

Er blieb noch einen Augenblick länger stehen, starrte Mo an und sprach dann hastig.

»Also gut. Ich komme zurück, so schnell ich kann. Du bekommst das hin. Die Königin kann ihn sowieso nicht hereinbitten, das muss ein Mensch machen. Rühr dich nicht vom Fleck, bis ich zurück bin.«

Mo nickte knapp, und Luca wandte sich wieder den Frauen zu und führte sie zur Tür. Sie hatten es nicht eilig. Sie waren zu sehr damit beschäftigt, zu gackern und Luca nach seinem Namen zu fragen, ihm Kuchen anzubieten und seinen Arm zu tätscheln. Mo sah reglos zu, bis sie schließlich die schwere Eingangstür ins Schloss fallen hörte. Ihr Blick huschte zur Uhr. Fünf vor sieben. Fünf Minuten! Ihr wurde ein wenig schwindelig, und kleine, helle Sternchen flackerten am Rande ihres Gesichtsfelds.

»Atmen, atmen«, murmelte sie. »Ich schaffe das. Ich muss es schaffen.«

Dann sah sie an sich hinunter.

»Oh Gott, ich muss mich umziehen, die Zähne einsetzen, mich mit Parfüm einsprühen. Schnell. Komm, Mo, reiß dich zusammen. Du schaffst das. Kleid, Mantel, Zähne, Duft ...«

Sie eilte zu der Kiste und kramte nach ihrem Kleid. Sie zog es heraus, schüttelte es einmal kräftig und hielt es in die Höhe.

»Was?!«, kreischte sie, und ihr Magen machte Trampolinsprünge. »Es kann nicht im Trockner eingelaufen sein. Oh Gott, es *ist* im Trockner eingelaufen.«

Sie hielt sich ihr zuvor langes, elegantes Kleid an ihren hochgewachsenen Körper. Es war höchstens noch ein bauchfreies Oberteil. Sie schleuderte es beiseite.

»Wenigstens habe ich meinen Mantel und den Schmuck«, sagte sie und suchte den Beutel, in den sie ihn getan hatte und den sie an die Haustür gelegt hat. Der Beutel, an dem sie geradewegs vorbeigegangen waren, als sie aufgebrochen waren. Er war nicht da.

Mo schnappte nach Luft und schlug sich die Hand vor den Mund, ihr Blick huschte nach rechts und links, konnte sich auf nichts fokussieren.

»Alles ist gut, alles in Ordnung, ich bekomme das hin. Jeans und T-Shirt sind okay«, murmelte sie. »Wenigstens habe ich meine Zähne.«

Sie ging wieder zu der Kiste, in der sich immer noch eine Menge Girlanden befanden, und wühlte darin herum wie ein Wombat, der sich ein Loch gräbt. Sie erwartete, das kühle Plastik des Zahnschutzes zu spüren. Nichts. Sie kippte die Kiste aus. Eine pastellfarbene Girlandenflut ergoss sich über den Fußboden, aber keine unechten Vampirzähne.

»Wo sind sie? Wo sind sie?«, fiepte sie.

Ihr Gehirn ging die letzten Stunden durch. Zu Hause hatte sie sie noch gehabt. Sie hatte sie mit zu Lou genommen. Sie hatte sie nach Lou geworfen, nachdem sie ihr mit ihnen einen Schreck eingejagt hatte. Sie hatte VERGESSEN, SIE IN LOUS ZIMMER WIEDER VOM BODEN AUFZUHEBEN. Nein, nein, nein, nein, nein!

Mo stöhnte und sank auf die Knie. Sie hatte ihren Mantel und den Schmuck an der Haustür vergessen, ihr majestätisches Kleid auf Teebeutelgroße schrumpfen lassen, ihre Vampirzähne bei Lou liegen lassen, Luca mit einer Gruppe häkelverrückter Seniorinnen verschwinden sehen, und jetzt, *jetzt* würde der Vampirkönig jeden Moment eintreffen. Mo sah wieder auf die Uhr. Zwei Minuten vor sieben. Wirklich *jeden Moment*! Er war immer pünktlich, hatte Bogdan gesagt.

»Er kann nicht reinkommen. Er muss hereingebeten werden, und das werde ich nicht tun«, sagte Mo zu sich, während sie auf und ab ging. »Das muss Luca machen, wenn er wieder da ist. Ich habe Zeit, Zeit, mich zu beruhigen und vielleicht meine schwitzigen Hände zu waschen.« Sie rieb die Hände gegeneinander und spürte, wie sie zitterten. Dann erstarrte sie. Ein Geräusch. Die Türklinke an der schweren Eisentür bewegte sich. War der Vampirkönig schon da? Nicht nur pünktlich, sondern zu früh?

Langsam, als wäre ihr Kopf aus Blei, wandte Mo sich zur Tür. Ihr Atem war in ihrer Brust gefroren. Die Tür wurde aufgestoßen, unerträglich langsam, und im Neonlicht stand eine gebeugte Gestalt und humpelte dann aus der Dunkelheit herein …

»Lou!«, schrie Mo.

Lou kam auf sie zugehinkt. Ihre Krücken schlugen einen unregelmäßigen Rhythmus auf den Holzboden des Saals, ihr gebrochenes Bein in dem schweren Gips hielt sie mühselig in der Schwebe.

»Ich habe dir doch gesagt, du sollst nicht kommen!«, sagte Mo und erkannte ihre eigene Stimme kaum. Sie war schrill vor Stress.

»Ich weiß, ich weiß, aber du hast deine Zähne bei mir vergessen«, sagte Lou. »Ich habe sie eben gefunden und gedacht, die brauchst du unbedingt. Sie sind in meiner Tasche.«

»Nein, nein, nein«, sagte Mo. »Geh wieder, schnell, er kann jede Sekunde hier sein. Er könnte dich umbringen.«

»Bin ich so spät?«, fragte Lou mit einem Blick auf die Uhr. »Ich wollte früher hier sein, aber mit diesen Krücken bin ich so langsam wie eine Schildkröte.«

Der große Zeiger der Uhr sprang eine Minute weiter. Nur noch eine Minute vor sieben.

»Oh, Lou, was hast du bloß getan?«, sagte Mo. »Du darfst nicht hier sein. Es ist zu gefährlich.«

»Es ist alles in Ordnung, es ist noch nicht zu spät, ich verschwinde sofort wieder«, sagte Lou.

»Nein, warte. Hör mal!«, sagte Mo. »Da ist jemand.«

Sie standen still. Mo hatte recht. Jemand schritt über den Kies draußen.

»Ist er das?«, flüsterte Lou.

»Muss er sein«, flüsterte Mo zurück. »Jetzt kannst du nicht mehr gehen. Sonst fängt er dich an der Tür ab. Er wird dich umbringen! Schnell, versteck dich auf dem Klo. Und sei mucksmäuschenstill.«

Mit auf den Krücken zitternden Händen humpel-rannte Lou zum hinteren Teil des Saals.

»Schneller, Lou«, quiekte Mo. »Er macht schon die Tür auf.«

Lous Krücken klopften schneller, wie ein hysterisches Metronom.

»Was ist mit deinen Zähnen?«, rief sie über die Schulter.

»Keine Zeit«, sagte Mo und drehte sich zur Tür. Ihre Gedanken rasten Hunderte Stundenkilometer. Ich bin nicht bereit – keine Zähne, kein Kleid, kein Luca. Und jetzt ist Lou hier und … Er bewegt die Türklinke, aber er kann nicht reinkommen, er kann nicht über die Schwelle treten. Jemand muss ihn hereinbitten … Aber, oh nein, die Tür geht auf … Kalte Luft an meinen Knöcheln. Jetzt steht sie weit offen. Ich sehe eine Silhouette. Da ist jemand. Er ist es, er muss es sein. Er kommt herein. Aber das kann er doch nicht, oder? Unmöglich. Oh Gott, hilf mir, wie kann das sein? Ich bin allein, ich bin nicht vorbereitet, ich bin …

Der panische Kommentar in Mos Kopf verstummte abrupt, als die Gestalt ins Licht trat und reglos wie eine Statue dastand.

Mo rang nach Luft, wankte ein wenig und bemühte sich, wieder Boden unter den Füßen zu finden. Dann, mit dem letzten Rest Mut, den sie aufbringen konnte, sagte sie: »Guten Abend, großer König. Ich habe Euch erwartet.«

42. Kapitel

Als Mo innerlich bebend diese acht Worte aussprach, flog ihr Blick über den Vampirkönig, sie nahm jede Einzelheit wahr – und davon gab es viele. Er trug eine enge, hoch taillierte Hose aus einer Art goldenem Brokatstoff mit Quasten an den Seiten. Kragen und Manschetten seines weißen Hemdes waren gerüscht, und er trug es offen, um die zahlreichen Medaillons und Ketten auf seiner haarlosen Brust zur Schau zu stellen. Ein violetter Mantel, der fast bis zum Boden reichte und dessen linke Schulter mit einer wasserfallgleichen Kaskade von Edelsteinen bestickt war, vervollständigte den Look. Oh, und Absätze. Er trug schwarze Lederstiefel mit Absätzen. Er muss einmal ziemlich gut ausgesehen haben, dachte Mo, ein Sunnyboy. Nun war sein langes, blondes Haar jedoch stumpf, und seine Haut besaß dieselbe Papierhaftigkeit wie Bogdans.

»Mo, nehme ich an«, sagte er und schritt langsam auf sie zu.

Mo nickte, und ihr Kopf schien zu wackeln wie der eines neugeborenen Lämmchens.

»Ich bin der Vampirkönig des Ostens, der mächtige und gefürchtete Herrscher. Mein Name ist Matislaw Rosstiewelwitsch«, sagte er. »Aber nenn mich ruhig … Steve.«

Er dehnte »Steve« aus wie das Schnurren einer Katze.

»Willkommen … Steve«, sagte Mo und behandelte den Namen mit derselben Vorsicht wie ein zerbrechliches Vogelei. »Ihr musstet also nicht hereingebeten werden.«

»Nee, ich bin der König der Vampire, ich mache, was ich will. Normale Regeln gelten nicht für mich.«

Er lächelte träge, und Mo registrierte seine spitzen Eckzähne.

Anscheinend galten auch dafür nicht die normalen Regeln bei ihm. Sollten die Reißzähne nicht nur zu sehen sein, wenn ein Vampir kurz davor war, Blut zu saugen?

»Gute Reise gehabt?«, fragte Mo, hielt ihre schweißnassen Hände fest vor dem Körper gefaltet und fragte sich, wann Bogdan wohl auftauchen würde. »Der Verkehr kann wirklich schlimm sein um diese Uhrzeit.«

»Verkehr? Die Polizei war das verdammte Problem«, sagte der Vampirkönig und fuhr sich mit beiden Händen durch das strähnige blonde Haar. »Sie hat uns angehalten und Bogdan verhaftet. Irgendetwas wegen eines Autodiebstahls und dem Verschwinden irgend so eines langweiligen Menschen. Cliff Jobsworth?«

»Clive Bunsworth«, murmelte Mo und versuchte die Tatsache zu verarbeiten, dass Luca nicht da war und nun auch noch Bogdan fehlte. Das war nicht der Plan gewesen!

»Wie auch immer«, sagte der König. »Ich musste aus dem Auto springen und den Rest des Weges zu Fuß gehen. Extrem langweilig.«

»Oh, das tut mir leid«, sagte Mo. »Konntet Ihr Euch nicht materialisieren?«

»Ich wollte meine Energie für unser Treffen bewahren«, sagte der König. »Selbst für einen mächtigen Herrscher wie mich kann das Materialisieren ermüdend sein. Nun, hier sind wir endlich. Ein wenig verspätet, zugegebenermaßen, dank den Vampiren des verdammten Wahren Ostens.«

Er spuckte auf den Boden. Mo zuckte zusammen.

»Immer dasselbe. Gezänk über Gebiete und Ressourcen«, sagte der König. »Ich habe das beste Land, die wohlschmeckendsten Menschen … Es ist sehr langweilig. Du bringst alle für eine Weile zum Schweigen, und dann beschließt irgendeine andere emporgekommene kleine Vampirorganisation, ihr Glück zu versuchen. Pah! Wenn du die Macht hast, versucht immer jemand, sie dir wegzunehmen, Mo. Immer.«

Er fuhr sich wieder mit den Fingern durch die Haare, schloss kurz die Augen, riss sie dann plötzlich wieder auf und musterte Mo von oben bis unten. Mo gab sich Mühe, nicht zurückzuweichen. Während Lucas Blick sich warm anfühlte, wirkte der des Vampirkönigs wie ein Elektroschocker.

»Du bist jünger, als ich erwartet hätte«, sagte er. »Wie alt?«

»Fünfzehn«, antwortete Mo.

»Ach«, sagte er, pulte mit einem langen Fingernagel in seinen Zähnen herum und betrachtete dann gleichgültig den Dreck unter dem Nagel.

»Ich bin zweihundertsiebzig, aber ich wurde mit neunzehn verwandelt«, sagte er. »Im besten Mannesalter. Kurz davor, das schönste Mädchen der Stadt zu heiraten, bestimmt für eine Karriere in Politik oder Wirtschaft, weißt du?«

»Ja«, sagte Mo und spürte einen Anflug von Hoffnung. Sie hatte etwas gemeinsam mit diesem Typen. Ein ähnliches Alter (zumindest vor seiner Verwandlung), den Wunsch, in der Politik zu arbeiten ... Vielleicht konnten sie doch miteinander zurechtkommen.

»Dann wurde ich auserwählt, wie du«, fuhr der Vampirkönig fort. »Am Anfang war ich verzweifelt. Ich wollte mein altes menschliches Leben zurück. Vor allem habe ich Schinken vermisst. Ich wollte nicht der Stellvertreter irgendeines Vampirkönigs sein, aber dann dämmerte es mir. Ich hatte eine Vision.«

Mit dem lang gezogenen Wort »Vision« zeichnete er einen Regenbogen in die Luft.

»Ich habe Visionen. Das ist meine Gabe«, fügte er verschwörerisch hinzu. »Wie auch immer, diese Vision hat mir gezeigt, dass ich den alten, langweiligen Vampirkönig töten und den Job selbst übernehmen sollte. Dem alten Posten neues Leben einhauchen, ihn mit etwas mehr Ehrgeiz ausfüllen. Außerdem, und das ist echt ein großer Bonus, bekommt man mit der Verwandlung all diese zusätzliche Kraft, nicht wahr? Diese körperliche Stärke. Wäre eine

Schande, sie nicht zu nutzen. Also habe ich ihm den Kopf abgerissen. Plopp!«

Mo nickte und schluckte.

»Die anderen Vampire alle so …« – er sprach mit einer weinerlichen Stimme weiter – »*Oh nein, das kannst du nicht machen – dass ein Vampir den König umbringt, ist gegen die Regeln.* Und ich so: >Langweilig!<«

Das Letzte sagte er in einem lauten Singsang, wie eine vampirische Türglocke.

»Also haben die anderen Vampire ein bisschen herumgejammert, aber sie haben die Botschaft verstanden. Dieser Typ ist skrupellos! Dann war ich weiter skrupellos, rund um die Uhr. Ich habe mir mehr Land geschnappt, mehr Vampiraufstände niedergeschlagen, eine Rekordmenge Menschen ausgesaugt. Cooles Zeug. Weißt du, Mo, die Sache ist die. Ich verrate dir jetzt mal ein Geheimnis. Es ist unglaublich, welche Wirkung Gewalt hat. Durch sie habe ich absolute Macht. Jeder fürchtet mich. Vampire genauso wie Menschen. Das ist mein Tipp für dich, Mo. Sie … sollten … dich … fürchten.«

Mo blieb nahezu reglos, als er zischend die letzten vier Worte ausstieß, wie langsame, finstere Dolchstöße in einen Autoreifen.

»Der einzige Nachteil ist«, fuhr der Vampirkönig fort, »dass es auf Dauer ziemlich nervig werden kann, wenn alle einen fürchten. Jede Menge Verbeugungen und Blickabwenden, selbst von den großen Vampiren da draußen. Ich so: Kommt schon, Leute, das ist auch langweilig! Ich bin's doch nur, euer kleiner, alter König Stevie.«

Er breitete die Arme aus und lachte schrill und aggressiv. Seine Medaillons klirrten. Dann seufzte er wie ein Ballon, aus dem die Luft abgelassen wurde, und wirkte plötzlich gereizt.

Mo spürte den gefährlichen Stimmungsumschwung und ging zum Tisch.

»Ich habe ein Geschenk für Euch, um Euch in England willkommen zu heißen«, sagte sie.

»Ah, das wurde aber auch Zeit!«, sagte der König, und seine Laune besserte sich augenblicklich. »Geschenke!«

Mo nahm den Flakon mit dem selbst zusammengemischten Parfüm und hielt ihn ihm hin. »Das ist ein eigens für Euch angerührter Duft«, sagte sie.

Mit plötzlicher Panik fiel ihr ein, dass sie selbst noch keins aufgelegt hatte, um ihren Menschengeruch zu verbergen, und zog die Hand schnell wieder zurück. Misstrauisch kniff der Vampirkönig die Augen zusammen, als Mo den Stöpsel herauszog und eine Handvoll von der Flüssigkeit auf ihren Hals spritzte.

»Hmmmm, das riecht so gut«, sagte sie.

Der König kam näher und schnupperte zögernd.

»Was ist darin?«, fragte er.

»Es ist ein Geheimrezept«, log Mo.

Seine Nasenflügel bebten.

»Ich rieche Rosen, vielleicht ein wenig Lavendel«, sagte er langsam. »Aber da ist auch noch ein anderer köstlicher Duft. Was ist das?«

Bitte lass es nicht mich sein, bitte lass es nicht mich sein, wiederholte Mo in ihrem Kopf, duckte sich weg von ihm und ging zu einem der Plastikstühle.

»Möchtet Ihr Euch setzen auf diesen … äh … Thron?«, sagte sie.

Die Lippen des Vampirkönigs verzogen sich und gaben die Spitze seines Eckzahns frei. »Der Herzog von Malprattia hatte mit echten *Zähnen* verzierte Throne«, knurrte er.

Wo ist Luca? Wo ist Luca?, dachte Mo unruhig, und ihre Augen wanderten zur Tür.

»Das klingt toll!«, sagte Mo. »Tja, ich setze mich trotzdem mal.«

Nervös setzte sie sich auf einen der braunen Stühle und bereute es sofort. Nun blickte der Vampirkönig des Ostens auf sie herab.

»Du bist nicht, wie ich erwartet hatte, Mo«, sagte er. »So kleidest du dich, um einen großen König zu empfangen? Wo sind deine feinen Kleider?«

»In der Wäsche«, sagte Mo. »Sie waren voller Blutflecken! Das geht so schlecht raus, stimmt's? Aber ich trage gern Jeans, sind praktischer.«

Der Vampirkönig schnaubte verächtlich.

Luca, Luca, Luca, beeil dich, beeil dich, beeil dich, dachte Mo.

»Ich habe außerdem ein Bankett erwartet«, fuhr der Vampirkönig fort. »Bogdan sagte, wir hätten nicht so viel Zeit, also lass auftischen, ja? Ich habe heute noch nichts zu mir genommen. Ich könnte einen ganzen Chor leer trinken.«

»Ich dachte, vielleicht mögt Ihr ein Getränk probieren, das ich mir extra für Euch habe einfallen lassen«, sagte Mo und griff mit zitternder Hand nach der Glaskaraffe. »Gehäckselte Würmer.«

Der Vampirkönig verschränkte die Arme vor der Brust und starrte düster auf die gräuliche Flüssigkeit.

»Ich fand eine Ernährung nur von Blut ein wenig eintönig, und Menschen auszusaugen ist recht viel Aufwand und dazu noch so schmutzig – überall Blutspritzer«, plapperte Mo, unfähig, sich zu bremsen. »Würmer dagegen bekommt man überall, und sie sind leicht zu fangen. Und günstig. Gut für die Verdauung. Was gibt es Besseres?«

Was rede ich da, fragte sie sich, und wo zum Teufel ist Luca? Und Bogdan? Der eine im Pub, der andere in Polizeigewahrsam – das war *nicht* so geplant. Ich sollte das hier nicht allein machen, in Jeans, ohne meine Vampirzähne, während meine beste Freundin sich auf dem Klo versteckt …

Der Vampirkönig schwieg mit versteinerter Miene. Mo spürte, wie sich auf ihrer Oberlippe Schweißperlen bildeten. Sie merkte, dass ihr Herz raste. Sie atmete flach und kurz ein. Und dann geschah es. In ihrem Bauch verdrehte sich etwas, eine Blase des blubbernden

Energydrinks stieg durch ihren Körper auf und kollerte durch ihre Kehle, blies leicht ihre Wangen auf. Sie schlug die Hände vor den Mund.

»Was war das?«, fragte der Vampirkönig.

Eine Katastrophe, dachte Mo. Das war es. Ich rülpse und schwitze. Vampire rülpsen nicht, und wahrscheinlich schwitzen sie auch nicht. Weinen sie?, fragte sie sich und blinzelte rasch, um die Tränen der Panik zu unterdrücken, die drohten, sich in ihren Augen zu sammeln. Luca! Bogdan! *Wo seid ihr?*

»Ich habe ein wenig gehäckselte Würmer getrunken, bevor ich hierhergekommen bin«, murmelte sie. »Müssen mir auf den Magen geschlagen sein.«

»Gerade hast du gesagt, sie sind gut für die *Verdauung*«, sagte der Vampirkönig und schleuderte ihr das letzte Wort entgegen, als sollte es das Weltall erreichen.

Der Plastikstuhl quietschte unter Mo, als sie nervös hin und her rutschte. Wieder schaute sie zur Tür. Sie wollte fliehen, um ihr Leben rennen, aber was würde dann aus Lou werden, die hinter ihr in der Toilette versteckt war? Sie konnte sie nicht allein zurücklassen.

»Was ist los mit dir?«, fragte der Vampirkönig. »Ich spüre, dass etwas ungewöhnlich ist, Königin Mo.«

Mo hielt still, wagte es nicht, sich zu bewegen, während er sie mit klappernden Absätzen umkreiste, an ihr schnupperte und sie musterte.

»Ja, was ist los mit dir?«, wiederholte er, und seine Lippen kräuselten sich und zuckten.

»Ich bin die Auserwählte«, sagte Mo mit jämmerlich piepsiger Stimme. »Bogdan hat mich gefunden, er hat mich entdeckt.«

»Bogdan, ja. Vielleicht ist sein Urteilsvermögen etwas getrübt. Er ist so verdammt alt. Vielleicht wird er langsam ein bisschen senil«, sagte der König. »Vielleicht hat er einen Fehler gemacht.«

»Keinen Fehler«, sagte Mo.

»Du bist nicht wie die anderen Vampire, die ich kenne«, sagte er, beugte sich vor, über sie, sein Gesicht so nah an Mos, dass sie seine Bartstoppeln erkennen, seinen Atem riechen konnte – metallisch, wie ein Tümpel.

»Es fängt an, mir Sorgen zu machen, Mo«, sagte er, und seine Stimme wurde schärfer. »Was schade ist. Ich will keine Sorgen. Ich habe genug Sorgen mit den verdammten Vampiren des Wahren Ostens.«

Wieder spuckte er auf den Boden.

»Vampire, die sich nicht so benehmen, wie ich das will, langweilen mich unendlich. Verstehst du mich, Mo? Hast du verstanden?«

Mo blinzelte schnell, wünschte sich verzweifelt, sie wäre nicht seinem bedrohlichen Körper, seinem wütenden, kalten Atem, seinen stechenden Augen ausgeliefert. Ihre Muskeln spannten sich an, sie verknotete die Hände im Schoß, und ihr Atem ging schneller und schneller und …

Mit einem durchdringenden Kreischen wurde die Türklinke nach unten gedrückt. Der Vampirkönig wirbelte herum, sein langer violetter Mantel blähte sich auf, mit einem rauen Zischen zeigte er seine Zähne.

»Wer ist da?«, dröhnte er.

Die Tür öffnete sich, und keuchend platzte Luca in den Raum. Erleichtert stieß Mo ein kleines Japsen aus.

»Es ist mir eine große Ehre, Euch zu treffen, mächtiger Herr«, schnaufte Luca und verbeugte sich tief.

»Wer ist das?«

»Mein Diener«, sagte Mo und stand langsam und mit wackeligen Beinen auf. »Das ist Luca. Mein treuer Gefährte.«

43. Kapitel

Der Vampirkönig starrte Luca einige Sekunden kühl an, bis ein Rumpeln in den Saal drang. Draußen fuhr ein Auto vor, dann klopfte jemand ans Fenster. Luca warf einen Blick hinter den Vorhang.

»Bogdan ist hier, großer Herrscher – ich werde ihn hereinbitten«, sagte er und eilte zur Tür.

Eine Sekunde später schritt Bogdan in den Saal. »Entschuldigung für Verspätung«, sagte er. »Die dumme Polizei hat mich in Zelle gesteckt. Natürlich habe ich mich einfach herausmaterialisiert, mir Autoschlüssel geschnappt, und hier bin ich. Wie auch immer, mein Herrscher, Ihr habt Königin getroffen, sehr gut, dann kann ich Euch jetzt zu Eurer Unterkunft bringen. Sollen wir los?«

Mo hielt die Luft an. Bitte geht, bitte geht, bitte ...

Der Vampirkönig des Ostens schlug nur mithilfe seiner Augen und einer Bewegung aus dem Handgelenk die Tür zu.

Was war das?, dachte Mo. Wie hat er das gemacht? Hat er irgendwelche komischen Superkräfte, oder wie? Na toll ...

»Ich will nicht gehen«, sagte er. »Noch nicht. Zuerst habe ich noch ein paar Fragen.«

Die vier standen eine Sekunde in angespannter Stille da. Dann räusperte sich Bogdan.

»Was für Fragen, Herr?«, fragte er.

»Nein, eigentlich meine ich keine Fragen, sondern Bedenken ...«, antwortete der Vampirkönig und kaute auf dem letzten Wort herum, als wäre es Knorpel. »Bitte, Mo, setz dich wieder hin.«

Er legte ihr die bleiche Hand auf die Schulter und drückte sie sanft, aber bestimmt wieder auf den Plastikstuhl.

»Meine Bedenken sind folgende: Alles wirkt ein wenig ... Wie sagt man? Armselig!«

»Majestät?«, unterbrach Bogdan ihn.

»Still, alter Narr«, schnauzte ihn der König an. »Ja, armselig. Du bringst mich hierher an diesen traurigen, feuchten, erbärmlichen kleinen Ort, in diesen winzigen, verdammten Saal, mit albernen Girlanden und einem ekelhaften Getränk. Keine echte Nahrung, keine Pfauen, kein Hundejonglieren. Wo ist das Feuerwerk? Ich frage mich: Wissen diese Leute nicht, wer ich bin? Ist es ihnen egal? Das hier nennt ihr Throne? Beim Herzog von Malprattia hatten wir goldene, mit menschlichen Zähnen besetzte Throne! Erinnerst du dich? Ich habe dir davon erzählt. Echte Zähne. Echte! Also, mein Bedenken ist: Was zum Teufel ist hier los?«

»Wir hatten nicht viel Zeit, uns auf Euren Besuch vorzubereiten, mein Herr«, sagte Bogdan und trat nervös einen Schritt auf ihn zu.

»Ich habe gesagt: ›Klappe, Opa!‹«, brüllte der Vampirkönig und hielt die Hand in die Höhe, um Bogdan zu stoppen.

»Mo, ich wiederhole meine Frage. Ich will meine Fragen nicht wiederholen, aber nun ja. Was. Zum. Verdammten. Teufel. Ist. Hier. Los?«

Mo schüttelte rasch den Kopf.

»Oh, sie weiß es nicht!«, dröhnte der Vampirkönig und machte eine Geste wie ein Fußballer, der gegen eine gelbe Karte protestiert. »Die Königin weiß nicht, was zur verdammten Hölle los ist. Oh, das ist nicht gut. Das ist gar nicht gut. Irgendwie bin ich jedoch nicht überrascht, denn auf mich, Mo, wirkst du ... schwach.«

»Ich bin nicht schwach«, sagte Mo schwach.

»Du wirkst nicht besonders ... majestätisch«, fuhr er fort. »Du wirkst ... Ich suche das richtige Wort ... Ein Wort, das ich hasse ... Es liegt mir auf der Zunge ... Ah ja! *Nett.*«

Mo spürte, wie sie kleiner wurde. Sie kannte dieses Gefühl, dieses Bedürfnis, sich körperlich klein zu machen, verschwinden zu wollen. Die Art, wie er sich über sie beugte, sie bedrängte, sie mit seiner Gegenwart erdrückte. Es war ihr alles nur allzu vertraut. Natürlich. Es war genau das, was Tracey Caldwell tat, wenn sie jeden Morgen im Bus über ihr stand, sie beleidigte, sie einschüchterte.

Plötzlich ergab alles Sinn. Sie sah alles mit absoluter Klarheit, sah, wie dumm es von ihr gewesen war, zu glauben, sie könne den Vampirkönig zum Narren halten, wie unglaublich verblendet. Mo spürte, wie sie sich diesem vertrauten Gefühl ergab, diesem altbekannten Schicksal, die Beute zu sein, einst für Tracey und jetzt, ganz buchstäblich, für den Vampirkönig des Ostens. Er ist mir auf der Spur, dachte sie. Er hat meine Menschlichkeit gerochen, und jetzt wird er sicher …

Ein lautes Grollen durchbrach die Stille, ließ Mos benommene, schicksalsergebene Gedanken zerplatzen wie eine Nadel einen Luftballon.

»Verdammt!«, brüllte der Vampirkönig. »Das ist mein Magen. Ich verhungere. Ich muss etwas zu mir nehmen.«

Mit diesen Worten wurden seine Hände zu ausdrucksstarken, nach oben gerichteten Klauen. Sein Mund verzog sich zu einem wütenden Grinsen. Die Edelsteine an seinem Mantel funkelten bedrohlich.

»Komm, Mo, wir gehen zusammen auf die Jagd. Vielleicht kann ich dann über all das hier hinwegsehen«, sagte er mit einer Geste, die die Girlande, die gehäckselten Würmer und die Throne ohne menschliche Zähne umfasste.

»Ein Menschenmahl?«, stieß Mo hervor. »Ich habe kein Catering organisiert …«

»Wovon redest du?«, fragte der Vampirkönig und zeigte auf Luca. »Dieser Kerl da wird genügen. Sieh ihn dir an. So hübsch. Mjam, mjam, mjam. Ich kann es kaum erwarten, ihn zu probieren.«

»Aber er ist mein treuer Gefährte – Ihr könnt ihn nicht verspeisen«, sagte Mo und stand auf.

»Ich habe schon viele treue Gefährten ausgesaugt«, sagte der König. »Es gibt genügend dumme verdammte Menschen, die Schlange stehen, um für einen mächtigen Vampir zu arbeiten. Für den bekommst du Ersatz so leicht wie Malaria.«

Er marschierte auf Luca zu und starrte ihn an.

Mo sah, dass Lucas Augen wässrig wurden und ihren Fokus verloren. »Was macht Ihr mit ihm?«, stieß sie hervor.

»Ich hypnotisiere ihn, und, wow, er ist *sehr* empfänglich. Er mag es! Sieh nur, wie er grinst und herumwackelt. Fantastisch! Ich liebe es, wenn das passiert.«

»Kann ich ein Selfie mit Euch haben, bevor Ihr mich austrinkt?«, fragte Luca mit einem trägen Lächeln und einer schlaftrunkenen Stimme.

»Dafür haben wir keine Zeit, mein Freund«, sagte der Vampirkönig plötzlich sehr geschäftsmäßig, während er Luca am Kragen packte und ihn in die Höhe hob. Mo sah zu, wie der König Luca durch die Luft schwang, als wäre er nicht schwerer als ein Mantel, und ihn dann auf einen Stuhl schleuderte. Luca schien es kaum zu merken. Er war so schlaff wie alter Salat.

Mo zitterte nun unkontrolliert. Sie konnte nur wie angewurzelt dastehen. Sie hatte Mühe, aufzunehmen, was sie sah. Die Dinge gerieten außer Kontrolle. Das war nicht der Plan gewesen. Niemand hatte erwähnt, dass Luca verspeist werden könnte. Warum tat Bogdan nichts? Warum sagte er nichts? Aber Bogdan wirkte merkwürdig ruhig, fast neugierig. Vielleicht war die Aussicht auf menschliches Blut, das gleich rinnen würde, zu verlockend – selbst wenn es Lucas war.

Der Vampirkönig des Ostens legte Lucas schlaffen Kopf auf eine Seite, strich ihm über den nun frei liegenden Hals und leckte sich die Reißzähne. Mo schrie »*Nein, nein, nein*« in ihrem Kopf, aber die Worte kamen nicht heraus. Ihre Augen wurden groß und sie blinzelte, um die Tränen blanken Entsetzens zurückzuhalten, als sich der Vampirkönig zu Luca vorbeugte und …

Alle hörten es. Ein Niesen, das aus dem hinteren Teil des Saals kam.

»Da ist jemand«, rief der Vampirkönig. »Bogdan, geh nachsehen.«

Endlich kamen die Worte heraus. »Stopp«, kreischte Mo, aber Bogdan war bereits zur Toilette gerannt und hatte die Tür mit seiner uralten Vampirschulter aufgebrochen. Mo hörte ein Handgemenge, und dann erschien er wieder: Er trug Lou fest um die Taille gepackt, ohne dass sie den Boden berührte.

»Die hier habe ich auf Toilette gefunden«, rief er, um Lous Winseln zu übertönen. »Ihr Name ist Lou. Sie war Freundin von Königin.«

»Lass mich los. Nein! Nein!«, schrie Lou und versuchte, Bogdan mit ihren Krücken zu treffen. Mit offenem Mund sah Mo zu, wie Bogdan die zappelnde Lou hinüber zu dem anderen Stuhl trug und darauf fallen ließ. Dann riss er ihr die Krücken aus den Händen und warf sie gegen die Wand.

»Wunderbar«, sagte der Vampirkönig, rieb sich die Hände und leckte sich beide Eckzähne. »Jetzt haben wir auch einen Nachtisch.«

Wenn die Dinge schieflaufen, so sehr, dass alles, was dir im Leben am wichtigsten ist, in Gefahr ist, und alles, was du zu wissen glaubtest, nur noch wie eine Pfütze vor dir liegt, scheint die Zeit zugleich schneller und verlangsamt abzulaufen. Das stellte Mo fest. Sie fühlte sich, als würde sie durch ihr eigenes Leben fliegen, machtlos und gelähmt, während ein entsetzliches Ereignis nach dem anderen boshaft aufflackerte und um sie herum einen rasenden Albtraum entzündete. Doch zugleich fielen ihr winzige Details auf, in schwelgerischer Zeitlupe. Ein lockiges Haar an Lucas Hals. Die zwei Sommersprossen in der Form von Neuseeland auf Lous Nase. Bogdans Zähne.

Bogdans Zähne! Genauer, seine Eckzähne. Sie waren hervorgekommen. Er muss sich aufs Trinken vorbereiten, dachte Mo. Eigentlich sollte er heute Abend in ihrem Team sein, aber bei der ersten Aussicht auf eine Blutmahlzeit wird er wieder zum hundertprozentigen Vampir.

Mo riss den Blick von Bogdans blitzenden Zähnen los und sah Luca an, der zusammengesunken und bewusstlos vollkommen wehrlos auf dem Stuhl hing. Dann sah sie zu Lou, die wegen ihres gebrochenen Beins nicht aufstehen konnte und zitternd vor Angst dasaß. Ihre Augen baten um Hilfe und um Verzeihung. Plötzlich wurde etwas in ihr entzündet. Ein Funke, der zu einer Flamme anwuchs, die zu einem Feuer wurde. Ein Feuer, das durch ihre Machtlosigkeit und Angst fegte, sie zu Asche verbrannte und durch jede Faser ihres Körpers wütete.

Ich werde nicht zulassen, dass Lou oder Luca jemals verletzt werden, schoss es Mo durch den Kopf. Ich bin nicht mehr das Mädchen, das von Tracey Caldwell im Bus fertiggemacht wurde. Das war das alte Ich, das vor langer Zeit einmal existiert hat. Wie konnte ich nur vergessen, dass ich ihr die Stirn geboten habe, vor meinem Haus, an dem Abend, als Lou angefahren wurde. Dass ich auch Bogdan entgegengetreten bin, im Premier Inn. Dass ich Danny Harrington gegen den Hotdog-Wagen geschubst habe. Da *ist* etwas in mir, irgendeine Kraft, etwas, das Bogdan gesehen hat, etwas, das Luca sieht, eine Kraft, die *ich* nicht einmal verstehe. Ich bin doch die Auserwählte. Ich. Bin. Die. Auserwählte. Und ich sage …

»Schluss!«

Mos Stimme brach aus ihr hervor wie eine Explosion, mindestens eine Oktave tiefer als normal, und während sie brüllte, griff sie nach der Karaffe mit den gehäckselten Würmern. Ihre Hand packte den Flaschenhals. Hob die Karaffe in die Höhe. Und mit übermenschlicher Kraft schleuderte sie diese zu Boden, sodass sie in Tausende Scherben zerbrach und die schleimige graue Flüssigkeit *überall verspritzt wurde.*

»Bogdan, pack die Zähne ein! Du wirst Lou *nicht* aussaugen. Verstanden?«

Bogdan schüttelte den Kopf, erwachte aus seiner hungrigen Benommenheit, und seine Vampirzähne verschwanden. Der Vampirkönig des Ostens beobachtete Mo neugierig und legte ihr dann seine magere Hand auf den Arm.

»Mo, so wütend? Was ist über dich gekommen?«, fragte er. »Ich bin immer für ein bisschen Raserei zu haben. Sehr passend für einen Vampir. Aber sei keine Spaßverderberin. Das Festmahl hat gerade erst begonnen. Wir haben ein köstliches junges Mädchen, so ein saftiger Genuss … mhmm … aber zuerst den fleischigen männlichen Hauptgang.«

Er wirbelte zu Luca herum, seine Medaillons klapperten, und fuhr mit einem langen Fingernagel an seiner Kehle entlang.

»Hier ist die Ader, bereit zum Genuss«, sagte er und leckte sich die Lippen. »Sieht köstlich aus, nicht wahr? Schau mal, wie sie pulsiert. Ich liebe es, wenn sie pulsieren. Komm zu Stevie …«

»Lasst ihn in Ruhe!«, befahl Mo, die Stimme immer noch ein tiefes, gebieterisches Knurren.

»Mo, du Langweilerin«, zischte der Vampirkönig ungeduldig. »Sei nicht so langweilig.«

Er warf ihr einen verärgerten Blick zu und wandte sich dann wieder Luca zu, weswegen er nicht bemerkte, dass sich Mo mit beiden Händen ausgestreckt auf ihn stürzte. Sie traf ihn hart, härter, als sie selbst erwartet hatte. Sie stieß beide Handflächen fest in seine Seiten und überrumpelte ihn damit völlig.

Der Vampirkönig stolperte, trat einen Schritt zurück, rutschte in der Wurmpfütze aus und landete rücklings auf dem Saalboden. Bogdan eilte ihm zu Hilfe, aber der König schlug aufgebracht nach ihm und stieß einen Strom wütender Vampirflüche aus. Dann kam er mit einer einzigen Bewegung wieder auf die Füße. Seine Augen glühten vor Zorn.

»Wie kannst du es wagen …«, sagte er und stürzte mit gebleck-
ten Reißzähnen auf Mo zu.

Bogdan sprang ihm in den Weg. »Herr, bitte, beruhigt Euch«,
sagte er. »Es war Versehen. Die Königin ist heute Nacht nicht sie
selbst.«

Der Vampirkönig stieß Bogdan mit einer Handbewegung beiseite, sodass dieser quer durch den Saal flog und wie ein Sack voller
Schraubenschlüssel neben der Tür landete. Dann schritt er auf Mo
zu.

Dieses Mal zuckte Mo jedoch nicht zurück oder machte sich
klein. Sie zitterte nicht mehr oder war stumm vor Angst. Sie nahm
die Schultern zurück. Hob das Kinn. Hielt seinem Blick stand.

»Wie kannst du es wagen, mich zu schubsen!«, brüllte er ihr
direkt ins Gesicht.

Mo rührte sich immer noch nicht. Ruhig starrte sie dem Vampirkönig in die Augen.

»Was hast du dazu zu sagen?«, donnerte er.

Ohne zu blinzeln, ließ Mo seine Worte verebben, bevor sie ruhig
und kontrolliert die Stimme erhob.

»Ihr werdet Luca nicht verspeisen. Ihr werdet Lou nicht verspeisen. Alles klar, Steve? Wenn Ihr echt ein Problem damit habt, wenn
Ihr unbedingt jemanden aussaugen wollt, wisst Ihr, was Ihr dann
tun könnt?«

Sie riss ihren T-Shirt-Kragen nach unten und legte ihren blassen
Hals frei.

»Beißt mich!«

44. Kapitel

Im Saal war es nun totenstill. Niemand bewegte sich. Den Vampirkönig aufzufordern, sie zu beißen, war nicht Teil irgendeines Plans, aber Mo hatte genug von Plänen. Sie verließ sich nun auf ihre Instinkte, auf Blut, Adrenalin und Gefühle, all das, was sie echt, menschlich und ehrlich machte. Keine Lügen mehr! Es war an der Zeit, reinen Wein einzuschenken – allen, auch dem Vampirkönig des Ostens.

»Was tust du da?«, fragte er und verzog angewidert das Gesicht.

»Ein Vampir kann nicht einen anderen Vampir aussaugen. Wir brauchen lebendiges Blut.«

»Ich bin lebendig«, sagte Mo. »Um genau zu sein, habe ich mich nie lebendiger gefühlt.«

»Was redest du da?«

»Ich denke, Ihr wisst, was ich meine«, antwortete Mo. »Ich bin aus Fleisch und Blut, Steve. Ich bin ein Mensch.«

»Ich glaube das nicht. Du willst mich hinters Licht führen, Mo …«, sagte er. »Du siehst aus wie eine Vampirin. Deine Kleider sind erbärmlich, aber die blasse Haut, die Haare … Der Pferdeschwanz macht dich ein bisschen jung, aber ansonsten …«

»Ich habe keine Vampirzähne«, sagte Mo und zeigte ihr Gebiss.

»Nun, du hast eben momentan keinen Hunger«, sagte er.

»Ich kann normale Nahrung zu mir nehmen«, sagte sie. »Seht ihr? Das ist ein Mini-Muffin.«

Sie riss die Packung auf, die Lou hereingeschmuggelt hatte, holte einen Muffin heraus und schwenkte ihn unter der Nase des Vampirkönigs.

»Riecht gut, stimmt's? Zucker, Teig, Blaubeeren. Lecker. Wann habt Ihr das letzte Mal so etwas gegessen? Echtes Essen, das man kauen kann? Muss eine Weile her sein. Lasst mich raten … in den 1760ern?«

Der Vampirkönig zuckte die Achseln.

»Soll ich abbeißen?«, fragte Mo.

Sie hob das kleine Küchlein an den Mund, öffnete die Lippen, war davor, die Zähne in den Teig zu senken, da …

»Nein!«

Der Vampirkönig schlug ihr den Muffin aus der Hand und ließ ihn durch den ganzen Saal fliegen.

»Wenn du das isst, musst du dich stundenlang übergeben und brichst hier die ganzen Wände voll«, sagte er. »Ich habe nicht den weiten Weg auf mich genommen, um das zu sehen.«

»Wie Ihr meint.«

Wieder Stille. Der Vampirkönig des Ostens musterte Mo eingehend. Am Rande ihrer Wahrnehmung registrierte Mo, dass Lou und Bogdan sie anstarrten, und sie spürte auch den Blick von Luca, der aus seiner Hypnose erwacht war. Sie fühlte, dass alle drei sie stumm anschrien – »Was machst du da?« –, aber sie ignorierte sie.

»Du veralberst mich doch, Mo, das spüre ich *hier*«, sagte er und schlug sich an die berüschte Brust. Dann fauchte er frustriert, so laut, dass die Fenster wackelten.

Mo blieb, wo sie war. »Vielleicht veralbert *Ihr mich*«, sagte sie. »Woher weiß ich denn, dass Ihr wirklich der Vampirkönig des Ostens seid?«

Lou, Bogdan und Luca schnappten gleichzeitig nach Luft.

Der Vampirkönig des Ostens blickte ungläubig drein. »Hast du den Verstand verloren?«, fragte er entsetzt. »Mich infrage zu stellen?«

»Ihr kommt allein und zu Fuß, ohne Diener und Gefolge. Das ist nicht besonders königlich«, sagte Mo.

»Meine Leute wurden an der Grenze aufgehalten, irgendeine

Visa-Geschichte«, sagte er beleidigt. »Lächerlich. Visa, um auf dieser traurigen, isolierten kleinen Insel einzureisen. Kein Wunder, dass ich noch nie hier war.«

»Ihr könnt nicht einfach kommen und gehen, wie Ihr wollt«, gab Mo zurück. »Wir sind nicht mehr Teil der EU. Das weiß doch jeder.«

»Ich weiß nicht, was die EU ist, und es ist mir auch egal«, rief er wie ein wütendes Kind.

»Ihr habt übrigens eine Augeninfektion«, sagte Mo und zeigte auf sein rechtes Auge. »Da, ein Gerstenkorn.«

Der Vampirkönig fauchte wieder, noch lauter. Sein Gesicht schien sich in alle Richtungen gleichzeitig zu strecken, wie Käse auf einer Heizung. »Was ist ein Gerstenkorn?«, fragte er, die Frage zwischen zusammengebissenen Zähnen ausspuckend.

»Ein kleiner Knubbel am Augenlid, verursacht durch eine Infektion«, sagte Mo.

Seine Finger wanderten an sein Augenlid, und er zuckte zusammen. »Es ist ein bisschen wund, ja«, sagte er. »Ich kann es mir aber nicht im Spiegel ansehen. So langweilig. Ich vermisse es, mein Spiegelbild zu sehen. Ich sah so verdammt gut aus.«

»Ich wusste nicht, dass Vampire Gerstenkörner haben können«, bedrängte Mo ihn weiter. »Also, mal schauen … Kein Diener, kein Gefolge, ein Gerstenkorn, musste nicht hereingebeten werden. Alles ein bisschen verdächtig, würde ich sagen. Ich bin mir nicht sicher, ob Ihr wirklich ein echter Vampir seid. Kann ich bitte irgendeinen Ausweis sehen?«

Zum ersten Mal sah Mo einen Anflug von Verwirrung auf dem Gesicht des Vampirkönigs. Er trat einen Schritt zurück, wandte ihr den Rücken zu und ging langsam zum anderen Ende des Saals, als wäre er tief in Gedanken. Sie beobachtete ihn, ihr Körper war angespannt. Behalte die Nerven, sagte sie sich. Beweg dich nicht.

Dann, immer noch mit dem Rücken zu Mo, stieß der Vampirkönig einen schrecklichen Schrei aus. Lou jaulte auf, Mos Hände flogen an ihre Ohren, und dann sah sie ihn auf sich zukommen, schnell – teils rannte, teils flog, teils gestaltwandelte er durch die Luft und befand sich plötzlich direkt vor ihr, die Eckzähne gebleckt, die Lippen zurückgezogen, wie ein knurrender Hund ...

Mos Augen bohrten sich in seine. »Na los, traut Euch«, sagte sie ruhig und hielt ihm erneut ihren Hals hin. »Beißt mich!«

Der König knurrte wieder, und in seiner Kehle stieg ein Grollen auf. Seine Lippen zuckten, er beugte sich vor, und Mo wankte ein wenig, ein klitzekleines bisschen, als sie seinen Atem für ein, zwei, drei Sekunden an ihrem Hals spürte ... Dann wandte er sich plötzlich ab.

»Na gut!«, brüllte er. »Na gut. Lustiges Spielchen, Mo. Das war ziemlich gut. Sehr schön.«

Lou wimmerte ein wenig, Luca atmete laut aus. Mo rührte sich immer noch nicht.

Der Vampirkönig ging ein wenig im Saal auf und ab und drehte sich wieder zu Mo.

»Das hat irgendwie Spaß gemacht«, sagte er, lachte ein wenig unsicher und fuhr sich mit den Fingern durchs Haar. »Zuerst bin ich mir nicht sicher, ob du eine besonders gute Vampirkönigin bist. Dann sagst du, du seist in Wirklichkeit ein Mensch, und forderst mich auf, dich zu beißen! Und schließlich – was für ein Finale, so dramatisch – beschuldigst du *mich*, kein Vampir zu sein!«

Er fing langsam an zu klatschen.

»Sehr gut, Mo. Was für eine Achterbahnfahrt, kein bisschen langweilig. Doppelte Punktzahl dafür. Und es hat funktioniert«, sagte er, während er langsam auf sie zuging. »Ich bin endlich zufrieden. Kein Mensch würde den Vampirkönig auf diese Weise herausfordern. Kein Mensch würde ihm seinen Hals anbieten. Kein Mensch würde mir in die Augen sehen, wie du es getan hast. Du bist stark und ein bisschen seltsam. Gefällt mir.«

Er musterte sie ein paar Sekunden, ließ dann seinen Mantel aufwirbeln und verbeugte sich tief.

»Gratuliere, Mo. Du bist eine hervorragende Vampirkönigin.«

Wieder senkte sich die Stille über den Saal wie Schnee um Mitternacht. Mo verbeugte sich nicht. Sie bewegte sich nicht. Sie konzentrierte sich darauf, dass ihr Gesicht ungerührt blieb, und hielt die Augen fest auf die des Vampirkönigs gerichtet. Mach jetzt keinen Fehler, sagte sie sich. Entspann dich nicht, bevor er nicht ganz sicher fort ist.

»Luca«, sagte Mo, den Blick nach wie vor fest auf den Vampirkönig gerichtet. »Gib Lou bitte ihre Krücken zurück und bring sie in den hinteren Teil des Saals.«

»Eure Majestät«, sagte er und beeilte sich, die Krücken zu holen, die Bogdan durch die Gegend geworfen hatte.

»Trotzdem – ich finde immer noch, es ist eine Schande, eine so köstliche Mahlzeit zu verschwenden«, murmelte der Vampirkönig, während er der davonhinkenden Lou nachsah. »Aber was eine Königin will, kann man ihr nicht verwehren, nicht wahr?«

Mo nickte stumm.

»Hey, ich habe eine coole Idee«, sagte der Vampirkönig und grinste plötzlich. »Warum heiraten wir nicht und herrschen zusammen? Wir könnten unaufhaltsam sein! Und mit ein wenig Stilberatung von mir könntest du auch, na ja, ganz attraktiv sein.«

Mo spürte, wie seine Augen an ihrem Körper auf und ab wanderten, und unterdrückte ein Schaudern.

»Danke für das Angebot, mächtiger Steve«, sagte Mo, »aber ich brauche keinen Ehemann. Ich bin von der starken, unabhängigen Sorte. Ich kann allein regieren, mit ein wenig Hilfe von meinem treuen Gefährten natürlich.«

»Ach ja, der«, sagte der Vampirkönig und blickte hinüber zu Luca. »Noch eine verschwendete köstliche Mahlzeit. Er war auch noch A negativ. Das habe ich gerochen. Meine Lieblingsblutgruppe. Vollmundig, mit einer Note von reifen Kirschen und Schokolade, langer Nachklang am Gaumen. Aaaah! Sieh mich an, ich sabbere ja fast.«

Bogdan trat zu ihnen. »Herr, wenn Ihr mich begleiten wollt. Wir können Lower Donny jetzt verlassen. Es ist schließlich ziemlich traurig und feucht.«

»Das stimmt«, sagte der Vampirkönig.

»Ich habe eine Unterkunft in der Nähe des Fährhafens arrangiert. Da könnt Ihr morgen schlafen und abends mit dem Schiff zurückreisen. Wir könnten jetzt dorthin fahren und unterwegs noch eine Kleinigkeit zu uns nehmen.«

»Nun gut«, sagte der König. »Wenn wir diese zwei Menschen nicht aussaugen können, müssen wir uns eben andere suchen. Viele andere. Ich bin am Verhungern.«

Bogdan führte den Vampirkönig zur Tür, wo sie beide innehielten.

»Lebe wohl, Königin Mo, es war sehr interessant, dich kennenzulernen«, sagte der König. »Zeitweise ein wenig seltsam, und ich hätte es lieber gehabt, wenn diese Throne mit echten Zähnen geschmückt gewesen wären, aber nun ja ... Ich lasse Großbritannien in deinen fähigen Händen. Ich denke, die nächsten paar Hundert Jahre muss ich nicht wiederkommen. Mach eine Vampirhochburg aus diesem Land. Herrsche mit Macht und Energie. Sei skrupellos. Sorge dafür, dass sie dich fürchten. Du hast mich ein bisschen gegruselt mit deinem ›Ich bin ein Mensch – beißt mich‹-Theater, und das geschieht nicht oft. Gratuliere und lebe wohl.«

Bogdan hielt dem König die Tür auf, und als er hindurchschritt, warf Bogdan rasch einen Blick zurück zu Mo und nickte kurz. Dann fiel die Tür ins Schloss.

»Oh ... mein ...«, keuchte Lou, aber Mo schüttelte schnell den Kopf, hielt einen Finger hoch und starrte sie eindringlich an. Die Botschaft war klar. Warte, warte ... Lou schlug sich die Hand vor den Mund, und die drei schwiegen, während sie Bogdan und dem Vampirkönig lauschten, die über den knirschenden Kies zum Auto gingen.

»Ich habe sehr schöne Räumlichkeiten für Euch organisiert, edle Majestät«, hörten sie Bogdan sagen, »an einem noblen Ort, genau richtig für einen mächtigen Vampir. Es nennt sich Premier Inn.«

»Nun, ich hoffe, dort gibt es einige Premium-Menschen, die wir uns zu Gemüte führen können«, sagte der Vampirkönig.

»Haha, sehr gut, Eure Majestät«, sagte Bogdan.

»Damit ich sie Inn mich hineinschütten kann, eine Premiere heute«, fuhr der König fort.

Sie hörten Bogdan höflich kichern, dann wurden zwei Türen zugeschlagen, ein Motor startete, und ein Auto fuhr davon. Als diese Geräusche abebbten, brach ein anderes die Stille im Gemeindesaal von Lower Donny. Das Geräusch eines jungen Mädchens, das hart auf dem staubigen Holzfußboden aufkam: Es war Mo, die ohnmächtig zusammengebrochen war.

45. Kapitel

Als Mo Merrydrew exakt acht Sekunden später wieder aufwachte, sah sie über sich zwei Gesichter, die auf sie herablächelten.

»Da ist sie wieder«, sagte Luca strahlend.

»Oh, Mo, du lebst«, sagte Lou, *übersäte* sie mit Küssen und verzog dann angewidert das Gesicht. »Igitt, du stinkst.«

»Das ist hauptsächlich Teppichreiniger«, erklärte Luca.

Benommen, mit dem Kopf in Lucas Schoß liegend, beobachtete Mo die beiden.

»Was ist passiert?«, fragte sie. Ihre Stimme war nicht mehr als ein schwaches Flüstern.

»Du bist in Ohnmacht gefallen, aber erst, nachdem du dem Vampirkönig verklickert hast, dass du eine Vampirin bist«, sagte Luca. »Es war fantastisch.«

»Und du hast es getan, indem du ihm gesagt hast, dass du ein Mensch bist«, fügte Lou aufgeregt hinzu. »Ich konnte es nicht glauben, Mo. Du warst so mutig und unerschrocken – du hast ihm deinen Hals gezeigt! Ich dachte, er bringt dich um, direkt vor meinen Augen. Das wäre schrecklich gewesen. Davon hätte ich mich nicht erholt, niemals, nur damit du das weißt. Aber er hat es nicht getan. Wusstest du das vorher?«

Mo schüttelte den Kopf. »Ich habe überhaupt nichts geplant«, sagte sie. »Ich war bloß, keine Ahnung …«

»Du warst königlich«, sagte Luca, wieder strahlend.

»Als du das Glas mit diesem komischen Zeug darin zerschmettert hast …«, sagte Lou.

»Gehäckselte Würmer«, murmelte Mo.

»Ja, das war krass«, sagte Lou. »Und du hast ihn angegriffen. Es war wie neulich, als du auf dem Marktplatz auf Danny Harrington losgegangen bist, nur noch beeindruckender. Du hast ihn tatsächlich zu Boden gebracht! Es war großartig.«

»Lou hat recht«, sagte Luca. »So viel Kraft und Kühnheit. Ich wusste, dass du es in dir hast.«

»Ich nicht«, sagte Lou.

»Vielen Dank«, sagte Mo lachend.

»Nein, ich meine, ich war mir nicht sicher, ob du ihn austricksen könntest, obwohl du so schlau bist, und ich wusste definitiv nicht, dass du so ein Risiko eingehen würdest. Du hast dein Leben riskiert, um uns zu retten. *Sooooo* cool!«

»Ich fand es super, wie du mich verteidigt hast, als du gerufen hast ›Lasst ihn in Ruhe!‹«, sagte Luca. »Das fand ich richtig gut. Das hat mir so ein Gefühl gegeben …«

»Was für ein Gefühl?«, fragte Mo und setzte sich auf.

»Ein richtig, richtig gutes«, sagte er langsam.

Sie sahen sich an. Sie beugte sich zu ihm vor und er zu ihr … Mo hörte Lou scharf die Luft einziehen und schloss die Augen.

Der Kuss fühlte sich, als er kam, für Mo an wie Freiheit, als würde die letzte Spur der Anspannung, der Angst, der Anstrengung, des So-tun-als-ob verpuffen. Sie schmolz dahin wie Schokolade in einer warmen Kinderhand. Einige Augenblicke später holte Lous begeistertes Quieken sie zurück in die Realität. Sie sah ihre Freundin an, dann wieder Luca und wurde rot.

»Ich habe dir doch gesagt, er mag dich«, sagte Lou. »Ich wusste es die ganze Zeit, und jetzt seid ihr zusammen.«

»Sind wir das?«, fragte Mo, den Blick auf Luca gerichtet.

»Einhundert Prozent«, antwortete er.

»Oh, wow«, sagte Lou. »Ich erkenne dich kaum wieder, Mo. Wehrst Vampire ab und küsst heiße Typen. Ich glaube nicht, dass irgendjemand dich noch als Streak bezeichnen kann.«

Mo lachte. »Wahrscheinlich nicht«, sagte sie.

»Tracey Caldwell wird durchdrehen«, sagte Lou. »Du hast Caldwell so ge-caldwellt, mehr geht gar nicht! Sie wird es hassen.«

»Tja, Pech. Ich habe keine Angst mehr vor ihr«, sagte Mo. »Kann mir gar nicht vorstellen, dass ich je Angst vor ihr hatte. Und wenn sie ein Problem damit hat, wer ich bin, wenn irgendwer ein Problem damit hat, wisst ihr, was ich dann sage?«

Luca und Lou sahen einen Moment lang verständnislos drein, dann zog Mo den Kragen ihres T-Shirts ein wenig herunter und grinste. Da grinsten sie auch, und alle drei riefen so laut sie konnten: »Beiß mich!«, bevor sie vor Lachen zusammenklappten.

Ihr Lachanfall dauerte ewig, so eine Erleichterung. »Aua, meine blauen Flecken«, sagte Lou, ihr ganzer Körper geschüttelt vom Lachen, aber sie konnte nicht aufhören.

»Okay, kommt, wir müssen uns zusammenreißen – Lous blaue Flecken tun weh«, sagte Mo irgendwann, presste die Worte zwischen Wellen des Gelächters hervor.

Die anderen beiden nickten, und langsam ebbte ihr Gelächter ab, wurde zu Gekicher, dann zu Seufzern und breitem, erschöpftem Grinsen.

Mo stand auf und blickte sich ein wenig benommen um. »Was machen wir jetzt?«, fragte sie.

»Können wir etwas essen? Ich bin am Verhungern«, sagte Luca. »Ich habe noch nichts zu Abend gegessen.«

»Du wärst beinahe selbst Abendessen geworden«, sagte Mo.

»Wir haben Mini-Muffins«, sagte Lou und reichte ihm die Schachtel.

»Ich habe die noch nie probiert«, sagte er.

»Was sagt er da?«, fragte Lou entsetzt und sagte zu Mo: »Er hat noch nie Mini-Muffins probiert? Mo, mach Schluss mit ihm. Sofort. Mit ihm stimmt etwas nicht.«

Mo lachte.

»Ihr liebt die, oder?«, fragte Luca und nahm einen Muffin.

»Ja«, antworteten die beiden Freundinnen im Chor.

»Und esst sie ständig?«

»Ja«, antworteten sie.

»Okay«, sagte er, biss hinein und kaute bedächtig.

»Du siehst verwirrt aus. Wieso bist du verwirrt?«, fragte Lou.

»Das ist das Beste, was du je gegessen hast und je essen wirst.«

»Sie sind ganz in Ordnung, aber um ehrlich zu sein – ich kann es nicht ganz nachvollziehen«, sagte er.

Lou zog Luca eins mit ihrer Krücke über und fragte prustend: »Wie kannst du so etwas sagen? Mo, wie kann er so etwas über mein Lieblingsgebäck sagen?«

»Ich weiß es nicht, Lou, aber bitte hör auf, meinen Freund zu schlagen«, antwortete Mo.

Sie stellte sich mit schützend ausgebreiteten Armen vor ihn, aber er legte ihr die Hände um die Taille, zog sie von hinten an sich und küsste ihren Nacken.

Mo lachte, wand sich und spürte, wie neue Glückswellen durch ihre Knochen und Adern fuhren. So hatte sie sich noch nie gefühlt, so wach und prickelnd und einfach so unfassbar froh, am Leben zu sein. Die Pastellfarben der Girlanden leuchteten nun wie Glut, und die Neonröhren verbreiteten eine Wärme wie die Junisonne. Mo fühlte sich wie aus einem langen Schlaf erwacht und bereit, all die Luft, das Leben und die Farben rings um sie herum aufzusaugen.

Sie machte sich von Luca los, rannte zur Tür und galoppierte in die kalte Abendluft. Die Sterne leuchteten über den November- himmel verteilt, und der Mond beschien alles mit seinem hell- blauen Licht. Mo rannte ein paar Minuten, ohne darauf zu achten, wohin, und atmete tief ein. Sie konnte sich kaum an die vergan- gene Stunde erinnern, konnte es nur spüren – die Angst, dann das Feuer, die Wut und schließlich die Kraft, sich nicht unterkriegen zu lassen und den Vampirkönig niederzustarren. Ihr Körper kribbelte noch von alledem, aber ihr Geist war so beweglich und leicht wie saubere Wäsche auf der Leine.

»He, komm wieder rein und wisch diese Wurmsuppe auf!«, rief Lou von der Tür aus, und Mo lachte und rannte wieder in den Gemeindesaal, wo Luca versuchte, die Wurmpfütze mit ein paar Papierhandtüchern aufzunehmen.

»Oh, Luca, bitte lass das, du musst das nicht machen«, sagte Mo.

»Diener räumen hinter ihren Herrinnen her«, antwortete er.

»Heute Abend nicht«, sagte sie. »Komm, wir machen das zusammen.« Sie nahm ein paar Tücher.

»Pass auf mit dem Glas«, sagte Lou und zeigte mit ihrer Krücke auf die Flaschenscherben. »Und versuch, nicht zu reihern, Mo. Du bist ganz blass geworden.«

»Es ist so widerlich«, murmelte diese. »Flüssige Würmer.«

»Du solltest mal versuchen, sie zu häckseln«, sagte Luca. »Ich werde davon noch jahrelang Albträume haben.«

»Es tut mir leid, Luca«, sagte Mo, griff nach seiner Hand und drückte sie. Ihre Augen wurden ganz feucht vor Dankbarkeit. »Du hast so viel getan, um mir zu helfen.«

»Okay, ist gut jetzt«, sagte Lou und schlug laut mit der Krücke auf den Boden. »Wir kommen hier nie weg, wenn ihr immer wieder stoppt, um euch in die Augen zu starren und zu knutschen.«

Mo kicherte.

Sie wischten das ekelhafte Zeug auf, nahmen die Girlande ab, räumten die Stühle und den Tisch weg und gingen.

»Was machen wir mit der kaputten Klotür?«, fragte Lou, als sie davongingen.

»Ich kann sie morgen reparieren«, bot Luca an. »Ich leihe mir einfach Werkzeug aus dem Schuppen deines Vaters.«

»Ich glaube, wir sollten uns nicht mehr dort treffen«, sagte Mo. »Es ist nicht sicher.«

»Müssen wir ja auch nicht, oder?«, sagte Luca. »Bogdan ist weg, der Vampirkönig auch, du kannst wieder in dein eigenes Haus gehen und wir können uns dort treffen.«

»Kein nächtliches Herumschleichen mehr«, sagte Mo. »Natürlich muss ich trotzdem noch als Vampirkönigin arbeiten. Ich muss die anderen Vampire treffen, sie bei Laune halten, Großbritannien zu einer Vampirhochburg machen, damit der Vampirkönig nicht wiederkommt ...«

»Aber das schaffst du«, sagte Luca. »Du bist die Auserwählte.«

Mo lächelte.

»Scheint so.«

»Können wir jetzt etwas essen?«, fragte Luca wieder. »Dieses kleine Küchlein hat nicht wirklich gereicht.«

»Lasst uns zu mir gehen«, schlug Lou vor. »Mum macht Nudeln. Sie kocht immer total viele und freut sich bestimmt, wenn wir kommen. Und Nipper auch.«

»Hat er schon mal jemanden gebissen?«

»Was, wieso? Ab und zu«, sagte Lou. »Aber als du das letzte Mal da warst, mochte er dich ja anscheinend.«

»Vielleicht hat sich sein Geschmack ja seitdem geändert«, witzelte Luca. »Ich hoffe, er beißt mich nicht.«

»Haha«, machte Mo.

»Was?«

»Beiß mich! Du hast gesagt: ›Ich hoffe, er beißt mich nicht.‹«

»Oh ja, beiß mich!«, sagte Luca und rief dann noch einmal laut: »Beiß mich!«, nahm Mos Hand und rannte mit ihr los.

»Beiß mich!«, brüllte er.

»Beiß mich!«, brüllte Mo zurück, und sie rasten lachend davon, durch die kalte Abendluft, während Lou kichernd »Wartet auf mich!« rief und ihnen auf ihren Krücken hinterherhumpelte.